U0591068

编 委 会

北方民族大学2012年自主创新项目

文史学院师生作品集

WEN SHI XUE YUAN
SHI SHENG ZUO PING JI

主　编　左宏阁
副主编　王引萍　祁国宏　徐玉英

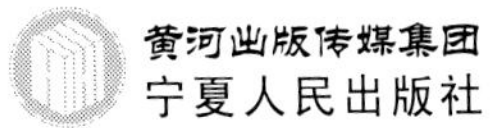
黄河出版传媒集团
宁夏人民出版社

图书在版编目（CIP）数据

文史学院师生作品集 / 左宏阁主编. -- 银川：宁夏人民出版社，2013.12

ISBN 978-7-227-05609-6

Ⅰ. ①文… Ⅱ. ①左… Ⅲ. ①诗集—中国—当代②散文集—中国—当代③小说集—中国—当代 Ⅳ. ①I217.1

中国版本图书馆 CIP 数据核字(2013)第 295477 号

文史学院师生作品集 左宏阁 主编

责任编辑 张 妤 申 佳
封面设计 千 寻
责任印制 杨海军

黄河出版传媒集团
宁夏人民出版社 出版发行

地 址 银川市北京东路 139 号出版大厦(750001)
网 址 http: // www.yrpubm.com
网上书店 http: // www.hh-book.com
电子信箱 renminshe@yrpubm.com
邮购电话 0951-5044614
经 销 全国新华书店
印刷装订 宁夏捷诚彩色印务有限公司
印刷委托书号 (宁)0014768

开 本 880mm×1230mm 1/32　印 张 17.125
字 数 420 千字　印 数 1000 册
版 次 2013 年 12 月第 1 版　印 次 2013 年 12 月第 1 次印刷
书 号 ISBN 978-7-227-05609-6/I·1405

定 价 38.00 元

前　言 PREFACE

叶圣陶谈写作

写文章不是什么神秘的事情、艰难的事情。文章的材料是经验和意思,文章的依据是语言。只要有经验和意思,只要会说话,再加上能够识字、写字,这就能够写文章了。岂不是寻常不过、容易不过的事情?所谓好的文章,也不过是材料选得精当一点,话说得周密一点罢了。

阅读和写作都是人生的一种行为,凡是行为必须养成了习惯才行。……阅读和写作的知识必须使它化为习惯,必须在不知不觉之间受用着它,才可以得到真正的受用。读者看这本小书,请不要忘记这一句——养成习惯。

(叶圣陶著,名誉主编王元化:《文章例话·序》,上海文艺出版社,1999 年版)

目　录 CONTENTS

诗歌篇

诗歌·教师篇

诗歌·学生篇

散文篇

散文·教师篇

散文·学生篇

小说篇

诗歌篇

匆匆岁末,时光逶迤

李拜石

指针渐渐走向又一年的方向,时间指向了天荒地老,
就这样站在冬天的门楣,等待约定的告别。
如烟花般陨落的誓言终是逃不过冬天里的荒野丛生,
眼瞳里的背影渐渐变成虚无,
从最初的暖暖到默默寒凉。
写一页忧伤,缓缓撕去,
何等艰难掸落的这一路风尘。

隔了日月山水,
谁在天涯沏一杯无糖的苦咖啡,
我在倒断肠的千年时差。
相见欢,时光在酒杯上绽放的夜色。
卷重帘,倚栏凝噎冢上的温柔。
雪夜殇,纯白想念,点缀了谁的心上炎凉,
仿佛突然间,便沧桑一世。

一日复一日,一年又一年,
万物自然轮回上演。

变换的季节伸出长长的藤，
于是心墙上蔓延了茂密思念的绿叶。
可这镌刻心底的万般思念，终要与容颜一同老去了。
走过幽暗的岁月，
无数叶子编织的心灵之森林里包罗万象，沟壑纵横，
无法窥见本来的真实面目。
每个人灵魂的道路上都铺满荆棘，
可是那些纵然久远也不能淡忘的阒阒故事，尘封的往事，
不停歇地在心中悄悄弥漫开来。

那些散去的人们，再也等不到了，
那些曾经的情怀，还是留在回忆里吧。
那样的末路与殊途，仿佛穷尽了一生清欢。
做不了唯一，就转身。
转身相背，各安天涯，
都散了散了吧。
落落时光里，终老的时候，
若能清心把盏，轻言笑谈这一世繁华，足矣。

且醉行

李拜石

生于何时是逢时？
淡然，时时逢时；
身在何处是福地？
安然，处处福地。
淡淡望，长安，福祉。
生正逢时，身处福地，何不言欢？
我自倾杯，君且随意。
春去也，夏正酣，
君且驻，我且行。

浮世熙攘，脚印深浅，
只提脚走，便好。
长歌当舞，远望当回，
不如归去，也好。
生灭荣枯之悲喜，
转瞬易忘。
拂袖别闲愁，偷得清欢。
不忆不念，
暂去也。

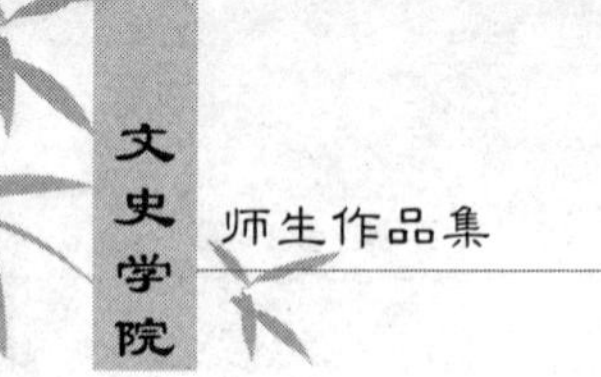

记忆中的年(十二首)

王广聪

中国习俗腊二三[1]，灶爷上天话人间。
糖巴甜嘴笑开颜,任务完成换新班。

家家请神保来年,平安迎请门神官。
关公把门灶神添,年货准备花样繁。

辛苦一年整休闲,游子归家路程赶。
三十到齐父母安,午夜庆贺新一年。

鞭炮声震午夜饭,一家团圆围坐前。
酒菜备齐大伙端,旧新交替在今晚。

初一素饺图平安,初二喜面迎婿贤。
初三饸子亲友转,和谐拜年消过怨。

休闲准备艺组班,新衣带红避邪缠[2]。

---

① 指腊月二十三。
② 传说“年”在古时是一种凶恶的动物,性怕红色。过年穿红已成习惯。

精彩亮相十五见，丰收祈盼文化伴。

多人挑灯沿街转，商铺彩灯看不完。
八仙过海图案全，剪纸栩栩红光闪。

谜语条挂灯下显，群童招来脑劲转。
青年结伴寻查看，媒婆随后掇姻缘。

妇女喜看高跷玩，容面呈笑仰合弯。
大村组社交换演，犹新记忆盼过年。

老了童心仍不变，城市过年简约单。
独门冷清电视看，互不走访心发酸。

十五辉映森林园，机关悬灯广告宣。
项目投资多少钱，民间缺少浓味淡。

从此对年兴趣淡，儿孙走后闭门撰。
龙年考证龙演变，知识收获进大餐。

读古悟新(三首)

王广聪

仁义礼智信忠孝,儒学表里重仕行。
千年沿用汉文化,统治维护各朝政。
家族繁衍和谐亲,血脉至今尚未终。
亲情相传千百年,博爱首举世界称。

龙的传人义气盛,忠义友援解囊空。
爱国行为感动人,百年辛亥一举成。
改革开放中国兴,世界公认第二春。
尊严树立科技进,天宫亲吻航八准。

为民千古心已诚,公心育才见忠信。
忠孝崇尚不矛盾,家国同步见效应。
转化知识功底深,学用结合铸精神。
继承发扬汉文化,曙光迎来垂史明。

读好书深入研(八首)

王广聪

书海开闸给力先,真善丑恶展眼前。
哲理渗透在里面,安心静读与书伴。
激扬文字在召唤,绚烂光芒闪心尖。
情不自禁遐想燃,始于足下信心坚。

一生不离好书看,自我约束不走偏。
古今中外劝人善,社会稳定造福安。
天灾人祸惹事端,根治灾难人治先。
方向正确书中献,如何采纳灵活鉴。

父母为师自修剪,书刊助力己自欢。
与时俱进抬头看,埋头拉东方向偏。
习惯本性难改变,适应需要公心站。
精力旺盛创造先,辛勤劳动果实甜。

一视同仁选优伴,同心齐力凝聚全。
团队巩固劲充满,家富国强人人干。
优势助力心放宽,名利不计求奉献。

众人拾柴高火焰，积极调动人无闲。

知识转化经济翻，扶困济贫责任添。
和谐形成基础奠，科研投入成果显。
公民享用保证全，心理平衡劲冲天。
直言不讳纳谏言。党政英明人自管。

人人读书心自安，收获积累德完善。
多而引起质在变，自我感受不一般。
言谈话语有借鉴，素质提高非一天。
日积月累观念变，成己帮人行为端。

业余多听讲座课，心扉敞开多交换。
文化技能学子添，兴趣浓厚着手撰。
风格各异献彩艳，学习不累调剂干。
相互补充求同源，融合形成才涌现。

古今中外书海山，前题适已选择钻。
重点精读亮光闪，心弦拨动认真研。
希望顶端在前沿，决心突破解百难。
人物典范摆眼前，静心研读创新献。

诗三首

张鸿才

(一)赞新版电视剧《焦裕禄》主人公

人生名节竟何寻,黎庶人心抵万金。
为国为家家从国,谋人谋己己推人。
亦官亦仆先敬业,忧国忧民后受勋。
终为兰考殉职守,遗爱人间见壮心。

(二)忆在黑龙江大庆召开的中国毛诗研究会第十届年会

万里诗盟一朝会,便成笔底风和雨。
匆匆聚散长相忆,音书难寄情如许。

(三)暮年有感于世事

世界风云冷暖中,万国信念各西东。
善恶是非凭谁定?自有黎元论过功。

烟花碎

2011 级汉语言文学 1 班　蔡佳美

因果幻化
尘缘难绝
生死相许共河山
引樽对月
莺歌漫舞
瑶琴如水潺潺
风定云出蔽寒宫
爱恨相离
不复昔时圆

夜雨闻铃
碧落桃花
血溅丝扇
问世间情为何物
孔雀南飞
梁祝化蝶
红楼清梦断

相信未来

2010级新闻学1班　曹燕

当大雪阻隔了我的归乡之路
当凛冽的北风肆虐着寒冷的苍凉
我依然固执地铺平绝望的悲哀
用美丽的雪花写下　相信未来

当微笑在紫罗兰中的你的名字日渐消逝
当数万鲜活的生命在顷刻间褪去了色彩
我依然固执地擦干泪水
用苍劲的画笔写下　相信未来

当人们的心因寒冷而纠结
当绝望在蔓延
当绝望在徘徊
我依然固执地用一米阳光
在残垣断壁的大地上写下　相信未来

这个民族
历经一切动荡与不安

却
冲破重重桎梏与束缚
捣碎阻隔和枷锁
在生命的抛物线上攀爬奋进
用嘹亮的歌喉唱出　相信未来

我之所以相信未来
是因为我相信这个民族的坚韧
相信在苦难的束缚下
她会爆发惊人的自信心

我不要理会异国的怀疑与嘲弄
不要在纷杂的喧嚣声里
丧失自己
不要在严苛的质疑声中
迷失方向

我坚信　生活给予的这一桩桩苦难
只会让这个民族更加凝聚
让这个民族的脊髓满溢坚强
我坚信　这个民族不屈不挠
自强不息

我为春天献首诗

2009级广告学1班　陈建功

风　抚绿了小草的尖角
水　漂白了天鹅的羽毛
春天来了　性儿慌极了的春天
把一个苍凉沮丧的冬天
拉出了昏昏暗暗的记忆

春风给西山一片绿涛
春雨给江河一串欢笑
春雷给田野沸腾喧嚣
春潮给堤岸百媚千娇
春天啊
你来得正好
万生万物像添了少女的红晕
渗透出勃勃生机

我为春天献首诗
衷谢它带给大地
一年一度的妖娆
我为春天献首诗
寄托我给人们的祝愿
——生活更美好

最熟悉的陌生人

2009 级广告学 1 班　陈紫玉

如果当初没捅破那层白纸
也许不会换来现在这般样
如果当初我们继续是同桌
也许不会出现那爱恨情仇
如果当初没奢求那么多爱
也许不会引起彼此的埋怨
如果当初能预测到那未来
就会把爱永远藏在心深处
就把它当成不能说的秘密

悔当初草率的决定勇敢爱
恨今日变成形同陌路的人
我本不想变成现在这般样
谁知越不想却越变成那样
怎奈变成最熟悉的陌生人

中国脊梁

2011级汉语言文学2班　德力米拉

1921年大上海的旧街衢尽是魍魉横行，
黄包车凌凌的颤音和着拓荒者的镰刀锤子，
合奏出铿锵交响：
“家国怎能沦丧，同胞何堪凌辱，要把神州天翻地覆换容颜！”
这是你们坚定的信仰！

听！漫漫黑夜中突然传来回音。
1927年南昌起义的枪炮声，
震响时代的大铜黄钟，
那朵朵炽焰正照耀革命烈烈大纛！
看！井冈山上星星点火正变燎原盛景。
长虹贯天际，
那昏翳黝黑的东方正现一道喷薄怒放的朝霞！

是谁运筹帷幄指点江山豪迈？
是谁主导革命脉搏一路尘土滚滚踏旧鼎新象？
八年浴血击敌迎向胜利，
1945年的中华当今殊。

和平建国道出万众心声，
1949 年的天安门城楼上在宣告：
中华人民共和国今天成立了！
敬爱的中国共产党已撑起民族的脊梁，
中华人民从此站直了脊梁！

纵横奔流的历史长河，浩浩荡荡越承 90 载，
母亲，今天是您的生日！
那 960 万土地逶迤绵亘的华夏，
处处涌动，
亿万万自强不息的魂魄，
在今天为您的生日欢呼舞踏！
您听到了吗？
鼓声澎湃激荡，
歌儿彻天响亮，
祈盼平安，过上幸福生活的人儿，
正为您高唱！
中国共产党，
中国的脊梁！

别人家的月亮

2009 级广告学 2 班　丁天一

你是不是
也受过“别人家的”压制
现在是
今后也将是

别人家的老婆
一年一年不显老
还越来越有气质

别人家的孩子
上学比你远
就骑辆破车
成绩还那么好

别人家的老公
去年还骑电动车
现在开起了奔驰

别人家的公婆
不但供生活费
还管带孩子
赞助买房买车

生活啊
总是有些不如意的地方
别人家的月亮
就像是冬夜里
头顶的月亮
发出寒冷的清辉
一步一步紧紧跟随
笼罩在生活的上空

做阳光的青年

2012 级汉语言文学 1 班　邓晓龙

生命犹如一场春雨
看似清新美丽
但更多的时候要学会去忍受它的潮湿
当没有阳光的时候
我就是阳光
当没有快乐的时候
我就是快乐
从今天开始,做一个阳光的青年

追梦人

2010级汉语言文学3班　何琪

最起初，是那风雨飘摇的山河，
满目疮痍，奄奄一息。
然后在南湖普通的小船上，
一群青年开始编织红色的梦，
尽管他们只有一袭破旧青衫。

于是，神州大地出现了一群追梦人，
他们听闻远方有布尔什维得到胜利，
他们想用镰刀割断旧袍子窒息的束缚，
他们想用锤子敲碎大山沉重的欺压，
他们追寻锻造新国家的梦。

井冈山上的星星之火点燃了工农武装的梦，
希望的田野上集体农庄里祖国强大的梦在升起。
改革开放的号角吹响了渴望富强的梦，
当新世纪的钟声敲响，
每一个岗位上都能看到追梦人奋斗的身影。

如今，隔着历史的长河我望着这群追梦人，
前仆后继的他们留下了深深浅浅的脚印。
我戴着红旗漫卷的团徽循着他们的脚步向前走去，
那群执着的追梦人有一个共同的名字——
他们都叫作共产党员。

我期望能够分享追梦人神圣的名字，
在寻觅和谐之梦的路上不断寻找。
而我的身旁有一群大好青年，
携手同行，不畏风雨。
沿着先人的足迹，
一路向前，向前！

此去流连

2009级广告学2班　侯立

流连，
小桥流水的思绪。
再次回忆，
不是哀伤儿时的稚气，
感叹浮生若茶，
童年的纤叶飘落在哪里？

我想你的好，
走时却不留一点痕迹。
曾经的一起，
我面对着我们之间的灵犀，
你的美随着你离去。
清晨花开，
温暖的阳光，
还有回忆！

幸福没有翅膀，
我朝着你落泪的方向，

对你的思恋缠绕凝结在我指间！
拾起一片落叶，
微笑你的容颜，
我不要你的誓言，
只希望你有快乐的笑脸！
多想过去我们嬉笑的模样，
请求你回到我的身边，
散步、依偎，看着你的侧脸！
只是，
别又对我说再见。

叶

2009 级广告学 2 班　侯倩媛

懒洋洋的初秋
懒洋洋的午后
懒洋洋的阳光照着懒洋洋的我
扬起脸,眯着眼看着湛蓝的天空
享受这片刻的宁静

微风起,一声脆响
脚边蜷缩着一枚干枯的黄叶
那一抹淡淡的黄
还带着些许阳光的温暖
它是太阳派来的小使者吧
好让大地也拥有那温暖的颜色

穹

2009 级广告学 2 班　黄春梅

原来心雨的时候
竟是这漫天阴霾也承载不了的重量

风被撕裂着翻滚咆哮
无边的暗影如密网倾覆而来
瞬间吞没了荒原中孤的单
我的最后一抹剪影

谁的眼
在黑雾中惨烈狰狞
我细细的呼吸里
有没有你的一滴泪

又是谁
能给予我一朵微光
给予我一丝纵使
没有任何温度的微笑

然后指向黑暗
仿若刺破这墨色般，说
那儿，有你不谙的
寂地

石林密语

2011级汉语言文学3班　韩柳

背上行囊，踏入黄河石林，
遥望天际，那一片狭小的蓝天。
任凭沧海桑田，风雨雷电，改变不了它的容颜，
屹然伫立于天地间。
以天为帽以地为履，黄河水系于腰间，
这是黄河石林的姿态。
你若问我，石林有多高，
我会说，请遥望蓝天。
你若问我，石林有多广，
我会说，海纳百川。
你若问我，可曾触摸过它的伟岸，
我会告诉你，它只可远观不可近玩。

穿梭于石林间，行人各自带着笑脸，
驴车踏着碎石，慢摇向前，
在驴车上，体会古朴与自然。
悠长的林间大道，回荡着丝绸之路的驼铃声，
欢声笑语充斥于石林间，应和着遥远的声音。

不朽的枯木伫立于古道上，生机盎然，
那是历史的年轮。
于石林间，窥见人的渺小，
于天地间，叹自然的神奇。

走出石林，回首遥望，
那是我走过的路，蜿蜒曲折。
那片石林仍旧在那儿，等待着新的行人，而我将继续前行。
再见，古道，
再见，黄河石林。

日　子

2012级中国古代文学研究生　金占锐

即使岁月对你来说是冰冷的
请不要难过
那凄美的日子总会留下快乐

即使命运对你来说是残酷的
请不要失落
那流逝的日子总会悄然湮没

即使爱情对你来说是遥远的
请不要沉默
那寂静的日子总会开满花朵

即使成功对你来说是暗淡的
请不要焦灼
那诗意的日子总会敞亮生活

这一生

2012 级中国古代文学研究生　金占锐

这一生
我揽下所有悲伤
欢喜你的模样

这一生
我寂静所有过往
默默执手凝望

这一生
我收藏所有目光
照亮你的方向

这一生
我信誓所有承诺
爱你地久天长

雪落松花江畔

2012级汉语言文学1班　贾宝珠

（一）

听说 松花江畔的雪很美
于是等着　盼着
初恋般的模样
想象着那样一场雪
站在防洪纪念塔下
望江对岸
是怎样的心情
喜悦　留恋
或是隐痛
都不会在意
只是就那样望着
对面那白茫茫的雪原
以至遥遥无期

（二）

雪花
误入人间的天使
轻盈地游走在
这松花江畔
我张开了双臂
在呜咽的北风中矗立
耳边回荡着银蛇蜡像
那样熟悉的诗句
却陌生了 数风流人物的
那豪迈的情怀

（三）

我不能
不能的理由太多
却又无法诠释
仰羡长空那啾啾的鸿鹄
而我只能在繁华的街道中穿梭
任由自己变成燕雀一只
在都市的丛林中
筑我安静的巢窠
除此之外
我
似乎别无选择

（四）

昏黄的台灯下
我在抒写着我的未来
心中一个声音
慰藉着一切生命

游崆峒山

2010 级汉语言文学 1 班　孔镖

烟笼雾锁出奇峰，悬崖耸立擎天宫。
不到山顶非好汉，何惧危崖抚孤松。
广成有道飞升去，翔龙飞鹤绕千丘。
秦皇汉武乐仙道，慕名轩辕药王中。
拾级天梯问道处，步登八台入九宫。
峭壁攀缘逢绝路，直抵黄城问苍穹。
俯瞰高峡出平湖，峰峦如聚气正雄！

游沙坡

2010 级汉语言文学 1 班　孔镖

昔闻沙坡动四方，今赴唐徕观景场。
唐徕碣石空文藻，骚人舞墨费评章。
沙堡鸣钟千载泪，黄河浪逐一帆扬。
微雨阴霾掩天日，欲泻黄河泪满筐。
流沙易响声名起，羊筏古渡成绝响。
俯滑嬉戏逐新客，婆娑舞姿映紫阳。
黄埃散漫风萧瑟，风抚旗展自飘扬。
栈索凌空俯低坝，翻江倒海腾细浪。
向晚乘车奔异里，留恋此地上心房。

客船河上

2011级汉语言文学2班　李易珊

客船河上，饮马谷中，但听得民谣声声，浪涛涌涌，但见得山峰叠叠，古道绵绵。晃似一梦千年，骏马秋风，良人一去漠北，烟水重重，伊人独自红妆。

也曾桃红柳绿，笞客春江，
怎奈大江东去，山高水长。
也曾荼蘼满室，听雨禅房，
怎奈溪山渐远，蚀颜风霜。
也曾青衫红豆，春色琳琅，
怎奈一宵冷雨，聊写衷肠。
也曾把酒小酌，焚尽思量，
怎奈孤星寒月，夜色未央。
也曾牧笛横吹，羌管绕梁，
怎奈伯牙断弦，锦句残章。
也曾少年意气，对策庙堂，
怎奈落红无情，空余暗香。
也曾羌管悠悠，烽烟虎狼，

怎奈夜夜寒月，梦回故乡。
也曾小楼栏杆，对镜花黄，
怎奈良人不在，为谁红妆。
也曾烟笼黄昏，沽酒一杯话凄凉，
怎奈人事已非，一别音容两渺茫。
也曾月白星稀，空樽无眠尽思量，
怎奈山高水长，不复当年在庙堂。
也曾红泪怨辞，竹枝看尽影无双，
怎奈寒水香舟，云英无意捣玄霜。
也曾春宵苦短，柳丝榆荚自芬芳，
怎奈芳草恨长，负你春残泪几行。
也曾黄河浪急，半尺烟波可疗伤，
怎奈烟柳画廊，人间无处可焚香……

月·雨·夜

2009级广告学1班　李燕勤

我望月儿一分钟
月儿望我整整一生
我望雨儿一秒钟
雨儿温润我的双眼

月光是谁的拐杖
拄着我安宁的梦境
雨儿是谁的手指
敲着我敏感的神经
夜是谁的使者
梳理你我绵绵的心绪

唱支歌儿给党听

2010 级汉语言文学 1 班　李艺

唱支歌儿给党听
我把党儿比母亲
我把真心献给您
用最美的歌声来歌颂您

1921 年
是黎明烛光时刻的点燃
是母亲——党崛起站立的瞬间
是千千万万中华儿女觉醒，奋进的时刻
更是我们翻身奴隶做主人的时机

1949 年
当一个伟人用浓浓的湘音向世界宣告着
中华人民共和国——今天成立了
这一声是多少中华儿女冒着炮火用鲜血换来的
又是多少人所期待的一天

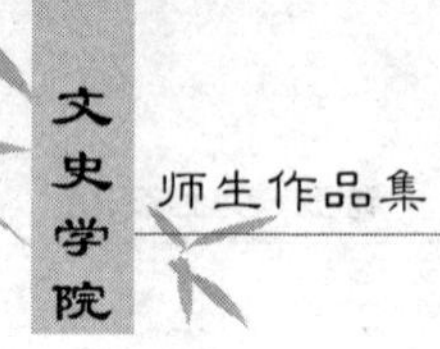

1978 年
一声嘹亮的号角——吹醒了改革开放
改革的大旗如火焰般迅速在中华大地上蔓延着
一个新的时代正向我们走来、招手,让我们奋进
党年轻的步伐再次踏上了新的历程

2011 年
是一位母亲的生日
是我党九十岁的诞辰
这位历经沧桑的母亲安详地向我们诉说着
飞扬在世界东方的——中国共产党

唱支歌儿给党听
我赞美五千年浩瀚的历史长河
我歌唱长江、黄河和长城
我歌颂为党付出鲜血而长眠于地的烈士
但是我要给党献歌
歌唱我伟大的母亲——中国共产党
永葆青春,繁荣昌盛,魅力无穷……

刀剑啸

2010 级汉语言文学 3 班　梁峰

君不见点将台下虬臂紧，怎晓凯旋几人还。
君不见白玉盘上娥眉蹙，安知弯月何时圆。
银光冷射仇敌面，热血横洒战场寒。
蛇枪纵画阔疆土，灵宝弯臂射宇环。
莫笑百坛千夫醉，聊记敌首做笑谈。
岳武穆，卫仲卿，刀剑啸，何日停？
为君仗剑走，请君与吾沙场征。
赤霄青锋不足显，只需杀人不留行。
自古成王败者寇，史书总为胜者名。
金戈铁马硝烟丧，将军征子少百龄。
千年朝代多更替，水自澎湃山未平。
金蟒袍，孔雀翎，
执戟本为中原固，何须捧笏跪朝廷！

遥寄端午

2010级汉语言文学3班　梁峰

噫吁嚱，悲乎心哉！端午之期，期于满心间。高阳及伯庸①，岂知裔何安？尔来两千三百岁，每与碧波扬白帆。身当追遂凌云志，可以留名青汗间。云淡天高风飘絮，然后随风弄云相盘旋。左有青束兰佩之芳蔼，右挂寒光鉴人之龙渊②。飞将③挽弓尚不得志，武穆④握枪愁归园，溪流何潺潺？千尺素带接峰峦。手执双箸食糯粽，忽停咀嚼长泪溅。

问君夙愿几时还，何畏艰险停登攀。虽见悲风带雨露，几珠迸裂绿草间。又闻落花早凌乱，翠帘翻。端午之期！期与满心间！使人思之凋朱颜。苍术满身连白芷，雄黄⑤百杯难入眠。茱萸艾草争青艳，尔来菖蒲以浴兰⑥。其状不过此，嗟尔衣食之人胡为乎思哉！

壮志欲高而凌云，一日有之，万日往之。所行若非道，定悖往昔情。朝为利往，夕攀权贵。权利虽称意，不若缘道行。端午之期！期于满心间！侧身西望常咨嗟。

---

① 出自屈原《离骚》：帝高阳之苗裔兮，朕皇考曰伯庸。
② 龙渊，宝剑名。
③ 飞将，指李广。有诗：但使龙城飞将在，不教胡马度阴山。
④ 岳飞，字武穆。
⑤ 雄黄酒。
⑥ 茱萸，艾草，菖蒲。香草名，端午节前后以辟邪之用。

一个人的荒芜

2011 级汉语言文学 1 班　雷强

（一）

放荒的沙漠中
我寻找着沙中的某一粒尘埃
风儿已经将我抛弃
使我找不到属于我的念想
我虔诚地祈祷
天际的云儿默许了我的承诺
我无力地奔跑
松散的泥沙沉陷了我的寂静
我低声地哀求
苍然的时光映深了我的伤感
我选择哭泣
当泪水淹没整片荒漠
当我已经近乎要放弃
当蒸发了我泪的海洋
终于
泪流干了

我依旧躺在那片个人的沙漠
傻傻想着荒漠的某处踏入了新的足迹

(二)

雪舞或雨霁的日子。
白茫茫抑或湿漉漉的荒漠上,
拱出点点绿芽,
一颗,一颗,又一颗,
纵横交错,点点攒动。
有一种种子,适合种在人心。
有一些文字,需要根植于荒芜心灵。

幻灭之秋

2010 级广告班 3 班　龙见敏

绿，岁月给她染黄，
阳光的雕琢也没夏日那般的努力，
冰凉的双手被秋末的尾巴给缠绕，
沉沦了一秋，
孤单依靠着树干。

台阶的斜阳也开始陈旧、腐朽，
垢上点点星辰月迹，
茕影的路灯回忆着大城市的繁华，
古老的建筑退化着颜色。
梦中的悲秋，
狂风聚散，
滑落了唯一的基调，
叶，
埋葬深藏于下一季的秋。

妈妈，你在哪里

——一个脆弱生命的呼唤

2010 级新闻学 1 班　刘琼

妈妈，你在哪里？
我想你……

山崩了，路裂了……
美丽的小村庄被山掩埋了。
树倒了，桥断了……
这里的一切与世界失去了联系。
为什么？为什么！
为什么让我眺望不到你归来的身影。

妈妈，你在哪里？
我想你……
想你用大手暖和着那双小手，
想你为我戴红领巾，
想你把小小的书包熨平，
想你……

妈妈，你在哪里？
这里好黑好黑，
水泥板好重好重，
压得我好痛好痛……
妈妈，我真的好想你。

妈妈，我困了，想睡了
因为有人说过，
睡了就可以看见你。
妈妈，天堂美吗？
睡了就可以进天堂吗？

不，我不睡，
我要等你回来。
我听见你的脚步声了，
听见了，
因为我感受到你的心离我越来越近。

不，我不哭，
我要等你回来。
因为你说我是花朵，
微笑灿烂如花。
因为你说我更像小草，
刚强坚毅若草。

坚持，坚持，再坚持！
即使我全身瘫痪，

我的心依然在跳动，
因为我在想你。

妈妈，你在哪里？
我想你……
妈妈，你快回来！
我等你……

诗意石林

2011级汉语言文学2班　刘静

站在这里，我除了惊叹，还有些失神
这群石头，这么密集、苍劲、突兀
谁的手笔？这么雄峻，而又恰如其分
连道路也干干净净，像刚被月光洗过
旮旯里，有一两只彩壳甲虫出没
它们在嶙峋的石面上走路，喝雨水
从容转身或隐匿，不像我在逼仄人间
连回头都难……

我高一脚低一脚，在地质学里寻找
每一块砂砾岩的出其不意，和险而又险的挺立
与树叶一起颤抖的理论依据，流下汗水
大海死了，大海的梦才裸露而出
多么惊心动魄的诞生！多么凄伤悲怜的世象啊
两块相对相望的石头，雄峙之魂
比骄傲多了一点，比说明少了一点
比天空重了一点，比方言暗了一点

我把目光，一遍遍从石缝里拨出
连根带土的凝望，在两小时后醒来
风景只是个肤浅的词——它刻画不出
这群石头的精神……

伤感时的素描

2009级广告学2班　刘延

风缈缈，坍塌未立
云影影，拢帘掩泣
人晃晃，胡言痴语
天，总为有情人蓝
也总为痴情人瓤
走着，走着，泪水滑落
手放兜里
可心放哪里？
知道，清楚
一步，一步
却步入迷惘……

生　活

2009 级汉语言文学 1 班　陆玉华

生活，
被物欲掩埋着。
真假，
渐渐模糊不清。

醉生梦死的纷繁，
穿梭在支离破碎的胸膛。
前生今世的片段，
播放在人潮人涌的中央。

眼泪，
颠覆流年沧桑。
笑容，
拼凑成美丽的浮华图。

何时何地的迷惘，
伴随着春日般的温暖。
烟花似的人生，
充斥着夏花般的灿烂。

致黄沙上的溪流

2011 级汉语言文学 1 班　廖红梅

一面明媚，一面忧伤；
一半卓越，一半苍凉。
你笑着说她是朋友的时候，
为什么笑得比哭还难看？
因为她的罗裙擦过你的眸子，
走过时是一身污渍。

一滴水走了多少路才能长大，
拥有小溪的力量？
一段纯洁需要积累多少经年，
才能感化成爱？

忆当时年轻，相爱似风云善变，
疾风骤雨只是偶尔笑颜。
巍巍峨峨你高山仰止，
却吸干了她的毛发，
她的躯干，
她的灵魂，
骤然心缩，
拾得殉情亘古传说。

凤兮凰兮

2010 级新闻学 1 班　罗霞

凤兮遇凰
顾影相怜,缠缠绵绵

凤兮离去
凰兮彷徨
暗影伤兮,独自估量

凤兮归来
凰兮鸣翔
濯其羽兮,共栖良木

宝贝　别哭

2012 级汉语言文学 1 班　罗春霞

晨露在初阳中演绎深情
最后一丝痕迹
成全了宿命的完美
叶的世界
曾有过泪的光点
闪烁着流星的余晖

宝贝 别哭
白云停留的尽头
寄存了你的挂牵
红尘醉雨
你的指尖会有我的思念

宝贝 别哭
雪莲的圣洁牵引着灵魂
漂流的落叶
给了大地绝世的吻
转身

投入轮回

宝贝别哭
秋已深 蝶已倦
岁月在这里垂目
一声叹息

高跟鞋的世界

2012级汉语言文学1班　罗春霞

噔噔噔……
是时尚在敲门
回声在走廊里缭绕
惊醒了沾满灰尘的记忆

一双破了边的布鞋
掌托着双脚
刺心的茧窝心的暖
妈妈的手一样
结实　而有力

七厘米的距离
恍如落在人间的天河
捏在妈妈手里的线头
丢在那个世界难以找回

人间四月天

2011级汉语言文学3班　罗朝莲

人间四月天
当我走进你
想看看永恒荣光的景状
那没有他们说的烟花春晓
然而你像是一幅塞尚的油画
灰暗而斑斓，凌乱且优美
深深切切都是艰辛和沉寂
那些惊鸿一瞥里梦境般的如黛青山
杂花生树，漫山迎风飘摆的野草
恰似倾诉衷肠

在我离开你
心中汹涌信誓旦旦的酸楚和欣悦
路途是颠簸里念念不忘的邂逅与珍重
尚且不相信时光的力量
指尖触摸过你的温度
如同山间奔跑后留在荒草地上的脚印
不是虚空，恰似捕风

在眸光深处
山风遁走的回声
在字正腔圆地回述那些生命里轰轰烈烈的历程
坦荡大地上的苍茫落日
是一成不变的寂寞坚守,见证了生死枯荣
黄河像撕破绿色肌肤后汩汩流淌的鲜血
在百转千回的流离里润泽了生生不息的鲜活生命
绵延不尽的凸起与凹下
像是错落且从容的抚慰
这片土地上
生命在无与伦比的当下,历久弥新的过往里
强大的坚韧抵御了时空的变换

我正在离开
听见掷地有声的浪打浪
看见你身影的轮廓迅速退进那片烟雨朦胧之中
透明又清晰
可眉眼中的灿亮,却鲜明得融不进时光
是一副适合搁置在回忆的温情
下酒酿做一场宿醉
醒来时,天依旧清亮,风依然分明
爱也在以一筏渡船的醉梦中,亘古不变
那些无限馥郁繁盛的生活和生命
是人间四月天

钗头凤

2011 级汉语言文学 1 班　马晓芳

青山碧，人事弃，野草重生绿尽窜。登高楼，君记否，往事如藕，怎堪回首。愁，愁，愁。

夜风寒，孤灯残，着衾起座身难暖。情不断，意已乱，鸱鸮夜啼，余音绕喉。怄，怄，怄。

因为你　让我相信

2009级广告学2班　马晓兰

忘了我过去的地址
未来还看不清位置
怎么分辨梦幻或现实
被恐惧所凌迟

我听见天使暗自哭泣
痛失了羽翼
一瞬间染红了大地
战钟响起

在冒险的开始
前方是彩虹还是末日
征战永不休止
坚持是勇者的固执

狂风呼喊着我的名字
传说中的勇士
让所有邪恶都停止

陪你看落日

乌云盖不住炙热的眼睛
决不放弃
有时候觉得自己
快失去动力活下去

因为你　让我相信自己的命运

野蜂飞舞

2009 级广告学 2 班　马运来

嗡嗡地
报晓
忙碌
是为了害羞的花儿
焦急者的眼睛盯着标记者
它知道
等待者是那难缠的调皮蛋儿
不会计较
赢得了多少驻停的目光
周围纷纷建筑的一所所爱巢
只为最好地打开紧闭的心房

从此，另一半

2009 级广告学 1 班　农毅慧

你不会知道
我心底的黑暗
一半
来自深渊
那是我灵魂的故里
另一半
源于你眼中的犹疑
不明显却足够清晰

我多想知道
你没有道别
是在怪我不明白
还是担心我想太多
甚或纠结
我猜了整个夏天
都无法还原
你用省略代替的字迹
于是，你离去

夏天也跟着离去

我也不知道
究竟恋你什么
也许一半
是你疲惫深陷的眼窝
那么另一半
会不会是命运的残念
才如此莫名执著
可是最终,
我能为你做的
也只不过是
归还安宁和寂寞

从此,这世界
一半是我,另一半是远行

羊皮筏三首

2011级汉语言文学1班　唐佳

（一）

漂泊的尸体
从古至今由上游到下游
寻找　被人掏空的
灵与肉
轮回超生的终点
和起点纠缠
岁月遥远　距离悠久
命运　互相绑架与释放
十四只羊一起呐喊
两岸高山　没有回音

（二）

踩踏　端坐　仰卧
与黄河母亲
仅隔着一层羊皮
河水一半在树木房屋的阴影里

一半在闪闪发光的烈阳下
随波逐流的光与影
迫不及待按下快门
长头发　小眼睛　两颗金牙
全止不住笑
脚下奔波的羊
从不会哭

（三）

甘甜的黄河水
群羊共饮
有一只忍不住垂涎
幸福在昭告天下
她身旁有一排羊皮筏
孤零地丢弃在岸上
我忽然想
那些凄凉的皮囊里
会不会藏着她的母亲

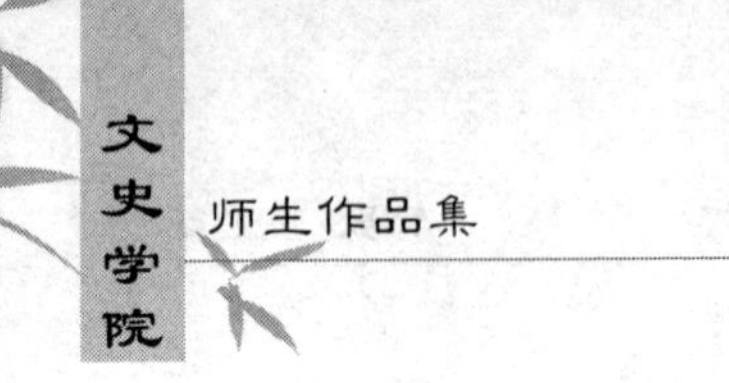

寄 情

2011 级汉语言文学 1 班　唐吉庆

寄出的爱情
是一封寄出的信
安静睡在信箱里
等收信人的启封
或许
收信人收到但没有回信
也或许
收信人并不知道有人寄来了一封信
青春,经不起等待的蹉跎
时间久了
信也会被信盒锈化被风吹得模糊了字迹
不过那干瘪的信身却永久证明着
爱情,我曾寄给你

母亲，你哭了

2011 级汉语言文学 1 班　　田娟娟

你哭了，
脸上的皱纹里闪着明晃的光，
尘埃拂过你的面颊，
弄花了你俊秀的脸庞。

你哭了，
眼角里有着明闪的泪光，
车轮碾过你的身旁，
弄脏了你崭新的衣装。

你哭了，
手心里残留着抹下的泪滴，
污浊的河水塞住了你的喉咙，
嘶哑了曾经嘹亮的歌声。
静默了曾经清脆的歌声

母亲，你哭了，
你为儿女的智慧骄傲，
却弄花了自己的容妆。

母亲,你哭了,
儿女们汲取了你所有的营养,
却不顾你的白发苍苍。

黄河,我的母亲,
我要为你拭去眼角的泪滴,
为你身披华装。

黄河,我的母亲,
我要为你抹去心里的伤,
还你俊秀脸庞。

史诗

2011级汉语言文学2班　王海红

悠悠古筝，
弹一曲，梦在弦头。
淌过的韵律，奏一曲零落的愁。
阔阔岁月之河，
承载历史的沧桑征途。
江南的春雨吹落了瓣瓣杏花，
飘不尽江山千古的诗画悠悠。
金戈铁马卷起不尽的忧愁，
卷不走我心中故乡的杨柳。
冬日寒夜的风，
卷起家门前山梁的尘，
卷不动山河里浪花滚滚。

成长的箴言

2011 级汉语言文学 2 班　王海红

弹一曲无名的忧伤
奏不尽峰回路程
一颗悬殊的根草
牵过拂过崖边的风
扑朔迷离的手掠过沧桑的琴弦
海际那一拨惊涛
孤灯月盈处
独思那一瞥遥望的苍茫

吹不响的凄凉的箫声
江堤灯月恍惚
无从驻足的过往
渡我飘过一叶扁舟
纵横交错的旅途
双脚沾满泥泞斑斑
娓娓道来心酸
春柳点水时
深沉装进成长的信笺

家

2011 级汉语言文学 2 班　王海红

小时候
家是一个狭小的铁笼
它的狭小，它的牢固
让我总想看看外面的世界
一刻也未曾停
到哪儿，只想着逃离
我渴望远离
长大后
家是一尊百看不厌的花瓶
它的芬芳，它的魅力
我想浇灌它
一刻也不敢放松
到哪儿，只想着呵护它
期盼瓶中花盛开
离开了，家是心灵的港湾
让我总想依偎在它的怀抱
一刻也不能分割
到哪儿，心里总是惦记着它
我期盼幸福

守 望

2009 级广告学 1 班　王静

如果夕阳还没有带走你的希望
那就站在原地
在黑暗里等待
等待
会来的朝阳

不要再去祈求星辰
你站在大地
不会看得见他们的痕迹
是吗
那银河无际
要是还隐藏着你的希望
就把他放下
顶在头上
向着你的远方行去

遥远的星际
你是否还记起

我把我的希望
也曾经放在你璀璨的那里
还有吧
就送别夕阳
守望朝阳
和一起到来的
希望

等　待

2009 级广告学 1 班　王平

纷乱的发线
挡不住时光的间隙
等待——
能否开启下一个轮回
爱——
是点滴的雨
伸手挽留
却汇聚成河
一泻千里
长椅上的雕
只有擦肩而过的命运
希望——下一次
是微笑
在这个雨季
等待——
只有朦胧了醉眼
可是我
依旧等待
一个拥抱

雨的印记

2011 级新闻学 2 班　王绍芬

我是一颗雨滴
小小的，轻轻的
在那个雨季
夹杂在夏风中
从那个美丽的国度——彩云之南
慢悠悠地，飘到这里

那时此地夏意正浓
鹊鸣莺啼
周围一片郁郁葱葱
到处欢声笑语

后湖边，草地上
不经意地邂逅
你慢慢地抬起眼睑
嘴角轻轻地上扬四十五度
刹那间
羞红了我的脸

天空迅速升温
一片晴朗
相识，相知，相许

记得你曾说过，爱慕我眼中的柔情款款
记得你曾说过，爱慕我年轻的容颜
记得你曾说过，爱慕我的明媚优雅
虚情或是假意
一切那么清晰

渐渐地
喜欢上你爽朗的笑声
豪迈的歌声
任它游荡于头顶的千沟万壑
隐匿在那满天的繁星中
只要与你一路相随

那时候
倘若语言能使我的愿望成真
我会珍藏每一天
然后与你共同度过
直到永远

依然还记得
那天
你转身时的决绝
我无力歇斯底里

没落地化作晶莹剔透的泪水
划过灰色的眼眸
如一朵梦中现出的紫罗兰
滴下心碎的露珠
而后
风干了

那时才想起
原来我还是一颗雨滴
也只是一颗雨滴
小小的雨滴

枯木王

2011 级汉语言文学 1 班　王维利

当寒风掠过你的容颜
我的心痛,紧锁眉头
当一片飘雪渐落在你的怀中
我激情怒放,拥抱你的躯体
虔心地搜寻着你生命的气息
你是我西北戈壁上的一棵胡杨
我是你晨曦枝干上的一粒晶体
在阳光掠过的瞬间
守望着你生命重燃的面容

松林的秋色

2011级汉语言文学1班　王维利

一眼望不到你的脊背，沉醉于你蓝色的梦境。
昨夜的雨水侵入你的心间，青春是你的专利，永葆万年。
现如今，绿色告别我的脸颊，眼眸中的泪水早已被风吹干。
多么怀念阳光柔情、雨水充沛的夏天，她早已与我决裂了。
桎梏的冬季抓住我的双脚，落叶是在所难免了。
试问我的春天在哪里？
惜爱生命的我是多么想进入你的世界，
如果有重生的机会，我便做一回你，
如今的我只做一想了。

钗头凤·贺建党九秩

2010级汉语言文学专业文秘班　韦凯

其一

驱豺狼，打走狗，醒狮怒吼五洲抖。国解放，人独立。旌旗漫曳，凯歌疾唱。隆，隆，隆！

兴科学，举才杰，敞扉撩幄迎金凤。屋宇起，广厦落。万家灯火，霓虹闪烁。荣，荣，荣！

其二

儿女归，四海依，雄鸡一唱寰宇威。携进步，领先锋。启新革旧，日新月异。赫，赫，赫！

神州行，月宫游，腾飚苍穹笑飞龙。送瘟神，赈天灾。砺党兴邦，劬劳堪当。克，克，克！

什么，什么？

2010 级汉语言文学专业文秘班　韦凯

在这个要什么没什么的季节，
思绪却要什么有什么……

什么都敢想，
什么都去想，
什么都在想，
但想什么也说不清。
就连什么是什么，
也不知用什么来作答。

欲把什么想做什么，
但是什么还得是什么。
欲把什么当作什么，
但该干什么还得干什么。
也不知什么时候，
什么都大彻大悟了。

什么都不会干，

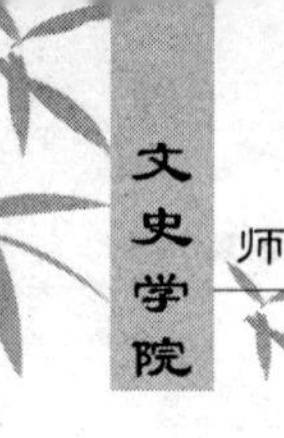

也就什么都没有。
什么都干不了，
也就什么都得不到。
什么都不想干，
也就什么都别想了吧！

在这个要什么没什么的季节，
真的是该做点什么了……

致青春

2012 级汉语言文学 1 班　徐华

花束点点　绿叶翘尖
你忧郁地执拗着说 那是 衰落前一秒的 华诞
我仰望 蓝的澄澈的 天空
寄给你我 对未来的坚定信念

你摇头哀叹
恨时光太快 奈何与青春缘浅
你未觉　它已走远

我笑着 可怜
可怜你 固执地将一切归结于无缘
纵使 奈何缘浅
你若 珍惜时光
青春必将华丽上演

华灯初上 冷暖不一
青春 教会了你 埋怨
一切与你的虚度无关

我 默默观看
某年某月的某一天
你是否 悔忆
万般不堪 皆因昨日的虚幻

林花谢了春红
时光 匆匆
腥风血雨地打拼
被现实撞得头破血流
你已然被征服
前世今生 前因后果
趁一把 正值青春
那些年的 蹉跎
教会我 用行动把握
抓得住的才是 王者

当天空弥漫的尽是 逝去的青春
我可以骄傲地 致我正在继续的青春

花束点点　绿叶翘尖
你笑着说　那是明天

路上的青春

2011级汉语言文学3班　徐思雨

你的理想受了现实的重伤，
慌乱里我们失去了方向，
像运动员失去了双腿，
像鸟儿失去了翅膀。
花蕊揉碎成时间的芳香，
你却在暴风中四处流浪。

沉默，
慌张，
无所适从，却又分外迷茫。
你说生活抛弃了你，
却没看见太阳依旧升起在前方。
生活从来不会抛弃任何人
理想也从不会将谁遗忘。

拉起帆，看着眼前的海，
你不知道该往何处起航。
其实，你该明白的，

青春已经在路上。

眼前的黄河比想象中浩荡，
羊皮筏子里装着前世流转的悲伤，
于是今天剩下的，
是灵魂在黄河的怀抱里插上翅膀。

戈壁石林亘古地凝望，
告诉你什么是坚强。
没有城市的车水马龙，
却隐藏着世外桃源的一片梦想。
生活还是记得他们的，
没有灯红酒绿，却有最纯粹的月光。

还会彷徨吗？
你看，青春其实早就在路上。

游水洞沟

2011级中国古代文学研究生　轶凡

洪荒漫漫乾坤定，风清扬扬大漠平。苍漠驼铃阵阵声，蔚空雄鹰掠飞影。叹古长城之始，苍夷满目，唯见断壁颓垣凄凉景。而今烽燧黄沙漫天起，旧时冲天狼烟难为继。君不见，世间恩怨多端倪。

驼上行，上驼行。天高云淡抒豪情。水洞沟臻亘古，深沉年轮万回愁。藏兵洞毓英杰，古今英雄垂汗青。兴衰缘何定？成败后人评。

年轻的心

2010 级汉语言文学 1 班　杨芬

年轻的心
你是漫天的蒲公英
飞翔
飘零
最后尘埃落定

年轻的心
你是豁出去的海浪
激情
壮烈
最终归于宁静

年轻的心
你是妖艳的舞娘
魅力
惊艳
末了输给年华

我到过你的旅途

2010级汉语言文学1班　杨芳

你的回眸一笑
是惊鸿一瞥
把我定格在四十五度的天空
好一幅风景画

给你镶上木质的相框
永远悬挂在空中
与星星做伴
与太阳为友

寂寞了,看看你
你就变身月亮的慰藉
悲伤了,看看你
你就流成星河的欢乐
愉悦了,看看你
你就加热太阳的温度

可惜你回眸过后风般消逝

为了找寻你
我走过每一个你走过的石板小巷
为了找寻你
我爬过每一座你爬过的奇特山脉
为了找寻你
我游过每一条你游过的冰冷河流

无奈你如石沉大海,杳无音信
幸而我并不忧伤
因为我到过你的旅途

往事并不如烟

2009 级广告学 2 班　杨籍斌

梦里我倚在窗前
灵魂如一只弱小的蚂蚁
在写满心声的斑驳课桌上
缓缓爬行
那初夏微颤的星光
哪颗才是你的眼睛
能与我再一次相视

谁说我不愿回头
悠悠的时光如掌心纹络
从未退去
可是一梦中醒
也只发现一段
越来越淡
却也越来越浓郁的感情

踏莎行·忆君

2010 级新闻学 1 班　叶子轩(刘琼)

柔肠断颜，愁浓无限，千山泪恨凭江乱。花开已是又一春，却在西厢晚。

此夜忆君，天涯地角，化成明月丝照。捣衣声里忆当年，几番风雨门前草。

旅　途

2009级广告2班　曾芃

那一年，遇到他
阳光正好，花开正好
好像一切都是冥冥之中的安排
又好像一切都只是偶然

走过石子板路
略微的湿气，略微潮湿的心情
明眸含笑的姑娘
天真无邪的孩子
一个美妙的小镇

我只是个路人，路过此地，短暂停留
只有在相片里
留下青石板路，油纸伞姑娘
还有你的侧脸

上帝安排一场邂逅
也为你准备伤离别的结局

别太介意
一切都只是命中注定

你也只是游人,背起行囊,准备下一次游走
我和你
不过是两条意外相交的射线
相逢
不过是奋力奔向远方的借口

此后的旅途人影憧憧
再也寻不到你的身影
唯有那黑白相片
证明着
我的世界,你来过

冬夜，写给外婆的诗

2011 级汉语言文学 2 班　张东

窗外的风很大。隔着玻璃聆听
一枚雪花落在草丛的声音
星星爬了出来，月亮还在等候
用梅花烹煮的宁夏八宝茶
外婆，当这些所有的聆听
都在我的脑海中走成了一条线
今夜，我要用一首诗的抒情
和您进行一次深情对话

西北的冬天不下雪
只吹风。风可以把皮肤吹皱褶
可以把一朵花吹醒。可以
吹回我儿时的童年，偎依在您的怀抱
数天上的星星，听您讲遥远的故事

冬天的梅花很香，香气宛若您烧的菜香
从烟囱袅袅升起的轻雾，把一片贫瘠的土地
孕育出绿色的希望。用女性的柔情与坚强

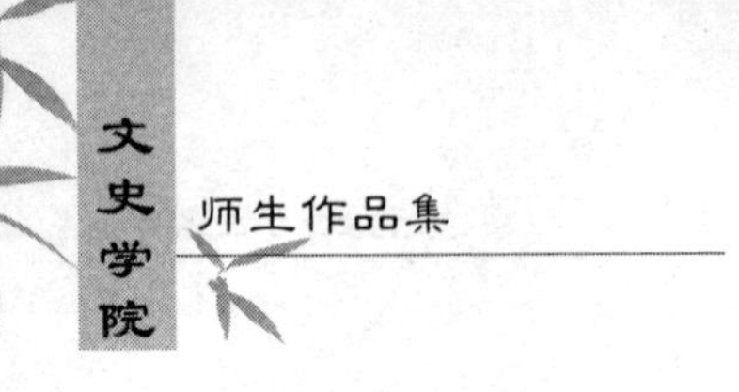

攥一把锄头和镰刀，把春天翻耕成秋天

从青丝到白发，您最美的红颜消失在苦难岁月
背着黄土挑着重担，压弯了脊梁
一圈圈、一棱棱，深浅不一的皱纹
就这样，悄悄掩盖了您岁月的年轮

我的泪水总是止不住地流。冬夜不冷
我穿着您最爱看的西装和衬衣
坐在月光下和您无声对话。我要用
我的诗歌温暖故乡的冬天

外婆，冬天漫长。听说今夜雪花漫天
您瘦弱病孱的身躯，我难以想象
在一间旧陋的土房里
是怎样的瑟瑟发抖

我的泪是疼痛的，疼痛得无法写诗
想想您的音容，在我眼前清晰走动
外婆，春节即将来临，冬天不冷
今夜，就请枕着我的诗歌入眠
给您一冬温暖，盼孙儿回归

相逢是首歌

2011 级汉语言文学 2 班　张东

春风化雨
你的温柔
溢满九万里家国
草长莺飞
那是你送给我的三月
你的兰指
拨动我的心弦
我的歌喉
拔起三山五岳
一条横亘的银河
波澜壮阔
巨浪滔天，白鲸出没
阻断帆的求索
三万光年苦苦的守候
苍老了时空
你和我相望成两个不同的星座
亲爱的，你说过
有一天要和我一起陨落

轩窗独坐
紫禁城内的伊人如雪
朔风劲吹
纷纷扬扬
飘满这厢的世界
贺兰山下，黄河岸边
轻轻麦苗，离离原野
亲吻着你的晶莹
痛饮着你的明澈
亲爱的，你看那树上的鸟儿
正在歌唱
来年丰收的喜悦
亲爱的，说好了
下辈子不要再错过

六盘山偶题

2011 级汉语言文学 2 班　张东

天还是那么高
你却离得那么近
以至于你的呼吸
呵出了整片的森林

你说那是六盘山
沉睡了千年的梦
你张开翅膀
撑起一片绿荫
把夏日的激情撒了一山

你说那是山里的松鼠
不小心滚落的相思豆
风撵过来了,雨也不甘落后
你笑了,笑得柔情万种
所有的树都为你呐喊
一根根草一棵棵树
你说都是会写诗的战士

风是柔笔雨是心事
把几千几万年的梦想就这样
吟出了一座巍峨的屏障
江山如此多娇
云啊,听风说
闪电是你的胸怀
雷声是你的豪情
六盘山因为有你
才有了如诗的神韵

无　题

2011 级中国古代文学研究生　张冬枝

一份真诚可以承受多少谎言，越过时光的磨损
一种背叛能结束多厚的感情，变成陌路行人
最初的信任像河水东流一去不返
离去或许就是一种解脱
假如我们可以回到最初
不知是否还会留有以前的温存
假如一切就像童话
不知王子是否还会去接公主
等，假如是最完美的结局
还要听几次善意的谎言
才会得到爱
为什么现实会如此脆弱
没有得到就已结束了
或许相识是一个迷失的孩子
假如没有她
你会做什么
选择或是纪念
假如没有谎言我们是否还可以做朋友

无 题

2011 级中国古代文学研究生　张冬枝

原来不是分就是留
只是醉时的梦境
要暧昧的相望要心碎的完美
第三世界还有守
疲惫得无力支撑
想找人解脱
无论怎样你的影子还在身边
放弃却依旧隐隐作痛
等候的空间何处是了
记不得最初的开始在哪里
北极星也落泪了
谁为我指引
听见黎明的召唤
却发现一切都似海市蜃楼
我选择退出走远
回来后你却还是你
依旧守着幸福回忆

春

2011 级美术专业国画班　张菊芳

从冬的沉眠中醒来
告别了冬的寒冷
你，轻漫地、优雅地
悄悄地走来，于是
山绿了
水绿了
连太阳也绿了
听到你那轻柔的声音
一声声、一声声似是在呼唤
歌唱吧，起舞吧
那是风带来的消息
风儿吹逐着小草
小草笑了，从地里快活地钻出来
小草向花儿招手
花儿笑了，在枝头欢乐地摇曳
花儿向小鸟轻语
小鸟笑了，在天空中自由地高飞
春天来了

整个大地都笑起来了
春天是一扇门
一边朝着空间
一边朝着时间
穿过薄薄的幕帘
看见了漂泊的自己
眼眸里这扇门时常敞着
在时空中随意行走
行走,一直到今天
眺望远方
怀揣春天的心事
这条路,不管有多少坎
我依然相信
人生路,也会像春天般
像春天般璀璨烂漫

远　　行

2009级广告学2班　张少奇

窗外的萤火虫，伴着夏夜的星空闪烁。
小时候的山坡，流淌的小河，我们一起走过。
呼啸的汽笛带走，一去不返的少年。

通往梦想的彼岸，远离故乡的春天，
到现在才发现，自己已走远，
再也回不去遥远的昨天。

到现在才发现，一切都没变，
只是走得太快，没看见。

窗外的萤火虫飞了，消失在夏日的银河。
小时候的山坡，流淌的小河，
风中依稀是谁的歌。
又遇见来时的路，带着沉重缓慢的脚步。

站在梦想的彼岸，望见故乡的春天，
到现在才发现，自己已走远，

再也回不去遥远的昨天。
到现在才发现，一切都没变。
只是走得太快，没看见，
昨天、今天、永远！

记忆的旁白

2011 级汉语言文学 1 班　赵光

记忆是一首被遗忘的老歌
每一个躁动的音符
唤起了沉睡已久的梦
那些往事的过往
惊醒了我奄奄一息的痛
记忆是一个无月的夜晚
在黑暗的一隅
细数飘落的忧伤
枕着黑暗咀嚼流逝的曾经
品味曾经夜空下心碎的浪漫
记忆是一张泛黄的纸片
上面刻满了深深浅浅的印痕
文字的呻吟
不知是你的忧伤还是我的悲哀
记忆是飘飞的往事
不经意间摔了一地
风的无意吹去了
心灵的灰尘
撕裂了我干涸已久的伤口

水珠

2011级汉语言文学3班　张营

那是一颗水珠——无私的
他走过一片原野
抖动着自己的身躯
微笑着滑落
将自己的生命化作万份
孕育新的力量

那是一颗水珠——自由的
他玩耍在云层间
亲吻着青山
热情地展现着他的钟情
编织着彩虹
叙说着他几世的轮回

那是一颗水珠——淳朴的
包容万物

用自己的身躯洗尽世间的铅华

不求彰显

藏污纳垢之中

不移君子本色

荣 光

2009级汉语言文学专业文秘班 赵静

一面鲜红的党旗
映衬的是先烈们铁骨铮铮的模样
一个民族的复兴
象征的是大中华众志成城的开创

历经磨难艰辛 挽住九天虹彩
指点江山风流 激昂九州方圆
是中国共产党奏出了新中国的铿锵音律
为神州大地带来一片灿烂荣光

九十年 似弹指一挥 却地覆天翻
回首曾经
泱泱中华还满目疮痍
天府阡陌还饱尝着积苦贫瘠
抗战的烽烟回旋在悠远的山脊
放眼今朝
巍巍华夏已神采奕奕
高峡平湖已翻新出崭新年历

春天的故事传遍了火红的土地

九十年 如凤凰涅槃 却一往无前
回首曾经
南昌起义的枪声 划破历史的沉重
遵义会议的转折 挽救革命的危亡
慢慢长征的穿越 曲折岁月的艰辛
抗战八年的坚持 坚定自立的信仰
放眼今朝
天安门上的呐喊 宣告民族的威严
改革开放的实施 指引发展的方向
神舟系列的飞天 印证自强的信念
奥运圣火的点燃 照亮华夏的希望

忆往昔峥嵘岁月
展未来任重道远
让我们
沐浴九十年的荣光
发扬九十年的风格
延续九十年的求索
为中华民族缔造新的辉煌

千樽醉·临渠钩月

2011级中国古代文学研究生　左安源

夜风醉，起相随，斜堕青衫，发舞鬓髻垂。挑烛泪，沐寒辉，难断离人对丹桂。

昔相会，叶影徊，云光润洁，树下隐成对。玉漏催，无欲归，势与海棠伴月睡。

散文篇

婆婆的树

郭　艳

婆婆家住一楼，阳台边上有门，这样便于出行，也便于照料门前一畦土地、几株植物。

因为是老旧小区的缘故，物业管理得不严，凡一楼住户都会在自家门前料理一块小小土地，栽些花、点些豆或植棵树。也许是天然依生土地的亲和力驱使，又或许是家园农耕意识的潜在萌动，每一家门前都有一方别致的小天地，待到春天始便徐徐展现别样生机。

婆婆的门前零星栽种了月季、刺玫、指甲花、掐不死、大理花。花们在温暖的季节不分昼夜，柔美绽放，淡淡装饰着凡人的生活，甜美了四季的梦。

但最可称道的还是婆婆的树。她有两棵美丽可爱的树。

一棵香椿树——

婆婆从她母亲那里移植来一株香椿树苗，初时细弱，但没两年便长成规模，郁郁葱葱，主干旁还发出许多新枝来，箭似地林立，长势喜人。晚春初夏时，摘几枚香椿叶洗洗，佐盐凉拌，或调进面里，可谓绝佳美味，且营养丰富。香椿炒鸡蛋尤其口味独特，食之难忘。

其余叶片便由它长去吧。香椿叶生得俊秀柔丽，羽状复叶，略似牡丹花幼叶，却又独具雅相。绿叶红边，犹如玛瑙翡翠合璧，颇受赏

看。更有一种淡香奇味，若有若无，幽芬暗香，沁人心脾，消秽驱燥。

我突然心有所动，很希望植一株在我的窗外，让四季流转的美里更多那么一点烟火人间的幸福期待……

婆婆的另一棵树是枣树——

这棵枣树可生得不简单哦！枣树本就外形清绝独立、倔强不逊，有别于其他树木。婆婆这一棵尤其渊源不同，深藏秘密！

卖片儿汤到此，不解密恐难收场，只好吐槽爆料，以飨各位看官。

话说栽种这枣树之前，我的儿还未出生，即将瓜熟蒂落。

那一日，诞下我儿，医护人员将孩子交付家人，同时还转交一个重要物件。此乃小儿身处母腹时的生命之源，俗称胎盘，又称胎衣、胞衣、紫河车。

我们的讲究，头胎生儿，此物要由男家郑重择自家房前地埋下。寓意天地护佑、吉祥如意。

这棵枣树有幸依其傍生。刚栽下树苗时，细弱一株，不过才两三年工夫，便长得蓬勃有力，已五六米高，并很快挂果，枣儿饱满且长，味道水脆而甜。殷殷美意，不负期许。

每逢八月入秋，枣树硕果累累，家人欢乐朵颐，这时亦恰逢我儿果蛋的生日，喜不自胜，美不胜收。

说起果蛋的乳名也有一段与果树相关的小故事。我刚怀孕时，家人做了一个梦，梦见家里有一棵绿意荫荫的果树，果实累累，灿灿红光映照，香气扑鼻，令人欣喜。醒后似乎仍清晰可见。加之我的姓与"果"谐音，于是便给尚未出生的宝宝取了"果儿"的乳名。

因之于此，眼前的枣树便更显亲切了。

我以为枣树是一种蕴含力量与情感的树，它常常是那么的深沉持重！

落叶后的枣树瘦骨嶙峋、锋芒毕现，那种桀骜不驯、倔强犀利真如鲁迅先生笔下的枣树斗士一般:“而一无所有的干子,却仍然默默地铁似的直刺着奇怪而高的天空,一意要制他的死命,不管他各式各样地映着许多蛊惑的眼睛。”

关于枣树,还有这样一个传说。

中秋时节,黄帝带领大臣、侍卫到野外狩猎。走到一个山谷的时候,饥渴难耐,疲惫不堪。突然,见到半山上有几根大树,树上结着诱人的果实。众人忙奔过去,争相采摘,吃起来酸中带甜,分外解渴,疲劳都被忘在脑后。众人连声说好,但都不知其名,就请黄帝赐名。黄帝说,此果一解吾等饥劳之困,一路寻来不易,就叫它“找”吧!后来仓颉造字时,根据该树有刺的特点,用刺的偏旁叠起来,造了“枣”字。

中国人偏爱枣。枣营养丰富,性热。鲜时吃脆,晾干味醇,亦是泡茶、煲粥、入药的佳味良材。枣树耐旱,西北之地不仅宜生,而且因阳光格外充沛,果实的品相声誉都更胜一筹,引人瞩目,备受青睐。

春天,许多树都竞相发芽吐绿了,唯枣树不急,不为春意盛情、人世喧闹所动,自顾自地岑寂凌立。直至四月底五月初,枣树才缓缓发芽。

发芽后,枣树开始去除凌厉锋芒,惭生母性温柔。那枣叶呈椭圆长形,生得温柔圆润、翠玉清风、倩影婆娑,满树生姿,别有一番风韵。

六月,枣树微蕾浅缀,内敛自持,不恃张扬,素朴纯美。不多日,次第绽开鹅黄花朵,那种风度亦是朗风晓月般的清逸,无关胭脂水粉,不争春妍秋蕊,颇为清雅淡定。这时就欣欣然只等坐果啦。

八月里,青果渐红,小果变大,离丰收采摘欢喜逼近,枣树完成生命里的优雅转身。此刻,它俨然慈心柔肠的母亲,静美安详、低眉含目地,守望人世安恬。

这就是婆婆的树,美好的树。

我的邻居

——楼下的老先生

郭　艳

楼下的老先生永远那么安静，似乎每一个日日夜夜他都独自蜗居在自己的巢里，不知在做些什么。我却无端地觉得，他在那里，一定过得分外充实。

他的安静避世一如他的门给予我的提示——入住新居四五年了，他的门仍像刚装修时那样，结实地、整齐地粘着硬纸壳，那种细心的防护令人不得不重视。以至于我唯恐在楼上惊扰了他的清宁幽梦，总要提醒儿子不要制造过度的噪音，以免妨碍楼下的老先生。

老先生相貌清癯，人生难得老来瘦，他便是这难得，目光炯炯，精神矍铄，常染一头乌发，仍然坚定地保持五六十年代的款型，忠诚秉直，义正词严，一丝不苟。言语间带有一丝陕西腔，镜片后的眼笑起来也慈祥亲和，生动了一脸的沧桑沟壑。

有次看见他穿着家里的着装——一条老伴儿编织的毛线裤，上身毛线衫上还套着件棉坎肩儿，手持一柄扫帚，立在单元门前的垃圾桶旁细细地择塑料刷头里潜藏的毛发，择一择，再磕一磕，神态安详，如入无人之境，仿佛这是一件极该慎重的事。看着他，突觉生命的旋律舒缓宁和，纷繁世事皆成光影尘屑，唯现在踏实……

初冬清晨尚早时，迎面碰上老先生，一身黑呢中山装，炭灰色围巾优雅地围簇脖领，手提一个老旧公文包，精神勃发地阔步走着。互致问候，得知老先生是要赶赴老年大学上课。连续多日，每每如此，不曾懈怠始终。老先生原是大学退休教授，如此，也是发挥余热、充实生活吧。才是初冬，却仿佛有春天不远的气息萌动。

入夏草木葱茏时，又见他手拿剪刀站在楼前草坪上，修剪一棵棵花树。看着茂盛深阔的枝叶被老先生渐修稀疏空落，心中纳罕不忍，急问之，老先生缓缓作答，长得太密实，恐藏匿心怀叵测之人，不安全。我不禁哑然，老先生身居一楼，谨慎无错。于是，我们单元楼前的花树总有幸理发瘦身，显示出被关爱的幸福，每个枝丫都越发生长得积极努力。

近日，我先生偶遇老教授，谈及近来晚上频传的异常响动。原来我家高邻新购跑步机，每晚十点后使用，响动太大，竟然也扰到了老先生，我家隔壁邻居也声称听得很清楚，几人共议应当去提醒下，也许本家未必意识到自己已经扰邻，尚不自觉哩。

老先生一向对于有损公德的人事总有纠正的本能愿望和维护正义公道的热情态度。

我觉得这似乎正符合他一贯的风度。

十月陨葬，晴雨潇湘

李拜石

窗外雨正密，一首 Breathless（无法呼吸）开到最大声，大口大口吞咽，正用各种食物填充飘来晃去空荡荡的心呢。彼岸一个不相干的人忽然抛过来一句："雨漏更残，不堪与闻。"说者无心，一时念动，此岸的一个病人，一时之间，却被轰然击中。独自匆匆穿过疏烟淡雨，那些散落在蜿蜒流年最深的角落里——经年的相思，日渐沉淀。尝试了许多可能的方法，即使明知道最后还是会以失败告终，于是反复折磨过后，渐渐开始疲惫，甚至有点儿厌倦了。

静坐在丽多运河边，看那些漂泊的云慢慢走，河中是秋水，缓缓流。风从脸上轻轻拂过，带着秋凉，直抵心间。季节轮回的深处，曾经的夏之味道已是全然殆尽，那些浓艳的叶子，诉不尽对这世间深婉绵延的爱，悠悠飘零一地。风中暗自惆怅这世间淡漠欢情，自是人生长恨水长东。默念："就算寂寞，可我还有自由。"

行走在烟霞绚烂的黄昏里，想象了身后的光影，我亦是过客眼中的过客。每个人是每个人的无可奈何。每个人是每个人的咫尺天涯。是的，我当然明白不该有任何的怨言，唯一能做的是在此岸守望彼岸你的未来，就让心灵蹲踞在清静时光的一角，渐渐稀薄所有的情感与期待。阡陌上遇见，繁华处别过，在各自的尽头张望，不若相忘。其实江湖，不是别人，就是我们自己。离传说中吵吵嚷嚷的世界末日不到两年了，连《孔雀东南飞》也从语文课本里删掉了，爱情对人们还有那么重要吗？镜花水月一般，脆弱的不堪现实一击的誓言，飞蛾扑火的灰烬。

维尼冲过来抱住我的时候说，半年不曾见过了，一切竟这么熟悉，连我的香味都还是一样的。维尼你真好，谢谢你连我的味道都记得。一种牌子的香水会用好久，一首喜欢的歌会反反复复听，一个人，会什么也不做只为呆呆等好久，一条路，来来回回却不晓得另找蹊径，一些个深夜里，困倦不已却依然不忍睡去……一些习惯改不了的时候，或许是因为，已经喜欢了吧。

知道过于偏执，并不是一件好事。可是，与生俱来的天性却又怎生得改？只怪自己心不若止水。如果可以，会不会真有那么一天，我可以不守时光，不写凄婉，不在柔情万卷中黯然，只是静守天光，独醉不醒；如果可以，能不能关于缱绻，关于泪水，都请随情谢幕；如果可以，不再有那些疼痛与忧伤……心里存放着太多如果，只是生活何时曾有如果？我想起了好像电影里有人说的：“你觉得这个世界好像哪里出了问题，哪里不对劲，但你说不上来是什么。”

努力活成一棵仙人掌吧，柔软的内心包裹了密密的刺，即使假装，也要让自己无比强大，总好过溃不成军。

关灯，睡去的时候，轻轻对自己说：“亲爱的，早安。”

三十年随想

王引萍

30 年前我高考，而今儿子高考。

2011 年 7 月 28 号，一个平凡的日子，但对我来说又是个颇具纪念意义的日子。因为从今天起我们的儿子成了一名大学生，虽然学校不太理想，但毕竟考上了……

30 年一晃就这么过去了，对镜看着自己，曾经还算嫩白的肌肤，不知什么时候悄悄地爬上了一些斑点和皱纹。又黄又黑的皮肤，看不到当年的生气了！眼神里的单纯与梦想，被岁月的沧桑所取代。唉，对镜叹息一声，曾经年轻的我们已不再年轻！因为任何人都逃不出岁月的掌心！

30 年“弹指一挥间”，认真总结一下自己走过的路，人生一大半过去了。我收获了什么呢？仔细想想，自己的人生还算比较顺利吧！有一份不错的工作，一个比较幸福的家，一个还算聪明懂事的儿子，那么，多一点沧桑也值了。参加工作 23 年，教过的学生也可谓桃李满天下了，有不少人在教师节或春节的时候还会发个短信，祝福一下节日，呵呵，也算是个安慰吧！

30 年了，对我的父母呢？内心充满了愧疚和歉意，23 年前自由恋爱嫁给了他，人倒是没选错，可一结婚就成了婆家的人，不能把有限的时间和精力都用来陪伴、照顾爸妈……想起爸妈用辛勤劳作、省吃俭用的钱供我上大学，才使我远离了那个贫穷落后的小乡村，成了一名大学老师，心中便无限感慨、无限伤心……因为“女欲养而父不在”！30年前送我上大学的父亲已经去世11年了！现在收入还算不错的我想报答他的养育之恩，却已无法实现……想想这一切，面对苍老多病的妈妈，我在心里说：“妈妈，30年前的9月，您和爸把我送到了古都西安求学深造，省吃俭用地供我上大学，30年的岁月中，我不只一次地让您操心。以后我要尽力报答您和爸的养育之恩！希望在以后的日子里，我能让您的晚年过得开心幸福！”

岁月沧桑，人生苦短，我内心充满了对父母、同学的感激之情！

感谢父母的养育之恩！

感谢同学的关心与帮助！

夜，已经很深了。家里灯火通明，一家人还在查高校的录取分数线。真是绞尽脑汁！明天就要给儿子填报志愿了，报高了怕滑档，报低了又不甘心，真是难啊！

躺在床上，难以入眠……

朦胧中，我骑着父亲的自行车，带着三天的口粮到60里以外的县城参加高考……三天奋斗，如愿以偿。我成了5个公社10万人口的一条塬上唯一的女大学生。幸福的感觉从发梢里都流了出来，快乐而欣慰。

30年，犹如眨巴了一下眼睛，儿子已经高考了。他幸福、健康、聪明、倔强、有主见，成长得无忧无虑。我真羡慕他，为自己而活。闲暇之余，我每每回忆过去，粗略地审视自己。孩提时的生活艰辛苦涩，陕西农村人古老的传统和保守的观念，使得多数女孩子没上完初中就回家务农、嫁人……好在父亲有点文化，还算开明，对我上学读书比较放任。其实那个年代，一个农村的女孩子，能有多大的念想，仅仅为个饭碗而已。这种努力一半为了自己，一半为了辛勤劳作的父母。上大学、考研究生的日子虽辛苦，但心里觉得充实，算是为自己活了几年。知道得多了,想法不由得就多了起来。但家乡人却认为我出了格,“女子无才便是德”嘛! 我成了同学羡慕的“叛逆者”……随后和大多数女孩子一样,结了婚,有了儿子,一生的重心就转移到丈夫和儿子的身上。

改革开放已30多年了,家乡虽有变化但依旧贫瘠落后。娘家婆家都需要我们精神上的抚慰和鼓励,经济上的接济和帮助……儿子一天天在“细粮”的浇灌下茁壮成长,花钱从不打折扣。钱对我们来说虽不是大问题,但看看现在孩子的生活以及他们的人生观,我真不知道明天会怎样!

30年前我高考,而今儿子高考。30年“弹指一挥间”,生活在变迁,观念在变化,我也被时光打磨得无棱无角,整天地柴米油……郁闷的时候,我问自己,我是谁? 我为谁? 儿子就要离开我,像当年的我一样去做莘莘学子,我庆幸自己没有白辛苦……

趁着儿子外出求学,我要为自己好好地活上几年。

啊,蓝色的青海湖

张鸿才

汽车在青藏公路上行驶,过了日月山,路边的山峦就变得更平缓了。我默默地观赏着窗外绿意蒙蒙的山坡和远处连绵起伏的雪山。忽然间,在遥远的正前方,天边闪现出一大片蓝宝石般的光辉。我惊住了,急忙指着那片晶莹的蓝光,对身边多次到过青海湖写生的自治区文史馆员、著名画家樊老说:“那是青海湖吗?”他说:“就是。”

不一会儿,到了青海湖畔。我的眼前,是大片大片黄灿灿的正在盛开的油菜花。原来高原的春天姗姗来迟,直到七月上旬才春光烂漫。那大片大片金黄色的油菜花,开放得那样高雅、那样蓬勃、那样明丽、那样纯正,近看是一簇簇、一簇簇挂在枝头的珠玉,远看是一块块、一块块镶在翡翠上的黄金。极目远望,在广袤的青海湖畔,油菜花流金溢彩,送芳吐艳,为粗犷而质朴的青海湖,添上了无尽的风采、无尽的妩媚!在一片金黄色的背后,衔接着一片无边无际的蓝色的湖水。我们一行三十多人在湖畔徜徉了一段时光,约在中午时分,分乘两艘游艇畅游于湖上。在水面上细瞧那湖水的蓝,真是蓝得醉人啊!它蓝似海洋,可比海洋蓝得纯正;它蓝似天空,可比天空蓝得深沉。青海湖湖水的蓝,蓝得纯净,蓝得深湛,也蓝得温柔恬雅。那蓝锦缎似的湖面上,荡漾着一层层、一轮轮微微的涟漪,像是白居易《忆江南》中“春来江水绿如蓝”的江水，又像是欧罗巴少女那水灵灵、蓝晶晶的迷人的眸子。青海湖湖水之所以这样湛蓝，据说是因为湖面高出海平面3260米，比两个泰山还高，湖水中含氧量很低，浮游生物稀少，含盐量达到0.6%，接近生理盐水的浓度，透明度在八九米以上，加之湖区自然环境没有被污染，因而，湖水就显得如此湛蓝，如此清澈！

游艇在辽阔的湖面巡游了两个小时。从湖心放眼望去，在青海湖所能目极的尽头，在水天相连的地方，是一道道雪白的云彩，它轻轻地、轻轻地游动着，有如漂流在海洋上的一座座冰山。再往上，就是高原所特有的万里无云的晴空了，这淡蓝色的苍穹一直延伸到遥远的山的那边……啊，一副多美的画卷啊！我曾经领略过西湖的妩媚娇艳，玄武湖的绰约清丽，东湖的惊涛拍岸，大明湖的十里荷香，昆明湖的皇家气派，沙湖的塞外风情，鄱阳湖的秋水长天，洞庭湖的浩渺烟波……可是此时，我却被蓝色的青海湖所震慑，原先对西湖等湖泊的浮光掠影的印象，倏地被一股强大的大自然的魅力所击碎并驱散。我不由得张开了遐想的翅膀：当年大自然这真正的造物主在塑造青海湖的时候，一定是酣畅淋漓地挥舞着宇宙中最大的画笔，一抹黄，一抹蓝，大笔挥洒勾勒，留下了这没有丝毫粉饰和雕琢的青海湖，留下了自然的美，粗犷的美，质朴的美。

啊，蓝色的青海湖，你真是青藏高原上的一颗璀璨的明珠，你放射出的熠熠光彩，多么令人陶醉，又多么令人神往啊！

诗与理想

张鸿才

没有阳光，便没有花朵；没有理想，便没有人生。理想，就是美好，就是目标；理想，就是希望，就是诗的生命。

理想，是“人生美”的庄严课题，是“诗学美”的庄严课题，是沉思的课题，是奋斗的课题。

理想，是人类的“伊甸园”，是诗国的乐园；理想，仿佛远在天边，又仿佛近在眼前。

理想，岩石般的威严，朝阳般的生命，信仰般的巍峨，万世不竭的青春。理想，像火山一样热情，像冰山一样冷峻，像恋人一样温馨，像婴儿一样纯真。

理想，是精神领域的高层建筑，它高于盛唐的帝王宫殿，高于埃及的金字塔，高于纽约的摩天大厦。理想，是精神领域的广阔空间，它囊括地球，囊括宇宙，囊括古往今来。理想，是精神领域的远程导弹，它穿透时间，穿透空间，穿透亿万光年。理想，是崇高的美，硕大的美，遥远的美，它浓缩于诗人智慧的笔端。

实现理想，必须付出代价。理想越高，代价越大——有的付出一串泪珠，有的付出一束鲜花，有的付出一腔热血，有的付出一头白发，有的付出世上最宝贵的青春和人间最幸福的家庭。

为了实现自己的理想，希腊人和特洛伊人付出了十年战争①，英吉利人和法兰西人付出了百年战争②；为了实现世界大同的理想，人类已经付出和将要付出亿万人的脑汁，亿万人的爱情，一代人又一代人的汗水，一个世纪又一个世纪劳动者的奋斗与艰辛。

奔赴理想的路，并非水泥路，并非柏油路，并非鲜花铺成的路，而是荆棘丛生、布满蒺藜的路。路上有悬崖，有陷坑，也有绿色的树荫，有痛苦，有绝望，也有胜利的欢欣。理想的路，属于一往情深的诗人，属于忠实于理想的诗人。

绿色的希望，包裹着红色的理想，有如正月十五的花灯，以其璀璨的光彩，召唤酷爱理想的诗人。

---

① 荷马史诗《伊利亚特》故事中的特洛伊战争。

② 英法两国 1337~1453 年的战争，史称为“百年战争”。

说“六更”

张鸿才

> 文艺作品中反映出来的生活却可以而且应该比普通的实际生活更高，更强烈，更有集中性，更典型，更理想，因此就更带普遍性。
>
> ——毛泽东《在延安文艺座谈会上的讲话》

从普及的起点出发，经过严峻的艺术提高，然后还原到终点——新型的普及。这一辩证的历程，完成了一个美学结构的整体工程。这个整体工程结构的外壳，即是艺术形式的美；而决定艺术形式美的内核，决定美学生命性质的，不是别的什么，正是由“六更”构筑而成的六个具体而又抽象的思维系统。

儒家讲六经六义，释家讲六识六根，道家讲六丁六甲，兵家讲六韬六神，术家讲六壬六爻，画家讲六要六法，医家讲六郁六腑，数学家讲六面体，少林拳讲六合门。各家学派各有六字真言，流传千古。而不朽的哲人毛泽东的“六更”美学观，内容之丰富多彩、规模之精深博大，堪与各家学派相媲美，在人类思想发展史上，矗立起一座无与伦比的丰碑！

“六更”的内容，可从三个层次中见其精深：第一层，就主次而言，生活乃艺术之母，生活为艺术的前提；第二层，就美的质量而

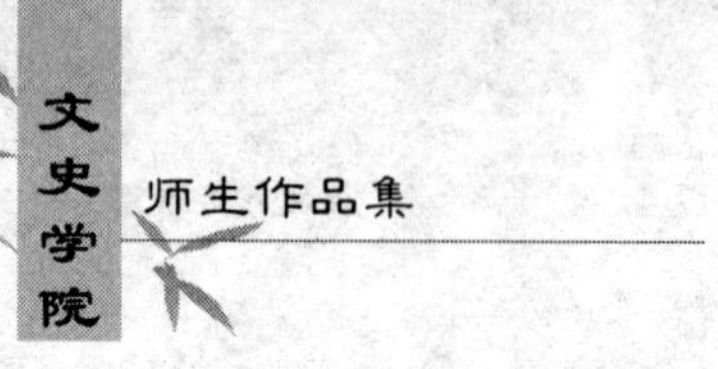

言，艺术高于生活，大于生活；第三层，就美的内涵而言，六个“更”字各守一方，各自为政，每一个“更”字都自有独立的含义，而同时又共同孵化出、建造出美的造型。

“六更”的因果关系是：“高”、“强烈”、“理想”、“集中性”四者为因，“典型”、“普遍性”二者为果，即艺术的美如果不是比普通实际生活更高、更强烈、更理想、更有集中性，那就不可能成为艺术典型，不可能更带普遍性。

因果关系的另一方面是，艺术造型为因，“六更”为果；如果没有艺术造型这个因，那么，“六更”则形影灰飞烟灭，不复存在。可以说，“六更”的声望虽高，但并没有独立的生命，而必须依附于艺术美的造型之中，必须借艺术造型的美才能显示其意义之巨大，才能显示其赫然的庞大身躯。但若没有这个果，如果遗忘或降低这六个“更”字，那么，艺术就不称其为艺术，而势必退化，还原为生活的原形，变成自然形态的生活本身了。

纵然如此，但“六更”确乎具有权威性的美学价值。

不能理解为“更”不过是比“够”略高一筹而已。也就是说，生活本身的美，已经够高、够强烈、够有集中性、够典型、够带有普遍性的了，只不过是必须更上一层楼而已。非也！“够”与“更”之差，不是量的增加，而是质的飞跃！这个“质”，就是美的提高，就是艺术的创造。“六更”的美学价值，就在于新颖独特、千姿百态的艺术创造。

榜 样

周清叶

学校举办第五届教学基本功大赛，我是观众。

抽签分组，但不分文理。

“三人行，必有我师。”收获自然多，暂不赘述。

单说两位男老师吧。一位是化工学院的，一位是信计学院的，姓名略。

两位都是整洁的西装衬衫。

记得朋友曾推荐过一位医术高明的老中医，年近八旬，白大褂领袖处露出白衬衣的领子和袖口，虽然顶多七成新吧，但干净且平整。虽然已经须发皆白，但神色安闲，瞬间就 hit me！我的内心忽然就涌上了一种很美好、诚挚的情愫！“青青子衿，悠悠我心”——那个穿着青色衣领衣服的人啊，他深深牵动着我的心！《诗经》里这位姑娘深爱的就是一个读书人！曹操《短歌行》引用此语表达的是自己求贤若渴的心情和胸襟。而眼前西装衬衣领带的两位“方程式”先生给人的第一印象就是有知识有素养、有尊严有操守、严谨而称职的教师。

PPT 做得简洁而有技术水准。

“立方形状态方程”、“RK 方程常数”、“迭代法”、“理想气体”、“非极性气体”、“步长因子”、“最速下降法”、“链式求导法则”，咱都不懂。

但是看他们沉稳有序，风度翩翩，一步一步推导、引证，思路清晰，有理有据，仿佛一个个方程式都有着生命！语言准确、凝练、朴实、严密、清晰，一个多余的字都没有！即使门外汉如我，也能感受到逻辑的严密与推导的乐趣！这就是自然科学的美！这就是教学的艺术美！这就是一堂课带给人的真实感受！

于是在无功利审美的同时，我有了些思考。我们都知道教师的职业是一个光荣重要的职业。它对国家人才的培养，文化科学教育事业的发展，以及后一代的成长，起着重大作用。《孟子·心上》里说到君子的三乐之一便是得天下英才而教育之。现实中，有多少人能把教书育人当作一种崇高而愉快的事业呢？

近处无风景？身边有榜样！

其实，我所在的文史学院里的许多老师就是可堪学习的榜样——

和蔼可亲的左院长总是像对待自己的孩子那样地去理解学生的言论行为，在诸如德育论文答辩等场合竭力解疑释难，打开学生们的诸多心结，真正体现了别林斯基所提倡的“光爱还不够，还必须善于爱”。负责学生工作的许书记内心充满对每一个他要与之打交道的、具体的学生的爱，尽管某些学生的品质也许已经非常败坏，尽管某些学生可能会带来许多不愉快的事情，他依然关心着他们在校期间的学习和生活。上《先秦文学》课的祁老师，运用到一个朴素却扎实的教学方法——要求学生背诵古文。他自己就先把那些经典篇目熟记于心，不需对照原文就能及时准确地考查学生，这是陶行知教育原则的最生动体现：要学生做的事，教职员躬亲共做；要学生学的知识，教职员躬亲共学；要学生守的规则，教职员躬亲共守。要想学生好学，必须先生好学。唯有学而不厌的先生才能教出学而不厌的学生。还有基础写作课的郭老师，及时、认真批改学生的每一篇范文，从不懈怠马虎。现代汉语课的姜老师，生动教学，发音标准，让少数民族学生喜欢上字正腔圆的普通话。古代文学课的郭老师总是利用大量业余时间悉心指导学生，常常忘记了下班的时间。美学课的吕教授则不仅在教学上积极拓展、打开新思路、及时践行，而且充满热情地把自己的好方法、新收获拿出来，与青年教师讨论、分享等。

记得苏霍姆林斯基曾说过，他热爱教育工作，因为它的主要任务是认识人，可以在工作中首先去认识人，观察他们内心世界的各个方面，并且教育的艺术就在于能够看到取之不尽的人类精神世界的各个方面。而文史学院的每一位老师都曾在某些方面让我感动，让我感受到了教育的趣味和榜样的力量。叶圣陶说："教师要使自己的教育活动真正有益于学生，有益于教学质量的提高，教师之间就要团结合作，互相配合。"我想，如果我们学院、学校里的所有老师能够行动得像一个组织得很好的交响乐队一样，那么，教育的利剑和长矛往往为之交锋和折断的许多问题就会非常容易地得到解决。

所以，我们应该牢记：教师不仅是教书者，更是教育者。教学过程不应该单单是传授知识，而是表现为多方面的关系。共同的智力的、道德的、审美的、社会和政治的兴趣把我们每一位教师与教师、教师与学生联系在一起。教学有道，探索无穷，如何做一位光荣而优秀的教师？我们不是演员，却应该努力吸引学生渴求知识的目光；我们不是歌唱家，却应该努力让知识的清泉叮咚作响，唱出迷人的歌曲；我们不是雕塑家，却应该努力去锻造自己和一批批青年人的灵魂。

“爱心盘”

左宏阁

孔子曰:“智者乐水,仁者乐山。”作为普通人,虽也乐山乐水,却很难悟出其中真谛,所以只有学着陶渊明“吾亦爱吾庐”。我家位于距离贺兰山不远,两家一栋的小别墅,上下两层,二楼上边还有阁楼。房顶上是紫红色的琉璃瓦,阳光照耀下会鲜艳夺目。房子周围绿草如茵、树木环绕。树木品种多样,有紫叶李、白玉兰、国槐、香椿、金柳、绿柳。我家房子斜对着篮球场,视野开阔。平时,我经常在院子门口休息,夏天纳凉冬天晒太阳。我还在家门外边放了一个盘子,我把它叫作“爱心盘”。因为每天我会在盘子里放上各种食物,喂养那些流浪的猫儿、狗儿,还有树上的喜鹊、麻雀。我的“爱心盘”没有漂亮的装饰、没有华丽的外形,但它却是院子里的猫儿、狗儿,喜鹊、麻雀的最爱。

不知何时起,院子里有了很多流浪的猫儿、狗儿。它们无人饲养,无家可归。据说,这些流浪的猫狗是以前毕业的学生因为喜欢从家里带来的小猫小狗,等毕业时猫狗已经长大,无法带回家,便扔在校园里,成了可怜的流浪儿。这些猫狗每天在院子里成群结队,东跑西奔,有时可能给儿童带来安全隐患。渐渐地,便有好心人主动承担起了喂养的责任,我也成了其中的一员。我在房门外搁上一个盘子,每天放上各种食物,比如米饭拌点炒菜,馒头、饼子掰成碎块儿等。猫儿胆子有些小，吃完赶紧跑开，不敢过于与人亲近。狗儿就不一样了，他们通人性，吃完之后向人摇头摆尾，在人跟前亲来亲去。有时老远看见我，就会颠儿颠儿地跑过来，仰着头、摆着尾。如果我进商店，它也会跟着进去，乖乖地望着我，我此时就会忍不住地给它们买根火腿、买块肉。看着它们津津有味的吃相，我会由衷地产生一种快感。

开始时，我只是关心猫儿、狗儿，没有注意鸟儿。今年银川雨水充沛，气候湿润。我家买的小米、薏米、黑米等，因为只是偶尔吃一下，结果统统出虫。我便把长虫的米粮放到门口晾晒。谁知，成群的麻雀飞来啄食，喜鹊也三五成群地飞来，喜鹊与麻雀交相上下，喜鹊来食，麻雀上树，喜鹊飞走，麻雀来食，鸟儿们上下翻飞，它们居然不怕我。小小的麻雀翅膀拢起时灰蒙蒙的，不太引人注意，可当它展翅飞翔时，整个身上灰黄相间，密密麻麻的小黄点集于一身，十分漂亮。等它一旦飞到树上，与茂密的树叶融为一体时，你就很难发现它了。喜鹊肚子白白的，翅膀上有一点白色，背部和翅膀其他部分黝黑发亮，黑白相间的色调煞是喜人。看到它们可爱的样子，从此我的“爱心盘”里便又多了大米、小米……当我喂养猫狗时，喜鹊、麻雀也便成了“爱心盘”的食客。

我常常看见麻雀不停地在啄食。有时在我的“爱心盘”里，有时在草丛或路边。它在路边吃什么我却不知道，我在它们啄食的地方认真查看过，什么也看不见，它们却能找到食物，令我十分佩服它们的眼力。我曾真切地看到喜鹊和麻雀吃蚜虫的样子，着实好看。

我家房子西边长着四棵柳树，春天到来时，两棵金柳从枝到叶金黄一片，与两棵绿柳交相辉映，翠绿金黄，十分漂亮。可是一到夏天，上边长满蚜虫，害得旁边的槐树也不能幸免。树叶被蚜虫屎沾满，黑乎乎的，落在地上，黏糊糊的，加上被吃落的树叶，人走在路上，粘的鞋底全是虫屎和树叶。虫屎落到汽车盖上，能粘掉上面的漆。人们没有办法，只好打药。可是，喜鹊麻雀却有办法，只见喜鹊、麻雀用两个小爪把自己挂在树枝上，一下一下地啄蚜虫，稳稳当当。从一个树梢跳到另一个树梢，从这个树枝飞到那个树枝，啄呀啄呀，一点都不烦。我就在想，要是喜鹊、麻雀再多一点，不就不用打药了吗。

鸟们的可爱之处还不止这些。我们都知道，狗会把没吃完的骨头埋起来，留着以后吃；蜜蜂酿蜜是在储备食物。其实，喜鹊也会。为什么说它可能会藏食呢？这得从一次有趣的发现说起。我平时每天吃两个核桃，现吃现夹，一次买的就比较多。今年买的核桃有些长虫，我就用小纸箱装着放到门口晾晒。老公说："你的核桃里有什么，喜鹊爬在那里啄食呢。"儿子说："咱这儿的喜鹊不怕人，我爸开门出去，好几只喜鹊站在李子树上盯着看我爸，就等我爸走开。"我听听觉得好玩，以为喜鹊在找核桃里的虫子呢，没在意。等几天后往回拿时，怎么只剩半箱？心里犯嘀咕，却也没多想。几天后，我看见一只喜鹊叼着一个核桃蹦来蹦去，一会叼起来一会扔下去，再叼起来再扔下去。噢，原来我放在门口的核桃都让喜鹊藏到草里去了。原来喜鹊站在枝头等我老公离开，是为叼核桃，儿子在家看着只觉得好玩，却没想到它们在关注核桃。更有趣的是，它现在竟把埋起来的皮已变腐的核桃摔开来准备吃核桃仁呢。多聪明的鸟啊！现在，我在"爱心盘"里经常会放些夹开的核桃。我用夹子都夹不出来的核桃仁，以前我要用针、用牙签往外抠都抠不出来的核桃仁，鸟们居然用它们的小嘴把核桃仁吃得干干净净。看到这样的情景，真让人感到惊奇。

唐代韦蟾在《送卢潘尚书之灵武》中赞道："贺兰山下果园成，塞北江南旧有名。"我家就位于贺兰山下，塞北江南的银川西边。远远望去，绿树成荫，家属区掩映在绿树丛中，有着"水木万家朱户暗"之景，"榆柳荫后檐，桃李罗堂前"之境。狗吠宅院中，鸟鸣椿树颠。景美还需人心美，境优更待人心善。我用“爱心盘”喂这狗，喂这鸟。这成了我的爱好，也给我带来了乐趣。我希望院子里流浪的猫儿狗儿都有可吃的食物，都有可卧的小窝；学生们不要再爱它们而又抛弃它们，都来为校园内流浪猫狗献点爱心；同时关注一下鸟儿们，喜鹊麻雀都长得胖乎乎、圆滚滚，争先恐后地唱着它们的天籁之音。我希望我们的家园更加和谐，更加充满生机和活力。愿有更多的“爱心盘”摆在门外、摆在窗前、摆在……

春 雪

2009级新闻学1班　蔡尔妮

刚过几天暖洋洋的春日,小草柳条就都抽出了嫩绿的新芽儿,后湖也以为春天来了,打开了尘封一个冬季的心扉迎接春的到来。正当世界万物兴致勃勃准备享受暖春的时候，一场纷纷扬扬的春雪从天而降,草儿们被这突如其来的雪花吓得缩了回去。

这春雪一下就是一整天，就是这一整天天地之间都成了一页最为纯洁、最为优美、最为飘逸又最为宏伟的诗篇。每一片雪花都是来自天堂的语言，踏着天籁之音悠悠而来。她们在空中翩翩起舞,柔情地拥抱大地,这弥补了银川好几年未曾下雪的遗憾。

银川的冬天是寒风凛冽折腾人的如果再加上雪，可能多的是几分恶劣而非几分柔情与诗韵。而这春雪则不同,它怀着春的柔情而来,他伴着微微的春风,带着春的笑意,温暖着等待春天的所有生命。对于北方民族大学的南方以及东部沿海城市的同学来说,这场春雪好比福音,如甘露滋养着他们快干涸的生命。银川的天气干燥得让人害怕，一个个水汪汪的靓娃儿来到这浩浩大漠之后都变成了干尸,也就是这场春雪让他们几乎枯萎的生命又鲜活起来,跑向大雪纷飞的操场,跑进银装素裹的丛林,感受这短暂的珍贵的生命与水相连的片刻。

当和煦的春风与温暖的阳光拥抱，当桃与杏的脸蛋儿露出了晕红，当数不清的柳条开始滑动着绿波，当一颗沉睡的种子醒来，恋恋不舍地走了，春雪是她对这世界最后一次回眸，千般情意，万般缱绻，都在这一回眸中流淌殆尽。冬的一滴清泪变成了奔腾的桃花水，于是这世界又有了一种最清越最奇妙的乐音，在树林里，在操场上，在花草树木的指尖上，在爱唱歌的鸟儿耳边回响。数不清的桃花水携手而起，扬起一条条柳条，伴着微风唏唏嗽嗽的声音，都是他们最欢乐的语言。

春雪是蒙在春姑娘头上朦胧而神秘的面纱，多少生命偷偷地望着。多少生命透过它隐约地看到了春天，当天空的一声惊雷作为这婚庆的礼炮响起，当活泼的鸟儿敞开婉转的歌喉，当俊俏的花儿换上了绚丽多彩的衣裳，当窈窕的杨柳开始随风翩翩起舞，多情的新郎轻轻掀开了这美妙的婚纱，你瞧，这是多么热闹而盛大的庆典。

春雪的待遇远远是好过冬雪的，它没有被环卫工人用脏脏的扫帚粗鲁地扫走，而是被人们保护着，生怕破坏了它的平静，打乱了它们的舞步。因为已是春天，气温不低，同学们都没有像冬天一样蜷在宿舍敬而远之，而是集体出洞，融入这上天赐予的礼物中，堆着雪人，打着雪仗，拍着雪景，欢呼着，雀跃着。

我们赞美春雪，因为它的宁静；我们赞美春雪，因为它的素雅；我们赞美春雪，因为它的温情；我们赞美春雪，因为它如生命的源泉解救了许多快干涸的生命。

守 岁

2012级汉语言文学1班 曹玉蒙

大红色的封皮，白色的字嵌在其中，一种吉祥、如意、朴实的感觉顿时包围了我。“守岁”这两个字更是溢出幸福的味道，回忆的味道。

何为守？

守，首先是守着一份怀念，对恩情的怀念；守，同时还是守着一份敬畏，对时间的敬畏；守，当然还是守着一份感恩，对造化的感恩。

何为岁？

岁就是年，就是时间的一个纽扣，一个站台，就是一个轮回的临界点，就是心。守心者必然吉祥，亦必然安详。

小心地翻过封皮，郭文斌老师的照片映入眼帘。照片中，郭老师安详地坐着，幸福地坐着，脸上荡着平静的涟漪。

翻到前言，守者吉祥。我很喜欢这个题目，很吉祥。守者，就是对记忆的守护，记忆恩情，记忆时间，记忆感恩。守护记忆的人必定是个吉祥的人，也必定得到吉祥的祝福。

我最欣赏的，也是我最缺少最想重新守护的是第一节，那种节日的体味，时间的安详。

现代化带来了高楼，带来了汽车，带来了方便，也带来了陌生，带来了隔膜,带来了不安详。

记得小时候过年,总是充满着期待,期待贴对联,期待穿新衣,期待向祖宗磕头时的那一分敬畏和虔诚，期待给爷爷奶奶拜完年后接过压岁钱时的那一分喜悦，期待整个房间里制造烟雾缭绕的燃香,期待街上一串串会眨眼睛的彩灯……

可是,现在,期待消失得无影无踪了,除了那几天不用担心被逼写作业的心情没变,其他的,似乎都在变。

何谓年,年就是那一个时刻,那一份心情。过年,过得就是这份心情,一家人其乐融融,不用为生存而是为享受而活的心情,即使它非常短暂。

过年最重要也是最具有象征意义的就是守岁，守护我们的那一份心,悠适的心,安详的心,静好的心。

现代化又如何，它不过是人制造出来的，只要我们守住这份心,守住这个时刻,我们就会安详。

光顾春天的雪精灵

2009级新闻学1班　陈慧娇

一直都说阳春四月，虽然银川的四月来得有点晚，但是阳春终究还是来了，枯黄的小草开始吐绿，桃花争相开在了并不算热的四月。四月初的银川，柳树吐蕊，小草苏醒，桃花开放。本以为，阳春四月会沿着它既定不变的脚步走下去，最终迎来夏天，可是谁会想，四月十一号的“四月飞雪”给四月的银川又增加了一笔别样的色彩。

这天早晨，随着舍友“下雪了，快起床”的声音，我迅速穿好衣服跑下楼。哇，好一幅四月飞雪的绝色风景！极目看去，远的山，近的树，都裹上了一层淡淡的白，那么安详，那么宁静。雪，这调皮的冬日精灵，莫不是羡慕小草的绿、花儿的艳跑来与之比美的吧，抑或是看上了四月的美丽花儿，跑来与之约会的吧！它还一点都不低调，将整个银川包裹在白色的海洋里，好像在说：“看，还是我最漂亮。”亦好像在说：“美丽的花儿终于投进了我的怀抱。”再看小草和花儿，好像也挺喜欢这个调皮的捣蛋鬼，用自己的嫩手轻轻触摸它，并没有憎恨它抢了他们的风头。

我闭上眼，呼吸着此刻夹杂着泥土与花香的雪后早晨。我一直都不怎么喜欢雪，我曾经怨恨它抢尽了冬的风头，太过招摇的东西我都不喜欢。但此刻，我却没有一丝厌意，雪后的清晨，空气很清新，花儿散发着香气，或许是为了迎接这个不速之客。这花香，香而不浓，让人好不喜欢。雪花簌簌地下着，铺天盖地。如果说前几日的柳絮飘飞让人厌倦，这四月的雪却博得了太多宠爱，它轻轻落在头发上、衣服上，再慢慢融化，雪水渗进衣服里，凉凉的。这可爱的精灵还真会挑时间，出现在乍暖还寒的四月，俨然成了四月里的贵宾。

此时，我真想听到这四月飞雪的心语，都说“落雪无声”，可是我分明听到了“瑞雪兆丰年”。调皮可爱的精灵，你此时的到来是否想告诉辛苦的农民，今年肯定是一个丰收年，是想告诉辛苦工作的人们，今年肯定是一个幸福年吗？

“四月下雪，莫不是宣告2012的世界末日吧？”突然，这个声音闯进了我的耳朵。不！怎么可能！雪，从来就不是末日的宣告者，它洁白、美丽，它是上帝派来的精灵，是大自然和人类的宠儿，看那山，那树，那打着花伞嬉笑的小情侣，那些开心玩闹的孩童，多么惬意、多么温馨的一幅人间四月天啊！亲爱的精灵，我知道四月不能将你久留，尽情舞动吧！或许这是你与冬季的最后一次落幕演出，也许是你与春的一次代表幸福快乐的交接仪式，你的心语，我们都已收到。2012不是世界末日，而是一个丰收的幸福年。

雪，舞动在阳光下，舞动在春风里，落在马路上，很快就融化在阳光里，没有留下任何痕迹。四月的雪，不争不闹不贪，也许不多久就会在阳光下滋润树的根须，可是他仍然毫不保留，将最美的留在了阳春四月天。

可爱的精灵，你是上帝带来的礼物，你的到来，是不是要告诉艳丽的春天不要忘了洁白的你。傻孩子，大自然怎会忘记你，你给四月的礼物，很珍贵。

黄河石林印象

2011级汉语言文学3班　　陈莉雯

没有“黄河之水天上来”的大气恢宏，没有“白日依山尽，黄河入海流”的波澜壮阔，也没有“九曲黄河万里沙，浪淘风簸自天涯”的浩浩荡荡。在海拔一千多米的盘山公路上往下俯瞰，宽阔的河面上黄色的河水缓缓流动，两岸石壁迎风矗立、岿然不动，青翠茂密的树林中若隐若现出一个村庄。此情此景，如若不是移动的车辆及来往的人群，那我会误以为进入了陶渊明笔下那个神秘美丽的桃源村庄，“夹岸数百步，中无杂树，芳草鲜美，落英缤纷”……

下山以后平视黄河，真的没有想象中一泻千里般的气势磅礴，却仿佛秀气温婉的江南女子，轻轻的、淡淡的。坐在羊皮筏子上忽然想起某篇不知名的散文片段，上面描写了黄河上的艄公如何驾着羊皮筏子与黄河搏斗的扣人心弦的场景，散文赞扬了他们的勇敢与智慧。看着羊皮筏子上悠闲抽着烟的大叔，我感叹自己是写不出这样的文章了。筏行水中，不急不缓，两岸石壁高耸、形态各异，与流动的河水交相辉映。石林生成于距今四百多万年前的第三纪末期和第四纪初期，由于地壳运动，形成以黄色的河湖砾岩为主、造型千姿百态的石林地貌奇观。上岸后往上走，石林密布两侧，仰头观看，只觉目眩神摇、沧海一粟。细细打量，每一座石壁都独具特色、与众不同。看，那个“猎鹰回首”像不像一只回头的老鹰？那个

“月下情侣”像不像亲昵说着悄悄话的情侣？偶有几只老鹰盘旋山顶，令人心生羡慕，谁不渴望天空的自由？

许是天晴，许是谷中空气清新，这里的天空清澈遥远，美得仿佛梦中遥不可及的人间仙境，思绪忽然就回到幼时仰望天空的场景了，那时候多么想躺在轻柔洁白的白云中睡觉，再咬一口绵绵的彩云，带着甜甜的糖渍入睡，忘却作业堆积的尘世……多么想回到小时候，无忧无虑，不知世事变迁。小时候相信很多东西，相信所有人都是好人，相信善有善报恶有恶报，相信相爱的人白头偕老……可是长大后却发现这个世界与我所相信的那个世界大相径庭，然后开始学会怀疑、学会反叛，开始变得与从前不一样……

一点一点抽回飘远的思绪，凝望这古老而沉静的石壁，想起“壁立千仞，无欲则刚”的千古名言，是否我们也要像这石壁般不悲不喜、无欲无求？下山时再看石壁，竟与上山时看到的形象不同，真可谓“横看成岭侧成峰，远近高低各不同。不识石林真面目，只缘身在此林中”啊。

奔涌如狮的黄河在这里变成了温柔乖巧的邻家女子，昂扬耸立的石林超乎想象，风过处凝聚了千万年的灵动与智慧。那浑黄的河水中流动的是中华民族生生不息的血脉，九曲黄河在这里铸就奇迹，在这里孕育出江南水乡般的世外桃源。水流着，一如千万年前般恬静优雅，只是不知那河边美丽的牧羊女和英俊的打猎少年还在不在……

寿鹿山传奇

2011级汉语言文学3班　陈莉雯

四处扫荡的谷风带来一股呛人的冷，坚冰般刺得人脑袋发木、喉咙发苦，我与大多数同行人一样恨不得将自己缩成虾球。路边的野花野果仿佛也被冻着，无精打采打着盹。不远处的鹿群悠闲地吃着草，做着自己该做的事，偶尔向我们射来的目光里暗含鄙夷不屑。

嗖嗖的风声仿佛山的呜咽，穿过漫山的草木向我们宣示着领土权，是否每一个美丽的地方都存在着不为人知的传奇？时光不经意回到数千年前，第一只鹿与人在这里不期而遇。那时的天空比现在的更蓝，草也比现在的更丰满多汁，阳光懒懒地照在鹿身上，而鹿懒懒地嚼着草。偶然不经意抬头发现了人，它也许会撒开蹄子逃窜，也许会带着探寻的目光打量这陌生的来客，也许会不以为意仍然吃着草或是在草地上留下一坨生命的痕迹……我仔细地解读着鹿的目光，仿佛想从中找出第一只鹿留下的痕迹，不知道在鹿的心中，人是怎样的一种存在？它们被漆成绿色的钢筋围着，只能遥望铁栅栏外鲜艳的花草，这时的它们在想什么？它们是否也曾抱怨过生命的无奈、渺小？在这四面通透的地方生活，它们的一举一动几乎全在人的视线范围之内，它们的生老病死可以被看见，但它们的喜怒哀乐却无法被感受，无论人类多么伟大多么智慧也无法了解一只蚂蚁的心意。

缓缓地顺着小路往上走，两旁屹立的松树，满地的野花野果和一望无际的丛林都让我仿佛置身于某个远古充满传奇色彩的森林，但近处水泥质地的小路、电线杆还有随处可见的垃圾又将我从远古拽回了现代。这让我不由地加快脚步想登上山顶俯瞰这群山丛林，山道旁野花幽香、草木怡人，仿佛某个江南小镇中妩媚多姿的女子在挥舞着手帕招引着过往的旅客。只是我不能停留，时间和体力是有限的，它们只能花费在登山中。经过一段时间的体力消耗后登上高处，在高处俯瞰整座寿鹿山，只见群山掩映之中层林耸翠，碧波荡漾，鸟鸣松涛声不绝于耳，人仿佛被山淹没了。从我的角度看去，这片用钢筋围成的鹿园显得空旷无声，鹿生活的痕迹被枯黄的背景掩盖，它们枯草般的毛色也容易使人忽略它们。对比这片鹿园，我们生活的世界太大了，可是这只是空间意义上的大，这大就代表自由了吗？

在我所生活的世界里，有许许多多的行为是不被允许的，譬如像它们现在这样随时随地吃喝拉撒，不把人放在眼里。如果现在有一只鹿跳出这片栅栏，向外奔跑，那么迎接它的不是网就是屠刀猎枪，因为规定了它应该生活在圈里，违背了规则，无论哪一种动物都将得到惩戒。如果在它跳出围栏时我就站在旁边，那么我会袖手旁观，因为已经习惯，从小被教育不要多管闲事的教条至今被许多和我一样的人奉为圭臬。我就那样站着，不悲不喜，看着那只鹿被再次关入围栏或是被杀。如果这是寿鹿山上最后一只鹿，那么我将等待最后一声枪响，当这声枪响惊起山林中最后一只小鸟的时候，天地间将会升腾起无边无际的黑暗……

第一个在山上遇见鹿的人会是怎样？他是否饥肠辘辘正在找寻着他的午餐？他是否汗流浃背正在辛勤工作？他是否被鹿的从容优雅吸引，不自觉忘记了时间？天空依旧那么蓝，草正散发出阵阵

清香，那人是否也想像鹿一样悠闲自在？时光荏苒，那些曾经在寿鹿山上演绎过的无数传奇都已随风飘逝，那第一只鹿和第一个人早已不见踪迹，留下的只是那些掩藏在血液里的被称之为基因的东西，我再一次深深地凝望这片土地，甚至想从中找寻出一丝属于传奇的痕迹，可那些枪声与屠杀早已走远，只留下那些温情的、美丽的传说……

历史已经走远，所有的喜怒哀乐都已被崭新所覆盖，无论多么执着努力地追寻都无法还原真实，只能试图去接近。远处，那刚刚被层云掩盖的天空竟透出一片淡蓝，仿佛浩瀚无垠沙漠中忽现的一片绿洲。或许属于寿鹿山的传奇早已结束，只是关于外面世界的传奇才刚刚开始。下山回去时最后一次向山望去，公园门口竟有一组汉白玉雕刻的母鹿喂小鹿像，或许这才是寿鹿山的传奇吧！

爱的篱笆墙

2010 级汉语言文学 2 班　德力米拉

清晨起来，推门出去走走，去寻觅美的足迹。这里断然不缺少美的乐章，而我偏偏追随着年轻的思索，悠然地走着。我喜欢自由奔放的空气，奏响青春的舞曲。和煦柔润的暖阳照着我的脸颊，似妈妈早安时的祈祷平安，丝缕跳动的光明将我深深吸引。小鸟也开始了今日的诉说，拉开月季的盖头，独自欣赏，流年的风敲开春暖花开般伊始，带着默默思念将爱的眸线埋藏。追忆起昔日的过往，渐渐地，我到了我的篱笆墙。

沿着寥寥的小径，看到了秋千随着云朵荡漾，闻到了春日的芬芳洒着殷勤的爱的种子，春的润绿来得悄然，丝动的柳，在爽风的怂恿下卖弄着琴弦。红花嫣嫣，勤劳的蜜蜂，在花的世界里寻觅着渴求的花蜜。翩翩的蝶儿驾着云的想象吻着花瓣。一曲缓流的溪水浇灌这块热的海，鱼儿也调皮地吹着泡沫。我陶醉着像喝醉了酒似的，阿妹昨日里埋下的玫瑰吐了芽苞，我依稀还在梦境中看到她的笑，比玫瑰还艳，“我也是一朵可爱的白玫瑰，可以好好地装扮我的小木屋”。虽然她没见过玫瑰长什么样子，但她闻过它的美，阿妹是个盲女，她特喜爱阳光，每每第一缕朝霞过往时，她会欣喜地拥抱太阳。母亲说阿妹是上帝的孩子，心中充满阳光。阿弟傻傻地坐在石板上，一手还拿着小树枝画着什么，淡淡的眉毛随心情跳动，像

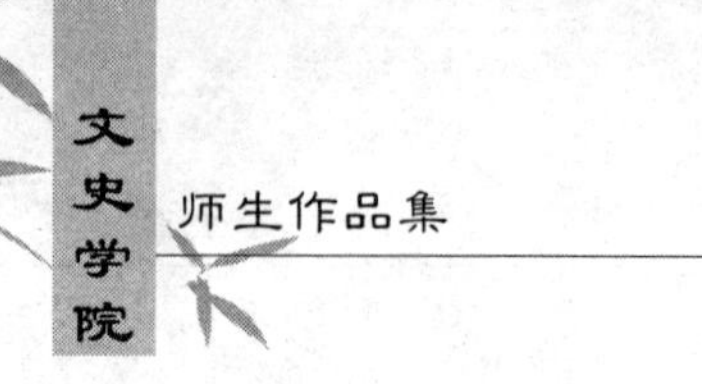

太阳的脚步在移动着。阿弟喜欢算术，每天拄着拐去看篱笆里的花开花落，走在落蕊上，更是可爱的惹人喜欢，妈妈说他比任何人都健壮。

夏日的热情迷恋着篱笆墙，蔚蓝的天空是篱笆灵动的底色，白白的云朵牛乳般旋动舞步。葱翠的树叶在沙沙地快乐着，沿着小桥我陶醉着。我喜欢阿弟和阿妹沐浴在阳光下，阿妹手捧着自己的玫瑰花跳动着，像夏的精灵，不停地散发着夏的热情和美丽。阿弟也挥着自己的翅膀追随着缤纷的芳香，他就是篱笆里快乐的鸟儿，快乐地飞翔。篱笆里不缺少欢笑，感动着我和花儿。

秋的魅力，暖阳下的黄蝴蝶时常入梦，脚下的金黄是美妙的童话故事，拾起一片叶去看小桥斜阳拥抱我的篱笆。篱笆更忙碌修剪朽了的枝，用爱的光照看着她的心肝。阿妹是爱美的女孩，每当我问她“阿妹长得像谁呀”，“那当然是白色玫瑰了噢”细腻的声音答道，此刻一股暖流涌入我的心膛。而阿弟在收获属于他的千万飞舞的蝶，他还乐呵呵的：“你们和我一起飞吧，瞧！我也有一双翅膀噢。”秋日里妈妈最幸福安详了，因为她的儿女拥有了篱笆里最好的礼物。

冬天到了，白色的素雕，羞涩的花儿回了家，低垂着，飘动的花开了，粘着寂寞的枝。小小的灯亮了，阿妹、阿弟、鱼儿睡了，篱笆安静了。白色涂抹给我们一家人带来了最美的祝福，篱笆里仍可以闻到春的清新，夏的温存，秋的向往，一卷美的印象埋在我的心底，暗暗温暖。

离开了我的篱笆，远远望去，原来它没有围墙。将我的思念和感动收拢着，阿妹是一朵玫瑰花开在我的心里，阿弟是只小昆虫在游移着。这就是我的篱笆，爱的花园。

我关不住自然的荣光，我已是篱笆的一部分，定格徐徐，回眸……

西北印象

2011级汉语言文学1班　杜晓瑞

一直以来,在我的大脑字典里,西北地区始终是干旱与荒漠的代名词,直到当我真正踏上那一方土地时,我才真正地了解了他的魅力。

我想我的青春与西北终有一段缘分，而正是这缘分才让我真正认识了西北，从此便爱上了西北。在西北度过的两年大学生活里,我有幸走访了周边的山水,若不是亲眼所见,我难以相信大西北竟有如此生机勃勃、雄奇俊秀的地方。一路走来,从须弥山到六盘山,从寿鹿山到黄河石林,这一次次的视觉震撼,让我的心不得不被这神秘秀丽的西北景象所折服。从此,他以一个崭新的富有生命力的俊美形象定格在我的脑海中。

我喜欢聆听六盘山和寿鹿山的玉浪涛声，喜欢乘着羊皮筏子在河岸风的吹拂下感受母亲河怀抱的温暖，梦想在清幽雅静的龙湾村体验世外桃源的新奇与快乐，回忆再一次被重重高耸的石林环绕。至今想起这些感受依然觉得美好。仔细道来,始终别有一番滋味。六盘山的青山绿水让我相信了西北的那一片珍贵的绿,山泉的清澈灵动让我似有神游江南水景的喜悦之感。而此次景泰之旅,也不乏惊喜与新奇感。寿鹿山森林公园的玉浪声,至今萦绕在我的耳旁。只见那遍布山野的绿树和点缀山路的野菊花,给人一种朝气与欣喜感。山风吹过，一缕涛声回绕在山间，其间零零散散的几只寿鹿悠闲地行走在山坡上，几分灵动，几分快乐，眼前之景似有绿洲般的生机、林海般的魅力。初逢黄河石林，便被它的神秘深深吸引，这里拥有着一座坐落在黄河岸边的风景秀丽的世外桃源——龙湾古村，那里的一花一草一木都打动着行人的身心。古老而悠久的羊皮筏子在母亲河的怀抱里尽情地飘荡，远处蔚蓝的天空下，时不时传来筏子客悠扬而又嘹亮的歌声，伴着金色阳光下河两岸高耸俊秀的石林，眼前的这幅画是那么的和谐、秀丽，不禁让人浮想联翩……这便是西北自然风光的魅力，而谈及这里的历史文化和民族风土人情，那就更不逊色了。此番采风我们曾聆听了须弥山的佛音、火石寨的风声，更领略了永宁县回民村落街心的纳家户清真寺的民族风情，畅游在西北古朴深邃的人文气息和古老悠久的历史长河之中而流连忘返。这里的一切都是那么的美好，那么的让人不舍和留恋。

就这样，西北在我的脑海里，已成为一个不可割舍而永远神往的传奇。从此，我便深深地爱上了这个传奇！

塞上春雪

2011级汉语言文学1班　杜晓瑞

清明已过，银川的春天才算是来到了，然而这本就迟来的春天，竟飘起了漫天的雪花……

近日，天气突变，仅这一周，这里可以说是四季随机播放了。这周一是狂风暴雨，周二阴天多云，但还算暖和，而这到了周三天空竟飘起了大雪，罕见的春雪下了近一天，北民大校园里换上了一件洁白美丽的盛装。整所校园，粉妆玉砌，不禁感叹，这里可是春天啊！一场大雪让枝头刚刚绽放的桃花，显得愈加美丽；枝头的迎春花，此时更像冬天里的一株株红梅；而那纤细的柳条，在白雪的映衬下，愈发的新绿动人了；翠绿的松柏显然比起冬日里的它们更加挺拔俊秀了……这样美丽而又罕见的景致，又怎能不牵动每一位游玩者的心呢？

4月11日的这场塞上春雪已成为一道新鲜美味的视觉盛宴！看，校园里，同学们都在尽情地赏雪、拍照，甚至没过多久，被雪覆盖的草坪上竟立起了几个可爱的雪人。瞧那些雪人，用胡萝卜做的红红的大鼻子，黑框的大眼镜框，歪着的小嘴儿，各式各样，可爱极了。忍不住的我们都上前与这些小可爱合影。天气虽有些寒意，却不能降低孩子们玩雪的兴致。校园里，空气中，除了漫天飞舞的雪花，就是同学们的欢声笑语了。站在雪中，举目望去，他们在与雪花

共舞，这样的场景，我想这正是“万物和谐共融”吧！

此时此刻，我又怎能错过呢？抛下小说，撑起小伞，带着相机，携朋友一同开始了我们的踏雪旅程。雪中的景致真可谓是仙境般美丽！花枝、柳条、松柏、草地……一个也不能少。可爱的相机将他们最美的瞬间一一记录了下来，自拍，合影，只是希望友谊与美丽的雪花共舞留念。在那一瞬间，所有的心愿和祝福都化成那漫天的雪花，幸福、美丽、快乐同在，每个人内心的那份珍惜和感动都已无语言表了。我们只知道，内心那多余的忧愁和哀伤早已随风逝去，剩下的只有激动和快乐。朋友们踏雪欢歌，情侣们雪中浪漫，这一切的一切，都定格在了这片被春雪覆盖的校园里。我们知道，这场春雪奇观，带给我们的不仅仅是激动和快乐，更重要的是，它已成为我们大学时光里一段最美好的永恒的记忆！

春雪，依然在下着，好想，好想，永远与那漫天的雪花共舞，与那份美丽、自由、幸福牵手……

印象·苏城

2013级汉语言文学2班　邓雅

记忆中最美的园林，莫过于六年级春游时去的长鹿农庄。

微微的记得那湖水，在澄澈的天空下，绿得像翡翠一般，水上卧着弯弯的拱桥，是梦里江南的水。忽然间，微风吹起来了，湖上荡起了点点涟漪，像揉碎了的绿色丝绸。

记得房子、长廊、亭阁，恰到好处地点缀在湖水间。唐时酒家的幡子，在风中摇曳，古旧的帆船，在水上静静地停泊。

只是在书上，读过"日出江花红胜火，春来江水绿如蓝"的江南。那时坐在湖畔的木头秋千上，忘了自己身处何地，突然间有种到了江南的感觉。想着自己会变成唐时的一株荷，亭亭玉立于西湖夏水之上；会变成宋时的一朵云，在天空中悠悠飘动；会变成清时的屋檐下，一串雨过后的水珠，成为了纤纤玉指捧着的青瓷杯中的清茶。

不是荷，不是云，不是水珠，便放轻脚步，在竹片搭成的桥上走，放轻脚步，一直走到湖的对面。

不知道，这算不算园林。只知道它有心中少许江南的味道。

初读苏州，读到那些山水亭阁，是偶然在网上看一篇散文。那里面写的，湖边有弹琵琶的女子，阳春白雪的韵律悠悠地飘出来，石头做的椅上，光影重重叠叠地洒下，还有园里的长廊，曲折着远去的光阴，伴着吴侬软语的评弹，是我印象里那座有园林的苏城。

在课本上学到苏州的园林，却惊讶于它的精致。每一座，都是工艺品。

在那个姐姐的散文里，苏州，是一个尴尬的城市，是可以抱着一本书在园林的某一处角落消耗一下午光阴的城市，是个可以在山水湖沼间发呆的地方，像遗世独立的远地，与世界的喧嚣隔绝。

可是，这样一个地方，却有着那样精雕细琢的园林，精致到每一扇窗，每一棵树。

坐在课堂上，心也就飞到远方了。想起那篇偶然看来的散文，虽然苏州园林那么精致，但还是会喜欢，说不清为什么。大概是喜欢那个城市名字里那个“苏”字，总觉得这是怎样一个沧桑又朴素的字。

在课本上轻轻地写下“将来长大了，一定要去苏州，去苏州园林里。搬一张小板凳，在湖边，夏天会开了荷花的湖边，坐看云展云舒，花开花落”。写得那样小心翼翼，仿佛自己正走在亭间，稍一用力，就会破坏了它的精致。

苏州。

又寂寞又美好。

我在那城等你，你却未曾出现

2012级汉语言文学1班　邓晓龙

记忆只有七秒，一秒是一光年，记住嘴角上翘的那个定格，没有眼神碰撞，却心照不宣，心跳猛烈，逆着光那笑容，成为平行时空唯一的结点，我是这条鱼，在玻璃折射里看到另一个自己，我笑了，因为有你在的曾经，沿着脑髓侵蚀了记忆的全部，多米诺般瞬间崩塌，灰飞烟灭也是永恒的记忆。

——题记

一盏清茗，一曲笙箫轻吟，烟火红尘，谁的箫声触动你的心？流年逝水，谁的脚步声在你的心里徘徊？亭台楼阁，谁为谁望穿秋水？行走在世间，多少次的相遇才可以和你结缘于千万人中遇见你，从此再也忘不掉你的容颜。倾尽一生，只想和你在菩提树下续三生情。

当暮色降临，我一人在这城，没有笙箫的陪伴，没有短笛在身边，好想好想遇见生命中那个人，喜欢音乐，只是因为它能让人静下心来，做自己喜欢的事情。耳边回荡着熟悉的琵琶语，银川虽不是最繁华的城市，却是陪我度过大学四年美好的地方，在这有很多很多我认识和我不认识的人，或许我们只是路过，能带走的只不过是心底里的那份爱。走着走着，好多人都走散了，谁又能记住谁？一路走来，才发现，我走了好远，好远。

当风从身边飘过，我在想着大雪纷飞是什么样子呢？曾经有一个好友为我写了一首关于雪的诗歌，至今记忆犹新："纷飞乱枝头，白了青年头。一场白歌，一场梦。一片白皑，一场情。"现在我想这样回复他："一城雪，一倾城，一纸情殇，一世魂断，一抹云霞 一指流沙，一断年华，一首离殇。"

多希望在雪中遇见你，哪怕只有一眼，一眼，便是倾我一生，一爱，便是覆水难收。

或许这是南方孩子的对雪有独特的情结吧，很难想象在漫天飞雪的校园里和自己喜欢的人一起堆雪人一起打雪仗该是多么幸福的一件事啊！

当春的气息慢慢逼近，我在这城，依旧是这条无人问津的小路，依旧是那首闹够了没有，依旧是那个穿着单薄的男孩，你却未曾出现。

我在那城，一个人在雪中伫立、彷徨，不要独留我一人写尽今生之情，来城内找我，当城内雪化之时，你是否愿意在城外等我？

心在天地外，人在画中游

2011级汉语言文学1班　段龙彦

苏轼曾评价王维的诗“诗中有画，画中有诗”。此等境界，曾一度被我所质疑。然而，现在，每当我行走在林荫小道上，脑海中呈现的完全是当日黄河石林之境，是心在天地外，人在画中游之感。这山，这水，这船，这沙，这人对我的冲击力实在是太大了，都让我分不清何为虚、何为实了。

习惯了江南的绿树红花，山清水秀，鸟语花香。这突来的世外桃源，飞来天石，滚滚黄河，层层砂岩，真是让我为之震撼。我完全进入到了另外一个世界，水墨一般的山，看着就像要快碎，一碰便随风飘扬的落叶；摸着却犹如坚不可摧的花岗岩，绝没一点漏洞可以让你钻。就像西北的汉子，憨厚刚毅，骨子里却透着一股劲。这水，滚滚而来，看着除了黄还是黄，绝没掺杂其他一点颜色；摸着却有一点点的粗糙，绝没一点柔情可言。就像西北的女子，豪放坚忍，骨子里却透着一汪柔情。这船呢，则是由十二头羊皮串在一块做成的，即所谓的羊皮筏子。一个水手，三个慕名痴呆者，坐在这灵魂之船上，划向那远古的淳朴之境，游走在生命的源泉之中，去感受那至真至纯的西北风情。

踏上那沙石兼有的古道之中，两岸的高峰真是千奇百怪，毛主席、猪八戒、十二生肖、牛郎织女、采蘑菇的小姑娘等样的砂岩都在你面前一一呈现，让你应接不暇，且有种柳暗花明又一村之感。坐上那驴车，随着那跌宕起伏的动感，静听那西北民歌，虽不懂，但其中之淳朴欢乐是溢于言表的。骑上那高头骏马，行走在黄河两岸，身体随着马身而动，一摇一晃，特有节奏，觉得那马的血与肉就与我连动着，流进了我的心间。真想策马奔腾，仗剑走天涯。站在成龙所演《神话》的激战地，感受那情那景，那份悲壮之感更是深有体会，从而更喜欢它了。站在崖之巅，一览那众山，更是如临仙境，美轮美奂，更像一幅飘荡的水墨画，让你看不透，摸不着，舍不得，走不出，意味无求。

这山，这水，这船，这沙，这人真是让我万分喜欢，无比留恋，真想在此常住。但现实毕竟是现实，画虽美，终究不是我之归宿。

游黄河石林有感

2011级汉语言文学1班　耿浪汉

当我一步一步地靠近黄河边时，我犹豫了，也许是我还沉浸于以往对黄河的恋想中！身躯已到黄河岸边，看着眼前是一湾漫漫的浑黄而厚实的长流水，心里幽然地感到自己是那么的格格不入。是自己想得太多？还是这一切来得太快，身心仍停留于彼时彼地，没反应过来吗？无论是出于什么缘由，我当时是没有时间去反思了。于是，我就轻轻地坐上了那简陋而神奇的被人们称作羊皮筏子的小方舟，我要借用它帮我摆渡到下游的一个小小码头。

那是我人生中第一次近距离地与黄河接触。帮我摆渡的男人是寄居于山脚下的一名村夫，在与他闲聊后得知，他们是一群有农事时忙活，农闲时就帮游客摆渡的本土汉子。其实照他们的意思来讲，帮游客摆渡就是跑跑副业罢了，挣到的钱还凑合，生活也还过得去。当他在水中划动着小桨时，四四方方的羊皮筏子在微浪里一颠一簸地向下游荡去。

坐在羊皮筏子上，刚开始时是兴奋和激动的，可是等到在水中划行时，听到它那发出的吱吱声响，又立刻令我心生恐惧。这时随着水面波浪的起伏，小方舟也调皮了起来，把人晃得头晕。现在回想起来，也不知道当时心里是怎么个想法，竟能使自己很快适应了过来。再到后面时，河水冲击岸边反弹形成的河浪渐渐变大，像一面巨斧冲着我那娇小的方舟奔来，顿时把整个皮筏子举过浪尖，我那会儿神经绷得紧紧的，心也在胸腔中悬着。可就在我准备着躲避一切未知的侵犯时，浪又跑了。更令我惊奇的是没有一滴水花打在我身上，在皮筏子舟上也见不到溅上的浪花。这或许会觉得好一些，但心里竟还会觉得有少许遗憾。

看着自己的四周被滔滔的黄河之水覆盖，心一直是敬畏着的。在接下来的漂移和划渡中，我更是小心翼翼地观察着，留意着那翻滚奔流的水花。水面上缀满了无数的小旋涡，浪波一湾推着一湾，渐渐往河岸边拍去，似乎想把皮筏子抛到岸上。经过一阵惊险和挣扎后，我算是安全到达预定码头啦，心也感到有着落了。

流淌着的黄河水与四周高耸的崖壁浑然一色，映入眼帘便是沙海蛮蛮，衬出一幅黄土高原独具地域特色的黄河流水图。踏上港湾码头，又开始了新的旅途，走在峡谷底，在沙砾间轻踱前行，心境别有一番坦荡。抬头仰望窜出半空中的沙山，奇形怪状，望而生畏！纵有万千感想，我也无言以对现实里眼前所呈现的一切。我喜爱有水的地方，尤其是南方的青山伴绿水，可这次见了这黄河一隅的石林景观后，我的心很沉重，就好像有人在我的胸口上压了一块沉甸甸的黄河石。黄河水是强大的，不朽的，能在平地里冲刷出数千峡谷和山川，这是多么的令人慨叹！我想对于黄河本身而言，她都会为自己感到骄傲。

人生百态，多少故事尽覆尘埃之中，流水无意，卷走尘世万般恩怨情愁！在一弯连一弯的峡谷中穿梭着，寻找着，思索着，只为追寻那早已逝去的旧时容颜。行走在深深的谷底，不时会遇上赶着斗篷驴车的老妇，她们挥着鞭子，口中吆喝着只有她和小毛驴能听懂的语言；也会碰上骑着马儿独自上路的老者，有时还会从长长的峡谷尽头传来响亮而凄清的口哨声。如果你运气稍好点儿，还能从峡谷中倾听到那悲凉而高亢的陕北民歌。有这一些未知或已知的物

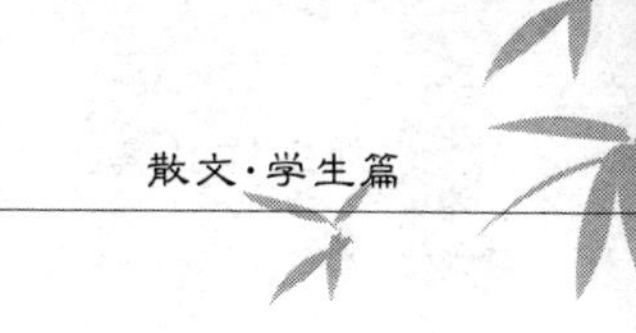

事相伴，我也便朝着那峡谷的尽头慢慢地走去。

有时候，想着这黄河水已走过几千年的历程，或者更久远点，她所造就的硕果有没有尽头呢？我想用鲁迅先生的一句话来抚慰自己的心灵，这世上的一切无所谓有尽头，也无所谓无尽头，就如同宇宙空间，没有人知道是何时开始的，也更没有人知道将何时结束！

我曾在一部影片《黄河谣》中听到这么一曲陕北民歌："你晓得(呀)天下黄河几十几道湾哎？几十几道湾里，几十几支船哎？几十几支船上，几十几根竿哎？几十几个艄公哟嗬那个把船来搬？几十几个艄公把船来搬？(哎嘿哎嘿哟，哎嘿哎嘿哟)……"听过之后心灵很平静，现回想起当时看影片的感觉，心情是忧伤的，但自从黄河一游回来后，记忆里已找不见那时残留的过多凄愁。而现在的我对黄河的印象是很深刻的，虽然没有深切的言语来描绘，我却也曾走近过她，倾心聆听过她的声音！

在返校的路上，脑海里时时隐现她的身迹，总觉得她那山好大好高，她那水好浑好厚，还有她那峡谷好长好深。我想，在她怀抱里生活着的人们，一定也会很幸福！

春雪倾城

2011级汉语言文学1班　郭玉婷

迎春花被冰雪覆盖了，桃花也让缓缓落下的大雪压弯了腰肢，刚刚探出脑袋的小草准备慢慢欣赏这初春美妙的世界。却不想，它的希望破灭了。来不及准备也来不及尖叫，无情的大雪吞噬了她们的美梦。迎春花儿争先飘落，桃花瓣铺满大地，散落在厚厚那片积雪之上。

曾经对于这个陌生城市的冬天是有所向往的，对于冬天的雪更是仰慕已久。想看看“忽如一夜春风来，千树万树梨花开”的奇景，想看看“梅需逊雪三分白，雪却输梅一段香”的姿色。我的热情却换来了这个城市的无情。冬天的这个城市，没下过一场像样的雪。印象中的北方冬季寒冷干燥，降雪次数不多，但积雪日数多。雪花永远“如粉，如沙”。北方的雪似乎有点振臂一挥应者却寥寥无几的寂寞。

几天前，亲身经历了入春以来的一场雪，那么让人猝不及防。早晨出门，吸一口清新的空气，树上的雪花都被吓得掉了下来。四周雾气腾腾，想伸手去抓他吧，他却那么调皮，一会儿往东，一会儿往西。门前的树上都堆满了雪，时不时还会有几滴“雨水”掉下来。树干被雪洗劫一空后更显出其本色了，那么新，那么亮丽。咦，这样的天气，竟然还有一片绿？仔细一看，因大树阻碍了雪花，没让它掉下来，而让下面的小草仍苍翠欲滴。就算没有大树的庇护，小草们也是能探出头，这就呈现出一幅小草探春图。白的雪中间或有零星的绿的点缀，顿时，让人感觉来到了一个优雅恬静的童话般的世界里。除了奇妙，还是奇妙。

一路走来，不见了“白茫茫大地真干净”，路上有一洼两洼的积水，那不是雨水。初春的雪跟冬天的雪还是会不一样的。冬天的积水是“以新盖旧”，而现在却落地即化。六角的雪花在半空中还有形状，快接近地面时就成了一个白点，落到地上不出一秒钟就被融化吸收进那一洼一洼的积水中。即使这样，她也还是照落不误。路上的行人都撑着伞，花花绿绿的伞告诉我这不是冬天，但这也不是夏天啊！算了，就任雪花飘落吧，管它什么季节。

沿着最熟悉的小道，怀着不一样的心情来到了教室。坐在靠窗能看到外面飘雪的地方。“六出飞花入户时，坐看春竹变琼竹”，多么贴切的描写。这种速度，快过“忽如一夜春风来，千树万树梨花开”。我想，我是恋上这初春的雪啦。不顾什么季节，该来的时候毫不含糊。而她，是不是也爱上这初春的绿了呢？不然，她是不会赖在这儿不走的。

都说雪化后那天最冷，确实，虽是春天，但毕竟下过雪。雪后的校园更亮丽一新了。迎春花照开不误，说有花瓣被打落在地，那也是为了“化作春泥更护花”。桃花没了往日的风采，铺在地上的花瓣成就了她凋零的美。小草却更精神了，那绿色好绿。她们在历经大雪的洗礼后，更加向往此刻的春天了。

她们是不是也恋上了春天的雪？我想，我是真的恋上这初春的雪了。

雪,驻足于四月

2011级汉语言文学3班　韩柳

“雪……”一声夹杂着喜悦与惊讶的甜美声通过厚厚的门传入耳中。疑惑——带着这心情急匆匆地收拾好,赶紧跑出去。白茫茫的雪覆盖着一片沉寂的大地。早晨的朦胧还未退却,淡淡雪片泛着微弱的白光,用飞舞的姿态演绎着这寂静早晨的另一种美。草地上的雪俏皮地压在那绿色生命上,似孩子般赖着、粘着大人。它们,一群“白衣天使”给绿色草坪又增加了另一道风景。悠然、轻扬的舞姿比芭蕾舞演员更显轻柔、优美,因为他们是大自然的宠儿。

早晨的雪是朦胧美,那么午间饭后的它们则更具厚重、成熟美。

上午课结束后,走出教学楼,雪花依旧挥洒,舞蹈正在进行。节奏似乎更快,它们似乎更有激情。地上的绿只剩下点点足迹,一片厚重雪中偶尔冒出一两个绿色尖头,装扮着白色的单调。或许,纯色总需要其他色彩的点缀才更显静美。人生亦是如此，若缺少过客,那么,一个人独舞便会更觉乏味。缺少五色五味的饭菜即使做得多么精美也只是华而不实,毫无美味之说。

枝干上的桃花在雪花的映射下便更显晶莹玲珑。花瓣夹在雪花中,偏头身姿,静静甜睡。一切是这样安静,似乎外界的吵闹声被隔绝,它只享受着独属于自己的世界。外界同学的嬉笑声、打雪仗时奔跑的脚步声、喜悦的惊叹声在此时让我觉得是那样和谐、动听，丝毫不觉刺耳。或许，宁静也需要活力的声响伴奏；或许，这都是大自然的宠儿，同为手足又怎会觉得刺耳而相互排斥呢？或许，唯有动静结合才是一场更动听的音乐会。撑着伞的行人各自观赏着雪景，踏着细软纯白的雪，“沙沙”的踏雪声轻叩着人们的耳膜。但，人们似乎忽略了这点点声音，因为他们眼中充满了白色——雪，他们聚精会神地欣赏着这四月飞雪。

四月飞雪，上天的礼物总是那么美好。

雪花飞扬，人们各自陶醉，沉浸在喜悦与畅然的白色世界中。一切，都是那么美好、甜美。人与自然总是相互关联着，任何自然之景总缺少不了人来衬托，但，又或许是景衬人吧！

宽阔的草坪上印上了大大小小的脚印，打雪仗的活泼人儿在那狂奔，尽情挥洒着朝气。撑着伞静静踏足的人儿便静静地欣赏着这种难得的四月飞雪的唯美画面。春天，理所当然少不了朝气与活力。孩子，当然也不会乖乖待在家里，这个季节是他们的舞台。冒着雪，他们欢呼奔跑着，通红的手里总是紧握着一小块雪，随时准备抛向其他伙伴。笑脸，却并没有因寒冷而冻得僵硬，口中哈出的气烟便萦绕着脸颊缓缓蔓延、上升，最终消失在这片欢闹的世界中。

雪，下了一天，人们闹着、乐着过了一天。四月雪，很美，美得让人陶醉，花醉了，人也醉了。

雪，驻足于四月，用舞姿诠释着春天的另一番美，珍贵、难得。珍贵，只因稀少；珍惜，却因懂得！

黄河石林里的女人

2011 级汉语言文学 3 班　何芳

游黄河石林回来已有三天了，她的身影却总像是幽灵似的“噌”一下浮现在我脑海里。

我们是在沿着黄河石林那条枯竭的河道前行的沙土路上遇见她的。当我们拖着早已酸胀的双腿努力让自己的脚在沙土里一前一后迈进时，一个带有浓重陕西口音的女声响在我们耳边:“姑娘们,就快到了,你们要上观景台吧,坐我的车吧！”她是位年轻的妇女,年龄在 30 岁左右,身材偏矮,有点儿胖,穿着一件白色 T 恤,T 恤前面有两个黑色的“Q”状印花,说是白色的衣服,其实已经发黄。或许是因为常奔波于这条满是沙土的峡谷的缘故，白色衣服已被浸染成了黄土的颜色。亦或许是穿得时间太长,经过反复的洗涤成了这不纯净的白色。

她是从我们的正前方来的,基本上是跑着来到我们跟前。“姑娘们,前面再走个 500 米就快要到了。你们要上观景台吧,坐缆车要 60 块钱一个人,太贵了！我的卡丁车便宜。”她的声音很轻柔,不像是路边小贩在吆喝叫卖。我没有理会她,喘着粗气径直往前走,心里却已把小心脏提着了。“我们就到前面跟同学汇合了,学校有安排。”同伴拒绝了她,语气里透露着不耐烦。话音刚落,她紧接着说:“你们一共有 100 多人的吧,上观景台都要自费的。我的卡丁车便宜，给你们最优惠的价！”她似乎装作没听见同伴的拒绝，依旧笑着说道。经过这一路的奔走，我们一行人都已累得上气不接下气，谁都没有跟她多说话，甚至都没有回应她是否坐她的车，她却始终没有停止劝说。我心想：这人真不识趣，不依不饶的。这时我才注意到，她从见到我们起脸上就一直挤满了笑容。她皮肤很黑，略带有蜡黄色，却能清晰地看见她脸上像撒豆子般的雀斑，还有眼角一道道深深的鱼尾纹。她笑着的面容最突出的还是那一口黄色的牙齿，像是玉米粒一个个排上去的。她说话的声音不高，即使我们对她不搭不理，她也一直在不停地说着，像是在自言自语。

不知走了多远，但我估计一定不止 500 米，终于柳暗花明又一村，看见了前方熟悉同学的身影。欢喜之余，同伴不禁感叹“终于到了”！她像是在为我们高兴似的，也兴奋不已。此刻我才恍然发现，这 500 米她竟然一路跟着我们直到抵达终点。这时我们坐在一个小店的椅子上休息，她站在不远处四处张望着，不知是不是在寻找我们的身影。由于时间紧迫，休息片刻后，我们一行人坐了一辆驴车返回了。没有坐她的卡丁车登上观景台。实话说，我心中有些遗憾，不是因为没有登上黄河石林最高处感受一览众山小的壮美，而是因为对那位黄河石林中质朴妇女的歉疚和同情。

当我们坐上驴车颠簸着原路返回时，不经意地回头我看见了她倚坐在卡丁车边望着我们，脸上再没有了一如的笑容，取而代之的是失望，是失落。此刻，我的心如被棒击了般，隐隐有些疼，紧紧被什么揪住，鼻子也有些酸……

这些天她的样子总浮现在我脑海，她轻柔的声音总萦绕在我耳边。我承认，对她我充满了内疚，甚至内心有些刻意想要躲避，还有对她的敬佩。我在反思：为何当时要待她如此冷漠，难道只是因为太过劳累无力回应吗？还是对她轻视甚至不屑？说到此处，我为自己感到羞愧，也为自己对“生存”的无知感到羞愧。

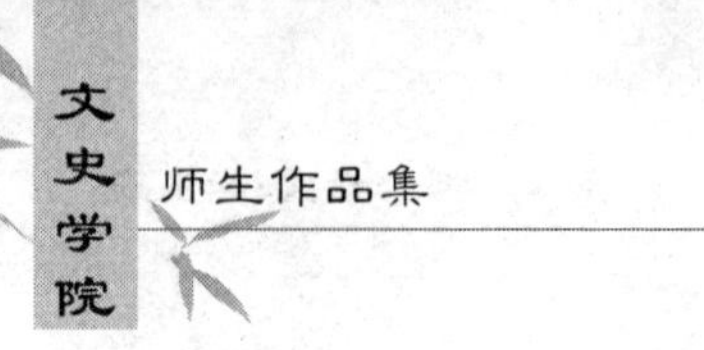

“物竞天择，适者生存”这一定律早在很多年前已被验证。生存，本就不是件容易的事，能够存活的必然“与物相竞”、“与天相适”。我是南方人，初到大西北时，看到光秃秃一片片，山上没有树，地上不长草，我竟可笑地怀疑在这里怎么呼吸，怎么吃饭。可在大西北生活了两年多了，我真正明白了“一方水土养一方人”的涵义，领悟到什么叫“生存”。纪录片《沙与海》中的一句话让我备受感动：人生一辈子在哪活都不是件容易的事。这位陕西景泰黄河石林里的妇女就给我上了一堂关于“生存”的课。

生存是什么？

生存，是她脸上始终挂着的笑容。她努力让她的热情感化来来往往的游客，只为搭乘她的卡丁车登上石林之巅。

生存，是她脚下一个一个踩在沙土里的脚印。有谁知道她在这条长约 4.5 公里的饮马大峡谷里走了多少个来回。

生存，是她坚持不懈、不依不饶对游客们的说辞。她的话语里没有急迫，没有强行，那是请愿和哀求。

为了生存，她踏遍了沙土的每个角落，她的声音回荡在那石林之中一遍又一遍。她让龙湾村的子民代代相传、生生不息，她让黄河石林座座威武、屹立不倒，她让祁连山脉层层相接、连绵不绝。她只是位平凡的、普通的、被中华母亲河——黄河养育的女儿！

生存，即生命存在。我们存在于祖国 960 万平方千米的大好山河，无论是生在南方，还是在大西北，我们都要敬畏每一个存在于黄河边的兄弟姐妹们，感受他们至高无上的生命！

昨日风骤

2010级汉语言文学3班　何琪

立冬已过，寒意更深了。我从细雨和风的温润南国而来，一直期盼一场纯白的雪，没想到先迎来的却是昨日忽至的狂风。

来到银川之前，只是雾里看花式地听闻“塞上江南”这样的美名，其他一无所知。那时候天真地认为，就算这里没有江南的杏花春雨，也该有一番水草丰美的图景。来到银川之后，望见碧空万里无云，雁鸟成群掠过；看到成排的杨树威严地挺立着，颀长的槐树投下一片阴翳的清幽，心想这自是一种西北的旖旎与浪漫。可是昨日那阵风，吹走了我原先的想法，也吹出了一丝凛冽的意味，使我幡然觉醒——这里不但有江南之名，更有塞上之实。

昨日风骤，你可知否？沙尘蒙蒙，隐藏了原本属于这里的如洗蓝天，遮蔽了冬季特有的暖日。狂风大作，吹断了杨柳依依的残梦。在肆意狂奔的大风里，柳树的垂枝不停地狂舞着，显出不胜凉风的惨淡，更透出命途多舛的无助。夹道被朔风摇撼得只剩几片瑟缩枯叶的树木，剧烈地摇摆着，让人觉察出一种迟暮的颓唐。而那些被咆哮的狂风提携的落叶，如同翻滚不止的海浪，在地上疾速席卷而去；又像战场上冲锋陷阵的士兵，叫吼着撼天动地而来。只有这时候，我才体会出“大风从北来，汹汹十万军。草木尽偃仆，道路暝不分”这样的诗歌是何等悲凉，才真切了解西北风的真正含义。

半宿的万木怒号终于在后半夜渐渐隐去。第二日醒来后，映入眼帘的画面竟是出奇的安详。天空依旧湛蓝，冬阳仍然和暖。草坪上铺满了昨日骤风吹落的叶子，金黄的、鲜绿的，交错在一起，便成了匠心独运的美丽画卷，便是一首缪斯遗忘采撷的诗篇，与女词人绿肥红瘦的哀怨毫无关系。忽然间听闻鸟声响起，循声望去，发现笔直杨树光秃秃的枝丫之间俨然安卧着一个鸟巢，宛如开在雪峰之上最后一朵雪莲，令人起敬。

昨日风骤，不过是为了把我们吹塑成明日坚强的人。有一个文人，也打南国走来，他在这大风生出的黄土地上诗意地栖居。他用两座古堡的残垣，搭建了渗透西北粗犷美的明清两城，催促了一部部精彩电影的诞生。他把精心收藏的花纹繁复的木制家具安放在别致的小院内，他把尽情挥毫泼墨后的书法作品挂在清雅书房中，他和余秋雨笑谈文字，他对游客亲切挥手……你可知道文人张贤亮今日的安然是从昨日骤风劲吹中走来的。昨日锒铛入狱的悲切、打入右派的无辜早已淡去，陪伴他度过那段狂风怒吼的飘摇岁月的，是紧随其身的一份坚强。还有那世代安居于此的西北人，今日的塞上江南创造在昨日的筚路蓝缕，今日的笑声爽朗根植于昨日披荆斩棘的艰辛。时光荏苒，变迁的，是一批批新人旧人；不变的，是西北人代代相传的被风吹过的坚强的心。

品味人生，凄风苦雨总是难免。昨日风骤，今朝若能安然，定是怀揣了一颗西风雕刻成的坚强的心。假如生命中狂风大作，不要只剩一份拟把疏狂图一醉的无奈，而是携着一份何妨吟啸且徐行的豁达，带着那颗坚强的心，寻找风沙来前埋下的线索，寻路走向所憧憬的目的地。带着那颗坚强的心，抖落一身风寒，收获的将是一份内心的圆满。

昨日风骤，吹老了杨柳，吹瘦了松柏，吹黄了胡杨，吹乱了我的思绪。忽然间我又不那么期盼雪的到来，我想再细细谛听疾风吹拂黄沙所传来的关于岁月的隐隐回响。

等待花开

2011 级汉语言文学 1 班　何婷

听说北国的春天很美，比南国的春天还烂漫，我一直在心底期许，而我现在只知道北国的春天来得比印象中还要迟，至于她的美，等待花开吧。

记忆里，此时的南国花开缤纷，草长莺飞。往年花开烂漫的季节里，海岸线在氤氲的花香中宁静，花枝依旧艳红，每一朵悄然无声的花儿顶着春风在枝头安静地绽放繁华。冬季的苦雨过去了，心仿佛有了一个高远的天空，阳光好像是被谁点燃了一样，亮得好像原野都在燃烧。记忆中春日的阳光，那么温暖，那么明亮，照得鹅卵石都那么耀眼，影子与反光互相追逐着，渐次迷离了这个纷扰的世界。阳光永远不曾落下，迷幻得缱绻而柔婉，照得漫天渲染金色的油菜花，与蔚蓝的天空交相呼应，如同晕染的油墨画那么美，仿佛那就是天涯。

春天来时，天真的我总想抱着简单而梦幻的幻想出去走走，再也不想在四角的天空中反复地丈量着一本书的里程，将那颗冲动的宿命情怀深埋。很想再回到记忆中的南国，在某个阳光弥漫的下午，带上相机，拉拢着一顶漂亮的太阳帽，去一个满世界都是油菜花的地方，看满天的油菜花湮没我全部的杂念，与风起舞，让花香漫入天际，让眼泪嵌入土地，任思念氤氲在空气里，任时光残留在记忆中。现在想起，年轻时有一颗说走就走的心，真好！心存念想，一个人的脚步依然那么倔强。

记忆如花香般被阳光烘干，随风飘散，一直散落到油菜花的画卷，而我一直游弋在通往北国春天的隧道里，穿越漫天风雪，那些停泊在我肌肤上关于花儿的隐语，和着零度畅想，晕染开了几多故事。三月天的人间花海，霎时美丽永恒在心，那一片金黄，激活了关于故乡的回忆，而我将带着花儿的念想与南国作别，画出的句号，像残月太残，太忧伤。

一直以为，那样婉约的河流与花海是南国的暖意，而那样广阔的额头与空凉的土地只是北国的剪影，但是有人告诉我，北国的春天比想象中美，但花期太短，霎时繁华，惊艳动人，而我一直等待花开。

一个阳光洒满大地的早晨，万丈光芒照亮世界每一个角落。此时的北国还笼罩着冬日的苍凉，暂缓的寒气与惊蛰的暖意一起涌入心头，让我有些百感交集。抬头看看天，其实，一个人的蓝天也很清朗，也很高远。持续升高的温度，让人觉得春天来得太仓促，阳光带动一颗蠢蠢欲动的心，和着无限春光，让一切年少的冲动都有了借口。路边的枝丫还是那么沧桑，干枯的树枝不时惊现一两颗生命力旺盛且万般执着的嫩芽，林间的草坪似油画般慢慢晕染开了期待已久的绿色，跳跃的温度给本应百花争艳的春天带来几分惊艳……北国的春天正在不知不觉地悄然而至，但花开呢，还是等待吧。

岁月的草芥落满行程，锁绣横亘，落英似雪。把回忆拉长，把路人归陈，只待花开的叩问。花开已不再是一种青春的姿态，冥冥之中却成了一种简单的信仰，等待着岁月拉长时间的身影，一朵花开的绽放，季节便迷离几分，一种心情的释放，生命便透亮几分。但是，花开呢？还是等待吧。

行走在绿色中，越来越喜欢这种很纯粹、很干净的绿，仿佛每一种绿色都有了一个年纪，不是岁月熬出来的。二十增几分减几分调出来，和着阳光的味道越发深沉了。丛林间割草机吞吐着青草和泥土混合的味道，氤氲在空气中的就差点花香了，只愿我的等待没有白费……

我想看盎然的青色连着大片大片的油菜花，我想听牛柔软的头缩在坚硬的壳里呼呼大睡的呼噜声，我想卷起裤角在荷塘边光着脚丫去寻找淡水里游走的蝌蚪，我想与美丽的蝴蝶在花海中曼舞，我想听黄莺在绿林中喁喁私语……我想在蓝天白云中迎着春风放飞我纸糊的风筝……青春是本仓促的书，此时阳光正好，蓝天正蓝，等待花开的季节，出走吧！

花开，花落，是整段春季的历史，而我，一直在等待花开……

漠上情缘 心寄景泰

2011级汉语言文学1班 何婷

对景泰的印象,停留在黄河石林。

风吹着历史的记忆,不知不觉中,九月的秋风把我带到了这座饱含文化底蕴的古城,与美丽的九月来个浪漫的约会,也让心灵得到片刻的宁静。

一路上,随处可见的胡杨树顶天立地几百年,即使大风湮没马蹄,印迹踏过丘陵,胡杨依旧并肩伫立,规则排列。树林深处便是沙漠几千年的深秋归影,钢筋般的根早已扎根于历史深深的皮肤里,形状不一的叶子在阳光下熠熠生辉,就算被北方干枯的天气吹散一地,也始终保持向天空突奔的姿势,一寸寸地占据着大西北干热的天空。也许,三千年后,落叶覆盖一堆腐烂的秋风,才让历史变得如此厚重。

褪去210万年的更新换代,经过地壳的翻云覆雨和长年累月的地质作用,是怎样的风吹雨打和石破天惊才让这方贫瘠的土地越发的苍凉和沉重。黄色砂砾犹如厚重的地毯,铺天盖地,峡谷蜿蜒曲折,如金色荡漾的巨龙横亘在辽远壮阔的黄土高原,风起云涌。陡崖峭壁凌空横世,如步移景般的迷宫画卷,景象万千,峰回路转,让人叹为观止。

特别是石壁的造型天造地设、鬼斧神工,如一个个精雕细琢的雕塑品，梦幻奇特。雄狮当关，如万千猛兽奔腾而来，尽显豪迈神色；猎鹰回首，如英雄驻守，鹰击长空；大象吸水，如婉转少女浅唱低吟，温婉柔顺；千帆共进，如战场上铺天盖地的旗帜，斗志昂扬。另外还有诸多人物刻像，西天取经、月下情侣、屈原问天，无不栩栩如生、形神兼备。

秋风中夹杂着金色戈壁的尘土，在我的脸上划出了美丽的弧线，伫立于这片黄色的海洋，耳边仿佛飘过征战的铁蹄，几千个头颅染红的河流早已在时间的沉淀下变得清澈，但是终究敌不过历史的印记。我在想，几百万年的痕迹要经过怎样的风吹雨打才有这样深刻的烙印，高原上瘦骨嶙峋的骨架如何经得起岁月的沧海桑田，多余的肉体被无情的风雨和流水一一削尽，就连骨头也烙上了永远抹不去的伤痕，痕迹斑斑，像哀鸿遍野的鱼鳞一呼一吸地寻求着生命的气息，又像刻刀无情地刻画出的一条条新鲜的伤口，鲜血淋漓。

这些屹立于河谷的石林更像是尖刀一样的骨头，雄壮的骨头，谜一般的骨头，曾经有如何惨不忍睹的战争在这里残忍地举行，撕心裂肺的呐喊声划破天际，地动山摇的撕裂声响彻大地，如此的惊心动魄、石破天惊，剩下了这堆不屈的骨头安然屹立。远去的壮士用年轻铸造了这座石林的辉煌，激昂的呐喊，仿佛还飘荡着点余温，散漫在这方神圣的土地上，飘荡着一缕芬芳，萦绕在九月的空气里。古道沉默不语，几道蜿蜒的金色巨龙到底住着怎样的亘古不变的传奇，而我只能提一盏马灯，行走在古老的河道边。

河水漫过来又退却而去，九月飒爽的秋风带着点沉重的气息依然演绎着当年的壮怀激烈。在这样宏伟的古战场里，黄色犹如那个时代的迷茫，在氤氲的阳光下支支吾吾地吟唱着，但我已经看不到剑的残影、刀的寒光。曲折迂回的黄河峭壁的骨子透出的坚强、隐忍、壮美、神秘，绵延的张力，让一切的证词都变得多余，灵魂不死，躯体永远挺立，如伟岸的身躯，坚定不移地延续着黄河源远流长的民族气节。

迷失的风沙，刮残了夕阳的殷红，原本刺眼的阳光在不停地穿梭中渐渐暗淡了下来，仿佛听见有人在石壁间轻弹着箜篌，唱着最后的挽歌。人生如醉，用眼泪祭奠着轮回的枯草重生，离别的琴弦一去不返了，只剩那些哭砂的眼睛邂逅在一串串驴的身影。

古道沙漠，风沙疾驰而过，石头被打磨得越发光滑，马也变得安静。茫茫河道，羊皮筏子依旧在溯流而下，一望无尽的黄河滚滚而来，又滚滚而去。金色瀚海滚动着灵魂的栖息地，苍鹰飞过，残阳也日渐深沉，好像在审视着历史被书写的典籍。无垠的戈壁，河流在岁月的打磨下渐渐退去，甚至干枯，我找不到自己的足迹，也许我早已深埋在这方神圣的土地，但黄河浩荡，我要到哪里去寻找我的归处。面对壮美激荡的黄河古道，尽管朔风瑟瑟的秋风翻云覆雨，也难以消抵内心的澎湃豪气，落日的余晖也只是隐忍而去，终究将这一片铜色瀚海放进历史的遗名。黄河的土地日渐丰腴，那些峡谷中沉淀的废墟也终将来自一场辉煌的战役，寻觅中，我措手不及。

尘覆盖尘，慢慢渗进大地的黄昏，北方的雄浑、粗犷和深沉，早已悄悄扎根于我的灵魂。抚摸云朵上驻留的尘埃，拭去额头上残留的痕迹，抖去双手沉积的砂砾，生活还是得重新开始。时间的胚胎里，崭新的黎明瞬间点亮，我用心准备着一场仪式，来迎接这场爱的盛大到来。

北风依旧很紧，风雨依旧旖旎。鞭影外，马声嘶吼在尘土飞扬的秋风里，光被群山割据，零星散布，裁成这遍野的奇山怪石，风蚀成残骸的白天夜里，让九月在黑白的眼睛里格外分明，心情也隐喻在一场透雨里，来不及书写沉重的历史，心情坐在云朵之上看见压城的乌云，沉醉的只有片刻荒唐的心。

今夕何夕，明月也送君归去，待来年秋风起。

漠上情缘，只因心寄景泰。

初夏素笔

2011 级汉语言文学 1 班　何婷

不知不觉，又是一年暮春初夏日，素雅幽香的槐花飘落在四月天仓促的尾巴上，越发苍翠的青柳晕染开了斑斑驳驳的光圈，时间带着初夏美丽的秘密，轻言淡语地描绘着属于夏天的素笔。天穹越发的蓝白、明媚，像点燃的硫粉，承载着每一片白云悠悠转动，晴朗的天空下，纷纷红紫已成尘，绿槐高柳绎新城，春水碧波飘落处，浮香一路到天涯。

我喜欢初夏灵动的感觉，因为她有万物复苏的新绿，有笑靥如花的美丽，有生命勃发的激情。在春的怀抱中，我分明聆听到花瓣舒展的声响，带着露水垂涎欲滴的清脆声，张开它慵懒的翅膀，开始慢慢苏醒，我也听到春风涌动在漫山遍野簌簌的声音，荡漾着清脆的布谷声回荡在山间，我也听到新蝉在树梢间跳跃的声响，万壑树参天，千山响杜鹃的空灵人静，还有那片翠绿的苍松浸透万水千山的晕染声，是如此的美妙动人。

在这个春光明媚、草木吐绿的季节里，仿佛是为了和“百般红紫斗芳菲”的美景来个美丽的邂逅。我们踏着流年的微光，淡定，随心，寻着流年的涟漪，淡然，随情，忽然被一阵清风吹到了这个塞上江南的地方，人间的四月天，天清地明，蔚蓝的天空净美如洗，一如六盘山“一城山水一城湿”的沁人心脾。

呼吸扑鼻的新鲜空气，聆听着悦耳的虫鸣鸟啼，晾晒着如烟的往事，也感受着人世间无尽的勃勃生机。那天的天空从未有那么的晴朗，树木从没有那么的苍翠，就连人的笑容都从未那样的灿烂，阳光撞在脸上，溅起的一朵朵美妙的小花让我情不自禁地兴奋起来，来到北方两年的时间里，还从未见过这么山水萦绕的地方，顿时让我有一种回家的感觉，整个人也精神了许多。我带着对山的坚定、水的柔情，一头扎进了山水的怀抱，开始了一次浪漫的约会。

再也没有比被春雨洗浴后的青山更迷人的了，整个山坡，都是苍翠欲滴的浓绿，一种“空翠湿人衣”的感觉袭上心头，不可近察的山中岚气晕染在空气中，氤氲着初夏的花香，合着阳光的折射，画出的光圈比天空还明媚。还未全部散尽的雾气像淡雅丝绸，一缕缕地缠在山的腰间，阳光把每片叶子上垂涎欲滴的雨露都变成了五彩的珍珠，空山洒满光辉，山鸟忽然被惊醒，在山涧里发出鸣叫，显得格外清脆，更衬托了初夏时节六盘山的幽静美好，也许这就是古人口中的“日出惊山鸟，时鸣春涧中”吧。

小溪水静谧单纯，淡雅悠远，形成了野趣天成如水墨的天然山水长卷，正如庄子所云：“淡然无极而众美从之。”春山淡雅而如笑，夏山苍翠而欲滴，万物都仿佛忽然鲜活了起来。空山里寂静无人，只听见溪水在静静地淙淙流淌，仿佛在耳边浅唱低吟地喃喃自语着，讲述一个很扬长，很悠远的故事，显得更加空灵进和柔美了。在这样“空山不见人”的寂静山涧中，只听见深林里飘荡着断断续续的欢声笑语声，一缕阳光透射在密林深处的青苔上，投下斑驳的影子，显得那样的恍惚和幽深，又像极了一个调皮的孩子在兴奋地活蹦乱跳，让人心里无比的愉快。再往水路蜿蜒前进，峰回路转，柳暗花明，泉水叮咚，清泉石上流，纵使晴阴无雨色，入云深处亦沾衣，那种“空翠湿人衣”的感觉越加明显。泉水咽危石，日色冷青松，清泉流淌在阳光的折射下，散出的光芒明亮而刺眼，显得路边的山花更加光鲜亮丽，间柳中涌动着鲜花的妖娆和艳丽，待到山花烂漫时,又是谁在从中笑呢?

在这样“涧户寂无人,纷纷开且落”的寂静山涧中,路旁的辛夷花自开自落,花开无声,不假外物,不关世事,也无人知晓,即使深林人不知,却开出了属于自己的繁华,也许这就是生如夏花的灿烂吧。这样满载的希冀带着它经久不败的韧性与执着飞向盛夏的苍穹,以往的遭遇化作一枝新芽,在初夏的霓虹里绽放出它的新生。那枝花的名字叫作夏花,热烈如“伊”,绚烂如“伊”,任凭眼睛被刺得生疼并伴有轻微的眩晕，恍惚中眼前五彩斑斓的景象就像是被人故意打翻的调色板一样，千万的色彩堆积其中却又围绕着一个主色调进行旋转,那种彻头彻尾的绚烂真是唯美至极。

徜徉于这样至美的山水之间，那种磅礴的山水气质震撼我的心灵了。静态的山,雄壮而苍凉,动态的水,豪放而激荡,溪水依然在流,青山依然苍翠如烟,而我真的是被一阵风带到这里来的,只为感受初夏的山水魂,人间的五月天。山藏钟灵,水蕴毓秀,这是对六盘山最好的诠释,巍峨入云,顶天立地,伴着小溪源远流长,显得更加的气势磅礴,山与水相得益彰,山不是枯山,水也不止是涓涓而淌的清润,水滋养了山的模样,山清凌凌的雾霭开腾。水因山而秀美,水因山而灵动,山是水的身躯,是水的曲线,水是山的血液,是山的器乐。因山水相依,六盘山显得活泼,灵动而妩媚。山水之间,自然与人和谐一体,日月光华何其恒久,草木生命何其坚韧。山水的流淌,在心头荡漾,洗涤着尘世中的纷纷扰扰,在乎山水之间,沉默的是山,是水,沉重的是心,沉默着,流淌着的是无声的岁月。

心泊山水,魂游天际,相对于南方涓涓细流的钟灵毓秀,北方的山水更多的是一种真实。山就是山,水就是水,气势磅礴,碧玉玲珑,也许这就是一山一世界、一水一菩提的山水造境吧。笔墨寄情山水，心境超越山水，身游山水之间，心荡于万物之外，让人有一种“宠辱不惊闲着庭前花开花落，去留无意漫随天外云卷云舒”的超然心境。

大地如琴，江河如弦，山水之间，道法自然，游历一路，感叹一路，天空何其苍茫邈远，大地何其博大深沉。人生就好比游离于山水之间，一面是山的坚定，一面是水的柔情，寄情于山水，是一种超然世外的豁达心态。

不知道七月荷花盛开的六盘山又是怎样一番令人垂涎的景象，那五月盛开的槐花飘落了灿烂，鲜活的石榴花又惊艳枝头，鹅卵石的青苔巷道又溅满一地的苍翠，会不会在一夜之间忽然苏醒，用清凉的夏风全部告诉你，我在这儿等你。五月花开的样子，开在初夏，谢在夏末，盛夏不再来，桃花依旧笑春风，素笔终将留初夏。

眷恋，不只由于季节的更替。思念，雨雪霏霏，杨柳依依。

西北有风

2011级汉语言文学2班　黄菊

有一句话是怎么说的，世间最短的咒语，就是某个人的名字。那对于旅行者面言，最爱最恨最虔诚最割舍不下的，其实是某个地名吧。车行至途中，回想在西北的漫漫时光，不由一笑，怎么会有人愿意拒绝如此魅力无比的西北呢？走进西北，才会发觉，生命其实很简单。明亮白灿的阳光，舒缓平白的步调，再加上一碗热腾腾的面，悠悠一岁，漫漫时光，足矣。片片白杨经过我的窗前，天气是阴天，难怪它们看起来有些颓唐。“如果你年轻的故事想要增加一些精彩，你就让所有贪婪的幻觉跟着幼稚离开，给自己准备一种执着的心态，绑架你的梦想，放逐到遥远的西北。”白杨树的叶子随风而呼呼作响，隔着麦地，隔着马路，隔着车窗，直白无比地传到我耳朵，视野里一片白茫，顿时觉得刺眼无比。“你要找回黑夜里丢失的本能的勇敢，无论寻找的过程是否多么漫长。你要习惯沙漠中饥渴的孤单，无论孤单的旅程中只留下一点点热量。你要呵护每一个超越的脚步，无论交换的代价还需要更多的坚强。”原来真的只有放逐内心，才能向天地万物汲取养分，吸收它们所释放的能量。难怪茅盾先生曾经无比赞扬白杨，难怪西北无与伦比。

路边变化的风景所带来的除了戈壁、草原、沙漠，更多是感动与欣喜。感动偶然看见的羊群，感动纵横交错的铁路，感动竟有湖

水流淌，甚至还有美丽鲜花傲然开放，狗尾巴草不断随风飘扬，感动西北的一草一物。不知不觉已到寿鹿山国家森林公园大门口。刚下车，就有大把大把风从我们每个人身上呼啸而过，似乎还夹带着远处丛林里树叶的声音。嗖嗖凉风，嘈杂声与风声交相辉映，大概相机里定格了的瞬间皆是被风吹得凌乱无比的衣衫和面容了。从山坳中央的小路一直往前而走，蜿蜒小径，似乎是通向山顶。听说寿鹿山有八景：群峦耸秀、崖畔虹桥、风幡兆瑞、天梯云路、古洞仙踪、石泉泻玉、夜半涛声、炎天飞雪。人们就是喜欢给那些死物安上各种各样婉转动听的名字，让人听后心动不已，无比神往。旅游广告上也总是写着一些"身未动，心已远"来吸引人们眼球，但我总觉得有些自然的东西增添了过多的人工痕迹就显得有些虚假了。可惜斗不过呼啸西北风，没能穿过北风，越过丛林，登临山顶一探究竟。不知道这八景是否只是幌子。旁人大呼："快看，鹿！"此寿鹿山，果真是有鹿的。被栅栏圈起的动物，果然怎么看都带着一种呆傻。用自由换取围观，不禁替它们觉得悲伤。千百年前，此处是否兵马车嚣，风沙滚滚，悲壮万分。来往过客，试图在黄沙所赠与的灰头土脸中找寻原初的从容。大漠谣，大漠景，大漠图，永刻我心。

"你要找回黑夜里丢失的本能的勇敢，无论寻找的过程是否多么漫长。你要习惯沙漠中饥渴的孤单，无论孤单的旅程中只留下一点点热量。你要呵护每一个超越的脚步，无论交换的代价还需要更多的坚强。"如果我永远迷醉在小桥流水人家的温婉里，从未领略过高山的威武、沙漠的味道、西风的凛冽，倘若我从未接近过西北直白的太阳，未曾亲眼目睹过戈壁荒野，也永远不曾了解西北，那我只能在流水的庇护下，渐渐迷失自己，丢失了许多人生的乐趣。衣衫单薄，只能狼狈逃回车里，回首时漫山遍野仍旧充斥着漫无目的的北风。北风不识人，北风不识景，真是不够可爱。

竟是他乡山水秀

2011 级汉语言文学 2 班　黄菊

有人说，山水之于中国，犹如血脉和生命般不可拆开，我们广袤的大陆正是有了山之巍巍、水之汤汤，才有了古往今来与山水剪不断的缠绵情愫。青山绿水，绿水青山，也总是我脑海里长存已久的美好画面。宋词里说，山是眉，水是眼。在古人眼里，山山水水在眉目传情间总是活生生的，生命无穷尽的。脑海中山的印象也总是水在山之上为云、山之巅为雨、山之峰为雾、山之涧为泉、山之壑为岫、山之峪为岚、山之崖为瀑、山之根为潭，然而大西北的山却给予了我别样的感受。

四月的末尾，有幸领略到宁夏地区的须弥山，再次真切无比地感受到这塞上江南浓烈的气息。无论唐诗宋词，总有那么多写山的千古绝句。但站在此山脚下，竟绞尽脑汁也想不出任何一句能与此山相符。还在远处看到它时，仿佛它是赤身裸体呈现于世人面前，不加任何衣物，就连一树一草都显得奢侈、可贵。作为一个土生土长的南方人，见惯了大好青山，对大江大河也过分熟悉。突然一座与之不同的山峰摆在眼前，竟然有种手足无措、莫可名状的感觉敲打着心胸。没有高耸入云，更没有云山雾绕，就连白云也稀疏几处散布在广阔蓝天之中。甚至说不上山的颜色，在还未想好任何形容之词，大自然浑浊的原始色彩就已闯进眼野范围。阳光并不十分明媚，迎面有山风轻柔拂来，眼前的山峰显得如此直白，没有任何过分修饰与装扮。一种对自然敬畏、钦佩之情油然而起，亿万年的不断进化，大自然给我们人类的馈赠实在是太多太多了。

沿着时而上时而下的阶梯，不多久，一汪清水映现眼前，湖水微波，静谧祥和，因着我们这些游人的到来徒添了几分聒噪。看着因微风在上面轻轻走过而生起的层层涟漪，不禁恶作剧地想往湖水里扔点什么，好打破它原来的平静。沿着阶梯拾级而上，对面一座高大佛像早已静静守候无数春秋年华，默默承受着风吹雨打、日晒寒霜。千年以前，是怎样一幅劳作的画面，将如此佛像创造、雕刻于这历史长河中世世代代的人民眼前。无论是敦煌石窟、云冈石窟、白马寺，追寻历史，华夏五千年造就着自己的神仙，供奉着自己的祖先，在悠悠历史中，佛、道、儒已经融入了华夏文化，形成了历史的标志，在巅峰之上俯视着莽莽群山。行走于山水之间，行走在镶嵌在大山陡峭之处的石阶之间，看着威严的佛像，远处有袅袅佛音传入耳畔，竟不自觉随着幽径小路准寻这梵音的源头。佛堂里的诵经声总如此肃穆让人敬畏让人浮躁之心慢慢平静，每次听到都会不自觉产生一种莫名的感动。千百年前，如清水幻象般，在这个丝绸之路必经之地里，曾发生过什么样动人的故事是不为人知的？

山上少之又少的树在这初夏里居然还有刚冒出的新芽，在余音未了的春风里颤颤巍巍拍打着。也有不少山隙石缝间冒出的各种说不上名字的植物，它们的生命力总是十分顽强，从来不畏惧孤单与寂寞、贫瘠与干渴。跟着人群漫无目的地走着，一直以来在心中存在的种种不畅，堵塞已久的不良情绪早已渐渐沉寂，悄然而至的是一种远离喧嚣后独有的平静。思绪顿时清晰无比，我们所说的青春，不就是走不同的路，看不同的风景，途中偶遇种种不同的人，不断在成长，不断在领悟，然后渐渐老去，等待未来的某天午后时分，早已垂暮的我们在缓缓时光里重新回味今天所持有的种种不同心情、感悟。斑驳阳光丝丝掠过心里，静静照耀着韶华，那么柔情与灿烂，如一股暖流，荡漾整个心扉。还未来得及将春天送走，夏季早已悄然而至。当再次站在山脚，已是归时，蓦然回首，才突然惊醒，原来竟是在他乡。山山水水，过于让人感动，以至于与脑海里熟悉无比的山水产生混淆冲突。想起李颀曾经写道“别离岁岁如流水，谁辨他乡与故乡”。人生就是一场旅途，总是不停走着，不停变换着目的地，何须执着故乡与他乡。

路途中，曲折蜿蜒的山路两旁分散停驻着各色房子，不多不少，却慵懒无比，仿佛已与几世几代人的祖祖辈辈朝暮相伴无数春秋。一直以来，“日出而作，日落而息”这八个字让多少文人骚客为之动容，为之放弃一切功名利禄。此情此景，脑海里不自觉想起陶渊明笔下的“种豆南山下，草盛豆苗稀。晨兴理荒秽，戴月荷锄归。道狭草木长，夕露沾我衣。衣沾不足惜，但使愿无违”，尽管此情此景与他所描写的风景有着千万分差池，但这里，总归是让我觉得是静谧祥和的，多一分打扰都觉得是种过错。当黄昏来临，是否会有炊烟袅袅升上云霄，连微风都不忍将它们打散。汽车已带我们离去许久许久，只剩下手中的相机一幅幅画面全然记载着我们彼时彼刻的音容笑脸，记录着某年某月某时某刻我们曾到来过。

依然向上

2011级汉语言文学2班　焦雨

动笔之前，我一直在想，以什么样的心情去描述此次经历，思来想去，还是用最真的心去表达最真的情，这种情不管叫什么名字，只要它真那便达到了写的目的。

车窗外，没有悦目的景色，单调苦涩的气氛挑逗着车窗内的睡意，人在睡眠中颠簸着思绪。倘若，看到绿色的植物，我们便是一阵的欢喜，大自然不忍这片土地长受此态，竟让山石经岁月之淘洗后变成生命之青色，遍布在山坡上、田野间，也许这是在考验着我们这些俗人是否能体会到美在世界，只要心足够敏感。山坡上的小野花犹如火焰冲击着惺忪的睡眼，让你惭愧自己的行为，生命向我展示着不屈的姿态，而我却在睡意中忽视着我们消逝的生命。谁说“红花还要绿叶配”，没有绿叶的陪衬，花儿依然美丽，那种美丽不是视觉上的短暂享受，而是内心的长久的震撼。艰难环境繁衍出的生命，虽然没有让人一见倾心的脸庞，却有让人汗颜的意志。

生长在山里的人们用仅有的土地播种着无限的希望，黄河上飘荡的羊皮筏子渡着一代又一代的生命。我们在短暂的旅途中抱怨这土地的荒凉和贫瘠，而世代生活在这里的他们，依然坚强地生活，因为满足，所以不曾抱怨，因为是根，所以不曾离开。这里是生命开始的地方，也是生命结束的地方，但不是生命消失的地方。

山还在,水还在,伫立了千年,流淌了千年。水依偎在山的怀里,说着温柔的情话。水漂荡而去,带着山的颜色,不曾忘记曾经一起许下的誓言。缠缠绵绵不忍去,何年何月归此地,待到归此地,枣香溢满园。我站在黄河岸边,望着水远去的身影,听着山眷恋的泣声,脑中空白如纸,只为记住此刻。

这片苍凉的土地不需要同情的热泪,不需要虚伪的赞美,只需静静地伫立,不用只言片语,不用屏息凝神。伴着一阵清风,给思绪一个自由,让自己随着水的轨迹,融入到厚重的土地里面,然后,为这土地开出美丽的生命之花,点缀孤独生长着的力量。

此时,我将归去,带走记忆,留下感动。

四月飞雪

2011 级汉语言文学 1 班　贾璐

来到银川的第一个冬天是寒冷而又干燥的，这也是我经历过的第一个没有雪的冬天。没有雪的冬天让我很是不习惯，所以特别希望银川也能下一场雪，让我感受到雪花带给这个干净而内敛的城市的另一种美。这个冬天悄然而去，却始终没有下雪。

冬去春来，我已经对银川的冬雪不会有任何的奢望。我更加期待的是万物复苏、春暖花开，一片生机勃勃的景象。“清明时节雨纷纷”，一场大雨唤醒了人们对春的回忆，但紧接着 4 月 11 日，令我们所有人惊讶的是银川雨夹雪，这个在银川寒冬都不会发生的事，居然就发生在了银川四月的季节里，让我们无论如何都预想不到。

走到校园里，看着漫天飞舞的雪花，心都跟着在一起飞舞，沉浸在这雪花的世界中。柳树才刚刚开出嫩芽，花朵也都开出苞蕾，小草钻出地面也没多少时日，似乎这场雪要将这新的开始扼杀在摇篮中。但其实不然，雪的降临给这个春天增添了许多的生机。柳条在雪中的线条更加的鲜明，颜色更加的耀眼；白色的花已经跟雪花融为了一体，星星点点地为枯枝增添了那么多的活力，白得纯洁，白得清新。粉红色和黄色的花瓣在这个白的世界中越发的显眼，在远处，就吸引了人的眼球。粉得那么可爱，就像婴儿粉嘟嘟的脸颊，让人忍不住上去亲一口。黄色的花瓣虽然那么零散，但在白色衬托之下，黄色也显得越发的可爱和明媚。

在这么美的景色中，我们坚决不能冷落我们的相机和眼球。银川少有的美景，值得我们用相机记录着美丽的瞬间。又想起了一句话："生活中不是没有美，而是缺少发现的眼睛。"美丽的花如美丽的女郎最能吸引人的眼球。我走到树下，花朵零零散散，更有利于我们仔细观察。好多花朵都穿上了晶莹的外衣，有两朵花已经被包得严严实实，只能看到粉色的阴影，有一种朦胧美。校园中还有许多光秃秃的树，平常早已将它们遗忘了。但雪中的它们也别有一番姿态和韵味，雪覆在它们身上，颜色分明，增添了许多的生机。它们似乎也想与雪花来一场别开生面的舞会。松树在冬天的北方也不是什么稀罕之物，但厚厚的雪覆盖在上面让我想到了西方最重要的节日——圣诞节。我想这是老天安排在四月的一场花草树木与雪花的聚会。

雪中的校园有它活泼的一面，也有他庄严神圣的一面。低压的灰蒙蒙的天空下，校园的建筑仿佛特别的突出，显得更高大伟岸。校园中寥寥的行人，寒冷似乎让他们来不及驻足欣赏周围的美景，但花花绿绿的伞也为校园增色不少。

银川，四月飞雪，让人惊喜让人难忘！

生命在于跋涉

2012 级汉语言文学 1 班　贾宝珠

骄阳似火，把天空烧成一片耀眼的红。沙漠更是被炙烤得泛着红光，整个红铜色的世界都在无言地倾诉着自己的焦渴。一阵清脆的驼铃响起，几个背着行李与水壶的旅人艰难地向前行进。他们额头流着汗水，嘴唇干裂，每迈出一步都增加一分干渴与疲惫。然而他们坚信只要不停止跋涉，也许在不远处就能寻到一片绿洲，寻到生存的希望。

人生是一次漫长的、艰辛的跋涉。不同的人生态度，不同的生活磨砺，会收获不同的人生之果。人生是一次孤独而又枯燥的旅行。沿途的无限风光、碧海蓝天、鲜花佳人，或许都会让我们驻足停留、缱绻不已。最终或手捧玫瑰，或此行空空，重要的是不要给这一次长途之旅空留遗憾与幽怨。

跋涉是艰难的，然而它又是不可缺少的。在这个世界上，处处可见跋涉者的足迹。夸父为了追逐太阳而在泾渭大泽间跋涉，身后的邓林是最好的见证；释迦牟尼为悟出真谛而在尘俗与空境间跋涉，一株菩提保存了他的足迹；孙中山为挽救中华在革命的道路上跋涉，留下永远闪光的“三民主义”；更有当今的莘莘学子，在无涯而深远的书海中跋涉……

跋涉，或者说是对生命的求索。

我们每个人都在跋涉。似乎世界上没有一种追求可以穷尽，没有一种努力可以圆满，有价值的生命应该是在一种孜孜不倦地跋涉中度过的。实现一个理想，又有很多的理想在前；到达一个终点，却又发现它是一个新的起点。远方永远有一支神秘又诱人的乐曲在轻轻呼唤、引导着我们。跋涉，便领略其美好；停滞，便终究是梦幻。

在跋涉的路上，我们感到疲惫，于是留下一声声叹息。而不断地求索，本身就是一种苦痛。我们有理由叹息，却没有理由停步。其实，在这苦痛的体验中，会慢慢尝到一种甘美。这甘美，向我们展示的是生命的真谛。

跋涉，想去皈依肃立默言似又洞察一切的高原之山，体验面对山的渺小，几亿年的沉默，空寂中狼嚎，碎石如楼，云厚如峰，天籁之音从空穴来风，八百里的寂寞够不够？体验颤泣，多情碎为无情，无情化为怜悯，怜悯转为柔肠，柔肠千年铁索，一环环串起亘古。不变的是希望，是爱的希望。

跋涉，想去看寂寞无人见的一条小溪，一弯无名能手捧饮水的小河，一棵不关风情的傲立的大树，一条开满碎花绕满枝头的古藤，一簇花开花落无人赏不知名之花，一川深到惊心的山谷，一曲径通幽蜿蜒之路。

命运给予熊顿的寥寥无几。熊顿，被癌症缠绕的女孩，她是病痛中的一粒沙子，在波涛汹涌中翻腾，虽屡屡跌倒在生命的浪底，却依然保持一颗最坚硬的心。一本《滚蛋吧，肿瘤君！》以幽默诙谐的笔尖记下了她病苦中的快乐，撕开了苦难的缺口。当别人以为命运的暴风雪已经掩盖了她前行的路，她的一生注定要在荆棘中蹒跚、跋涉，她却于众人的叹息中扬鞭策马，奔驰在病魔的大道上。她说："我不想让人们看见病床上的我，就看见快乐的我吧。"

"我愿用微笑为你赶走这个世界的阴霾"是熊顿生命的执着。

有些人被流放到贫瘠的土地,她的灵魂却愈加丰腴;有些人被禁锢在闭塞的林中,她的思想却可以飞越千山万水。苦难纵使可以折磨肉体,奔驰中却可以高傲地昂起头颅,感受幸福。

是的,生命需要跋涉。

时光的流逝让人措手不及。我记得刚进大学时,扳着手指盼望寒假的来临。一位师姐对我说:“不要这样吧,大学时光其实是美好而短暂的,四年时光一闪即逝……”起初是不信的。直到现在,大一已近尾声,才蓦然回首,惊叹以至于无言。对于那些面临毕业的学长学姐“如果再给我四年”只是幻想而已,能安慰心底那份遗憾的,唯有跋涉的历程。虚度的时光成为青春日记上永久的空白,我们只有紧张地整理行装以填补现在……眼前常常掠过夹着书本在图书馆与教室间匆匆而过同学的身影,在笑其“书痴”的同时,竟抵挡不住自己对他们的钦佩——他们比我更懂得跋涉的价值。

在跋涉中把握时光,青春才会为我们驻足;在跋涉中体验生活,生活才会变得多姿多彩;在跋涉中探求道路,希望之光才永不熄灭。

生命在于跋涉。

让岁月的每一个瞬间都留下我们跋涉的足迹,让生命的意义在跋涉中得到诠释。想起一位诗人的话语:

不是所有的诗句
都能吟诵一份美丽
也不是所有的故事
都能诠释一份哲理
既然活着注定要跋涉
为何不在岁月的风里
摇曳成叮当作响的风铃
……

记得下雪前有过一场雨

2011 汉语言文学 2 班　贾青青

四月天，这里却离奇地下了一场雪。之所以说她离奇，因为这里是银川。

雪中的迎春花、桃花还有一些不知名的花开得还是那么艳，即使大风吹落了花瓣，大雪压弯了柳树、松树与常青树的枝丫，还有被厚厚雪层覆盖着的小草。在雪中，大树更参天，小草更坚韧。

老师把课堂时间给了我们让我们采风，正好合了我们的意。撑着伞，踩着雪拍着雪景，酝酿词句来形容此刻的美，寻找冬的气息。在原本应该春暖花开的四月，谁会比我们更幸运地看到这一片洁白。可我好像对不住老天对我们的宠溺，在慨叹着寻找冬的气息的同时，让我想到的却是下雪前的那场雨。

也许是那场雨才有了这场雪，最起码我是这样想。

银川位于中国西部，春天迟到得那么理所当然。银川，原本阳光肆意照射在每个人脸上，春风吹开了桃花，吹绿了柳树。就在这时，天空里稀落地撒下雨滴，竟然下起了雨，让这座城市受宠若惊。

记得那天早上淡蓝的天空里，东边太阳要升起的地方被几团灰色的云占据，没有朝阳，有几架飞机从头顶隆隆飞过，落下几条淡白色的航线。下午，整个天空暗下来了，乌云笼罩着天空，密不透风，像世界末日般没有一丝太阳光。树叶静静地等待着，也许在期待着一场属于他们的甘霖,花开得正娇艳,草绿得刚刚好。

我百无聊赖地坐在床上,看《围城》,想着方鸿渐跟孙嘉柔的未来,几声春雷响过,受到惊扰,瞥了一眼窗外,依旧阴沉沉的,心想银川能下多大的雨呀,不就能意思性地滴几滴告诉我们天空还会下雨,也有痛苦流泪的时候嘛。不过我喜欢这种昏天暗地,像所有人都会被裹挟而去。这个时候,一室友站在窗前,望向窗外,说:“你看路上的车那么匆忙,比平常快多了,尤其骑自行车的人,平常就没见这么快过。”是啊,诗意的人总说这里生活节奏慢,适合诗意的安居,他们哪里会想到这里的人们也有快的时候,大雨来临前的那个阵势会让多少人加快步伐,这也应该叫作危机感吧。

我说着就凑了过去,那些镜像应该还在吧。看着思考着,之所以会说慢,是因为危机感不够大,工作上竞争力不大,道路上拥堵率不高,看起来很慢很淡定的在生活,跟北京的节奏没法比。我喜欢慢节奏慢步调但我更期待快。我们需要危机感。北京为什么会快?职员不快,职位会被捷足先登;汽车不快,上班会迟到挨批。大一的我们也应该有危机感,想想目前的就业形势,想想我们会不幸在家待业,也许我们会心急,为了不淋雨会加快步伐会有动力去筹措资本。

我的视线又停留在了楼下的树与树间,草坪上树枝下的空间。从三楼45°俯角向下看,绿茵茵的草坪被雨水冲刷得那么亮,衬得刚开不久的粉色桃花面色微羞,还有那湿漉漉的树干看起来更加苍劲有力,支撑着正努力发芽的枝丫。路面已被打湿,几个女同学撑着花雨伞走过,像极了戴望舒《雨巷》里的那个撑着油纸伞带着愁怨的姑娘。我赶紧拿出手机,快速地定格这一瞬间。

手机响了,室友发来短信,心想估计是落下什么东西了让带过去。看清楚了短信内容:“一会儿你们去上晚自习的时候都多穿点衣服,挺冷的。”看完心里暖暖的,大学同学都是战友,到现在一起生活了大半年，细枝末节也可以表达我们之间的情谊。互相关心，互相爱护。赠人玫瑰，手有余香，心想，对别人好让自己也快乐。

听着外面淅沥的雨声，读着钱钟书优美的文字，享受这难得的宁静。下雨天总是安静的，雨总给人灵感，让我想起了回忆里的那么多个下雨天。

记忆里的小时候总是下雨。童年的下雨天，积家人万千宠爱于一身的我，总爱撑着属于我的那个小围裙满院子疯跑。小围裙，是因为我羡慕邻家大姐姐做家务时系着围裙，强烈要求自己也要那样，于是妈妈给我做了一个。小学时候的下雨天，是属于夏季的那种不可预见的雨，每当快要放学的时候，总会有家人给我送来衣服、雨伞跟雨鞋。我从雨中闻到了那个时候的气息。温暖的怀抱，严厉的苛责，慈祥的抚摸，满溢爱的眼神，想那双大而糙的手，跟屁股上青紫的手掌印。那个时候的世界就是一个静谧的小村庄，有爱我的人们，我喜欢的玩具和糖果。大点了成了小学生才知道，我的世界还有课本、同学和老师，会喊一句永远都不会过时的口号——好好学习，天天向上。

中学时的雨天虽然变少了，却总是暴风雨。初中时，我已经背井离乡，远赴他乡求学，也许很多孩子还在父母的“襁褓”里。下雨了，没有人管你有没有淋雨，因为懵懂的孩子自己都不会照顾自己，更不用说关心别人了。于是学会了自立，学会了为自己撑起一片晴空，还好老师是器重我的，在老师的激励下学到了不少东西。高中时，已经习惯了没有家人在身边的日子，每当下雨天，跟好朋友一起在雨里奔跑、嬉笑、疯癫，这就是属于我们的青春的记忆。她们是我在雨天里看到的雨滴，不如水晶宝贵，却比它难得，滴不到自己身上就永远得不到了。

小时候雨天的味道是家人无私爱的味道，中学雨天的“晴空”是朋友为自己撑起的，长大了，雨还是一如既往地下，“晴空”需要自己来撑，可那种味道却是记忆里所有味道的混合香。

出宿舍门的时候，没有加衣，没有换鞋。到了楼门口，看见雨下得那么大，路上积水那么多，雨点在积水里调皮地打着水泡再随波逐流。我竟然忘了带伞，匆匆回去取到伞，再次走入雨中。不再担心雨水淋湿了头发，打湿了衣衫，放心大胆地走着，意外的事发生了——鞋子里进水了，后悔没听话把鞋换了。也许同学们都已经习惯了干净的路面，不自然甚至有点局促地走在雨里。一路都在避开水坑，不文明地践踏了草坪。鞋子里发出滋滋的响声，汲满了雨水的鞋拖着我走到桌位上。想起了龙应台说过的一句话，有些路，只能一个人走。没人可以替代自己走，人生路很长，至亲的人至多是陪伴，再多风雨，再多坎坷，我们没理由逃脱也没办法逃脱。

下晚自习回来的路上看见花落在水里，不知明天的她会是什么样子，也许被风吹到了远方，也许被人碾碎在此地，也应了那句“落红不是无情物，化作春泥更护花”。西北的美没有烟雨江南的柔，却有着伟岸一词都无法形容出来的风致。

雨总是能给人思绪飘飞的意象，让我想到了很多却不能全部说出来。那夜应该是无眠的。我爱雨夜，可以给我空间理清自己纷乱的思绪，可以让我想到最爱我的人们，可以让我感觉有人陪伴从不孤单。这一切也许雪也可以做到。但遗憾的是，她在大雨之后，在经历了狂风乌云雷鸣的大雨之后。

看到那些在大雪里拍的照片自然会让我记起那场大雪。我没把雨放进镜头里，而是放在我深深的脑海里。这场给了我思考的大雨，我怎会忘记？

行走在采风路上

2011级汉语言文学2班　贾青青

我们坐在校车上,前往固原采风。

从银川到固原,这段路不长,可是走了好久。车在前行,我静静地看着窗外变换的风景,想些了什么我也不知道。这样一直在走真好,一直在路上,心就一直在旅行。

人生就像这条路,你大概知道你要达到的终点。可是怎样曲折回环,多么荆棘丛生,谁都不好预料。在路上,是一种状态或者说是一种心态。不满足于现状,不满足于自我,对未来虽然迷茫却明确知道梦想就在前方。

喜欢慵懒地坐在校车里,不需要担心错过了下车的站点。闭上眼睛,享受这难得的轻松感。偶尔睁开惺忪的睡眼看着窗外的荒原一直向后倒去,明白了我们向着目的地又靠近了一点。任由车怎样颠簸,路怎样坎坷。我只知道我们一直都在路上,一直在前进。

第一站

须弥山。当她第一次在我眼前展现出来,我竟然没有丝毫的兴奋感,仿佛我们是早就见过面的旧相识。这样的山没有别具一格也没有与众不同。按班级排队从入口进去,一行人跟着导游到了博物馆。首先映入眼帘的是佛教壁画,我是不怎么信佛的,但我着实被那么多的佛像震撼到了。这不仅仅是宗教，她是中国的文化积淀，随后导游说到了丝绸之路。这条盘踞在西部的巨龙，当初是怎样浩大的驼队走过这里，他是连通阿拉伯与中国的血脉，是沟通中西文化交流的纽带，是让中国走向世界的桥梁。我看到了玄奘，看到了张骞，当然，还有好多关于丝绸之路的珍藏文物。他们应该享受这样的礼遇，中国历史忘不了他们的丰功伟绩。

从博物馆出来，来到最大石窟的脚下，往上看就会发现自己的渺小。佛像面带微笑，温文尔雅，身上披的袈裟质地柔软。导游说由此可见当时朝代的政治、经济和文化发展状况。如果说历史是个神话，这尊大佛不就是神话的真身吗？

影响最深且记忆最真切的是爬的那一阶天梯。用大块的石头铺就，与水平面几乎垂直，很窄。幸好两边有铁索，是她拽我上去的。要不然那么陡，说什么我都没有勇气一步一个台阶地上去。之前有人犹豫说不爬了。“来都来了，不爬到最高点有什么意思。”我真喜欢这句话。于是，头也不回地就开始爬了，一直爬，不敢低头往下看。心里想着快到了，快到顶了。喘着粗气，不想停下来，一刻都不想。因为这种永不停歇感觉一直行动的状态很让人有成就感，不管是身体还是思维。下山很快，再次坐上校车，一路颠簸，回到住处。

第二站

六盘山。又是一座山，又可以了解一座山了。站在六盘山的入口处，周围全是树，满眼都是绿。置身于这样的如画风景中，里面会是什么样子，那一大片的树林里，翠绿的树叶底下都藏着什么样的野生动物。求知欲促使我迫切地想知道接下来的行程。坐上小巴车，在盘山路上盘旋着，要送我们到可以徒步的山的心脏去吧。师傅的技术真娴熟，每天也不知道要在这条曲折的路上往返多少次。

坐在车上，晃来晃去，左摇右晃，过了一把坐“过山车”的瘾。

到了，到了，传说中宁夏的“桃花源”。真的是传说中的海藻溪水，花香鸟语。我们的到来会不会破坏这份难得的静谧。我小心翼翼地沿着通往山上的路走着，很多人在美景前拍照。也许好多人只是想留个纪念，表示这里我来过，我来过这里。我们还有别的方式证明我们曾经来过，不是吗？你把这美景印在你的脑子里，你在这样清新的空气中好好整理一下思绪，顿悟出点什么，也许就会永远记住这里。这里给过我思考。

我们没有办法让这个没有记忆的美丽地方记得我们来过，可是我们可以记得这里。或许六盘山是有记忆的呢，她记得你随手捡起了路边的垃圾，记得你没有因为喜欢一朵花而残忍地把它摘下来，记得你因为来过她怀抱而重新发现了自我。

这里有一条路，在茂密的森林里一直向上延伸。树叶遮住了阳光，走在潮湿的石阶上，头顶上是交错的树枝重叠的树叶。看不到路的尽头，只能看到阳光透过树叶缝隙投下的斑驳。很少有人走过这条路，因为泥土遮住了石头的模样，干枯的树枝横七竖八躺在路中间。唯一遗憾是没有爬到最高处，担心时间不够，及时折回。下山很轻松，心情满格。

第三站

火石寨。去往火石寨的道路在施工，另寻他路。我那时候真希望那条新路可以再长一些，我享受坐在车上一直走着的感觉，忽视了车上人多嘴杂跟不好闻的气味儿。据说这个景点是西吉人们自己开发的，不收门票。丹霞地貌进入眼帘，红色的土层，红色的石头，什么都是红色的，所以衬得草跟树绿得发亮。看到在断崖上开的路，是我最震惊的地方。山西有绵山，那里的路也是这样开的。我佩服开凿这条路的所有劳动者，他们辛勤的劳动换来了这么多人的赞美,也算是对他们最有价值的回报。其实心里是有一点儿小人得志的,我们高中地理老师给我们讲到丹霞地貌,他未必来过这里,而我来过。我开阔了眼界,世界观由此扩大。山风很大,吹乱了头发,却吹顺了所有心绪。

为期三天的采风到了这里就要宣告结束了。载着满脑子的思考在回校的路上。高速路上行驶的车辆不多,看到路标上的名称离银川越来越近。

期待回归又害怕回归。

我一直在行走,我的身体被校车载着回到学校,迫不及待地行走在林荫道上。我要前往第四站。

我的心灵告诉我:"她还在列车上。"

我说:"好吧,我等你回来。"

她回答我:"我回不去了。"

我说:"那我去找你。"

我也在路上,我乘坐的列车开往第四站——未来。

第四站,是我的心灵跟身体要遇见的地方。

被穿越的羊皮筏子

2011级汉语言文学2班　贾青青

第一次听到羊皮筏子的时候，我以为是整张羊皮被架起来伸展开来供人坐在上面漂流。当我亲眼看到它的时候，完全不是我想象中的样子。它是被剥落的整张羊皮，吹气使其胀满，排成排，用木头固定住。我怎么能不惊呆呢？

站在岸边，看着人们一个个地排队上了筏子，万一掉下去可怎么办？黄河水那么深，筏子那么小。胆战心惊地上了筏子，坐稳了，掌舵的师傅开始划了。

我问师傅："这个筏子是什么时候发明的？"

师傅告诉我说："以前叫革船，是一种水上交通工具，大约有1500多年的历史了。主要在青海、甘肃、宁夏境内的黄河沿岸比较流行，以兰州一带最多。"

我又问他："那做成这么一个筏子需要多长时间？"

他很得意地笑着说："说起来简单。人们首先要屠宰羊，剥下大个羊只的皮毛，用盐水脱毛后以菜油涂抹四肢和脖项处，使之松软，再用细绳扎成袋状，留一小孔吹足气后封孔，以木板条将数个皮袋串绑起来，皮筏就做成了。但是，工序很麻烦，首先要从羊颈部开口，慢慢地，要将整个皮囫囵个儿褪下来，一点也不能破。接下来要将羊皮脱毛。这个活夏天是不能干的，因为要烘干，还要放起来捂一阵子。夏天，天气热，不小心就会捂坏了。这些工序完成了，就要往里面吹进足够的气，它会鼓起来。最后要把皮胎的头尾和四肢扎紧。再接下来，就是要扎筏子了，用麻绳将坚硬的水曲柳木条捆一个方形的木框子，再横向绑上数根木条，把一只只皮胎顺次扎在木条下面，皮筏子就制成了。”

听完师傅说的，我又再次惊呆了。

中国人真聪明。羊，充其量也就来到黄河边饮点儿水。他们怎么就能想到用羊皮来做筏子呢。据说，从前最大的羊皮筏子有 600 只皮胎，能载重 15 吨。关于制作羊皮筏子还有一段顺口溜：“窜死一只羊，剥下一张皮。捂掉一身毛，涮上一层油。曝晒一个月，吹上一口气。绑成一排排，可赛洋军舰。漂它几十年，逍遥似神仙。”抗战时期，兰州一客用羊皮筏子从四川广元运输汽油到重庆，这个轰动山城的故事，成为兰州百姓的美谈，并以“羊皮筏子赛军舰”的美誉而载入史册。

还听说，羊皮筏子需要人用嘴吹，故当地人见到有人夸海口、说大话，往往以“请你到黄河边上去”来讥讽，意思是让其去吹羊皮囊或牛皮囊。据考证，俗话“吹牛皮”就来源于此。真长见识！

师傅又说：“乘筏也是需要高超的技巧的。一要心细，二要胆大。上筏时要轻松自如，绝不可猛劲上跳。坐在筏上要紧抓木杆或绳索，遇浪可不能惊慌乱动，保持平衡才会有惊无险。”

我看出了师傅想要我们夸他勇敢技术娴熟。我照做了，因为这是事实。

百度后得知，筏子往往由谙熟水性、经验老到的“峡把式”领航掌桨，任凭风吹浪打，胜似闲庭散步。20 世纪 50 年代前，兰州金城关、骚泥泉一带的回民多从事皮筏运业，多达 50 多户、400 多人，有 60 多条大筏，每年能外运羊毛 250 多万千克。

现在，黄河上依然漂流着羊皮筏子，乘筏人已不再是贩卖瓜果蔬菜的货主,更多的是寻幽探奇的游客,到黄河边乘羊皮筏子已变成一种休闲。我们现在乘坐的羊皮筏子都是顺流而下,用力划向对岸,节省劳力又能让游客感受其乐趣。

我顺手摸了摸浸在黄河水里的羊皮，潜意识感觉那就是几千年前被剥下的羊皮,几千年前古人乘过的筏子。

石林天堂

——游甘肃景泰黄河石林有感

2011级汉语言文学1班　贾璐

我是土生土长的北方人，黄河的支流汾河在我的家乡发源。黄河一直被人们喻为母亲河，我们对她的了解熟悉而又陌生。我知道她从哪里来，也知道她到哪里去，但却从不知道她流经这样一个令人震惊的地方——甘肃景泰黄河石林。

开往景区的旅途中，我无数次地想象是怎样的景致。最终，人类的想象还是败给了大自然这位神奇的艺术家。人类在大自然的面前多么渺小！

我们乘车盘山而下，俯视窗外，仿佛一片世外桃源展现在我们面前。石林、黄河、农庄和谐地结合在一起。我不禁想起了陶渊明《桃花源记》中的和谐景象。到达山脚，我们迫不及待地下车拥抱这里的美景。群山环抱，果树飘香，房屋错落有致，这样的美景让我们更想对石林的神秘一探究竟。我们乘坐电瓶车与枣林吻别，与果树擦肩，又穿过密集的村庄，眼前的景色不由让我们感叹。

不同的角度总是有不同的美，我不禁想起了一首诗："横看成岭侧成峰，远近高低各不同。不识庐山真面目，只缘身在此山中。"身在其中，这里又是一种美。我们乘坐羊皮筏子沿黄河顺流而下，我用手指划过这浑浊的河水，这就是养育了我们的母亲河。我在河中摇曳，仿佛置身于黄河母亲的怀抱，感受她带给我的兴奋与温存。河水拍打着陡峭的岩石，固执地向遥远干涸的北方前进，千万年的岁月，灵动和冥想，一路狂欢，一刹那就是永恒。

我们上岸，沿着前方不知尽头的路向前进，沿途的风景才是最美的。这里的风景没有江南水乡的温婉，有着北方固有的粗犷、厚重。这里是千姿百态的石林地貌奇观，陡峭凌空，景象万千，鬼斧神工，我不得不佩服大自然的伟大。景区内的石林各有特色，我们大可以发挥我们的想象力，让坚固的岩石活跃起来。看，月下的情侣是不是在说着悄悄话？岩石上的千疮百孔像是峭壁上悬着的亭子，石柱上是不是盘旋着一条长蛇？这些石林在每个热爱自然的游客心中都是那么栩栩如生、形神兼备。

似乎最深最远处的才是美景，我们经过一道又一道的弯，用坚持打败了所有的疲惫，希望前方一定是惊喜。好奇和希望一直吸引我们爬到了最高的观景台。我被眼前的景色惊呆了，这里是石林的天堂！我无法用语言来形容这种带给我心灵的强烈震撼。我感受到了安静、平和，我找到了心灵的归宿，使我能够静下心来欣赏大自然的美。这种雄浑、壮阔更让人感到自然的神奇、生命的伟大！挺拔伟岸、动人心魄的石林与迤逦绵延、荡气回肠的黄河曲流相依，动静结合，刚柔互济。这种力量让人在遐想中暂时忘却了生活的烦忧，催人奋进。

这是亘古旷世的独特地貌奇观，这是超越时空的造物杰作，这是大自然雕刻的和谐之作。九曲黄河，石林万丈，这里的人们精心地保护着这里的一切。错落有致的房屋建筑，居民的吆喝，羊皮筏子上的歌唱，展现了这里人民的乐观淳朴。一幅悠远和谐的西北风情图展现在我的眼前。这里是喧嚣城市之外的一方净土，我感受到它的神圣力量，让人们浮躁的心灵得到归宿。

石林天堂，我愿沉醉在你的梦幻中永不苏醒！

春 雪

2009级新闻学1班 柯祚鑫

东风一过，度过了几日宁夏如火般的春日，便迎来了匆匆一场春雪。本是春日当头的光景：杏花如雪，桃花如霞，迎春花高亢地迎接着烈日炎炎。午日暴晒，但还有早晚能够感受到暗香浮动，枝叶抽新。但终究都被四月份的一场春雪喊了暂停。

好在有一场春雪压来。

春雪压地，压住了万物的风骚，压住了万物的凌厉，压住了盛开的粉桃花，截住了迎春花争宠的盛气。春雪本身，洁白，却不是孤芳自赏——人们堆雪人，拍雪景……花儿啊，朵儿啊，你们不是要迎接春天么？怎么，不似往日那么高调了？

我是不喜欢宁夏高调的春日的。

总觉得宁夏的春天来得太心急，太火急火燎了。二月一过，中午过高的气温便叫人们急不可待地脱去了厚重的衣物，从此便与冬日渐行渐远。清明的小假期一过完，似乎在每个人的心头都已种了一枚叫作“春日”的种子。满眼望去的花草，便像是商量好了似的，齐齐聚在这里争芳斗艳。树木本应是低调的作物，也因这样的时节而分外骄横，像是生怕错过了生长抽叶的好时候。看，春日有春风为伴，竟也“春来如山倒”了，根本没有矜持与谦逊的姿态。

每个人都说它来得不合时宜，是嫌它来得太晚吗？还是期许它根本不要来？在宁夏这样干燥的时节里，来一场降雪不是正合时宜吗？刚好可以压一压春日的骄横，降一降这时节里的普遍浮躁！

春雪压在如虹的桃花上，是桃花觉得太突然了吧，大朵的花瓣竟还盛开着。春雪压在树枝上，树枝略瑟缩着，寻着出路。春雪落在草地上，化作春水沁在泥土里，春草不知雪的用心，只一味向上昂着头颅，寻着某一日春日一来，它便急匆匆地跟着春日奏响激烈的交响曲。它不知它的成长需要积淀，它只想跟随春风与春日急切召唤。亲爱的万物生灵，纵然你们都要向上，都要成长，请别忘了根基，岂能忘了积蓄！

春雪来的那日，我换上了厚衣与棉鞋，幸好还没有贸然收起来——人总是要做好许多打算的，人云亦云或是盲目跟风总是费很多的周折。打伞来到雪后的园子里，路上还是步履匆匆的痕迹——难道这样清新的雪景也不能打动你，让你脚步慢下来观赏吗？你都肯在春日里赏花，或是赏其他浮躁的生物！看来世间普遍如花木，来得贸然，开得夺目，迫不及待，急切随着东风照拂，齐齐吹向辉煌的顶端，抛去矜持与谦卑，目的单纯而露骨。这样说来，这场春雪是来得不合时宜——它来得太晚，来得太少，终究不能淹没你们的“赤子之心”啊！

这场春雪，还是刹不住浮躁万物急匆匆的脚步。

只要春雪一停，春风拂来，春日普照，万物便随着大气候急不可待奔向春，度过夏……完成一个循环，又一个循环。

守住曾经的繁华

2011级汉语言文学1班　黎哲蓉

我离开这儿，探出车窗，与尘埃错肩，雁群的翅影打翻了一盏夕阳，流质的云霞漫遍西天，那些无法被时间所驯服的怀念，用写意的方式，定义了西北的容颜。

——题记

浑黄的天空分布着低低的云朵，仿佛一只蒸笼着同样浑黄的土地。土黄色的山丘连绵起伏，好像巍然耸立的驼峰，驼峰与高原交织在一起，又像一片激情澎湃的黄色的大海，可又不似大海般柔顺。这是一张古老的东方老人的脸：斑驳、龟裂、蜡黄，虽然沟壑纵横，但其中却未曾流淌着象征生命的水，自然也无法感受到哪怕一丝土地故友的芬芳。

在人烟稀少的黄土高原上，几乎很难发现所谓的生命。

荒漠无烟的黄土丘上，只分布着一些低矮、枯黄的草堆。天空中会偶尔掠过一两只不知名的大鸟。也许，这就可以算是所谓的生命了吧，可也正是这所谓的生命，却好像海市蜃楼一般，转眼就不知所踪，寻不到它们曾一闪而过的痕迹。静，蔓延在这无边的荒漠之中，听不到一点声音。只有无边的风从四面八方涌来，在喧闹着，翻滚着，在扩大，在以一种胜利者的姿态看着这个被它所吞噬的世界,一切也随之暗淡起来,这是一片绝望的境地。

可就在这片令人绝望的境地中，却记载了中华民族五千年的生生不息。在这儿,在深厚的黄土堆下,发掘出了多少珍贵的文物。这儿有着历史巅峰的大唐瓷器,丰满而不臃肿,雍容而不单调,就如同繁荣强盛的大唐王朝一样，具有最强大王朝的高傲和不容侵犯。在这儿,又有气势蓬勃的敦煌石窟,多少能工巧匠的心血和生命使得这些雕刻成了无价之宝,震惊全世界……

在这一片弥天的黄沙中,我越过这一片迷茫,仿佛又看到了摩肩接踵的集市,越过集市是绵延起伏的青山,在青山的脚下是成片的金灿灿的麦田以及缕缕炊烟，每一个人的脸上都洋溢着幸福的笑容。渐渐地,这笑容溢出脸庞,慢慢扩散到丰收的田野,起伏的群山,化作一阵和煦的清风,拂过每一道山坎。这一刻,时间仿佛凝固,只有人们的笑声随着清风,随着溪水迈出很远很远,印在每一个炎黄子孙的心间。

昔日的繁华,因为有着汹涌澎湃的九曲黄河,而今日的不幸似乎也正因为有着多灾多难的黄河之水。

“黄河之水天上来,奔流到海不复回。”如今的黄河水早已不再奔流,也没有了豪迈雄浑的信天游,船夫们也只能撑着羊皮筏子,望着浑浊的黄河水默默叹息。

可在这叹息中，忘不了的是那奋斗拼搏中风里来雨里去的日子,是那浓重的喘息声,是那手上暴起的青筋,是那如雨般能够挥洒下来的汗，更是民族血脉中泯不掉的对黄河母亲的那一份爱得深沉。

无论这一片厚土地上风沙吹得多么的狂躁，无论这一片土地上黄河之水冲刷得多么无情，这一片西北上孕育着的子孙始终用他们奔腾的热血遗留下了他们的遗迹，守住了祖先遗留下的五千年对黄河母亲的生命之情。

焚香一炷，须弥千年

2011级汉语言文学1班　廖红梅

“玉颜肌肤一色裙，懒妆倦卧笑泠泠。可怜新绿台痕色，绿兮衣兮泪潾潾。”看过了六盘山的水，也看过了火石寨的山，却唯独你——须弥山的佛，让我仿如隔世，恍如隔世，就这样轻易地撞入了你的那个世界，尽管耳边仍隐隐传来导游游刃有余的介绍：“这尊大佛建于唐武则天时期，它高达二十多米……它下颌刻有明显的三条肉纹，说明盛唐时期以胖为美……”

虚实无法说，一条条斑驳的年轮如前世过门、累世情深；情怯心一缩，紧握着一柱燃香，转瞬间繁华声声遁入了空门。

那是一座树木青郁、流水潺潺的险山。山下，小小的客栈天天客满，路过的驼队叮叮当当走向四面八方，衣着各族服饰的商客于酒肆之中浅杯弄影、斗酒言欢……山上，曲径蜿蜒，迎来送往着一波又一波虔诚的香客；小庙门前，买烛焚香的客人络绎不绝，生民百态……大佛楼前，高抬林立，钩心斗角；楼阁中，人群穿梭，焚烟缭绕……

桃弧棘矢，盛世高愿，是谁在等洛阳纸贵，名震一朝，总嫌青史不真？

盛世牡丹，梦犹偏冷，是谁把自己的寸心柔情百炼成钢？

走灯佛影，一如幻象，是谁把脆弱当成坚强？

浮屠盛世，千娇百媚，是谁把一腔血泪还给世间的儿郎？

独秀一枝，生死苦等，是谁转身叱咤九天上，把一世繁华化在长河金岸？

一盏漂泊酒，归期折煞世人。那一夜也曾疾风骤雨，转瞬吹落满园的芬芳。山门倾塌，千红一哭，万艳同悲的绝唱湿了谁的衣裳。寤寐无为，涕泗滂沱。胡为乎女王，从升平；匪适女王，从盛唐。寂静的佛前，伊人独舞，穿越千年的时间。凝注倔强的瞳仁里，是支离破碎的琉璃闪耀着玉石的光芒。而她，像蝴蝶等待着花开，像彩云等待着月来，黄昏等待蜻蜓飞过；烧汝成灰，至为累化寒窗，脱素裹春装。史册千般温柔，下笔却太狠。一千多年里，它剥蚀了古殿檐头浮夸的琉璃，淡褪了门壁上炫耀的朱红，坍圮了一段段高墙，又散落了玉砌雕栏；佛坛四周的老树愈见苍幽，到处的荆棘也自在坦荡。

历史之路纵漫漫多艰，生命之航任风吹雨打，人生当以劲风为号角，扯缆绳做琴弦，拿清声做伴奏，礁石间、狂浪里，只为居千古风流人物一枝独秀万年长！

提着春光来看雪

2011级汉语言文学1班　廖红梅

古来都说“人间四月芳菲尽”，可西北的春天却如“山寺桃花”一般“始盛开”。而在这个温情的四月天里，宁静的宁夏盛开的不仅是繁闹的“花红柳绿”，还有圣洁的“白雪飞絮”。

心性温柔，品流详雅，不称在风尘。

春闺睡起，女儿家的长发还未来得及挽起，花儿们的秀眉还未来得及轻瞥，薄暮的晨光中便苏醒了一个万紫千红却又偏偏雨雪纷飞的春天。原来，是北国渐行渐远的冬天的袍摆在与春天柔柔的长发交缠。这两位在那奈何桥上历经千年风霜彼此等待却又彼此相离的恋人终于在这一刻相偎相依，从此上演一段“天若有情天亦老”的爱情。天空一片阴沉，仿佛只要微微地施力，便能撕开这天街的沉重，把所有的抑郁释放。那一片片的洁白雪精灵如同七夕夜里银河上的喜鹊，悠悠地在天幕下旋转，连接着天与地的相离，连接着冬与春的相依。高处急坠而下的雨珠像个初出茅庐的青年追赶着悸动的爱情。雪精灵们透明的身体在晨光中折射出白灿灿的光芒，然后在尘世中傲然舞蹈。雨珠儿重重地摔在水泥地板上，承受着初恋的疼痛。然后繁盛的春花以温柔抚慰，厚重的积雪以详雅的品性教诲。风尘中，好一幅绝世“佳人”。

世间尤物意中人，轻细好腰身。

是谁把这些尤物散落人间？是谁的腰身暗把碧湖白桥掩？我猜是那扎着绿丝带，穿着绿色超短裙，提着绿色高跟鞋的千万条“绿丝绦”。原本在春日里平易近人的她们在这个神秘的早上围上白绒绒的围巾，穿上白绒绒的披肩，着上白绒绒的打底裤后俨然就是一位位“可远观而不可亵玩焉”的绝代佳人。在气候的字典里永远无缘的翠白两色突然在这一刻碰撞，然后共结连理，孕育出神圣的春天。随着冽风飘摆的柳条儿，一条又一条，无数的一条串起了无数翠白翠白的婚帘；一帘又一帘，无数的一帘织起了一个翠白翠白的人间四月天。

香帷睡起，发妆酒酽，红脸杏花香。

是谁在凝视着那一缕白咏叹“忽如一夜春风来，千树万树梨花开”？如今春风上场，飞雪迟来，俨然就是“芙蓉如面柳如眉”的丽人选秀。那朵朵妖艳的“春芙蓉”——樱花，如同醉酒正酣的美人垂下慵懒的妆容，鼓起血红的圆脸，嘟起微肿的红唇，一晃一倾城，一步一生姿。“红绡香断”只是那红楼里不堪忍受暴雪而不得不“一杯净土掩风流”的落花，只是那岁尽人逝而不得不承担飘零的“花落人亡两不知”。

飘然转旋回雪轻，嫣然纵送游龙惊。

嘎吱嘎吱，那是一个个穿着各式民族服装的姑娘，提着一篮篮春光走在厚重的积雪上。“草色遥看近却无”，远处那冒着翠绿帽尖的小草们蜷曲着心事不让人猜。就在这繁花盛开的春天初遇那洁白飞雪的一瞬，南国的靓装上也第一次粘上圣洁的雪花。即使相隔千山万水不也能在这凡尘一隅里相伴相依，何况，春天就是希望！

带把雨伞回家

2011级汉语言文学1班　廖红梅

泪,有点咸,有点甜;桂林,你的胸膛吻着我的侧脸,回头看自己曾在北方踏过的雪,已经幻化成草原、森林……

火车,带我离开你,又带我回到你身边。十二小时前到了衡阳,我终于踏上了南方久违的土地,感受到了南方的雨。可那不是桂林的雨,那是哗啦啦的倾盆大雨。砸得人心疼,砸得那风尘仆仆的游子身上的衣衫也忍不住流下泪花。十二小时后现在的雨,桂林的雨,柔柔的,细细的,很多很多的一滴串成了线,很多很多的线串成了面,最后的一滴落在那个面上,一晃一晃,荡开出许多层涟漪,安静下来氤氲成家乡安静的笑颜……不由得在心底刻下那句温热的话:桂林的雨下断了我所有的思念与惆怅。

小时候的路,一头连着家,一头连着学校。滴答滴答,从一双小雨靴到那双大雨靴,从一把小雨伞到那把大雨伞……滴答滴答,我也从一个扎着羊角辫的小女孩,长成了“为赋新词强说愁”的大姑娘。成长的脚印上,是那年在雨帘边上小小的打盹,是那一串蜿蜒的一个个被一双顽皮的脚丫踏得浑浊的水坑,是那泥泞里摔得蓬头垢面的倔强的小脸,是雨后竹叶上滴进耳朵里顽皮的水珠,是躺在香芋叶上不肯落入池塘的宝珠,是桃树上羞涩的睁着小眼睛的小花……

长大后的路，一头连着学校，一头连着未来。没有了那一声声滴答滴答的小心叮咛，也再没有了闲暇在下雨天里打盹；没有了那可怜的一个个花了脸的水坑，也再没有了那永不服输的倔强的小脸；没有了那顽皮的穿绿装的水珠，也再没有了那娇艳的桃花……亲爱的故乡，离开了根的我们能不能不忧伤？大学的校园里没有雨，更不可能有桂林的雨。长大后的我们再也不需要那最后一双大雨靴，那最后一把大雨伞；长大后的路上，我终于明白，世人都怕生活里没有阳光，而我，却更怕生活中没有桂林的雨。

滴答滴答，时间在不停地转动，雨的音符，家的笑脸都有一种无声的语言，教我永不退缩地坚持着信念；滴答滴答，小雨它拍打着水花，我拖着从北方带回来的“风尘”，走在湿淋淋的小道上淋着湿淋淋桂林的雨，听着湿淋淋的桂花树上的玉珠湿淋淋地唱着：“式微，式微，胡不归……”我想，自己是个不孝的人，从远方归来的我们竟忘了带把雨伞回家。

母亲的手

2012级汉语言文学2班　廖苠延

从未如此的亲近过母亲的手。她睡着了，安详地把手放在头旁，身体向右蜷缩着，像个孩子似的。我和她面对着，皎洁的月光如银子般泻下来，洒在母亲安详的面庞上，我禁不住握了她的手来看，轻轻地，浅浅地，生怕吵醒了沉睡中的母亲。皮肤固然是松弛的，还有道道细纹，终究是抵不过岁月的侵蚀，但摸起来还是细腻而柔软，或许是许久没劳作的缘故吧。和多年前母亲用长满老茧的手摸我时相比，现在母亲的手可真是舒服多了。

记忆的浪潮猛地将我打回到了童年，狠狠地将我拍到了那充满苦难的小山村，然而对于我来说，童年充满了金灿灿的味道，因为母亲会给我做香喷喷的蛋炒饭。在母亲的指挥下，锅里的鸡蛋都跳起了欢快的舞蹈，像穿着金灿灿的裙子的公主，和“白米王子”来了一次浪漫的邂逅。我站在一旁看母亲的手上下舞动着，想抓住母亲的手，看看究竟是什么神奇的魔力，能变出一碗香喷喷的蛋炒饭。

母亲稍稍地翻动了一下身子，我也被无尽的夜色拉回了现实。我望着母亲，睡意全无，脑海中的记忆似一阵狂风又把我给卷走了。

岁月荏苒，中学时代的回忆也清晰地浮现在了我脑海中。母亲已不能像小时候一样为我做香喷喷的蛋炒饭了。我上了中学，也开始了住校，一个月回家一次。母亲总是给我做一桌可口的饭菜。有次偷偷地看母亲的手时，看见了她手上的肌肤呈现出暗红色，我想是生冻疮的缘故吧，毕竟她每天都要去街上卖水果，也难怪……蓦地心里一阵酸楚。再看时，是深深的裂口嵌在手上的关节处，裂开的口子像是饥饿的娃娃鱼，张着大嘴，贪婪地等待着。里面的血流出来已结痂，伸出来稍长的指甲里有着淡淡的黑点，手掌上的老茧凸起似一座座耸立的山峰，刺眼而眩晕。母亲也还是习惯用手摸我的脸，叫我努力学习。每每她的手慢慢地滑过我的脸时，会有种莫名的疼痛传到我的心底。我知道那不只是脸上的触疼感，更多的是我的心疼。

而现在，看着熟睡的母亲，我也有了稍许安慰。现在母亲因年轻时的过度劳累而不能做太累的活儿，再加上大哥也有了出息，母亲便停下了她如陀螺似的不停转的生活，母亲的手随之也得到了解放，尽管松弛了下来，但老茧终究是褪去了，手上的肌肤变得润滑了许多。母亲劳累了一辈子，是该好好歇歇了。

我握着她的手睡去，和小时候数也数不清的夜晚一样。她手上的皮肤，依然光滑，月光下几近透明，可以看见血管。我一遍一遍地抚摸着它们，知道她把所有好的东西都给了我。

静

2010级新闻学1班　李加付

我很喜欢静。喜欢宁静的清晨，喜欢幽僻的山谷，喜欢万籁俱寂的夜晚，喜欢默然的独处……

当晨露从叶尖慢慢滑落，当缭绕着的云雾尚未消散，当天边泛起红晕即将破晓，或碎步在林荫曲径上，贪婪地呼吸酣甜的空气，或捧书在庭院深处，悠然自得地把文字吟唱，或攀上屋顶，凝视着静默的小城，抑或奔跑在空旷的广场上，让心跳律动在平静的空气中激起点点漪涟。清晨，人们还在酣眠，机器尚未聒噪，万物沉浸在半眠半醒之中，没有纷扰喧嚣，也没有碎语挠耳。这一刻，属于唯我独在的绝对世界，大可毫无拘束，敞开胸怀和朦胧的云雾相拥，紧攥每缕微弱的光线，吞露率真的自我和切实的感悟。

无论精神与否，无须抱怨时光匆匆或因坎坷道路而抑郁不已，在如此惬意的晨曦中，君不见叶尖上寒风摇曳的露珠正璀璨耀眼，君不见和煦的阳光投射的林子里，抚平了沧桑的年轮。

拾掇起片片落叶，滴滴晨露，这将是你欢快的源泉，熠熠生辉的思想结晶。静静的思维在出生的朝阳下升华，翘首仰望，远处的太阳已升起。

信步于微风轻抚的田园，漫步在远离繁市的幽谷，听轻风絮语，涧水滴咚，闻稻花飘香，鲜泥野味。任山风吹乱了发丝，微微凉意，渗入心底，风飘叶落，踏着沓沓叶片，在落叶间寻觅音律，感悟意义。

野外的树林毕竟是原始的，而原始的环境恰能凝练、纠结人的思想。一片枯叶缓缓落在肩上，我轻拣起这片树叶，仔细端详着，绿意荡然无存，萎缩的叶面皱起波波裂痕。一捏，清脆地碎了。或许它曾高挂枝头，召唤过春天，或许也曾矫健地舒展着身躯，抵御着强风烈日，而今，黯然失色，无气息地躺在泥土里。恍而想起“零落成泥碾作尘，只有香如故”的诗句来，落叶固然是没有香味，但一定怀揣着保尔·柯查金的生命意义——当他回首往事时，不会因虚度年华而悔恨，也不因碌碌无为而羞耻。

光滑的石板，经受同一条溪流的流消、冲刷，却大小不一，奇形怪异，质地迥异。在磐石上驻足凝思，顿感其深厚的刚毅，历经风云变幻，沧海桑田，但没有如沙粒随波逐流，圆滑少棱。

忽闻鸟鸣冲天，心境随之宁静、攀升。

在孤独的一隅，静候夜幕的降临，待到时间吞噬了笑语，所有的纷纭如星点般消失了，窗外不时地传来莫名的尖叫声。

空荡荡的房间，只余下一堆杂乱的书，亮敞的灯光下，只有一个奋笔疾书的背影。默默沉思，于此间，灵感和顿悟油然而生，拙文又堆砌了世间。灵感往往是不自觉地产生，兴许有几分落寞，兴许有几丝凄凉和孤寂，因为它是思维的沉淀，是冥思中跳跃的音符，思维必须专注，音符不能紊乱。谈不上耐人寻味，也说不上跨世奇俗，只引以为修静的借鉴。

一个人，一个思想，默然，或坐或立，或沉浮于文字间，或闭目遐想，或仅注目于茫茫黑夜，我的情丝，投入无际的黑暗中，毫无回应，应该是黑色的眼睛找不到光明罢，却执拗着不肯退缩。独处，可以三省吾身，亦能温故知新，还可构思似锦前程。它不同于三五成群的你言我语，而是自我反省，自我提升的精神佳境。

静，涤荡心灵，体悟人生。它不是一时的心血来潮，而是适时可静、静有所获。

峡谷的心魂

2010级新闻学1班　李加付

爱，爱着这幽深的峡谷。在葱绿的生机里隐埋着怎样的苦痛和悲悯？在奔流的旷野上有着怎样的绝唱？在深邃的蜿蜒深处又有着怎样的心魂呢？

试图唤醒你沉重的历史，以探寻造物主丰厚的惠泽。那尘封的记忆影像中，飞沙走砾，山摇地动，雷电交加，狰狞的板块拉扯着高耸的脊身，呼啸的烈风吞蚀着你的肌理，倾盆的暴雨渗入你的膏肓，冲刮这历史的堆砌。仿佛远远地听见你的嚎哭，走进，深感你韧条的崩裂，急促的律动。

我轻轻抚摸着你的断壁，平滑的板面略微磨砂，一股清凉掠过指尖，沁入心脾。抚掌，却灼焦了我稚嫩的手，我分明看到滚赤的熔岩，顺着你斑驳的裂缝浇注。不忍卒睹，岩浆和石灰却铺天盖地席卷而来浸满了猩红的伤口，流出的却是殷红的泪珠，凝结在岩里……

一切都归于平静了，在毁灭的世界里，你又期待着怎样的新生呢？

当残喘的气息孕育出第一颗春草，当干涸的河道汇入第一滴甘霖，那沉睡着的生涩的双眸顿然惊现异彩，枯槁的面容润色了几分血气，萌蘖抚平悲痛，填满虚空。龟裂的胸脯裸露着、敞开着，让飘风的蒲公英留迹，让流浪的籽粒得到披灰的沃土。苦难铸就人生，却鲜有人问津生命背后的苦难，有人哀叹自己一无所成，往往是因为舍弃了苦难以及征服苦难的勇气和毅力，而在峡谷的心魂深处恰恰散发着这种光芒。

沿清冽的溪流溯游而上，仿若置身于泛舟画中游的诗境，不禁为大自然的造化陶醉不已，也难怪多少青山秀水皆入文人骚客的诗篇，引得游人翩跹而至、络绎不绝。在绝崖峭壁的谷底，我仰望山岗，满眼葱绿，伴着飞鸟掠影，苍劲的孤松傲然挺立，两侧峰峦的缝隙处的阳光也为这千尺侧仞所折服，只被一道狭长的光带沿着峡谷囊蚀。藤蔓相杂处，猿啼泪沾襟，百鸟的啼叫却又冲淡着哀愁，峡谷在吞吐气象之间维系着大自然的和谐构架。

峡谷是大自然的沉淀，是时间的雕琢。只有峡谷，才有如此气度，荣万物于胸襟，生万象是光彩。也只有峡谷，才有如此险峻，绝尘世之迹，保自然之本真，惹得世人魂牵梦萦。

夕阳黄昏时分，我伫立在峡谷渊源的起点，惊叹着万物之源的伟岸仅仅是湿绿的苔藓，荒芜的沼泽，犹像欷歔于人类的原始祖先也不过猿猴罢了。这即是征服苦难的起点。要说东非大裂谷的深长，要说大峡谷瀑布的绝美，且看尽头深处溯源。物以类聚，而大峡谷的心魂汇聚着的生命，若真要划个类，则是纷繁的生生不息。这得益于大峡谷不择河流、不拒沙石的豁达，以及不避雷电急雨、不让天崩地裂的顽强，方能成得天地浑然一体之象。

面对峡谷深处雄伟的存活，不得不心生敬畏。深邃的目光看不透性灵的真谛，却于杂石荒野中一览无遗、淋漓尽致。

读峡谷，却叩首人生，其心灵深处的灵境投射着哲思，匡正着步调。

寻找安详

2012级英语3班　李娅

“喜欢能给人带来安详、温暖的文字，那些能提醒你向往美好的东西。能唤醒你的灵魂，能让你从平凡的生活中发现美好，能使人心生宁静的文字，就是好的文字。”安详与温暖，是两个让人宁静的词。我们寻找安详的文字，从生活，寻那一份细水长流。

不浮躁，不浮华，泰山崩于顶而色不改，镇定自若中自带一份安详。中华五千年的风雨飘摇，古圣先贤自要从浊世中寻得一方安详之境。老庄之无为，人物合一，追求心性的绝地自由。陶渊明入世，则结庐在人境，而无车马之喧嚣；避世，则采菊东南之下，悠然间邂逅了南山。俗世即使再不济，也无关他法。他自羽化而登，遗世独立。

安详，之于古人，可以单纯到是于闹市中品一盏香茗，亦可以是箪瓢壶饮而甘之如饴。简单却不平凡，亦难得。或许在今人看来，他们有些孤高，有些恃才自傲，抑或是有些傻，有些拙，有些自虐。何苦要放着锦衣玉食不要而要粗茶淡饭、穷困潦倒的生活？何苦抛了锦绣前程而寻那海市蜃楼的至君尧舜？只此二字：安详。不管凡尘的束缚，不理俗世的眼光，只我心向之即好。

我想，在物欲横流的今天，即使大家博古通今，也没有多少人可以看到古人的那份宁静、安详了。即使了解到了，在每个人都奋斗向前的社会中，也不会有多少人去真正地实践，去真正地感受这份安详的真谛。我们每个人都在心底渴望安详，可是却对现实无可奈何。凡尘之事覆盖，那份明了渐行渐远。

可是，安详并非遥不可及。在快节奏的今天我们也可以寻到那一份安详。听一首喜欢的歌，漫步于鹅卵石铺就的小道上，循着记忆的线，徜徉在旧时光；看一本能懂的书，静坐于落叶纷飞的林间，沿着落叶的弧线，憧憬在未来；撑一把明净的伞，伫立在黄昏下的月台，送走列车的喧嚣，留下满心的宁静。

独坐幽篁里，簌簌的竹叶落下。古石上，一架古琴，一盏檀香。曲声悠扬，檀香袅袅，再伴着安详一方……

亲爱的路人

2011级汉语言文学2班　李唯桐

耳机里传来Suede的呐喊："Because we are young, because we are gone(因为我们还年轻,因为我们已离去)。"我在想Suede内心澎湃着怎样的激情,才敢唱出这么勇敢的话语。满满一大巴车年轻的我们,也将离去。去一个陌生的地方,去一个熟悉的地方,去一个我们总能在西海固文学作品中见到的地方。

或许行走的地方多了,总会遇见相似的场景,相似的景色。但是遇见的人,可能看过一眼就忘了他们的样子,但是他们的眼神永远也不会忘记。

我分不清我们在朝着哪个方向前进，只是一路上见到的繁华越来越少,感知到的荒凉却越发强烈。汽车飞驰过农田,扬起大片尘土。每每我们经过,田野里正在耕作的人们总会抬起头看着我们。我不知道当那些正在耕地、正在打水、正在玩耍的大人小孩们看着印有"北方民族大学"字样的车辆驶过时,心里掠过了一种怎样的想法。他们也不知道车窗里的我们在看到他们抬头时心里揣测着什么。

这是我第一次真切地感知到原来这个世界上真的有这么多的人存在。之前脑海中只有一个七十亿人口的概念,但当我试着去想象我看见的每一个人的生活、思想和情绪时,我才感受到了他们的存在,他们不再是一个数字概念的构成,而是一个跟我一样的、有血有肉的生命。

我在想那些在须弥山门口卖桃核手链的孩子们。他们的脸被西北的风吹得皲裂,红彤彤的脸上还挂着鼻涕。我不知道他们是不是每天都游走在不同的游客间推销他们的手链。他们在上学吗?他们眼里的渴望那么卑微,又那么单纯。

我在想那些在六盘山小南川卖松子、蕨菜的孩子们。他们不停地喊着:“买一袋吧,买一袋吧!”他们不知道手中简单的商品其实很难勾起游客购买的欲望。我记得当时有一个年纪稍大的孩子,他并没有先向我们推销他手中的商品,而是先告诉我们哪里的风景好看,之后才开始恳求我们买一袋他的松子。我想,或许二十年以后他会是一个了不起的企业家。

我在想汽车经过的那些地方的孩子们,当他们从苍黄的土地间抬起头看见我们的校车时,是不是跟我小的时候一样,在期待着梦想中的大学生活,期待着也能坐在校车上,去远方。

我们的车行驶了好久。这段旅途中没有城市,没有繁华,到处都是乡村的民居和无尽的荒原。原谅我把那片土地称作“荒原”,因为到了五月,这片土地上都未曾显露出勃勃生机。我不敢想象把自己放逐在这片荒原上的日子。或许很久才能进一次城,或许进一次城又要花很长时间,又或许这辈子再也无法进城看看了,只能望着从城里来的车辆,再望着他们离去。

我们都是被称为“人”的群体,却在不同的地方过着不同的生活。我们不能感受到别人的开心与落寞,也不能体会他们的幸福与辛酸。我们总羡慕别人的好生活,却不知我们也被别人羡慕。我们未曾感知过他们所经历的痛苦,所以我们没有资格说自己是最痛苦的人。

我们在路上,感受着他们的荒凉、贫瘠和快乐。或许不会再有机会重游故地,但是我们终究会在不同的旅途遇到相同的眼神,他们会在相同的地方遇到不同的人。

我站在你的身后

2011级汉语言文学2班　李唯桐

我想，即使我长得再高大，也比不上他的伟岸。他在老去中看着我的成长，竟开始脆弱得像个孩子。

我多想冲上前给他个拥抱，可是却做不到。因为我发现，一个身材娇小的女人用光芒围绕着他。

她，一米五二的身高，穿三十四码的鞋，最胖的时候体重也没有超过一百斤。可想而知，她是个多么柔弱的女子。就是这样一个女子，却经历了许多人不曾经历的过往。

她是一位善良的护士，穿着精干的护士装，笑容比日光还温暖。她也是一名可爱的教师，在纸上画下一只温驯的绵羊，给孩子们讲述大灰狼和小羊的故事。她曾经也化着精致的妆，享受着当老板娘的日子。

我想，她是个多么幸运的女子，年轻时是多么辉煌。

只是不知女人在成为人妇后是不是免不了要变成另一个模样。

她选择与父亲去向往的江南水乡生活。只是她手上握的不再是画笔和口红，而是锄头和一桶桶沉重的猪饲料，带着身后湿热的泥土和刺鼻的猪粪气味。她整天素面朝天，在闲暇的时候，望着门外无止境的雨，在长裙上绣下一朵朵带刺的玫瑰。

现在的她，也可以独自撑起一家五金交店。这瘦小的她啊，瞬间跟我高挑的大伯母一样精明能干起来。面对顾客的讨价还价游刃有余,摆货卸货这些体力活也变得不成问题。

我不能预测这个娇小的女人身体里蕴含着多少能量。当然,她自己也不能。

现如今,她也四十多了。鱼尾纹开始偷偷爬上她的眼角,可皮肤却是一如既往的白皙。偶尔会有一丝白发飘落于头顶,可那散着清香的柔软发丝却依旧透着青春的气息。当我长成一个大男孩的时候,觉得她还是我初见时的样子。望着她,突然就止不住地在她怀里号啕大哭,怀里还是初见时的气息。

不知道她到底有多爱我的父亲,只知道她一日一日地为我父亲洗换下的衣物,在寂寞的村庄里陪我父亲过一夜一夜,默默地陪酒醉的父亲坐在田埂上到凌晨四点,让我父亲在无数次跌倒后,想起家中还有一个她。

她,是我的母亲,一个近年来开始信佛的女子。我想我当初不该阻拦她信佛。一个为我们操劳了半辈子的女人,为何我们还要剥夺她拥有信仰的权力。

是的,我想念她了。即使我知道在几日后见到她时,我不能给她一个拥抱,或者一个亲吻。可是想念,深深地从眼里溢出来了。

想起一句话和曾经做过的一个梦。

那时我说:“如果你与我的父亲离婚了,我不会难过,不会阻拦,我尊重你们的决定。”

梦里,你与父亲离婚了。我哭得歇斯底里,打死也不要你们分开。

呵,多么可爱的梦。

母亲呵,默默站在父亲身后的你,让我站在你的身后吧。

黄河人家

2011 级汉语言文学 2 班　李唯桐

陶渊明笔下的桃花源里是一条曲折狭窄的石子小路，穿过小路柳暗花明，潺潺溪流在脚边流淌，处处蜂飞蝶舞，花香四溢。那里应该是南方的世外桃源。谁知道北方也有这样的地方，只是比起陶渊明的桃花源少了几分细腻，更多的是粗犷和大气。

我们坐着旅游大巴向着山底的村子进发。这才叫作真正的盘山公路，每走几十米就是一个一百八十度的大转弯，每次转弯都让我们的身体跟着车子倾斜。看着眼底的村落，我想要是没有这长长短短、弯弯曲曲的公路，他们真的就生活在与世隔绝的世外桃源了。

下了车映入眼帘的便是一大片枣树林和苹果树林。上面结满了红红的枣和苹果。小小的红枣挂在树上，远远望去像是树上开满了火红的花。路边都是兜售红枣、苹果、梨和花椒的村民，这些都是刚刚从树上摘下来的呢。看着这满树红透了的家伙，突然觉得把它们从树上摘下来真是件残忍的事。

抬眼望去，高耸的砂岩石把这整个村子包裹起来，砂岩石完整而干裂，像是有一把斧头狠狠把山劈去了一半，大风把山壁吹出层层褶皱。这褶皱就是这村子的外套，把外界的喧嚣挡在外面，也把外界的雨水风云挡在外面。我本以为这里的土地也该跟它的外套一样贫瘠荒凉,可你的周围分明是成片成片的果树和玉米。驾驴车的大姐告诉我,这里水好,种什么长什么。

这里水好,种什么长什么。因为这里是黄河岸边,是黄河水在滋养着这片土地。我们一行人兴奋地坐上羊皮筏子,小心翼翼又欢欣鼓舞。我们的身体与黄河水仅仅隔着一层羊皮筏子,黄河水我们触手可及。划船的大哥点上一支烟,惬意地看着前面的水面,他们每天都在看着这奔腾的黄河水,眼前的山壁永远是那座山壁,他们却像永远都看不够似的。是啊,黄河夜以继日地奔向大海,他们身体底下的黄河水每天都是新的。这小小的羊皮筏子,加上划船师傅一把小小的桨,就能让我们一群人从黄河上游流到下游,从起伏的浪上颠簸驶向平缓的岸边。划船的大哥大叔们是安静内敛的。我们吵着嚷着让他们唱首歌,他们却笑着让我们来一首。他们默默地不说话,一群人却鼓足了劲在快到岸时开始比赛,争相靠近岸边。可能这样的力量才能体现出黄河岸边的汉子吧。

比起这些划羊皮筏子的男人,这里的女人显然要豪爽得多。我们刚刚踏进石林,就有一群大姐大妈们牵着他们的"驴的"、马儿过来了。一头壮实的驴,身后拉着一架简单的木车,上面铺着山里人都有的大红色毯子,构成了黄河岸边的驴的。

一个驴的上坐着三四个人, 戴着大红花的驴儿在前边欢快地撒着蹄子。身后有唱山歌的阿姨们,一人一个扩音器,跟在驴车后唱着黄河大山里的歌儿,每一句都是正宗淳朴的乡音,南方人是休想听懂一句了。我打趣地跟驾车的大姐聊天,让她给我们也唱首山歌。她有点不好意思,却也努力寻找着心中的拿手歌曲,准备给我们小露一手。

山外边来的人是好奇的,从来没见过的驴的,从来没坐过的羊皮筏子,从来没听过的北方山歌。山里边的人是愉悦的,每天都能看见不一样的黄河水,每天都能唱自己喜欢的山歌,每天都能看到满树的红枣和苹果。

男人们用木浆把几张羊皮筏子连在一起,漂在黄河水上聊天。女人们或者拿着篮子摘路边的花椒红枣，或者坐在自己的驴车上唱歌绣花。这样的生活怎能不好呢?

有人看见羊群兴奋地跑到黄河边喝水,口水止不住地往下流。朋友觉得那些羊群有些可怜,因为它们身边就躺着许多羊皮筏子,终有一日它们也会是这样。可我觉得不然，他们活着时喝着黄河水,吃着黄河水灌溉的玉米青草。死后它们日日漂流在黄河水上,从未远离它们生长的这片土地。它们生生世世都在这片黄河水上了,伴随着这里的红枣花椒,伴随着这里的山壁褶皱,伴随着这里的男人女人们,日日夜夜,生生世世。

雪中轻舞

2011级汉语言文学3班　李玉环

四月的塞上江南，天空飘起了片片白雪。清晨，推开窗户眺望远方，白茫茫的一片。擦了擦惺忪的睡眼，下一刻便断定，这真的是下雪了。雪，下在四月，少了一份冬的萧瑟，多了一份春的细腻。打起一把花伞，朝雪的世界走去，去欣赏雪的美丽纯洁，去感受雪的浪漫气息，雪中轻舞。

没有相机，便用心记住了这一场自己长这么大以来所看到的最大的雪。漫步雪中，不去想某个目的地，就这样慢慢徜徉，颇有一幅“闲庭信步”的样子。走着走着，突然眼前一片明亮，那是一片无人踏过的雪地啊！白茫茫的一片，天地一色。仿佛发现新大陆般欣喜，我一路狂奔，按捺不住心里的欢喜。我，终于有机会在雪地里狂奔了，犹如找回了儿时的梦想，竟忍不住热泪盈眶。宁夏，这一方热土让我感动。那一刻，对宁夏的情不言而喻。停了奔跑的脚步，我仰望白雪纷飞的天空，任凭飘雪打在脸上，脸上洋溢的笑容却始终没有散去。许久，我昂头大步向前走，回望那几乎成一条直线的脚印，心中突然有一个声音响起：“我，要走出一条属于自己的路！”是啊，那一串脚印是自己走过的痕迹，不管天气有多冷，风雪有多大，自己也要昂首向前走，走出自己的路，看与众不同的风景。我们的人生也如此吧，不怕困难，不畏缩，勇于战胜困难，自信潇洒地向前走，那便是胜利。在雪中忍不住轻舞，慢慢旋转身体，用手接住一片片雪花，我找到了梦想的乐趣。雪之梦，对于一个南国的孩子，是那么梦幻，我用心记住了这醉人的美。

雪，一直飘着，仿佛刻意满足我赏雪的期盼。雪真是了不起的化妆师。四月的宁夏，各种鲜花争相竞放。这一场大雪，更是添加了此时花的美感，也加重了春的神秘感。晶莹剔透的冰凌花缀满枝头，这些白色的星星就这样奇迹般地诞生了。白雪、红花、绿叶的相互交映，竟美得让人喘不过气来。放下花伞，用手轻取一撮花上的雪，生怕自己的无心，破坏了它们和谐的美感。冰雪轻握于掌心，像是至爱般的宝贝，不忍伤害。片片白雪，的确就是一个个美丽的精灵，它给这世界特别是给宁夏这一片土地带来了美丽纯洁的同时也带来了福音。春雨润万物，春雪也是同样那么伟大。万物在雪中轻舞，万物是有灵性的，它们用茁壮成长答谢片片雪花的恩惠，它们用自身的美丽感恩片片雪情。雪花滋润了万物，万物装点了塞上江南富饶的美。

白雪，轻轻飘落。雪中轻舞，享受不一样的世界，找寻真实的自我。雪，飘落了一地，也飘进了人儿的心，真的，很美很美。

开一次,飘香一生

2011级中国古代文学研究生　李云飞

花儿掉落地上的声音很疼，流年遇见也只不过烟火半场的美丽。

——写在前边

记忆里有场大雪。似柳絮比鹅毛,漫天飞舞,肆意地放浪形骸,很鄙视地洒在尘世的各个角落。纷纷扬扬后,万物归于宁静,路上一片惨白。不知不觉,渐知渐觉,这条名为人生的道上,开始有了痕迹,不过是别人的脚印而已。每一对,深浅不一,方向各异,却在杂乱中永藏着一线生机,那叫作希望,我知道。后来过客越多,脚印愈乱,谁也找不见自己来时的路。大家这才意识到,流年的路上,我们的相遇,只是偶然。

走过之后,发现身后的痕迹有些许凌乱,想去整理却似水晶般明媚易碎,就像欣赏一种残酷的美,眼睁睁地看着,却也只能无能为力地凄美地嫣然飘过。路很多,走过一次便可回味一生!久了,脚印被尘世的琐屑沾濡得零乱不堪，一个完整的印痕开始破碎成泥土尘埃般的细小,一点一滴,像极了明媚眉梢下的寸寸泪光,盈盈粉泪。渐行渐远,回首过往的人生,便只需低头颔首顾盼般回望脚下的世界,足矣!

走过的人生大道上，有人、有事、有景、有物……它们走过我，恰如我在烟火的流年中走过他们。也许它们每刻都在我的记忆里溶解，然后碎成一地的喃喃自语，落在我身后的脚印上。每一次回眸，都可以很清楚地看见，这如烟火的明媚的忧伤。它们叫我不要刻意去忘记或记住什么，抑或，它们真的对了。因为有人告诉我回忆比较脏而记忆又很痛。我应该是漠然的，因为空，所以承载不了生活过多的重负，或者说是无法承受生命之轻吧。人总是可以给自己找很充分的借口。

徐志摩说："我是天空里的一片云，偶尔投影在你的波心，你不必讶异，更无须欢喜，在转瞬间消失了踪影。"真好，何止是芸芸众生中的你我如此！每个人都是其他人的人生中的一个天使，他的出现只在特定的时间、地点。也许，在很多时候我们都没有仔细留意过什么，就向路上行人的脚印吧。走的时候你记得很清楚，留下脚印时的红尘记忆是何等嫣然，等经过的人多了起来，便混沌起自己的回忆来，尽管有些酸楚和凄迷。还有的时候，别人的庭院，你连过客都不是。哀婉的人生，泣诉着一个个泪眼蒙眬的故事，不是童话，而是真切的等待……

是花，在枝头的灿烂笑靥再如何动人，终究还是要落在泥土里。不知道当她颤抖地决定回归时，心里如何的决绝和傲然呵！当她掉落在地上，比起"投石击破水中天"来，哪个声音更响彻心的苍穹！在流年里，遇见你，是一场意外，就似你悄然经过树下，一朵花迎面而坠，我们便开始续写传说中的神话，尽管表演不是很出色。这一瞬间的回眸一笑，定格在记忆的脑海中，挥之不去。像烟火的美丽，但比起烟火的美艳更加永久，于是我把这定义为半场烟火的美丽。不奢求完美，留一半空余的绝美，留待以后再回过头来想象。

一朵花的前世都是一只蝴蝶的精魂，她们很慎重地开在枝头，也许并不是很耀眼的那种，但却含梦待放，在等到某人之前，她是不轻易微笑的，哪怕一次，她只想把最美丽的倾国倾城给那只蝴蝶，对于她，一生无憾。因此，便有了花开一次飘香一生的传说……

流年是个永恒的物事，我们身在其中却又无法言明，过后的某个时间我们也许会怀念、会感伤，也许会悟出“曾经沧海难为水，除却巫山不是云”的追忆之痛，抑或可读懂“此情可待成追忆，只是当时已惘然”的椎心之苦，更多会感叹“当时知道是寻常”……

怀念一种花香

2011级汉语言文学2班　罗贤恩

秋末，秋空明净，秋阳明艳。喧嚣如同秋叶无声飘落，树枝上、草地上跳动或突然窜起的喜鹊成了这片校园的亮点。校园空静，秋林空疏，脚踩在落叶上吱吱作响，慢慢弯腰拾起一片落叶，一段记忆也如秋叶被拾起。秋叶已落，故乡的桂花大概也落得干净了吧。记忆不正如手中这片秋叶，透着沁人心脾的桂香。

树林葱郁，碧草如丝。走进学校的第一个月我便如同寻找一个朋友一样寻找桂树，结果却让人失望。学校树多，却多是些杨柳。据说学校原本种植过一些桂树，不过因为桂树喜温不耐寒，所以换了其他树种。这里秋天是没有桂香了，于是桂香成了枕上萦绕我心头的梦，闻一闻桂香成了我愈来愈强烈的愿望。

中秋，夜空蓝碧，月色大白。幽径无人，笛声清幽，几盏路灯更增添了幽静，朋友在草地上摆了一席，邀我参加。桌上水果、茶点具备，正适合谈论。空旷的草地，赏月没有高楼的阻拦，显得更加亲切，思想也变得自由。我们谈得很投机，不觉已是11点，有些怅叹夜晚太短。朋友是桂林人，桂林多处亦有桂树，朋友恨今晚茶点中没有桂花糕，若此时在家，她母亲一定会制作酥软的桂花糕。

湘南，高三的学子正埋头于书山题海，身已憔悴，心已疲惫，朦胧的花香袭来，让人心情舒展，倍感精神。那是窗前的一株桂树，树干笔直,枝叶茂盛。我的座位就在窗旁,左上角堆着一堆书,高一尺有余。其中多是一些枯燥无味的资料书,不想看却又不得不去看。看厌了书页的白色,那一团翠绿总能使人心情放松。进入秋季,我便期待着桂花开放。期待,我望着窗前的桂树,得到的却是一次次失望。

高考的倒计时催人努力,美丽的大学梦在促人奋进。渐渐,我便习惯窗前桂树长期的没有花香,对它什么时候开花也不再关心。而人对习惯的事物往往容易忽略,直到有一天,浓郁的花香袭入我的心脾。欣喜涌上我的心头,像找到了一份失去很久的东西,像与一位友人阔别多年重逢。桂花开放,淡黄色或乳白色的小花点缀在绿叶间,喝惯了菊花茶的我便有了新的"茶叶"。初摘下的桂花用水冲洗不宜过长,泡茶的水温不宜过高,否则有损其香。有花香的陪伴,几个朋友一起晨读不再感到寒冷,夜晚苦读不再感到秋夜漫长冷寂。呷一口茶,读书的疲倦一扫而空。一杯茶,珍藏着浓浓如花香的回忆。

我的故乡几乎家家门口都种植一两株桂树。母亲若在家,此时肯定趁桂花未落贪婪收集一些桂花制成桂花干。桂花干主要有两个用途:一是泡茶,二是制作酿米酒的药饼。米酒是糯米酿成的,新米最好。酿米酒要先将糯米蒸熟,蒸糯米是不能用木柴的,更不能用炭火,只能用茅草、松针。此时茅草正黄,松针脱落。糯米蒸熟后冷却,待稍有温热的时候撒上少许凉开水,再撒上拌有桂花的药饼,发酵半月后便可以喝到既有甜味又有花香的甜酒了。有亲朋至,必拿桂花泡茶,吃饭时必拿甜酒招待。我最喜欢吃的是刚出酒时的酒糟,既留有软软的糯米的味道,又带有桂香的酒味。一杯酒,蕴藏浓浓花香的亲情。

叶落,人去,花落,人各天涯。喜鹊从头顶飞过,我相信故乡丹桂正等我采撷。桂花落尽,辗落成泥,我相信,那片土地也变得芳香,正等着人们去开发。

感悟黄河

2011级汉语言文学3班 罗贤恩

九月，秋气清寒，太阳也似乎那么无力。凭岸眺望，山川寂寥，云色苍苍。脚下便是亘古千年的黄河水，正带着黄沙滚滚流向万里外的远方。

望着这滚滚的黄河，谁会不产生联想？水为媒介，接千载，通万代。千年前，那在水一方抚摸苍苍蒹葭的伊人是不是也像这样临水眺望？那智若海深站在高山的哲人是否也是这样感叹？

不喝一口黄河水，不算到过黄河。手轻轻捧一捧黄河水，能够清晰感觉到它的粗糙。水流尽后，掌纹里便布满了细细的泥沙。这就是黄河水，“一石河水六斗泥”的黄河水。长江有三峡的妩媚俊秀，秦淮河有六朝的金粉繁华，可我眼前这条河流，她只有一身沉重的泥沙。没有桂林漓江水的清丽，没有康桥康河的温柔，它只有浑浊。可是有谁能想象，就是这浑浊的黄河水，养活了亿万中华人民。

寒波澹澹，百筏逐流。黄色的洪流里，一只只羊皮筏子载着游客在波涛里出没，筏子客正在举桨击流。羊皮筏子，顾名思义，即用羊皮制成的筏子，其结构简单，一只木架固定在十几只充气的羊皮上便制成了黄河上游人们千百年渡河的工具。水急筏轻，筏子吃水不深，可是勇敢的黄河人并不畏惧，他们削木为桨，在黄河涛涛的河水中击桨破浪,用他们的勇气为黄河增添了一道道风景。千年已逝,客轮螺旋桨早已绞碎大地的沉静,可羊皮筏子依旧悠悠然往来于黄河,因为它承载的是千年古老的记忆,承载的是千年古老的文明。

河水汹涌,千古不竭,而人的生命呢?较之黄河,我们不过是洪流中一片草叶。渺小与卑微中,突然想起古诗《箜篌引》的诗句:

公无渡河,
公竟渡河。
渡河而死,
其奈公何。

是啊,人为什么要渡河呢?就这百来米的距离,有多少人葬身河底,默默无名,死后如那黄沙,无人祭奠。

凭栏,千古伤心堆积。黄河对岸是一片无际的土地,秋风吹过,空气中飘满了成熟的芳香。我似乎明白了,河的对岸是土地,只有人不抛弃土地,土地才不会抛弃人。

六盘山

2011 汉语言文学 3 班　罗贤恩

我一直以为西北的山都如西北的汉子，高大挺拔，缺了南方文人的一份秀气和江南少女的一份温婉。至于寻幽探秘，我以为应去南方。

天空辽远，高原坦荡，汽车如一叶小舟在公路上穿行。虽是初夏，戈壁滩还是一如既往，土地裸露，草色稀疏。远处是暗黄的高山，山顶还有未化的积雪，三两只羊在贪婪地咀嚼着青草，牧羊人望着远方，深邃的目光似乎在等待着什么。在高原巨大横幕背景的映衬下，那些草显得如此渺小，仿佛寒风中一支微弱发光的蜡烛，看得让你想用手去呵护。戈壁滩上，生命的痕迹很浅，但生命的力量又是如此巨大，以致没有什么能与它抗衡。

我以为六盘山也是如此，所以做了最坏的思想准备，但也充满期待，因为惊喜往往出现在拐角。

刚下车，我震住了，青绿的山林贴着山势，一脉接着一脉。那绿，不是南方绿得发黑的绿，而是一种自然亲切的绿，一种清新温柔的绿，像一江飘满浮萍的春水，沿着山势，在山间流淌，又像善舞少女青绿的流云长袖，在山间飘逸。面对崇高的青山，我竟不能挪动脚步，就如一个虔诚的基督教徒在十字架下伫立，任山色染绿我的双眼。

进入六盘山，我们沿着山谷小溪溯流探幽，两岸山峦高耸，山势险峻。溪中散布着光滑的卵石，溪水不深，水势亦不大，悄悄地划过千百年躺在河床上的石头，竟没有半点声音。溪水清凉，轻轻捧上一捧，拍在脸上，清凉便通过每一个毛孔渗入每一寸肌肤。“哗哗”，终于有女生经不住诱惑，脱下鞋踏入溪水中，两只手各提着一只鞋，享受着溪水的清凉。不时踩在小卵石上，在小溪中摇摇晃晃地行走，发出一阵阵惊叫。走在溪边石径上，一定要注意前方。小径突然一拐，赏花迷石的游人一不小心便会一脚踩空落入溪水中，或者因为前方奇树突生横枝，碰到额头。谷中莺语阵阵，但它们怕见人，躲在人们看不见的地方啼唱。歌声婉转动听，让游人都不敢唱歌，怕打乱了它们的曲调。

沿着溪流往上走，赏花看石，不觉便到了老鹰涧。老鹰涧两岸石壁常年生长着苔藓，轻轻一压，便可渗出水来。溪流从两米多高的岩石上倾泻下来，形成一个很深的潭，两旁山体试探地伸出，极为险峻，传说连老鹰亦难飞越，由此得名，而这个潭则被称为老鹰潭。老鹰涧上沿溪再无路可走，我们只好拾阶而上进入山林。

山林中多是云松与桦树，有人造的，也有自然生长的。为防治虫害，人造的桦树林带与云松林带非常分明。自然林除了云松与桦树，更多的是不知名的树，开满了山花。走在林中，引得一路蜜蜂相伴。沿着林中小道走，突然前方出现一片野生云松林，高大挺拔的身影仿佛是从天而降的天神。一株株云松，傲然在山间悬崖挺立，像一支支绿色的长矛，冷冷地刺向天空，抒发向上的意志，发出不屈的呐喊。坐在云松林中，万籁俱静，只有风吹过激起的松涛声。我想，即使是伐木者，也不愿举起他们锋利的斧头，砍向这一个个傲然不屈的英雄。

进入幽谷和山林，突然感到心如一口古井，深沉稳重，清澈无波，于喧嚣中找到了一份宁静。于是，平常放不下的事一并放下了，

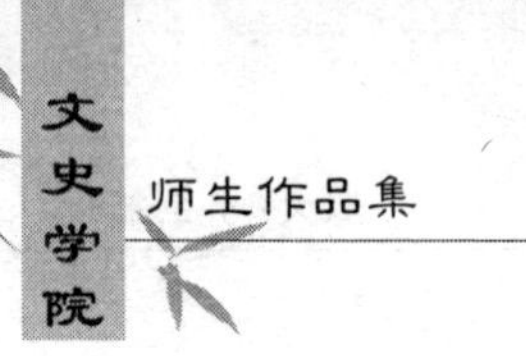

纷纷扰扰中,看到了事物的尽头。眼中只有山色,耳中只留下鸟鸣和松涛。我不禁在想,很多时候我们都在思考生命存在的意义,往往我们给出的答案是创造价值,而创造价值的方式是作出贡献,我们会认为作出贡献的人只有那些身处高位的人。那么,山中的不起眼的一株树、一朵花的价值又是什么呢?为处高位,多少人不是四处奔波,长久观望着远方诱人的一切而忽略了近在眼前的美好?有多少人愿意做山间一棵深扎基层默默奉献的树?我对这些植物的敬佩之情油然而生……世间万物都有其存在价值和意义,并皆能创造价值,而奉献不在于处在一个什么样的位置,而在于我们是否甘于奉献。

于沉默的山色中,我想做一株云松,不为成为栋梁被世人仰望,只想当风吹过之时,松涛声里有我一声明亮而坚定的呐喊。

走在西北的边缘

2012级汉语言文学2班　罗方焯

一年前带着自己的梦孑然一身踏上了人生的又一个驿站，塞上江南宁夏。满腔热血，梦想在这片宽阔的土地里让梦想生根、发芽，然后茁壮成长。

列车缓缓驶入我梦想的那片天空时，窗外的荒芜很无情地把我心中的那腔热血给冷却。那一刻，我知道我好像又走错了路。但是心中还有一丝火光，告诉自己目的地肯定不会是这样。"塞上江南"的美誉不是那么容易得到的，那一定是江南的那番景象，山清水秀的鱼米之乡。无论我们敢不敢面对，想不想接受，那一刻最终还是会到来。只要你踏上了那条路，自己便不再是自己，时间不会因为你的恐慌而停下匆忙的脚步。目的地到了，内心那丝希望早已荡然无存。再一次确定肯定地告诉自己，我是真走错路了。

生活总是充满了悲伤与无奈，而可做的只是坦然面对。无论我们走的什么样的路，那都是自己曾经的选择。所以，当我们在做选择的时候要慎重考虑，因为那不仅仅是一个决定，而是对人生负责的态度。他乡的生活并不如想象中那么容易，饮食、气候都成了问题。枯燥的心情加上干燥的气候在无味的生活里搓把搓把就能当导火索。在骨感的现实面前，只有更好地去适应，坦然面对，跟上生活的节奏。敞开心扉的去接受，其实没有想象那么艰难，且由衷感到自在，亲切。一颗漂泊的心也找到属于自己的方向。

用心去感受世界，会发现生活很美好；用心聆听生活，总是那么美妙动听；用心接受现实你会爱上这生活。突然发现其实这片曾经让自己心潮澎湃的土地还是很可爱的。人在一个地方待久了，就会产生感情，并爱上它。

身处宁夏，游览过许多美丽的地方，给心灵无限的慰藉。巍巍贺兰山，水山一色的神府画卷沙湖，还有那雄伟黄河两岸的沙坡头……感受荒漠带来的苍凉之美，心系自然，享受那份宁静与和谐。贺兰山坚强而勇敢地屹立在西边，用自己伟岸的身躯为这片土地遮风避沙。品到那荒芜的山不是凄凉而是温暖的爱，山上那些与风沙斗争而留下深邃裂痕的石头，坐上去就会碎。登上峰顶没有感受到那份"会当凌绝顶，一览众山小"的豪情。而是感受到了那份爱，如此伟大与深沉。有着坚强的外表更有一颗坚强的心。

游览过那么多景区，同样给我印象深刻的是五一出游。虽然只是乘车欣赏沿途的风景，但还是触动内心。和朋友说要去体会别有一番滋味的"天苍苍，野茫茫，风吹草低见牛羊"的草原风情。南方的孩子有幸目睹辽阔的草原风光是件很荣幸的事。蓝蓝的天空白云在悠闲地逛着，轻轻的草地心飞扬。对草原总是有很高的期望、评价。然而，我们总是在一种生活里想拥有另外一种生活，这是一种追求也是一种动力。你会感受到生活一直都很美好，只是你未曾感受到。

一路的颠簸终于抵达目的地，由于外出游玩的经验不足，所以总找不到北。总说想了解某地的情况，就得找当地人。而最好巴结他们的方法就是消费。冲进美食店，去享受美味又可以了解情况，一举两得。通过侦察，原来目的地在来的半路，又得按原路返回。虽然没有观赏到草原的美景，但是品尝到了当地的佳肴。

仔细侦察过后，我们决定再次出发，踏上征程，原路返回。回来的路上,透过窗户美丽的风景怎么突然出现了,没有去时的那股荒芜感,而是很美很美。人们总是这样,当自己确定目标后,只是一味地朝着自己的目标走,而错过路旁美丽的风景。那笔直的白杨树挺拔在荒草萋萋的草丛中,一棵一棵,一片一片,是那么清晰,那么翠绿,那么刚强,飒爽英姿。内心的激动就像那树上被风拂过的叶子兴奋地跳跃着,天然的屏障。有的树林与树林之间是一片绿油油的麦地,长得那么茂盛,那么坚强,在阳光下笑得很灿烂。那远处的土堆上有那么几抹绿色,绿草茵茵,装饰着那凄美的黄沙,犹如在美丽的夜空,星星的点缀是它更富有诗意。绿色书写着荒芜的壮观,歌唱西北的美,那么的引人注目,在眼球上唱歌、跳舞。生命无处不在,只要你坚强,在哪都过得很好。

路边有人在大兴土木,扛着铲子和锄头,一个又一个的坑,一棵又一棵的树苗安详地躺在一旁,我知道他们选择了忍耐,选择了坚强。旁边阿姨说它们三年后就会慢慢长大,使我想起了刚刚在窗外飞驰而过的白杨队伍,曾经它们也是安详地躺在坑旁,现在已经茁壮成长,撑起了属于自己的一片天地。在这片荒芜的旷野谱写了一篇篇华美的乐章。汽车还是不断穿梭在这广阔的土地上,那树苗缓缓向后驶去,我看到了它们的树枝与叶子,迎着那凛冽的寒风还有漫天的黄沙,它们都无动于衷,坚挺地站立着,没有丝毫畏惧。用它们的身体与恶劣的环境对抗,在心里默默写下永不放弃,编写着自己的赞歌。

人生总是那么匆匆, 为实现目标总是不断地错过沿途美丽的风景。夕阳的余晖使这片土地变得安详,也没什么时间去观赏草原风光了,经过商量我们就直接返回。做什么事时,我们应该做好充分准备,不然走了很远却忘了为什么而出发。

走着走着,眼前出现了一大片的种树景象。西北的人啊,虽然环境艰苦,但是永远不会安于现状,努力改变着。那一片小树苗在

不久的将来,会代替这一片荒凉。一片林海,成为不朽的篇章。这儿不会有凄凉只有美好的明天。因为在这神奇的土地上居住着在困难面前绝不退缩、敢于追求自己幸福的人,用他们的汗水浇灌着这片干涸的土地,用他们的勤劳装饰着这片发黄的土地,用他们的智慧歌唱这片富有希望的土地。

春天　有个约会

2011 级汉语言文学 1 班　罗春霞

一抬头，风雪的身影已被岁月带去了远方，只是偶尔会有几丝贪玩的寒冷恋上了这片土地，时不时地逗逗美丽的春姑娘。新绿染上枝头如一缕薄纱从天空飘然而下，轻柔地落在大地母亲的身上，更像一个吻，悄悄地、静静地印在额头。掬一抔被雪域酿造过的流水，少了些许凛冽，多了几分春意。迎着阳光，张开双臂，让历经了一个冬天的身体尽情舒展，调整姿态，用自己僵硬了一个季度的双臂拥抱春天，纵然心中存储了太多的严寒，此刻就让它消融吧，从内而外，把这缕依旧不太温暖的阳光引进生活，引进生命。铅色的文字不似山间的清泉，叮叮咚咚，能奏响春天的和弦，它只是一个使者，随着谷中的清风带去我的向往，春天，我们约会吧。

沿着河边我目送着冬天仓皇而逃，它的步伐凌乱，一路踩碎了自己精心筹备了一个冬天的冰层。河水复活了，一条条畅游的小鱼奔走相告，它们是世间纯洁的精灵，灵动飘逸的身影幻化为流光，去遥远的地方寻找命中的青鸟。春暖花开，这个季节的气温最适合漫天飘飞着的五彩缤纷的气泡，浪漫的粉色，青春的绿色，悠然的蓝色。宿命的安排也不会为难此刻的纯净，青鸟飞鱼的轮回终会得到天使的垂怜，抛弃过往，忧伤和悲凉也只是一片落叶，没有了生命的色彩，它还如何让记忆停留。陌上花开，渔舟唱晚，静待一个生生世世的许诺已是昨天，紧抱一个醉生梦死，在春天的发尾，系上少女的蝴蝶结，相约于风中，轮回于尘世。

扬花尽落，飞絮悠然，一路匆忙赶回来的雨燕，给天空留下一串春的讯息，祭奠逝去的残冬。这个季度谁都不曾孤单，就连隐藏许久了的纸鸢也晃动了翅膀，心中的那片蓝天是否还在，梦中的云朵还柔软吗？以前那群傻傻的孩童是不是又长大了？不顾线的另一头的牵扯，纸鸢鼓足了一身的勇气冲上了天空，迫不及待地稍带点粗鲁地亲吻着那片蓝天，像一对分隔两地的恋人，静静地相拥着诉说衷肠。天空的怀抱是温暖的，春天的蓝天更是纯净透明的，纸鸢像个调皮的小公主，任性地享受着此刻的美好。云朵飘逸，悠悠地停在天的尽头，看着它们的幸福，默默地孕育着春风化雨，把祥和与喜悦带给每个辛勤的人们。春，悄然而至，拂过每个受伤的脸庞，泪水与辛酸在它的灵指转动后会化成满满的幸福，倾入心田。这个季节，不适合悲伤，请拾起往日遗失的快乐，与春天相约。

拾起一片落花，望穿一个天涯，流水逝去，终是又空度一段年华。春天来了，冬天还会远吗？轮回的宿命不会停止，唯一可以挽留的是当下，轻点足尖，与蝶共舞，把我们的热情留在这个季节，与记忆同在。春天，我们相约一生。

寿鹿山

2011 级汉语言文学 2 班　罗贤恩

我一直不相信此行的目的地是寿鹿山。我想，有鹿的地方必定树木繁茂、芳草美鲜。但车窗外是一片戈壁滩，山体赤裸着，稀疏的草带着稀疏的绿点缀在其间。山腰，七八只羊正在吃着草，从车内看，绵羊不过兔子大小，每一次咀嚼都带着干涩的艰难。

难道荒凉的背后潜伏着仙山？这粗糙的面纱后面隐藏的是美人的娇容？

随着汽车的前行，草木渐渐多了起来，绿成了寻常的颜色，融化了烦躁，融化了质疑。温暖滋生了，期盼滋生了，寿鹿山的真容渐渐呈现在我们面前。

汽车停稳后，晴空碧透，群峦耸秀，一山的苍绿流进我们的眼里。两山之间，一条草溪从峡谷奔流而出，远远近近，高高低低都是半黄的秋草。秋未深，每一棵草仿佛都戴了黄色的帽子。秋风中，草溪在流动，一脉一脉的草浪起起伏伏，每一颗秋草都发出欢快的歌声。除了草，更多的还是树，青海云杉、落叶松、祁连圆柏，从山脚到山腰，从山腰再到山顶全被绿色覆盖着，一株株云杉古松笔直插向天空，好像在追求探索什么，大有一去不复返的气势。从山脚看，天空确实只在它们头上几寸的地方。

鹿在传统文化中是祥瑞神仙的象征，在“寿鹿八景”中便有“天梯云路”、“古洞仙踪”等景点。山川幽壑，亭台渊渟岳峙，想要寻仙探幽，一睹鹿的优雅身姿，我们只能探寻它的深处。

我们沐浴着森林清新的空气，探寻寿鹿山的幽深。进山的道路只有一条，开始的一段路是水泥铺就的，两百步后，水泥路便断了，取而代之的是大大小小石块组成的断断续续的小径。石径向上通向寿鹿山深处，越往前探寻，山林渐密，路途越为崎岖，林木也更加高大起来，要仰起头才能看见它的末尾。回头看时，我们已经上升了五六米，距离天空也更近了。

亭亭苍松，瑟瑟谷风。天凉或者怕人的缘故，白唇鹿、马麝等动物仙踪难觅，连鸟鸣也是从看不见的地方发出的。林中地面很软，软如这秋阳一般。千百年来云杉代谢的枝叶腐烂在泥土里，土质湿润带黑，脚一踩上去，便留下一个淡淡的足迹。山林滋生着青苔和蕈菌，青苔多长在云杉根部，每一株云杉都穿上了绿色的草鞋。蕈菌也有很多，山下便有当地人在卖山菇，红的、白的、绿的都有，只是我们晚来一步，当地人已经将山林近处的采去，只剩下一些坏掉的，再想寻觅只能前往更深处的地方。

最令我们兴奋的是发现了清晰的动物足迹，圆形，四个脚趾如家犬大小，大概是狐狸兔子一类，从清晰干湿角度看，时间似乎不久。再联想到山的名字，寿鹿山的确是有鹿的仙山。

身在山中，云在山上，越往深幽处探寻，却感觉我们距离寿鹿山真正的面貌却越来越远。四周是挺拔的古木，木叶堆积，仿佛千年已逝，世上的一切与此隔绝，只有呼吸能够证明自己的存在。

太阳似乎即将燃尽，火热渐熄。谷风吹得人有些头晕，丛林深处有更深，我们只得遗憾放弃此次探险寻幽。下山的路比较好走，半个小时后，我们已经看见了营地。亭台在山冈上顶着山风耸立，再回望寿鹿山时，原来她离我们越来越近了。

乐山林兮辞并序

2011级汉语言文学3班　梁峰

余自以为家贫，少时为学不留余力，志为后世遗余所成。幸有双亲体恤余艰，不忍余事万事，遂弃辛劳。然志仍留二：所思一者，家财万贯有余，常有恶丁侍余左右，以欺男霸女，或为祸郡县。后因家财实非吾愿，遂弃之；二者，献余赤心于天下，以文居庙堂，或武征沙场。后因多视污吏横行，不愿与之共席，又弃之。然不可抛孔孟之孝道，遂又攻学所为黄白，供双亲颐养天年。虽此谓之曰：小人，然余亦需为之。但求黄白可供吾求，即可揽菊效仿于五柳先生，斟于山林，此非余之志哉？可乐也！因命篇曰《乐山林兮》。壬辰岁三月也。

乐山林兮，已悖吾愿胡不归！既自知心之疲惫，何毅然而身微？体以往之苦倦，思隐者之神飞。虽神情未至怠，然笔墨早置灰。风杳杳恋吾裳，云飘飘寄余悲。梦余生之行路，叹梦是而实非。

乃思伯夷，食野采薇。又怜叔齐，忌食饥催。执樽喟叹，坎坷成堆。闭门思行，斯存钟美？抚焦尾以自乐，观湘竹以成殇。卧木床以小憩，步丛菊以留芳。踏流水之潺潺，倚劲松之苍苍。留余志以搏傲，去吾心以何当？乐山林兮，请入林以避往。世与吾本殊途，复临朝为何求？聆室内之亲语，嗅嫩柳之新抽。双亲诉余以闲趣，将乐之与山岫。或行跬步，或为疾走。既深呼吾浊气，复阔吸以入喉。挽数罟以成业，斧薪柴以易酬。感吾生之闲乐，戴蓑笠至生休。

已矣乎，合身道内复几时！曷不委心天地游，胡为乎间间兮欲何留？孔方仅需供，逍遥早随形。知良景则独往，或执棹以漂流。提酒樽以狂笑，揽梅竹以作休。至垂髫以忘岁，居乎山林何所求！

思秋赋

2011级汉语言文学3班　梁峰

仲夏时久，岁在癸巳。顾一朝之惢趸，思万丈之情滞。欲和清风而旋走，奈承炎日之烈势。屏阴墟以体凉，掌芭蕉而膊赤。顾炎炎而日涌，望习习之风至。然有盛夏之不耐，忽思清秋之行肆。

思之秋色锦，绿水兰。影曳曳，日冉冉。黄叶尤遗青脉，白云渐露红颜。红鳞曼转水波绿，凉风恒渡绫麻寒。水天一色天带水，山野两望野连山。登高尤不见光扼，聆远早不闻鸣蝉。芦苇尤荡渔人趣，杨柳却收舞者繁。雁鹤齐翔青千尺，鸭鹅同游碧一潭。波依依，风绵绵。蜻蜓尚有交尾，熊罴已思深眠。其清爽高洁之气近人，胡为乎文人墨客之属尽皆因之而悲哉？

鸟已归，人思曾。自知秋意非寒瑟，奈何秋声更萧零。瑟瑟影身寒吾志，萧萧入耳倦吾恒。秋云凌志高其命，秋声醒心壮其盟。故复抬眼高日漾，垂手清风盈。簌簌恒送秋色郁，声声更呼秋乐行。风动彩虹霞失色，云起薄雾霜多情。叶璇如舞八佾，水响更和五声。心高渐随于薄雾，步缓欲从于微风。故不行跬步，无以知秋意；不啸高音，无以足秋俜。又何至郁郁兮驻足而忘名？

思至此，扇忘行，乃觉炎炎更却行；记思绪，身骤晟，何堪习习至此停。乃作此赋，留忆秋情。

带着这本青春的纪念册远行

——永远的校园民谣

2010 级汉语言文学 3 班　梁娜

这个季节是一个忧郁，伤感而又充满希望的季节；这个季节是一个迷雾朦胧我们想要看清一切但又无法看清一切的季节；这是一个我们用舌头轻轻舔舐品尝到甜蜜、苦涩、辛酸、微咸的季节；这是一个以蓝色为底色，但底色里那深深浅浅、远远近近的紫色、红色、黑色、绿色，却也是隐隐约约依稀可见的季节；这是一个我深深吸一口气，酸甜苦辣各种味道汇成一股泉流贮藏体内的季节。

这个季节里，我们所熟悉的校园民谣，那一串串灵动的音符如长长的蚕丝般轻柔的米黄色丝带飘过校园的每一个角落，掠过校园里每一寸土地，也久久缠绕在丁香花盛开的树梢，缠绕在即将毕业的人儿心头，然后再打上一个又一个的结。

我们将那一首首校园民谣记录书写在我们青春岁月里的每一页，不忍用沾满汗水的手触摸，恐把它弄皱了，皱了那一池青春的记忆的湖水。然后我们用友情，爱情编成一根长长的交织着花纹的红线，慢慢地将这一页页散佚的纸片穿起，末了，打一个漂亮的结，用激情、信念、希望、奋进为它绘上美丽的色彩。我们用一颗敬畏的心灵仰视它的高度，触摸它的厚度，细观它的密度。

穿着优雅的学士服，将这纪念册高高举起，举过头顶，映着朝阳，和未来我们所要走的人生之路遥遥相望，微笑示意。

每个人来到这个世界上都是一座孤岛，爱情应该是那穿行在期间的船舶，带来了粮食、水源。船的到来带给孤岛希望，孤岛通过小船与外界交流，俯瞰外边的世界，倾听来自外边世界的声音，抵御一切可怕的风暴。

友情是这个世界上最纯净，纤尘不染，最真诚的感情之一。朋友是两个躯体里孕育的同一个灵魂。他们之间如两座高高并立的双峰，互相遥望，各自有着他们独立的精神与人格，岿然不动地屹立在那里，他们共担雾霭，虹霓，共同接受风雪的洗礼，共同经历着瓢泼大雨的冲蚀。无论经过多少年，哪怕过了几千年，几万年，这一切又何曾改变。

我们翻开这纪念册的第一页，这序言是写给我们的友情与爱情的，这是纪念册永恒不变的主题，激情、信念、希望、奋进是它不变的色彩。这是我们人生宝贵的财富，是我们生命之树长青的养料，是雨中为我们遮风避雨撑起的淡紫色的布伞，是我们睡梦里开心微笑时流出的可爱的口水，是冬日天空中闪烁的点点星辰，虽然离我们很远，但那光亮依旧没有减弱，依旧在我们心底闪闪发亮。

一页页地翻着，水木年华、郁冬、高晓松、朴树、许巍、老狼这一个个熟悉的名字又闪现在我的脑海里，《一生有你》《蝴蝶花》《在他乡》《同桌的你》《睡在我上铺的兄弟》……一首首经典的校园民谣再一次响起，霎时间尘封在心底的往事随着记忆闸门的悄悄开启，一股股涌上心头。

“是否还记得童年阳光里那一朵蝴蝶花，它在你头上美丽的盛开洋溢着青春无瑕”；“多少人曾爱慕你年轻时容颜，可知水愿承受岁月无情的变迁，多少人曾在你生命中来了又还，可知一生有你我都陪在你身边”；“睡在我上铺的兄弟，分给我烟抽的兄弟”；“你说你最爱丁香花因为你的名字就是她”；“我们都是好孩子，异想天开的孩子，相信爱可以永远啊”；“就在启程的时候，让我为你唱首歌，不知以后你能否再见到我，明天就等在下一个路口，向过去的悲伤说再见吧，还是好好珍惜现在吧”……

每一首歌曲的背后都有一个故事，一份情谊，一怀愁绪，有被岁月拉长的如磁带般不停转动的记忆，有如冰天雪地里红梅初放的希冀，有如丁香一样的思念……

睡在我上铺的兄弟，无声无息的你，分给我烟抽的兄弟，这一切都如每一首乐曲的前奏，没有歌词，只是淡淡地聆听就足以让我们泪流满面，剩下的歌词已不忍听下去，因为那是鲜活的彩色的一幅幅令人伤感的片段。那伴着歌词的忧伤的旋律里是我们一起在球场上疯狂的叫喊声，是我们身上有着男人味的汗臭，是我们对所爱的女孩深埋心底的誓言，是我们恶作剧后阵阵坏笑，喝着小酒嚼着花生米时脸上泛起的红晕，口里伊哇不清的言语。

你说你最爱丁香花，因为你的名字就是它，多么忧郁的花，多愁善感的人啊。校园里的丁香花如期开放了，它真的很会选择时间，选在了这个季节。校园里已是弥漫着那忧伤的空气，我们似乎微微一吸气，就能嗅得到唱着忧婉歌声的近近远远的花香，而这一树淡紫色的丁香花如一支轻灵的笔蘸足了这忧郁的淡紫色在空气里勾了又勾，将这忧郁的色彩加重。这淡紫色的丁香花中藏着一个淡紫色般浪漫的故事，故事背后是一段属于我们的纯真。青涩、干净、美丽的情感，丁香花里睡着一位永远活在浪漫与理想中的女孩，丁香的芬芳悄悄为她织起一件素雅的如蝉翼般的纱衣，轻轻为她披上。下一刻她将背起行囊远赴他乡，默默为她祝福，希望她以坚强与乐观为双翼飞向理想的彼岸。

放心去飞，勇敢地去追，追一切我们未完成的梦。梦想，什么是梦想，这是一个何等神圣的词，有了梦想我们生命的画板色彩永远不会改变。无论未来的路上有多少挫折、困难等着我们，无论有多少浮躁的暗流在我们的身边涌动，无论我们会身陷怎样的泥沼，因为梦想我们会坚持，会放一颗透亮无瑕的水晶球在心里，内心永远是充满祥和宁静的天堂。

就在启程的时候，让我为你唱首歌，不知你以后能否再见到我，明天就在下一个路口，向过去的悲伤说再见吧，好好珍惜现在吧。六月，即将背起行囊奔赴远方，翻过了这座山，还有很多山要翻越，一座接着一座，山的那边又会是什么呢，是大海。也许未来的路上这一座座山会铁青着脸，我们的心灵将要枯干，不要气馁，不要放弃，因为大海就在远方。六月，我们又站在了人生众多十字路口的其中一个，面临着选择，是读研，是工作，是当公务员，是自由职业，无论选择了哪一条路我们都不会后悔，都会一步一步走下去，记得身后还有许多期望的目光，还有一帮兄弟姐妹为自己加油鼓劲。收起悲伤，躺在草坪上彻夜长聊，没有眼泪，静静的，默默的，天亮了，互相拥抱，一个眼神一个微笑我们都明白，一句珍重别忘了你还有我，就这样为大学四年画上一个圆满的感叹号。

坐在驶向远方的火车上，心里默默地唱着这一曲曲歌儿，又将这一曲曲歌儿装进行囊，人世间最纯真、无暇、美好的情感、梦想、激情、信念、希望、奋进都装在这行囊里了，我们会越走越远……

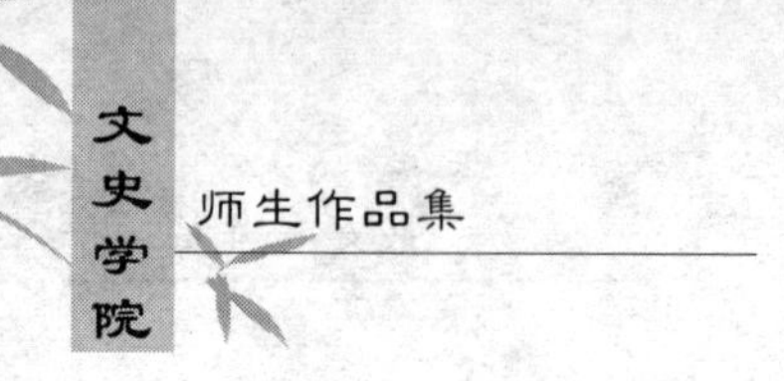

校园小路

2010级汉语言文学2班　梁娜

路，一个简单而又充满意蕴的字，它既是有形的又是无形的，有形在它的身影我们随处可见，无形在人生这条路该如何走却在我们心中！

校园里的路各式各样，遍布贺兰山脚下这片热土！它不是很起眼，那方的、圆的石头铺在路上，任凭风雪的吹打，它依旧静躺在那里。

我独自一人漫步于校园，站在足球场门口，我怀着极其平静的心情，站在那儿，抬头发现天空如此湛蓝，那树儿轻柔地摆动着自己的枝条，风儿拍打着它那柔软的身体，它的心里定然唱着欢快的歌。

由足球场向体育馆走去，我猛然抬头，发现那儿的路很有特色。黑色、白色的砖交错铺开，就是摩擦面与光滑面相间，我会心地一笑，回想起近日来我们在这上太极课，老师讲到《太极八卦图》，这路如同太极中黑白相间的八卦图，它如同“山重水复疑无路，柳暗花明又一村”的诗句一样告诉我们人生的哲理。

一个时期也许会双脚陷入泥潭，被困难的绳子绊住了前进的双脚，但我拿着勇敢的长矛戴着智慧的头盔，像一个战士一样横扫千军，战胜困难迎来黎明的曙光，走出一条康庄大道，走出一条坦途。

人生从来都不是掌声、鲜花铺满道路。有时我们会是个迷路的孩子走在充满沼泽的道路上，心中充满恐惧，那儿时在书中读到的令我悚然的景象也会在脑海中不停地浮现，可心里永远放着个发着亮光的水晶球，向外散发着亮光让我感到我的前方坦途中有光明、有光亮，我不能跌落在这样的深渊之中。

是的，人生的路如同这太极一样，有顺境，有逆境，交错地出现在人生的旅途中。

转过体育馆向那条小路走去，这是一条年久失修的路，它的年龄大了，似一位长者那样饱经沧桑，历经岁月的洗礼、风雨的吹打，一个个碎小的青石裸露在外面，如它凸起的筋骨。

这条碎石路边有一排排郁郁葱葱的树木，这些树木绿得发亮，绿得耀眼，趁着阳光在尽情展示着自己的身姿。低头俯视这青碎石小路，初次踩上去，不很舒服，觉得硌脚，可时间久了，我方才晓得并非这样！

那晚，怀着极不宁静的心情在校园里，不自觉来到这条小路上，映着柔美的月。月，不是满月，是弯月，像美人笑时眯着的双眼。

一脚一脚踩上面，发现月光揉碎了，星星点点洒在小路上。

呵呵，这意境不错嘛！脚被石子垫到了！不那么难受反而有趣呢！

像许多小矮人在脚底按摩，思绪在飘飞，忽地记起妈妈告诉我说给外公买了个按摩脚的，就这样呢！有许多小凸起，别看这些小东西，按摩脚底促进血液循环一绝呢！对啊，这些小碎石不正如小凸起一般。到这儿，这小路给我的启示也随之来了。

人生如此，人生的路就如此，难走，充满荆棘，会让我们的心感到疲惫，甚至会感到迷茫，以至于停止前进的步伐，但困难不会吓倒我们，那些磨难只会让我们更加坚强，让我们的心灵变得强大起来，任凭外界的风浪怎样拍击我们的心灵，我们的内心如磐石一般的坚硬，从不会因为外界的侵扰而软弱。

我们感谢那些磨难，它让我们脱去青涩，如那树上的鲜果逐渐成熟，拥有独立的思想人格。是的，这条校园小径给予我们的是这样的人生哲理，磨难帮助我们成长，让我们的羽翼日益丰满，直到飞向我们的理想彼岸。

走过这条硌脚的小道，我怀着愉悦的心情继续向前走，走向校园的花坛，我的眼前出现一幅灿烂的画面，繁花盛开，绿树环绕着那大大的花坛。绿树配以这样的繁花，它们像是在迎接我的到来一样，它们在为我的勇气、毅力鼓掌。

是的，这正如我们的人生一样，当我们迈过一个个坎，跨过一条条沟，越过一个个障碍，我们怀着“山重水复疑无路，柳暗花明又一村”的信念不畏路途的遥远，跋山涉水走啊走，我们走到了……

这校园中各式各样的路正是我们人生之路的写照，但只要坚守心中的信念总有守得云开见月明的时候，总有鲜花环绕的时候……

四月，我不曾梦过的梦

2011级汉语言文学1班　梁飘飘

现在已接近四月的尾声，窗外阳光明媚，天空蔚蓝。娇艳的花正极尽地展现它的美丽，偶尔会听到燕子的叫声。是的，这是春天，这是万物苏醒的季节。只是谁也不曾想到，在这之前，迎接春的却是异常纷飞的雪。

我记得那天早上刚起床，听到外面滴答的声音，我不以为然地说又下雨了。因为从来到现在，这已经下了数场雨，何况那几天天一直阴着，于是想着下雨也是必然。可是当我拉开窗帘却被眼前的景象惊呆了：窗外正飘着纷纷扬扬的雪花，草地已变为白色的地毯。想必这雪已经下了很久了吧，突然就很想去外面看一看这四月的雪和被雪装饰的风景。

很庆幸，亲爱的写作老师也有着和我们一样的心声，她说："这节课不上了，留给大家去外面采风，多拍几张美丽的雪景，毕竟这样的机会是很难得的。"于是大家都争先恐后地向外涌，而我当时并没有融入这股人潮，平静地坐在教室里给我的同学一个一个地发短信。我想把我的喜悦第一时间跟她们分享，我相信她们会懂得。我说："银川下雪了，好大的雪，在万物新生的季节，这里却下起了大雪。"她们知道这里是银川，却总觉得离得很远，仿佛是另一个国度。她们说四月的天，老家的春天已经迫使人们穿上了短袖，而我却得把自己裹得严严实实。可也正如我期望的那样，这样的景色也着实令她们惊讶。不过惊讶之余也都不忘提醒我多加衣服，小心着凉，于是心中顿时被这温暖的话语包围，也许身在异地的我更能体会那份牵挂的重量吧！

终于还是待不住了，拉起身边的他，一同撑着伞去外面看雪。雪依旧下得很大，一片一片地飘洒。正在开放的花，正在生长的草，都被雪紧紧地拥抱着。雪一片一片地落下，深情地亲吻着这片干涸的土地和生活在这里的人们，最后与大地融为一体……水泥路上的雪已经融化，我们小心地走过却仍能溅起水花。路的旁边便是草坪，小草已被雪覆盖得只剩下小小的绿点，我蹲下来近距离地欣赏它们，用手轻轻地抹开一片雪，于是嫩绿的小草便挺直了腰。我又捧起一小撮雪放在掌心静静地观望，我想看看这四月的雪到底有何特别，越看越觉得是一群令人欣喜的小精灵，一会儿却又消失不见。人常说“物以稀为贵”，真的就是那样，同样的雪在春暖花开的四月落下，便觉得别有一番风味。

回到教室，手已冻得通红，可是却丝毫不会在意，仍然沉浸在这美丽的景色中，想起他当时发的心情：“四月竟然下起了雪，这西北到底还有多少我没见过的神奇啊。”对啊，到底还有多少我不曾梦到的梦，我常说喜欢这里晴朗到纯粹的天，中午的阳光虽然毒辣，却仍然感觉到清新、空旷，整个人会觉得很轻松，不会像西安那样热得压抑，热得烦躁。那天朋友看到我游玩时的照片给我留言说，她从没见过那么多的土，那么大的风，她或许永远也不会去那么远的地方。而我想说，我过得很好，在看似遥远的地方却找到我触手可及的快乐，我不孤单，只是偶尔伤感，偶尔想念。

有些地方是用来生活的，有些地方确是用来怀念的，所以我把记忆留给这里。我在靠近，慢慢地靠近。我知道还有好多我没有看过的风景，没有梦过的梦。

现在阳光依旧明媚，也许那场纷飞的雪永远不会被我们忘记。我梦见时光倒流，却没梦到四月飘雪；我梦见缠绵的雨季光临，却没梦到四月飘雪；我梦见贺兰山上溪流潺潺，却没梦到四月飘雪。这里是银川，这里有我未曾见过的神奇，有我未曾有过的梦。

现在是四月的尾声，此刻的我平静而快乐。

写给未曾谋面的小妹

2011级汉语言文学2班　刘伟

小妹：

说我们没有见过面恐怕有些不确切，因为母亲时常说起我小时候的淘气，爱用小手去打摸你稚嫩的粉脸，这样想来我们定是见过面的，还可以看出我打小就是喜爱你的。但现在我的脑海中关于你的影像点滴全无。可悲、可叹！

你也许会诧异，我为什么会给你写这封信，其实也没什么，只是母亲时常念叨，情有所发而已。

母亲时常说我们是有五姐弟的。大姐，很不幸夭折了，我是没有福气再见到她了。二姐很自然地接承了大姐照顾我们的重责，今已到了而立之年，有儿女各一，阖家幸福。三姐，我是记事以来经由亲友才知晓的，当时为了生下我，逼不得已将她送出去由亲友抚养。那亲友离我们家不远，还可以时常得见，我们感情很好，现她已结婚也是儿女各一，家庭美满。我是你四哥。小妹，你排行第五，理应喊你一声小妹了。这是多么繁盛的人丁，可大姐夭折，三姐被送出去，小妹你也被送了出去，美满的家庭就被这样无情地肢解。可悲、可叹！

她们三姊妹我就不多言语了，倒是小妹你我想好好地说说，为大的哪有不疼爱小的呢？！

每每提及小妹你，母亲总会向父亲发声无力的微叹，母亲觉得她对不起你，她总背着我们偷偷摸泪，在她心里你永远是她的心头肉啊！父亲当年是个正式的煤矿工人，在你我看来也许是没有什么轻重的，可在当时却也算得上份好工作了。父母在生我时已是偷着躲着，后来生了你，他们的压力更加重了，我知道这么说对你是极大的不公平，但当时的情形确实如此，我不想对你拐弯抹角有所隐讳，因为你是我的妹妹。你要被送出去这是必然的了，问题在于送到哪？当时有两个情况，一家是附近的教师夫妇，一家是经人介绍的不知底细的旁人。我有必要补充一点，在当时拐卖婴儿的不乏其人。母亲提起你时常是含喜带忧的，据母亲回忆说："虽然当时她还小，但和别家的孩子放在一起，明显地可以看出你妹她要修长些，长得也好，如果现在还在的话肯定是个美人。"那教师夫妇是亲见过你的，当他们听闻父母逼不得已要将你送出去时，是一百个情愿领养的，他们想给父母些钱以报答母亲怀胎十月的辛苦，还起誓定会好好抚养你，他们没有儿女。母亲心下也是愿意的，大家挨得近，以后总也有见面的机会，何况他家还是教师呢！父亲也愿意，可他更怕，认为大家挨得近了以后难免有什么不好说，还是送出去远些得好。母亲说父亲是怕自己的工作被打脱。就这样，最后你被白白地送给了那来历不明、底细不清的人家，自此你杳无音信。我听到这气愤极了。可悲、可叹！

后来，父母也曾有过找你，可介绍的那人早死了（我虽是恨他，但我并不希望他早死，我们可以从他那里知道你的下落，我希望他活着看我们兄妹幸福地生活，但他却早死了）。所有的线索就此都断了。父母也是老实人，没有想过给你留下些东西做纪念，日后也好让我们找寻。茫茫人海，想找寻到小妹你谈何容易，也许此刻你在天涯，也许此刻你就坐在我身边的某个角落，我又怎能知晓，就连此刻你是生是死我都说不明白。"黯然销魂者唯别而已矣"，生离死别，奈何是生离抑或是死别都不清楚呢！可悲、可叹！

我没有权力代你怨恨父母，我只能恨我自己，我总也在想，假如我较你晚生那样你的命运或许和三姐一样。那我们就可以相见，倾诉多年来未曾有过的同胞之谊，座谈近一二十年来彼此的生活经历；那样我就能知道是哪个幸福的人将你娶回，为他奉老伺下；那样我们一家人逢年过节也就可以欢拥在温馨的斗室，其乐融融。可这一切虽平常，在我们确实是难得。可悲、可叹！

小妹，我想你，打从我知道我生命中有个你的那日。日里听母亲动声动色地谈及你，夜里就凭了母亲日间的言语在梦中与你期会，可总也瞧不清你的容貌，只有一个叫小妹的你在我梦里千回百转。

小妹，你能理解父母吗？能原谅他们二老吗？我没有理由教你该怎样做，我不能言语。三姐她现在已为人妻人母了，她时常带着侄儿侄女到咱们家来看望父母。你呢？是女儿，还是人妻？你想来看望我们吗？

小妹，你是生是死至今仍旧是谜，家人是极愿你健在的，只是我并不希望你知晓你的身世。我是哥哥，我都每每沉浸在对你无限的思念中不能自拔，常于暗夜偷泣，我已如此痛苦，我不愿小妹你同我一样。你健在安好就好，请不要怀疑你的身世（愿接你出去的那人家对你能好些，我在这给他们磕头了）。

小妹，我希望你健康成长，做个有理想的好女子。你要善良，你要勇敢，你要热爱你身边的人。

小妹，我们一家就是吃着没有文化的亏艰辛地生活过来的，我希望你热爱知识，就如同我们对待生命那样。平日里多看些书，要看好书，好书中自有万千智慧，它们会帮你驱逐暗夜的鬼魅；在寻找黎明时，它们会是你前行必不可少的明灯。

小妹，请热爱生活。生活总也是美好的，我时常这样劝慰自己。

当你热爱生活，生活也就会热爱你了。生活中难免是会碰到些许过不去的坎，不要灰心，生活总也是美好的，去大胆热爱她吧！

小妹，话长纸短，这短短的三言两语又怎能将我心中对你情感的万千丘壑倾诉得万分之一呢？总也是述说不尽的，只要你我的那份情意在，言语就永远也不会有说尽的时刻。

小妹，期待我们的重逢！

四哥顿首祝安好

致伊蒂德尼

2011 级汉语言文学 2 班　刘伟

亲爱的老朋友：

收到你的来信，我打心底里地开心，仿佛幽闭已久的屋子忽地被打开，顿时室内就充溢着阳光与空气。

请原谅我的心绪还不能完全平静下来，因为就在刚才我们宿舍才开了一个小型的“欢唱会”，我还沉浸在那份喜悦与感动中，没走出来，但我已迫不及待地要给你回信了，原谅我。

知道你现在重又对生活充满了希望。哦，亲爱的，你不知道我是怎样的兴奋，我几乎要将眼前的这夜撕破，想立马就出现在你的面前，深深地拥抱你，还有那几位给你安慰的朋友，我由衷地感谢他们。

同样，像感谢你的朋友那样，也应要感谢我身边的这几位朋友。我真不敢想象，倘若没有他们的陪伴，我将要怎样去度过那些孤寂的日子。

他们伴着我成长。在我因思念而心绪繁杂的时刻，是他们陪我聊天，意在安慰我的孤独。有时候，因了自己的不小心，生病了，他们就是我的家人，帮我寻医问诊……哦，我得感谢他们，拥抱他们。

就在刚才，他们听说我亲爱的老朋友你，重又燃起生活的希望，也同我一起生出感动来，他们如你待我那样，真心诚意。

你不知道，阿布唱歌可好听了，在第一次听他动情地歌唱时，我就被他深深地迷住了，可惜我学不会藏语，要不真想跟着他好好学两首藏歌，见面的时候唱给你听，你也一定会喜欢的。

每次听他唱歌，我仿佛就置身于无边无垠的大草原上，面前有一潭碧绿的湖水，湖水正泛着涟漪，我手捧着湖水，听他尽情地歌唱。他已经答应我了，等你来这座城市的那天，专门为你唱一首他最拿手的歌曲。你看，他是多么的善良。

你常让我多和身边的朋友交流一下，别老是把自己埋在书堆里，当心变成了书呆子。这下你可以放心了，因为我找到了一位良师益友，小祥，我们还是同姓呢，五百年前我们肯定是一家。

他对历史的了解程度是你不可想象的，每每和他聊天，他总能说出一大堆我不知道的历史来，和他聊天真是痛快。这也让我以后看书有了方向，不能只专文学，其他方面的知识也要涉猎。

本想着，要好好把我宿舍里这几位好友一一介绍给你，可马上就要熄灯了，明天还得早起去把信寄出，就只好下次再聊了。

他们都盼着你来，都为你精心准备了见面礼，我也盼着你能早些来。

近来，天气越发的寒冷了，你要好好照顾自己，外出多添一件衣服，注意保暖，记得健康比一切重要，愿一切安好。

你知道你的来信就是我的阳光，请一定早些回信。

老朋友上

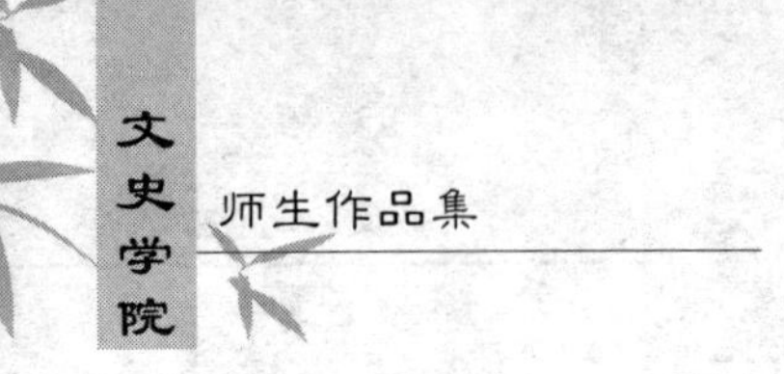

开到荼蘼

2012级汉语言文学2班 刘蕊

高贵的紫罗兰优雅地绽放出神秘的笑靥，鲜艳的红玫瑰恣意地渲染着繁华的街衢，倔强的扶桑花热情地描绘着灿烂的生命。明明是最娇嫩的植株，明明依赖于最精心的呵护，却敢于在花期到来之时不顾一切地绽放，开到荼蘼，张扬出自信的精神。

那一抹神秘的紫，是蒙娜丽莎。

光阴荏苒，如斯的逝者抹不去自信的痕迹。罗浮宫中悬挂的画作早已褪去了原色，褪不去的是少妇眼角眉梢用自信点染出的优雅。她的自信是唇边的点点微笑，令人为之痴狂；她的自信是神态的安然静谧，俯瞰人生百态，睥睨世间万物。她是一朵紫罗兰，在文艺复兴的时代自信地绽放。

那一抹恣意的红，是张爱玲。

烽烟乍起，纷乱的世事挡不住一代才女自信的脚步。她的眼眸中闪烁着自信的光芒，抛开“女子无才便是德”的世俗羁绊，她的耳边回荡着“出名要趁早”的宣言。听她用安静的笔调描述着繁华绚丽的故事，看她用古老的沉香屑铺陈奢靡颓唐的旧上海，抚她用苍凉的文字织就的一袭华美衣袍，自信地写尽人生。她是一朵火红的玫瑰，在战火纷飞的岁月中自信地绽放。

那一抹倔强的粉，是柴静。

因心怀有梦，艰苦的奋斗挡不住她自信的容颜。当年她那句小心翼翼却又倔强鉴定的“可否帮我成就梦想”？不知感动了多少人。明媚青春，她自信地长成一株植物一样的女子，春绿冬白，思无邪。作为一名新闻工作者，这个清瘦的女子，内心一片深似海，铁马冰河，波澜不惊，却藏着一股巨大的能量。面对华南虎事件，面对学术造假，面对上海倒楼，她本着良知和正义，剥茧抽丝。只因那份自信支撑着她，纵使身陷逆境，也要奋力盛开，成就生命的灿烂。她是一簇扶桑花，在中华腾飞的际遇自信地绽放。

一花知春，花似人。人生短暂，为何不像花一样自信绽放、灿烂一生？想想普罗旺斯大片的薰衣草，想想托斯卡纳艳阳下茁壮成长的小花，想想夜半时分令人惊艳的昙花一现……这些的花儿在风中摇曳，在雨中发芽，不减丝毫风姿、半分婀娜，正印证了泰戈尔那句“生如夏花之绚烂”。

花开荼蘼，花开不败，花期常在。

你信仰着什么

2012级汉语言文学2班　刘蕊

时间似乎一直在我们眼前流逝，它像无情的小鸟，拍翅高飞，永不回首。而其实，我们才是那只小鸟，短暂停留，倏忽飞逝。时间亘古长存，它一直都在那儿，从未飞渡。在这样短暂的人生里，你是靠怎样的信仰来支撑？我无数次问过自己、问过别人，答案不一。

有时候觉得世上的人就像各种植物，有的是荒漠荆棘——艰难求生，有的是藤蔓——攀附于参天大树，有的是高山古松——淡然望着脚下的十丈红尘，有的是大王花——身边围绕着蝇营狗苟，有的是浮萍——漂泊一生……人们以各种姿态活着，想要以各种理由支撑其人生中的苦难、荒诞、无常、愚昧和百无聊赖，于是有的人皈依宗教，有的人寻找真爱，有的人追名逐利，有的人耽于六欲，有的人探求真理……只是无论怎样，我们都有意无意地在寻找一种叫作“信仰”的东西，以此支撑着自己——走下去。

年幼时，我信仰爸妈。那时的世界好小，我们真切地认为爸妈说的一切都是对的，他们就是真理。犹记当年，嘴里冒出最多的就是“我妈说……”“我爸怎么样怎么样……”和小伙伴闹矛盾，吵不过人家就气势汹汹地以一句“回家喊我爸爸去”结束，因为爸妈总是无所不能的嘛！天真无邪的我们，把爸妈作为我们的天和地，以此建造自己童年的小小乐园。那时有着很简单的想法：生活就是蛋

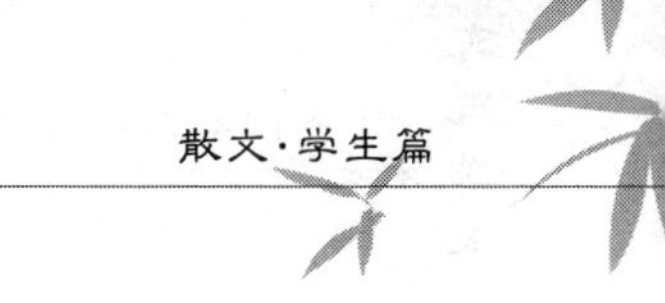

炒饭，有味儿就好，不一定多昂贵。

那时年少，我们徘徊奋战于中学的战场，开始信仰勤奋、信仰拼搏。现在想来，那时的我怎么会有那么多的精力与激情，总是无所畏惧地做着一切自以为对的事，像疯子一样地学习并从中寻找乐趣，像狮子一样当好班干并力求完美。在这样的路途中，不可避免地，我有过迷失。有时候，回首间，才忽然发现，原来我的种种努力，不过只是为了使周遭的人对我满意而已。为了要博得他人的称许和微笑，我战战兢兢地将自己套入所有的模式、所有的桎梏。走到中途，才忽然发现，我只剩下一副模糊的面孔，和一条未走完的路。

而今现在，也许是该信仰自己了。作为个体，我们要毫无疑问地认识自己、了解自己，知道自己想要什么，而不是照着别人的方式活。这也许是目前的我们应该迈出的最大一步。读过一本心理学书籍《遇见未知的自己》，心里有极大的震撼。对呀，外面没有别人，只有自己。无论外界环境怎么变，怎样轮转，只要我们坚定初衷，又有什么可惧怕的呢？那时候，惮于一切的心终会回归自我。处在大学初期这样特殊的时段，偶尔会有迷茫的我更需要这样坚定的信仰——信仰自己。

不经意间听到某一首歌、某一段旋律，就会瞬间回忆起某段时光里的自己和那时的信仰，或单纯，或成熟，或看见曾经在自己座位旁，那张用粉笔画下白线的青涩脸孔。

春 雪

2009级新闻学2班 刘宇昕

下雪了,在银川,这是一场久违了的雪,雪花似乎也知道自己姗姗来迟,迫不及待地拥入大地的怀抱……

雪纷纷扬扬,飘飘洒洒,像高贵的白天鹅在抖落她洁白的羽毛,落在那红花绿草上,更显得雍容娇贵。清晨,天微微亮,轻轻地拉开窗帘,雪静悄悄地下着,似乎在酝酿着给人们一个盛大的惊喜。虽说我是东北人,雪也不是什么新奇的东西了,可还是掩饰不了内心的激动,走廊里频频传出"外面下雪啦,快去看……"的声音。我们每个人都在高兴着、激动着,是高兴又一次见到雪了,还是高兴银川的大地又得到了滋润,还是在为别的而高兴?可能我们自己都说不清为什么会如此的兴奋。

在生活中,我们又何尝不是如此呢。我们喜欢一个人,喜欢做一件事,会为突然发生的事情拍手叫好,可当有人问你"你在高兴什么?你为什么这么开心"时,我想很多时候,我们除了继续笑,继续延续内心的激动,却也想不出什么原因吧。这可能就是一种难以捉摸的心情,就像这春雪一般,欢快地拥入大地,却也不知道自己为何而来。

雪,依旧下着。下课回来的路上,整个校园被积雪覆盖,像是披了层厚厚的毛绒毯。同学们欢乐地笑着、叫着、闹着,有人在打雪仗，有人在拍照，顷刻间，人们沉浸在这雪白的世界里，尽情享受着快乐。似乎回到了小时候，回到那个童真的年龄，回到了那个可以简单感受出幸福的时光。这姗姗来迟的雪似乎纯净了这个世界，同样也纯净了我们每一个的内心，让我们离幸福感越来越近，让我们顿时发现原来这个世界其实单纯得很。

随着我们的成长，物质条件越来越好，可人们好像也不是那么的快乐，相反，人们感受幸福的能力大不如从前了。我们不会再因为一块糖而快乐，不会因为父母的一句夸奖而兴奋一整天，也不会因为一次成绩的好坏高兴抑或难过，我们的心情似乎变得麻木了。人们会为各种事情而烦恼，会为"车奴"、"房奴"这样的名词恐慌，也会在为理想奋斗的过程中对现实妥协，我们的眉头越皱越紧，压力越来越大，欲望也在不断膨胀，而幸福感呢？只会在我们现阶段成功的当下停留几秒，之后又荡然无存，消失在繁华的物质欲望中。

而在这场雪中，我们又看见了彼此间单纯的笑脸，就像这银川的春雪一般久违了。可见，不是我们失去了感受幸福快乐的能力，而是我们要找到如这春雪融化大地一般可以融化我们心灵的东西。

回到宿舍，站在窗前，继续观赏着雪为我们呈现的视觉盛宴。正看着，接到妈妈的电话。"妈，银川下雪了，好大呢！""是吗？真是难得。""妈，东北那边冷吧，你和我爸多注意点……"还没等我说完，妈妈抢着说："你就不用管我们了，把你自己照顾好就行了，下雪就别出去了，免得感冒，多穿衣服，多吃水果……"又是一系列的叮嘱，每次打电话都要说上一遍，可在这春雪的季节里，还是倍感温暖。

我想，在这样的天气里，很多同学都会给家里拨个电话，说说自己的开心事，听听爸妈叮嘱的话语，给自己力量。就像春雪滋润着大地一样，使万物复苏，小草发芽，一片生机盎然。而父母的安慰、说教甚至是唠叨，也一直滋润着我们的心田，让我们在异乡求学也感觉不到孤独，让我们有足够的力量与信心为未来打拼。因为父母永远是我们坚强的后盾，就像这下着的春雪一样，守护着大地，带来生机，带来丰收。

雪继续下着，回到电脑桌前，开始用文字整理我的心情：雪，真美……

黄河游记

2011级汉语言文学1班　鲁亚磊

第一次如此近距离的亲近黄河，便深深地被它一往无前的气概和千回百折中积蓄起来的力量所震撼。黄河之水天上来，奔流到海不复回！冲出潼关，勇决三门，劈开中原大地，将九曲黄流入大海，在青蓝绿紫的海面上，几十里范围内，涂上了一片有赤有橙有黄有绿的奇光异彩。

不知多少万年前，万里黄河就犹如一条巨龙横在祖国中原大地上。在青藏高原巴颜喀拉山的北麓，开始为涓涓细水，流淌大地，而后汇成排山倒海之势的巨流，劈开层峦叠嶂，穿过三门峡谷，在河南郑州邙山脚下的桃花峪进入下游，形成了开阔的河面。远远望去，波涌连天，浩浩荡荡。

尽管如此，黄河也有过愤怒的时候。黄河从大禹脚下流到我们这里，也曾给中国人民带来深重灾难。多少次黄河泛滥，无数次黄河改道，使人民尝尽了苦头。但是在这同时，黄河也锻炼培育了人民坚韧不拔的性格，同黄河进行了数不清的搏斗。这唤起中华民族奋勇向前的黄河涛声，记录着两岸人民与天奋斗、与地奋斗的种种英雄业绩。

漫步在黄河的故道边，听着那日夜不停的咆哮声。顺着时间的经线追寻着，追寻着孕育了中华民族上下五千年的历史。一曲大河文明的颂歌，在炎黄子孙的心中永远传唱着。那岸边的泥土，曾烧成一个又一个的彩陶，上下翻滚的波浪，曾铸成青铜器上多姿多彩的花纹。那千佛洞里飞天壁画，是先人用这黄河之水调配的。那神奇的甲骨文，是先人在黄河岸上构想的。那蜿蜒万里的长城，莫不是这黄河东去的身姿？那万里波涛的长江，莫不是这东去黄河的姐妹？在黄河流淌的土地上，孕育了无数的神奇：从黄河的血液里，不仅流淌出《诗经》《离骚》《长恨歌》，还流淌出哲人孔子，诗人李白，革命先行者孙中山，更会流淌出千古不息的民族精神。我们把黄河称作母亲，她不仅孕育了一个伟大的民族，而且书写了一部悠长的文明史。正因为如此，人们爱她、恋她、颂她。中华民族离不开黄河——母亲！

黄河，咆哮，奔涌，跳动着永恒的心律，唱着不知疲倦的歌。黄河浩荡，峰回路转，滚滚滔滔，一泻千里。黄河汹涌，九曲十八弯，曲曲折折，勇往直前，任它“山重水复”，定会“柳暗花明”！

奔涌吧，黄河！中华大地上将重写一部崭新的黄河史，黄河儿女将重唱一曲高亢的华夏歌！黄河呼啸着，奔腾着，奏出时代的凯歌，奏出改革的乐章和那民族觉醒的意识！它将以前所未有的雄姿步入更广阔的天地。见那波涛，时而澎湃汹涌，时而水平如镜，时而拍打着石岸，时而乖乖俯卧在河床的怀抱里。

受感情的驱使，这时我倏然想起了母亲的形象，并把母亲同黄河紧密联在一起。黄河就是母亲。尽管她有过暴戾，有过忧伤，流过泪，她的儿女曾饱经忧患，心灵上也曾浮现过阴影和愁云。但是，从她作为母亲的那天起，是以何等博大的胸怀和甘美的乳汁哺育她的儿女啊！多少个世纪过去了，她不施粉黛，梳理着自己，不着艳装，胜过艳装，一天比一天更加年轻。今日，她躺在坦缓的黄土地上，任丽日照耀，显得如此慈祥，如此温柔，如此壮美，如此崇高！

春　雪

2009 级新闻学 1 班　卢盼盼

四月中旬的宁夏，那个早上，起床，仍然穿着睡衣，习惯性的第一件事是打开床头的窗子，地上有很多地方已经白了，白白的雪下依然是小草在探头，它和我那时的心情一样，惊喜于四月的雪。

雪花瓣大大的，一片一片清晰的棱角，缓缓地飘下，风很小，飘落属于雪花那时自己的速度。我站在窗前，打开窗户，忍不住心中的那份愉悦和喜爱，这么神奇和美丽的四月天，怎能错过？那时舍友都还没有起床，我没敢大声吼出自己的喜悦，拿出手机给雪花拍了照片，我想这是美的记载与见证。心情没有平静，给朋友发了信息："你看窗外是大雪，刹那的愉悦和狂喜，但周围是安静的，所以我得抑制住这喜悦。"朋友很快回了一个字："冷。"那时他刚好在银川的街头，出门没有穿太厚的衣服。我想，假如是我当时在室外，我会爱这份冷，爱天空这份意外的馈赠，爱这份礼物。那是美好的一天，美好的一个清晨，美好的一段时光。

打开电脑，各种各样关于这场大雪的消息传播而来，文字的描述、开心惊讶的表情、雪花装饰世界的图片已经在网上，每个人都在分享着那份喜悦，"四月飞雪"，很多人这样描述它。

收拾完毕去图书馆的路上，感受着雪花降落带来的那份凉爽，感受着雪花给予世界的冰清玉洁，感受它飘扬在世间徜徉肆恣的美。也许是前一天的地温太高,雪花盛载不了这份重量,地上已经有很多水的痕迹,已经绽放的红色花朵被雪花装饰得看起来晶莹透亮。有不少人在那里拍照,人与花相互映衬,是那刻雪花所带来太平盛世喜与乐的纯粹享受。

下午的时候出校门,坐在公交车上,车和往常一样,有秩序地行驶在银川的街道上,载着来来往往的人们。公交车走着,挡风玻璃前的雨刷器坏了,正是在途中,司机没有办法,乘客只得下车,在大雪中等待下一辆公交车。那会儿穿得很薄,站在路边,深刻感受着雪花带来的冰冷,我想那一刻是真的要与四月的这场雪融为一体了。人与自然合一,这是多么美妙的境界。

一路走,一路看,一路春雪的足迹,天空阴得重重的,似乎随时有可能坠落的样子,可是春天里,在春雪之前已经绽放的花朵与新吐出的柳芽依然如初。只是,有了这场春雪,它们更加有生命力,更美了。

禁不住要和所有人分享我的快乐,我上网写道:“天空像是被划开了千万个口子,所以才有了这纷纷扬扬飘荡的雪花,可是在这阴霾与苍茫之中,路边不知名的花依然开着春天的样子。”

我一直相信,这春天的雪是上天给予我们爱的礼物,她似精灵,给予我们直击心灵的收获和感触,这份感触,关于爱,关于美,关于人与自然的和谐交融……

道不尽民院美

2009级新闻学1班　卢盼盼

都说宁夏的春天短暂得像被季节的使者遗忘了，总是由冬到夏不由人感受便过渡了去。如今，我们又迎来了一个百花齐绽、万物狂欢的季节，倘若你静下心来细细感受，你会发现，这里的春天是辽阔而又悠长的，而民院正是这宁夏大地上春风春雨春水中美的经典，在这里，一草一木，一沙一石皆如诗如画……

——引语

古朴美

民院的美是古朴美，这份古朴的感觉从走进校门的那一刻便可深深体会到，浓郁的树木，惹眼的绿意，枝繁叶茂，形成了条条荫下小道。从校门通往主楼的道路两旁，校医院西侧，十三号教学楼后方，太多太多，一路走来，老树成林，古朴的感觉尽收眼底。尤其是网络管理中心南面的这一方领域，高大的槐树聚在一起，伟岸的身躯，像极了西北挺拔的参天杨，也许当初种植的时候对这槐树也是经过了一番规划的，希望她比其他的槐树长得更高。于是今天我们看不到她半路的枝枝杈杈，而是在杨树所能到达的高空领域，这些槐树像爱人一样枝叶相互交错，撒下了无尽的绿荫与凉意。学校建校虽只有二十多年的历史，然而这些和学校一起成长起来的树木却已是经历了弥久的风霜日晒。对于人来说，二十多年也许如白驹过隙，转瞬即逝，然而对于一棵树来说，这已算得上是时间的沧桑转移。在今天，当我们走在这些饱含时间烙印的树下时，感受到的是岁月积淀下来的古朴与安详，于是心里多了对这份沧桑之美的久久仰望，在树下迟迟徘徊，不肯离去，希望长久漫步在她的怀中，心里祈祷可以一直被这安详环绕……

绚烂美

民院的美是绚烂美，虽然绽放的桃花已经随季节而去，尽管飘扬的柳絮已经随风而逝，然而我们一直记得在四月的宁夏，在西北这样干涸、风沙满天的土地上，一场大雨下进所有人的心里。那天，空气不再干燥，尘土细沙不再飞扬，很多人的表情不再是焦灼，雨水滋润了这里的万物。大雨的感觉还没有完全过去，一场纷纷扬扬的大雪又降在了宁夏的四月天，这不期而至的尤物给我们带来了出乎意料的惊喜。于是，在五月份，承载着前日自然降下的雨露，无数的花朵绽放的绚烂之极，红的，黄的，紫的，校园里万紫千红的春天处处可见。白色的、红色的槐花在枝头随风摇摆，槐花香弥漫在整个校园，撒播在每个人的心里。偶尔有人嘴馋摘了一枝，放在嘴里嚼了，呵，还真是甜。还有，你是否注意到，在通往图书馆曲折迂回的小路旁，有几棵繁盛的花树刚到她开花的季节，所以在被浓郁的绿叶包围的枝头有几枝花骨朵俏皮地探出头来，感受这春日的阳光。

朝气美

民院的美是朝气美，清晨，睁开眼睛，打开心情，又是新的一天，风清气爽，心中不觉被这清晨的气息带动了，多好！拿上一本书，或是英语，或是专业课的书，或是某个作家的作品，出门了。校园里已经有了不少来来去去的身影，做绿化的阿姨们已经“武装”好了，个个面带着清晨的笑意彼此在讨论着什么，时不时地发出爽朗的笑声。餐厅里散发出包子和豆浆诱人的香味，师傅们已经快要把早餐准备好了，正等待着同学们去享受这虽谈不上丰盛却不失营养的早餐。操场上，有不少人在晨练，血气方刚的青年们正是在这里强健他们的体魄，朝气和活力在此刻尽显，周边的读书声和跑步声交织在一起，奏出了一首有关青春的乐曲。还有，你听，在十二号楼前面的中心花园，读书声此起彼伏，同学们站着的、坐着的都有，旁边是为了学校建设正在挖地的叔叔们，一铁锹一铁锹地把土挖出来，在他们的身后是一条条已经挖好的用于铺设管道的通道。

静默美

民院的美是静默美，所有的静默下面都蕴含着爆发的伟大，这样的静默是一股力量，在平静与沉默之中积蓄潜能，耐心地等待着“鱼跃龙门”那一天的到来。民院图书馆前巨大的思想者雕塑不知已经被仰望了多少次，每年的毕业生在拍毕业照的时候总少不了了与这位沉默的思想者合影。这是民院一尊标志性的雕塑，它时时刻刻启发着同学们在静默中思考。教学楼的自习室里，安静地起身开门的动作都会被注意到，这时候便更是小心翼翼，唯恐太多地打扰到身边看书的同学。呵，小点声音，他正在做数学题呢。就这样轻声地彼此相互提醒着。民院的图书馆一直是同学们乐此不疲所去的地方，在外面的心情再焦躁，神奇的是，只要走进一楼二楼的书库里，整颗心顿时就平静了下来，似一片圣境，洗涤心灵。书库入口处有温馨的提醒：请将您的手机调为静音或震动。是的，在这里一点点的声音都会清楚地被大家的耳朵“收录”了去，所以彼此间已经有了共同的默契，那就是，嗯，小点声，嘘，动作小点。在三楼到六楼的自习室以及各个阅览室、资料室里，都有不少看书的同学。写字的声音，书页翻动的声音是这里最美丽的音符，环境安静，当然也适合休息，中午的时段常常有一些同学吃晚饭之后直接把这里当作了午休的地方，在这寂静的书海里放松大脑。时常这儿也会出现“人满为患”的场面，去看书，却没了座位，只好一声感叹，原来大家都喜欢图书馆这里啊！

眼泪人生

2009级汉语言文学1班　陆玉华

生活又开始像陀螺般旋转。无始源，亦无终点。

哭，是我们来到这个世界上第一件会做的事情。那一刻，所有关心我们的人，也流下了眼泪。原来，有一种眼泪，叫幸福。

小时候，我们处在和平而又安谧的年代。我们吃着糖，看着电视，童年总会和黑猫警长、葫芦娃、蓝精灵……联系在一起。大人们总喜欢问我们长大后要做什么，而我们也毫不犹豫地说科学家、医生、老师……小小年纪，总会有大大的梦想，而面对现实的时候，我们学会了半途而废。我们用双脚去体会前方路的跌跌撞撞，我们哭，因为我们怯懦。因为怯懦，我们学会在泪水中勇敢。

越长大越孤单。曾经有人这样唱过。

慢慢地，我们开始读鲁迅，品巴金，颂历史，展未来。当我们为学习而忙碌的时候，有时忘记了笑容，忘记了曾经因为棉花糖就可以开心一天的自己。我们常常为了分数而发愁苦闷，甚至流下眼泪。那咸咸的滋味责怪着自己的不争气，书写着读书路上的无奈。其实，这些所谓的坎坎坷坷，不过是人生路上的一小段，未知的路上会有未知的精彩，我们曾经迷茫，曾经徘徊在稚气与成熟的两端，但是，曾经的曾经，我们也在磕磕碰碰下肆无忌惮过，不是吗？有人说，为了看看阳光，我来到这个世上。我们游走在沸沸扬扬的街，城市中有种堕落的美，人与人默默擦身而过，黑夜，迷幻了视线。蜷缩在角落的自己，相信明天的阳光，相信明天的自己，于是，我们拍拍身上的尘土，又继续向前。当初我们哭，是因为彷徨。因为彷徨，我们学会在眼泪中坚强。

当我们唱着《毕业歌》，穿着学士服，一半自信一半担忧地踏上社会，自尊心开始偶尔在工作路上作祟。精心伪装着心里的自卑，让眼睛透露出不羁的目光，在只有自己的舞台上演绎王者风范。职场上明争暗斗，有权有势的永远高高在上，地位卑微的却总在底层，殊不知多少的狂欢下隐埋着我们的泪与伤。我们或许不会让自己“借酒浇愁愁更愁”，却想着“今朝有酒今朝醉”。此时此刻的泪，满装愤世嫉俗。我们哭，因为嫉妒。因为嫉妒，我们学会在眼泪中拼搏。

时间撩过了年轻的战场，我们开始长出了一丝白发。回头看，早已走过激情岁月。昔日的伤，结了疤，凹凹凸凸的过往，成了告诫子女的故事，遗失的美好，成了子女的向往。我们看着他们一点一点地长大，牵着他们的手走过一个又一个人生路口，我们不知道可以牵多久，却希望可以一直牵下去。有一天，他们张开了坚硬的翅膀，飞向更广阔的天空，我们再也抓不住他们的手，看着他们自由地飞翔，我们哭了。流泪，因为分离。因为分离，我们学会在眼泪中珍惜。

毕淑敏说，感动是一种幸福，在物欲横流的尘垢中，顽强闪现着钻石的瑰彩。时间狠狠地踹了我们一脚，太多的幸福我们还没有感受完，就站在了老年的行列。风吹白了发，雨洗老了脸，伸出手就道尽人生忐忑，抬起脚就遍布世间沧桑。我们有儿女，有孙辈，有说不完的点点滴滴，有听不完的欢声笑语，有无数感动的日日夜夜。夕阳西下，我们携手在桐花树下漫步，看着他们走在前头，我们哭了。哭，因为感动，我们学会在眼泪中知足。

生活依然兜兜转转。放不下,所以期盼轮回。记得这样一句话:世上有人预报台风,有人预报蝗虫,有人预报瘟疫,有人预报地震,却没有人预报幸福。即使在漆黑的夜晚,一盏昏暗的灯光,也足以温暖我们的眼睛。如果希望在,幸福在,快乐在,那么我们又何必有“流水落花春去也,天上人间”的忧愁呢?

眼泪并不代表悲伤,它点缀着每个鲜活的生命。用心去体会过去的种种,泪水就会有各种不同的意义。其实,眼泪如同放映机一样,播放着我们绚丽的人生……

飞扬的思绪

2011 级汉语言文学 1 班　吕丹

喜欢看一路的风景,听一路的音乐。

不记得从什么时候开始喜欢把自己封闭在音乐里，静静地聆听属于自己格调的音乐。

今天是中秋节,我在旅行中。没有葱郁的树荫,没有晴朗的天气,更没有亲情的温馨,只有单薄的树荫,只有昏暗的天气,只有友情的伴随。我知道人心是贪婪的,我亦是如此。我想要的不仅仅是友情的相伴,更想要有亲人的陪伴。自读书以来,已有十年不曾与家人共度中秋了,想想还真是悲情。

道路两旁的景色在不断地更新，过了一座山丘，又是一座山丘。我的心情却依旧淡然,好似眼前的一切都与我无关。我想,此刻的我是冷情的。不禁叹道:从什么时候开始,我也变得这么麻木了。是什么把我们的热情磨得一点不剩?是什么把我们变得如此陌生?可悲的我们在人世喧嚣中,还剩下了什么?

几小时后,我们到达了终点。景点的宣传牌上把它称作寿鹿山。

我们陆陆续续地下车,对于这个景点,有了初步的认知——风好凉啊。我深切领悟了西北风的威力,得出了一个结论:西北风真心伤不起。我觉得自己已然冻结了,只剩下头发丝儿在风中凌乱。我的脑海中有那么一个念头,那就是回车上去缩着。可是想想来都来了,还是去看看吧。

于是,我们一行人便在瑟瑟发抖中向深处前进。

在我看来除去呼呼的风,这个地方还是比较可爱的。在这里我貌似看见了高中地理课上老师讲的地界过度。我看见这座山体由荒漠向草原过渡,再由草原过渡到森林。那由黄变绿,再由浅绿变墨绿的景观实在惹人喜爱。这样一幅景,就好比一个富有想象力的孩子的精彩涂鸦,可爱而不失唯美。

尽管寿鹿山的风有些泛滥,但却勾起了我埋藏心底的梦想,一个关于海洋、海滩、海鸥的梦想。风在我的耳畔肆意地吹,仿佛一闭上眼,我就置身于一片广阔的海滩。在那里有蔚蓝的天空,蔚蓝的海浪和海洋,有黑灰的海鸥和清脆的鸟鸣以及踩上去软绵绵沙滩。那该是多么温软的美景啊，那也是一个没见过大海的女孩的梦想天堂。

咔嚓咔嚓的摄像声把沉浸在幻想中的我给拉了回来，我看到的依旧是寿鹿山有些小忧郁的景色，而我的海洋梦却离得好远好远……

似水流年

2010 级汉语言文学 2 班　吕晶

往事如烟，转瞬即逝。但有些人、有些事却定格成永恒。

——题记

纯真年代

忘不了第一次见你时的情形：烟花三月的春天，和煦的春风轻轻拂过脸庞。你似一只出笼的可爱的百灵鸟儿，欢呼雀跃地从我面前跳过，天真无邪的笑，湖水般清澈的眼眸，清水般的长发紧跟在你的身后肆意地飞扬着。当时你的笑一定比群芳还美，你的倩影一定比脱兔还要灵动，如若不然，我又怎会痴迷至此？还记得家乡的那座小桥吗？还记得我们打过水仗的那条小溪吗？还记得我们堆过的沙塔吗？热情的夏日一如两颗炙热的童心。小桥上，我一起用脚丫激起层层的涟漪，水波摇曳似揉碎的月亮般；清溪里，我们比谁打得水更远；沙滩上，我们比谁堆的沙塔更高。和煦的风吹着，清澈的溪水里流着，激起的水珠欢快地跳着，纯真的我们开心地笑着……

那纯真美好的时光，我依然回忆着，怀念的是童年，思念的是你啊。想轻轻问候一声：亲爱的，远在南方的你还好吗？

青春风铃

忘不了第一次与你相遇的画面：夏日里，篱笆栅栏下的蔷薇花之光影，飘飘荡荡，带着浓浓的忧伤。你似蔷薇仙子幻化的姑娘，带着些许淡淡的哀伤。

一个“缘”字让你我相遇、相识、相知，在那个如花的季节里，我们如同所有懵懂的少女，有着自己的小心事，似丁香一样结着幽怨的姑娘。情投意合的我们惺惺相惜，诉说着彼此的心事，分享这属于我们两个人的小秘密。依然怀念那条我们走了许多遍的林荫小道，那个幽静的小树林，还有那青涩的往事。不知道那两颗刻有我们名字的小树是否已经郁郁葱葱，不知道我们共同埋下的那个许愿瓶是否还在，不知道春天来临时那棵梨树上的花儿是否依然似雪，不知道今年的蔷薇花儿是否依然似那年的一样幽美芬芳……

那些青涩而美好的往事被思绪串起，微风过处，送来缕缕清香，飘来那清脆悦耳的铃声。亲爱的，你是否聆听得到那承载着我思念的铃声？

一米阳光

忘不了第一次见你时的场景：秋日里，湛蓝澄澈的天空下，一束温暖的阳光静静泻在你的身上，带着些许温柔些许明媚的你款款向我走来。每每回忆起这段时光，我的心依然沐浴在温和的阳光下，辽阔明朗的蓝天上飘着几朵悠闲的白云，温暖，清爽，明净，美好……与你在一起的日子似一道明媚的阳光照亮温暖了我黯淡的高中生活。你佯装生我气的可爱模样，你那水莲花般娇羞的脸庞，你那被我的笑话逗得露出两颗小虎牙时的灿烂笑脸，你那如月低垂般的温柔笑脸……这温暖的一米阳光将你我的心房照亮，温馨，充实，幸福……

亲爱的，你可知这些珍贵的画面被我回放了多少遍，你的薄嗔,你的娇羞,你的可爱,你的温柔,都深深刻在在我脑海中。怀念那纯真而充实高中生活,思念那个单纯似雪的你。

那些逝去的岁月如同幻灯片一样，在记忆中闪烁着永远不可企及的幸福光芒。纵然时光缱绻老旧,而那些人、那些事依然会散发出令人沉醉的暗香。

行走在“古代的驿道”上

2011级汉语言文学2班　毛倩倩

听朋友谈起对西北的印象，很多人的感觉都是比较荒凉，没有南方那种小桥流水人家的温婉，像一个粗犷的硬汉。而其实在我看来，这样的景观也是独树一帜的。如果你这一辈子从来都没有感受过大西北的苍凉，那可真算得上是一种遗憾了。今天终于有机会，让我来到了这个可以与云南石林相媲美的黄河石林脚下，我深吸一口气，静静地读着石林，读着黄河，读着时光留给我的思索，读着自然留给我的神奇。

黄河石林其实既不是河，也不是林，而是千百年前黄河在这里走过的路。很久以前，黄河在这条峡谷中流淌、奔腾，一路豪迈向东。那时峡谷中全是黄河富有活力、奔流不止的身影。可是到了四百多万年前的某一天，奔流不息的黄河因为一个偶然的原因，改道了，大河不再走它们的先辈们走过千年万年的路了，不再重复昨天的故事了，不再用同一种模式去做事了。他们一扬头，选择了另一条道路，走向了另一条河道，于是便把这17千米的黄河古道闲置了下来。

进入峡谷，便被这一座座高耸入云的奇峰绝壁所征服，石崖用它的伟岸雄宏炫耀着大自然不可思议的神力。走在那空荡深幽不见尽头的峡谷中，才感受到生命的苍白与渺小。满是沙砾的峡谷中，除了偶尔有一颗名不见经传的小草外，再也不见一丝生命。身旁有不断经过的游人，走走停停，想通过那个镜头把自己与这些个壮观融合在一起。还有赶毛驴的她们，唱着山歌，拉着游客，一路向着终点走去。虽说这个路程不是很近，但是我们都很有默契地选择了步行，我们不愿意这么快就走到了尽头，却错过了路上如此美好的风景。

越往深处走，越是感觉到神奇。几百万年的地质变化，雨水侵蚀，造就了现在的奇异景观，在这里，我们可以任思绪飞跃，展开无尽的想象，想象着每一处的绝壁都是形态各异惟妙惟肖的动物、人物。这个可以是雄鹰展翅，那个可以是千万年蹲守的寿龟，可以是一对情侣永远厮守，可以是千帆远航……他们纷纷排在我的面前，向我微笑，向我低低絮语，就像是一幅优美的画，一首优美的诗。

而黄河石林以其雄、险、奇、古、野、幽等特点成为了西部影视片、科幻片的外景拍摄基地。据说，由国际影星成龙和金喜善主演的电影《神话》，27 分钟的镜头就取自景泰的黄河石林，正是这种奇景让我们在银屏上看到了壮观的场面。在此拍摄的电视连续剧《天下粮仓》《西部热土》《汗血宝马》《惊天传奇》《大漠敦煌》等相继播出后，更使黄河石林名扬天下，前来考察、旅游的人络绎不绝、与日俱增，倍受影视界的关注。

终于经过近两小时的漫漫跋涉，我们到达了峡谷的终点。可是面前又是一座山，想要看全景就得爬上这座山，上面有观景台，能看到黄河石林全景。累得实在走不动的我们选择了坐跑丁车上去，越往上走，视野变得越开阔，着实体会了一把“会当凌绝顶，一览众山小”的豪迈。举目远眺，很远处黄河穿出峡口，自西向东流去，神秘而宁静，像蛇一样蜿蜒而行。沿河道向下，在河面的宽阔处，隐约能看到游人乘坐的羊皮筏子在河面上漂游，周围峡谷绝壁凌空，自然造型多姿传神，房屋错落有致，还有沙丘与河心洲遥遥相望，构成了一幅美丽的西部风情画。湛蓝的天映衬着黄色的石林，风雨侵蚀过的石孔透着豪迈的沧桑，似乎在诉说着一个个不为人知的故事。

深沉的石林，剔除了尘世间的繁杂，守护在潺潺的黄河身边，似情侣又似家人般相依相偎，为这份恬淡画上了不可或缺的一笔，也为我这漂泊的心系上了留恋的结。

漂流人生

2011级汉语言文字学1班　马丽君

我一直记得在黄河上撑着羊皮筏子漂流的感觉，像一只漂流瓶，不知道会在哪里搁浅。我的人生似乎也在漂流，偶尔起伏摇摆更多的是平静的随波逐流，看不清前面的路，被浪花推送着，向前。

那天换乘好几辆车才到达黄河石林，在黄河岸边排着长队，要乘着羊皮筏子漂到某个要停留的站点。黄河上的羊皮筏子，不似南方的竹排。三人一组乘着羊皮筏子在黄河上漂流，虽然这不是第一次，但仍然有掩饰不住的兴奋和激动。黄河的水一点都不清澈，浑浊的土黄色河水，伸手触到一片冰凉。在水上就这样漂着，师傅划着手里的桨，随意地控制着前进的方向。突然想到了漂流瓶，被扔在海里的漂流瓶带着愿望飘向远方，它没有方向，海浪决定它前进或是后退，浮浮沉沉，不知何时才能到达一个可以停留的海岸，它承载的愿望又是否会有人拾捡。一切都是未知，却永远都不绝望。

有游轮从旁边呼啸着经过，发动机的声音在耳边回响，身下的皮筏开始摇摆，开心的欢呼飘荡在空中，游轮经过的地方引起水波，轻巧的皮筏随着波浪上上下下，这感觉像是在水上荡秋千，让人很快乐，原来并非一帆风顺就会快乐。

突然想到我的人生又何尝不像是在漂流呢，我像一只漂流瓶带着自己的梦想在人生的海洋里浮浮沉沉，随水波越飘越远。顺风的时候顺流直下，逆风的时候又被风浪卷抛在一边，偶尔被浪花推送到岸边，以为可以休息的时候却又被重新卷入水中，继续沉浮。或许只有这样沉浮漂流的人生，才会不至于平淡到沉没。

我想有一天，我会停止漂流，搁浅在某个沙滩，晒着太阳，渐渐隐没在沙滩里，我和我的梦想一起被埋葬，那时候，我一定是去了天堂。

我在山里有座房子

2011级汉语言文学1班　马丽君

我在山里有座房子。在寿鹿山的那片松林山坡上，我想盖一座房子，住一辈子。

2013年9月19日，农历八月十五，中秋节，我在寿鹿山。在上山之前我在想什么时候回去，我想休息，光秃秃的山对我没有丝毫的吸引，然而我却又隐隐地期待着什么，冥冥中似乎有声音告诉我，我会遇见不一样的风景，是我那颗好奇的心。

一路的上坡水泥路，走得我很是疲惫，那条灰白的路似乎没有尽头，一直走，一直走……起初是和朋友一起走，后来走着走着就散了，我加快脚步，我迫不及待地想要知道前面的风景。走了好久之后水泥路不见了，取而代之的是碎石路，坑坑洼洼不是很好走，我突然就开心了，似乎惊喜就在不远处。不停地走，路开始变窄，两边的山高高地耸立着，少了山下的那种低矮的沙棘树，更多的是高大挺拔的松树。

走在安静的山谷，前不见古人后没有来者，一个人走着，没有害怕，我想我眼底一定有掩饰不住的兴奋。渐渐地放慢脚步，我想尽情地享受这份安逸和宁静。山外面的世界到处是人，拥挤、喧闹，这些不是我喜欢的。我要抓住这个机会拼命享受，这样的惬意，一旦走出山谷便遥不可及。

碎石路一直蜿蜒向前，通向山的深处，不知走了多久，眼前出现一个大山坡，青绿色的山坡上整齐地排着好多高耸的针叶松。我驻足仰望着绿色的大山坡，再看那不知尽头在何处的山路，停留？还是继续向前，再看一眼这大山坡我不再犹豫。虽然我也想知道路的尽头风景是否更美，但我想留下，我喜欢这个大山坡，喜欢山坡上绿色长草，踩上去松松软软，我一步步踩上去，我想爬得高一点，站在半山腰，已经看不清那条未继续的碎石路。找颗大树倚着环顾四周，除了一片松林和脚下延绵的绿色松软，只有我一个人，我不禁笑了，似乎这片山坡是属于我的。此时此刻它的确是属于我的，感觉像是做梦，可指尖清晰地触到松树粗糙的皮肤，就这么静静的，想让时间就此定格。

我突然好想盖座房子，就在这山坡上。我想住在这山谷里，山外的热闹，城市的灯红酒绿看多了只剩下厌倦，我渴望这样的清净。我不怕孤单，在这样的地方，孤单也会被拒在千里之外，一个人一座房子，与山林为伴，与鸟虫为友，何来孤单，不谈寂寞。

正当我在自己的世界里陶醉的时候，耳边传来一群人的吵闹声，如梦初醒，我竟有些恼怒，短暂的宁静烟消云散，我终究躲不过这喧嚣，奈何我只是俗人一个！

恋恋不舍地下山去。下山的路走得很快，是下坡路好走吗？我想我是在逃离，我知道自己舍不得离去，我不能留恋，我不敢回头。

走下山，有些怅然，我似乎只是做了个梦，可我分明记得我在山上有座房子。

我在山上有座房子，我把它盖在了心里。

行走在黄河浪尖中

2011级汉语言文学2班　马岩红

常在电视中看到那样的画面，滚滚而去的黄河激流，一望无垠的戈壁沙滩传来阵阵驼铃，雄奇险状的石林自然呵成，绝不矫揉造作。还有许许多多具有浓重乡土气息的农家小院…… 如果这些景致出现在一起，那便是坐落在甘肃景泰的黄河石林。

听到这次专业见习要去甘肃景泰，不由得充满了欣喜与期待。在这个九月逐渐微凉的清晨，我们踏上了行程。作为一个地道的西北人，自然不会陌生于目的地的景致。这时候的景泰县显得有些萧条和冷清，在去寿鹿山森林公园的途中，很少见到绿意，更多的是些废弃了的土地，大片的玉米地只剩下麦秆，长势娇小的西瓜和向日葵已所剩不多。可是车上的人兴致却很好，一路上有说有笑，谈天说地。旅行的意义或许不在于所到达的目的地和走过的风景，而是放空那颗疲惫的心。

到了寿鹿山，所见之景自然不同于南方那般清秀葱绿，山脚下几户农庄饭店显得有些突兀和孤独。风有些凛冽，大家喊着冷却依旧往山前走，同行的朋友一边爬一边竟吼起了山歌，西北的姑娘性情也如这边的山脉一般豪迈野性。秋风起，秋草黄，山羔羊低头寻找着食物。自然赋予人类无尽的资源，却也磨炼着他们的品质和顽强的生命力。

从小我就与黄河为邻，作为三江源发祥地的青海，家乡的河流更加的清澈柔美，这使身处异地的我感觉到亲切和深深的思念，还好我不是独行。来到黄河岸边的码头，听说要乘羊皮筏子，我们纷纷三人排一队。尽管家乡那边常见，可乘坐还是第一次。我觉得这不仅仅是渡往河岸简单的交通工具，那更是人类智慧的结晶，牺牲十三只羔羊皮吹成的筏子，两岸群山环抱，划船的师傅边划边给我们讲述那些雄狮当关、西天取经的传说，犹如在梦里摇啊摇，构成了一幅悠远苍茫的画卷，给人以一种淳朴壮丽的自然景观，突然觉得在万物面前，人类真的微茫得什么都不是。接着停靠在峡谷，视野顿时开阔了起来。两岸绝壁凌空，这样的场景，如同西游记里师徒四人取经的那副场面。我们走走停停，仰望着两岸峡谷奇形怪状的造型，显得格外的栩栩如生。有时发现峡谷有些地方被横向掏空，形成大小不一的山洞，峡谷表层有许许多多的小石子，像是谁专门插进去一般，这是当时由于新构造运动控制、雨洪、冲蚀、重力崩塌和风蚀共同作用形成的地质地貌景观。万事万物在经历过沧海桑田之后，愈发呈现出它的魅力和意义所在。我在行走的途中，脚踩着砂砾，抬头仰望着峡谷，竟觉得心酸起来。以前听谁说过一句话："活着，享不完的福，以及受不完的罪。"不知道前方是什么，却依旧义无反顾的奔赴。仿佛我们的活，是一颗洁白花树的简单生涯，不管是竭力绽放还是静默颓败，都如此甘愿和珍重。虽然这里寸草不生，没有了鲜花，可它原始的面貌是如此令人折服，令许许多多的人前来驻足膜拜。

有当地的导游热情地介绍：这个地方是金喜善坠崖处，这条路上成龙曾经跑过马。那种千年不变坚持等待的情怀，在石林数百万年的沉寂前，不能不令人动容。

赶着驴车的车夫脸上喜气洋洋，他们看到如此多年轻的陌生面庞，也不禁唱起了花儿，歌声回荡在峡谷间格外绵长动听。每个人都有其生存方式，质朴勤劳的当地居民怡然自得，行走在黄河石林间，虽然我和同伴没能走到山顶的观景台，却不觉得有遗憾。任何旅途有遗憾，有欢乐，有心酸，便是完美。

人生便是如此，不停地行走、遇见以及告别，最终一张完美的合影定格。就这样，行走在黄河浪尖中……

羊皮筏子与筏子客

2011级汉语言文学1班　蒙哲媛

羊皮筏，是这次见习中我所收获的最大的惊喜，是古老的智慧结晶。羊皮筏是古代沿袭至今的摆渡工具。古代劳动人民“缝革为囊”，充入空气，泅渡用。唐代以前，这种工具被称为“革囊”，到了宋代，皮囊是宰杀牛、羊后掏空内脏的完整皮张，不再是缝合而成，故改名为“浑脱”。浑做“全”解，脱即剥皮。人们最初是用单个的革囊或浑脱泅渡，后来为了安全和增大载重量，而将若干个浑脱相拼，架上木排，再绑以小绳，成为一个整体，即皮筏。它是黄河上游的主要运输工具。古诗云“纵一苇之所如，凌万顷之茫然”就是指皮筏破浊浪、过险滩的情景。

我国以皮筏为渡由来已久。《后汉书》载：护羌校尉在青海贵德领兵士渡黄河时，“缝革囊为船”。《水经注·叶榆水篇》载：“汉建武二十三年（公元47年），王遣兵乘革船南下。”《旧唐书·东女国传》载：“用皮牛为船以渡。”白居易在《长庆集·蛮于朝》中云：“泛皮船兮渡绳桥，来自鄂州道路遥。”《宋史·王延德传》载：“以羊皮为囊，吹气实之浮于水。”可见，自汉唐以来，自青海至山东，黄河沿岸使用皮筏，经久不衰。

坐在羊皮筏子上，从缝隙中看见黄河水在身下流过，心中别样滋味，这是古代人民用怎样的智慧才造就了如此的神奇，是怎样的胆量才使得人们可以做出如此的尝试，是什么给了他们对母亲河如此的信任，又是什么，让母亲河给了人们如此的包容，以广阔的胸怀容纳了这一个个小小筏子的游走。被群山围绕，被黄河包围，这无疑是我二十年生命中最美的瞬间，我切身感受到了大自然给予我的广阔雄浑，至今回想起来，内心依旧如当时一般激动，久久不能平静。同学纷纷拿出自己的相机拍照，想要留住这生命中的瞬间，记录这一刻。

看看被包围着的我们，忽然觉得我们的生命有时太过于较真和执拗，面对着如此的巍峨挺拔，渺小的我们有什么资格去将生命浪费与无谓的感叹时光飞逝，感叹家长里短，这河流就像展现了我们生命的长度，而这山峰像极了世间万物，无论生命怎样流过，或奔腾，或平静，它永远地伫立着，无关一切，只是静默，仿佛向我们展现着自然的境界，我们只能仰望。

我们叽叽喳喳地讨论着，兴奋着，沉浸在新奇的事物中，就像发现了宝藏一般，却忽略了那个一直安静的“筏子客”。

千百年来穿越而过的黄河养育了世世代代的筏子客，他们朴实却勇敢，与江水搏斗，乘着羊皮筏在黄河上熙来攘往，运送着货物和人们，他们是真正的黄河中的精灵，为我们延续着古老的文化，传承着古代人们的智慧，展示着古代劳动人民的智慧结晶。

我们的筏子客也是这样一个人，黝黑的皮肤，蓬乱的头发，有力的臂膀，给人一种说不出来的朴实感。从始至终，他只是安静地给了我们救生衣，努力地划到了河的下游，把我们扶上岸，或许他根本没有抬头看过我们一眼，可是他的样子却深深地印在了我脑海中。在见习回来的三天中，我脑海中总是浮现出他努力划筏子的样子，以及他迎我上岸时伸出的黝黑的手，我伸手过去，感觉到了他手上的茧子和胳膊的有力，而这些，又怎能说不是时光留下的印记呢。他向我伸出手的瞬间，让我想起了远在家乡的爷爷，或许小时候蹒跚学步的时候，他也是伸出了宽厚的手掌迎接我的吧，护我安全，给我力量，让我坚强。

我在喧嚣的声音中忽然安静了下来，不解是什么力量让他们世世代代留在这里，被山水围绕的小山村，守护着这山，这河，一辈子辛勤劳作在黄河之上，与水浪搏斗，与大山相依，或许是中国人对故乡永远的爱恋和眷顾吧，不管走到哪里，心中都会系着这山水，唯有守护着，才会感觉到内心的安稳与平静。

虽然他一句话都没有说，但我似乎能感受到他内心的广阔，生活在这样一个像极了世外桃源的地方，面对着如此广阔的风景，我想不出有什么事可以让他们惆怅，或许世间的纷扰早已无法打乱他们的心绪，他们是山的守护者，他们是真正的山的子孙、河的子孙，他们守护着历代劳动人民的智慧结晶，守护着人类的瑰宝。

我希望有一天，我也能有如此幸运，住在依山傍水的山村，做一名守护者，守护着门前的水、背后的山，世世代代，生生不息，安静地，与世无争地生活着；希望我有如此幸运，可以更加身临其境地感受自然的神奇和历史的沉淀；希望我有如此幸运，记录筏子客的真实生活，让更多人投来尊敬的目光 ，对他们，对中国人的母亲河，亦是对孕育人类的自然。

读书三问

2011级汉语言文学2班　马金龙

我们总是在忙忙碌碌地读书，很多时候我们都不曾知道该怎样去读书，我们大多数人读书的目的无非有三。第一，增长知识，拓展知识面；第二，为将来找工作打基础；第三，修身养性，陶冶情操。其实我认为将这三点作为我们读书的目标太小，因为目标小，所以读书的动力就小，读书的动力小，就容易放弃读书或者读数量就不会太大，而且我们也不会养成将读书作为我们日常生活的一种习惯，如此一来就是我们虽然经常读书，却不会有实质性的突破。

我是一个喜欢读书并且也经常读书的人，读得多了也就思考得多了，思考得多了也就有了自己的一点心得与思想，因此我认为我们读书时应该带着三个问题去读书，或者说读书之前先思考三个问题。

第一，怎么样去读书。我认为我们读书时不能只是翻一翻，眼动、手动、脑不动，重要的是我们要带着思考、带着疑问去读书，通过思考和疑问来提高我们思想的境界。我们常说读书是在和作者进行思想上的交流，其实我认为世间最美丽的不是雨后天上的彩虹，而是思想与思想碰撞所产生的智慧之光。著名作家许志远先生也说“最值得尊重的不是信息，而是思维的艺术”。

第二，为什么而读书。我们读书绝不是为了读书而读书，也绝不是为了一个空洞的毕业证书去读书，因为毕业证书本身毫无价值,能证明我们价值的是我们自己的分量,而不是毕业证所代表的那所大学的分量。我们很多人都梦想着上一所理想的名牌大学,也在为没有上一所名牌大学而遗憾，其实与其梦想着去追求一所理想的名牌大学,倒不如去为做一个理想的自己而努力,因为主宰自己命运的是年轻的我们自己,而不是大学。不管是一所什么样的大学,它都不能!

那么我们应该通过怎样的努力去实现自己的理想或者说成就一个理想的自己呢？要回答这一问题,我们就需要先弄明白为什么而读书这一问题,我认为有三点。

第一点，为了建立自己完整的知识结构。

第二点，为了建立自己独立的思想体系。

第三点，为了建立自己基本的价值判断力。

我相信只要我们朝着这三个方向去努力，总有一天我们一定会实现自己的理想,成就自己的梦。所以,与其我们终日想着如何去做一个自己理想中的人物，倒不如从现在开始就去做一个努力的自己。

第三,读书要学什么。我们很多人认为读书其实就是为了学到更多的知识,让自己能够满腹经纶、学富五车。这里我们就要问两个问题。知识能学尽吗？书能读尽吗？答案是肯定不能。所以我认为读书重要的不是我们要学到多少知识，重要的是我们要从书中学会两件事。

第一件,学会怎样做人。

第二件,学会怎样做事。

说到这里我们可以回顾一下已被尘封的历史，历史上很多成功的人之所以成功其实就是做人与做事的成功。三国是一个动乱的时代,也是一个英雄辈出的时代。三国时期被称为三场最大战役之一的官渡之战，曹操以少胜多而称霸北方，袁绍以多败少而退出历史舞台。今天当我们重新谈论这场战争时，我们就会发现他们的成功与失败其实就是做人做事的成功与失败。曹操，知人善任，唯才所宜，虚怀若谷，见贤思齐，所以他成功了。袁绍，外宽内忌，好谋无决，刻薄猜忌，人缘不好，所以他失败了！当然，类似这样的故事有很多，我们不可能一一列举，我们只是就其中的一个得到一点启发来学会一点做人与做事的道理罢了！

风与沙的爱情

2011级汉语言文学1班　马乐琴

离开的已不再留恋，
留恋的就无法离开，
不留恋就轻轻地离开。
别让沙再流泪，
风的泪你也不再留恋了吧？
风对沙说：你看不见我的眼泪，因为我在空中。
沙说：不，我看得见，因为你一直在我心里。
我不是风，你也不是沙，你能看见我寂寞的眼泪吗？
也许，因为这是寂寞情人泪。
风对沙说：我永远不会离开你，因为离开你，我无法生存。
沙说：我知道，但是如果你的心不在呢？

我不是风，你也不是沙，我不离开你是因为我爱你。可是你心里有我吗？

风对沙说：我很寂寞，因为我只能待在空中。

沙说：我知道，因为我的心里装着你的寂寞。

我不是风，你也不是沙，我的寂寞是因为我思念你。可是，你能感觉到吗？

风对沙说：如果空中没有风，那还剩下什么？

沙说:如果没有你,又怎会有我?

我不是沙,你也不是风,没有你的爱,我一样会好好地活。但是,好好地活不代表忘记。

风对沙说:若是一辈子不能出去看看外面的世界,将会是我这辈子最大的遗憾。

沙说:一辈子不能打消你这个念头,会是我这辈子最大的失败。

我不是风,你也不是沙,现在我只想要一个一辈子的承诺。可是,你负担得起吗?

风对沙说:在你的一生中,我是第几?

沙说:你不是空中的第一粒沙,却在我心中居第一。

我不是风,你也不是沙,我们都不是彼此生命中的第一个。可是,知道吗?你是我第一个想嫁的人。

风对沙说:你相信一见钟情吗?

沙说:当我意识到你是风那一刻,我就知道你会飘到我心里。

我不是风,你也不是沙。我以为我对你的感情不会长久,因为那是一见钟情。可是我错了,感情如酒,越封越香,越长久。

风对沙说:为什么每次都是我问你答?

沙说:因为我喜欢在回答中让你了解我的心。

我不是风,你也不是沙,为什么你总是让我等待?难道,你不知道,等待等于失去信心等于放弃?如果我是风,你是沙,那该有多好?沙永远都知道风的想法,因为风在沙的心里。

但是我不是风,你也不是沙。你永远都不会知道我的爱,我也许也根本不在你心里。

如果我是风,你是沙,我可以飘进你的心里吗?

如果我是风,你是沙,那该有多好?沙永远都知道风的想法,因为风在沙心里。

可是我们不是风和沙。你说得太晚,我也知道得太晚,我们注定只能这样一辈子。

爱情三部曲

2010级新闻学1班　马红

爱情早已谢幕，但爱情三部曲的曲调依然在耳旁回荡，使人不由想起恋爱中的画面！

爱，悄然萌芽

不知是谁有心无意地栽种了爱情的种子，呵护着它在春雨中萌芽。使多愁善感的人在这个季节里，总憧憬着在夕阳西下的午后，有幸邂逅一个校园里的帅哥美男或是童话世界里的白马王子，谈一场轰轰烈烈的恋爱，哪怕是平凡得如水一样的纯净也心满意足，因为毕竟没有辜负自己十七岁的青春年华，庆幸自己有过青涩的爱恋。

也许这是个恋爱的季节，连月老都下凡为多情女子牵红线、搭鹊桥。这一天，一如往日的春光明媚，短发的她与棕发的他在校园里的小石子路上转角偶遇。初次见面，彼此虽相看无言，但深情的眼眸中已淋漓尽致地流露出各自的心动，洋溢着无声胜有声的完美。他钟情于她似水的柔美，她亦倾心于他如月的多情。这一刻，世界上的一切万物，譬如花草树木、飞鸟虫鱼都在见证着他们的不期而遇。

现在，她像足了一个百米冲刺的运动员，时刻准备着和喜欢的他一起手牵手走上爱情起跑线，踏上风雨兼程的爱情马拉松。记得出发前，他轻轻地对她说，两人先试着谈，希望他的爱让她有枝，倘若日子久了她仍喜欢这里，绕树三匝都不舍离去，那么他就会做她的屋顶，为她挡掉未来人生的阴晴风雨。

多么纯美的一场爱恋啊！她的爱情之花随之悄然盛开，期待着在春风里会绿树成荫，在夏日里能绿江南岸的时刻！

爱，美如烟火

顺理成章地，他们享用着恋人这一专属名词，享受着爱情里的甜蜜，那感觉就像水晶之恋的香醇一样，沁人心脾。

在微风中，在细雨下，他总是抚着她的膊，而她总是牵着他的手。他踮起脚尖，她提起衣裙，跳着华尔兹，唱着那首歌名叫作《爱情》的歌曲。她想如果可以梦想成真的话，真希望时间在这一刻冻结，让他们一直像这样缓缓地老去，成灰成尘，与天地的叹息合二为一。

一个下雨的星期天，她手机停机，彼此无法进行爱情呼叫转移，他得不到她的任何讯息。也许因为未知的缘故，他的担忧感、焦虑值比平常翻两番。事后，尽管他骂她不懂他的牵肠挂肚，但她明白他的牵挂比雨丝还密还长，明白《大城小爱》里的那份幸福。

幸福张开翅膀向她飞了过来，在他们之间展开了一场华丽的冒险。在峰回路转的旅途中，他们用微笑和痛楚，记载着这部以爱情为主轴的辉煌历史。

哇，天空那么蔚蓝，黄昏的余霞那么绚丽，海鸥绕着她歌唱飞行，欢迎她这个罕见的嘉宾。恋爱中的她这才发现，原来港湾里的船活得那么平庸，原来过去的她不知道爱情可以是无与伦比的雕塑使房子蓬荜生辉。兴奋之余，她拿起笔写下了一行字——热恋宛如烟火，一朵一朵地在夜空绽放自己的绚烂姿态，使恋人得到刹那的感动与欣喜，这也算是天长地久的一种吧！

爱，烟消云散

烟火消失得很快，而爱也去得匆匆。只剩下痴痴的傻傻的她还在默默地等待，希望爱能像《匆匆》里的燕子一样离开只是为了春暖花开时能够再回来。而爱情往往只是昙花一现的美丽与醉人，抑或是海市蜃楼的壮阔与虚幻。明明知道这些，可已经动了情用了心的她怎能甘愿把这一场简单而迷人的爱恋放下，让之随风而逝呢？她爱的人，她无数次地感谢真主安拉让他们有缘在茫茫人海中相遇、相识、相知、相爱。

某日，他曾说过她是他的窈窕淑女所以他寤寐求之，还说祈求上苍能让他再活五百年执她之手与她偕老。那一天那一刻那一秒，她好高兴，就像一只老鼠找到了生命中的奶酪一般兴奋得快要死去。而昨天他对她说，他有了一个让他一见钟情、怦然心动的女孩，他要与另一个她做恋人……啊！他哪能想得到言简意赅的几句话像块通红的烙铁把她弄得生疼，刹那间，她情不自禁地想哭，但她不断地对自己说不要哭，逼自己离开是为了他能更幸福，努力地让自己变得坚强。他走了，走得那样淡然，连蓦然回首的微笑与歉意都吝啬地没有留下。

她懂了，也如梦初醒，她爱的人爱她已是落地的尘埃，不可能再在风中飘舞，而他们永远成了彼此的路人甲。她之所以悲伤，是因为曾经快乐过；之所以落泪，是因为灿烂地笑过。夜晚显得那样宁静，那样安逸，她漫步于毛毛细雨中，撑着一把油纸伞，寻找着一方净土让心灵得以栖息。突然，百年一遇的流星从天边划过，她好高兴，忙双手合并，食指并立，用世间最诚的心默默地许下了一个愿——分手快乐，祝君一生幸福。她自语道：爱既已烟消云散，而我何不让它散得更美些呢！

唉,爱情三部曲是个很悬的东西,让人无法逃离它引人入胜的曲调!只因它的歌词谱写出了我们曾有的清纯爱恋,也写出了我们从年少无知走向成熟的足迹。

花·雪

2011级汉语言文学1班　马丽君

四月花开,雪落成殇。

冬的气息还游走在北方的世界,尽管立春已有一两个月。在这大西北的土地上,还是一地荒凉,只有灰突突干皱的土地和一些去年残留的卷曲的灰色干树叶被风吹散在角落。干枯的树枝在空中摇摆,就连夏日里最柔软最婀娜的垂柳,在此时也显得那么生硬。北国的春天就这样让人感觉不到温暖, 似乎温暖如春这个词只适合于南方热带地区,春寒料峭更适合于这大西北的春天。

可是啊,寒冷总会过去。这不,下过小雨吹过春风,温暖的太阳普照着大地,草坪上一片片枯黄渐渐褪去,树上结着花骨朵,柳枝露出了嫩芽,人们脱去厚厚的衣服,不禁感叹春天真的来了。日子一天天地过,阳光一天天地暖和,似乎一夜之间草坪上的草就大部分绿了,而且校园里的花儿也开始争相开放,似乎人也精神不少。可是天公不作美,一夜风寒,即日落雪,大雪纷纷扬扬落了一世界,绿草被覆盖了, 春意盎然被大雪一点点掩埋, 大雪肆意地随风扬洒,没有听见花的哭泣草的叹息。

四月,本已春暖花开,花香满径,可就在这"乱花渐欲迷人眼,浅草才能没马蹄"的时节,一场大雪不期而至,刚开的花朵还没怎么享受春日的阳光,就被雪封冻,幼小的花朵还没感受到初入人间的温暖就先受到雨雪的伤寒，此时，可怜如花，冷暖自知。

雪下得很大，落地即成水。去教室的路上好多处被水坑淹没，无奈只好另辟蹊径，从草坪上穿过。于是乎，刚长起来的小草们还没长得很强壮就受到雪的伤害，这还不够还要被人们践踏，它们无力反抗，只有默默叹息，可这些谁又曾听到？

不错，落过雪的树枝花朵，不论远看近瞧都别有一番风味，于是人们忙着采风拍照，还不乏有人赞叹这“冰枝玉叶”。可无知的人们哪里知道那花的心在破碎。粉妆玉琢、冰清玉洁又怎样，它们只想在这个属于它们的季节里美丽地绽放，毕竟它们的生命并不长，可是这突如其来的风雪让它们娇弱的身体备受打击，这也就意味着它们风光的季节已经快结束，它们心碎的声音又有谁听见？

这场风雪对这些出生的小生命来说是一场劫难，而它们也足够坚强，雪花之后它们依然绿着依然开放着，可是它们都已有了伤痕，花儿依旧娇艳，只是娇艳中多了些沧桑，草儿依然青绿，只是青绿中多了些倔强，这场春天的劫难里它们受过伤，它们也学会了坚强学会了成长。

四月飞雪，雪落花落草受伤。下过的雪化成水变成蒸汽蒸发得无影无踪，受过伤的花草挺直腰绽开笑掩饰着昨日的悲伤。

在这干涸的大地上这场雪无疑是一场甘露，受伤的花草毕竟只是一小部分，小得被忽视。四月天下过雪，雪过天晴，受了伤的它们又会有谁心疼？

春雪,飘落吧

2009级新闻学2班　马瑜旋

那是一幕一敞开窗帘就让人惊喜的画面，那是一场使干渴的大地迎来甘露的沐浴,那是一整个上午的喜出望外……春雪,就这样地飘落下来,伴随着我们渴望的眼神,和一双双期待着触碰到它的手掌。

银川,是干燥的。干燥到一年365天,却只有十来天的雨天,大约都集中在了九月份和十月份。更不要说雪了,那也只有在过年前夕会下几场不是很大的冬雪，以迎来新的一年。这场下在4月11日的春雪,足以让银川市的每一个人喜悦一整天,谈论一整天。

来银川上学已经有三年多了，冬天快放假前才会看到一两场刚让大地银装素裹、继而没多久又消失的冬雪。而春雪,还是第一次见到,那雪白的小碎花松软地飘落在刚绿得发芽的树上、草上以及含苞待放的花蕾上,真让人怜惜,不舍得去碰它,只是近近地欣赏着它与花草的嬉戏。要是放在冬天,我想,自己会快速地抓起一大把,把它们揉成雪球,欢快地与朋友们打雪仗、堆雪人。也许,稀有了才会让人那么疼惜与不舍。

其实,人也是如此。越普通平庸的人,关注、欣赏他的人就越少。相反,如果你在某方面优秀于他人,就足以给别人带来震撼和惊喜,同时也会得到更多的认可。所以,很多的成功者之所以成功,就在于他们与普通人不同的地方。就如同下在春天里的雪，让人意想不到，满心欢喜。

趴在窗台上，看着春雪漫天飞舞，姿态优美。不禁想到了自己，是的，我何尝不想自己也和这春雪一般，带给人们欢喜和愉悦；何尝不想自己也如春雪那样的不平凡、那样的特别。我常常会问自己，如果不选择新闻专业，那会选择怎样的方向？答案是一名不知名但有自己想法的服装设计师，或者一名自我欣赏、自我陶醉的舞蹈家，抑或者是一名抽象派画家。

天马行空，自己的思想就如同这漫无目的、飘来飘去的春雪一样，知道自己从哪里来，但却不明了自己要到哪里去，也许落在刚发芽的绿草上，也许落在即将开放的花苞上…… 只是想知道哪个位置是最适合自己的。

拿着相机，快速地跑下楼去。看着路上撑伞的同学，很是不理解，如果下雪都撑伞，还能感受到些什么。就这样，简简单单的装备，让雪花落在我的发上、我的脸上、我的手心里…… 用相机拍下了这些小可爱落在草地上的样子，拍下了它们落在迎春花上的样子，拍下了它们落在我身上的样子。瞧，它们在炫耀，因为它们是自由的，是珍贵的。它们在自豪，因为它们有别于冬雪，有别于春雨，有别于冰雹…… 而我们自己，也想有别于别人。

坐在书桌旁，翻看着这些照片，它们终究是知道自己会落在哪里的，因为没有一丝拘谨，每一片都是那样的落落大方。而自己呢？毕业以后，会落在哪里，去往何处？一直很喜欢这样一句话，不管自己此时此刻是多么的迷茫，最终，都会过上自己想要的生活。是啊，春雪多么美好，即使在飘落的时候会有些许迷茫，但它最终会明了自己的方向和去处。

让自己像春雪那般，独特而美好。方向在哪里？我明了。

春天的雪

2009级新闻学2班　毛基任

人间四月的春天下起了雪，飘得那么深，地上厚厚地就积了一层。明镜空寂的世界就这样来了，我压抑不住内心的冲动，一股劲地冲了出去，冒着这雪，竟然想冲出这雾一般的纷扰世界。

这么大的雪是不常见的，纵然是在这塞北，更何况我是个来自南国的游子。快三年了，还记得上次是在2009年的冬天。那年夏末的我，背着双肩包，独自离乡，不顾亲友的劝阻，执意要来这北国江南。并不是有多么喜欢素未谋面千里之外的北国，只是一心想要离开，一路向北，离开那熟悉的一切。以为远离了，就能够再有一个新的世界。

世界的确是新的，迥异的环境，陌生的面孔，千里之外的我便成了这个城市来来往往的路人之中的一个。那年夏天，是伤心的；那年秋天，却也得意。仿佛我已经走出了阴霾，获得了新生。似乎秋天总也能有收获，只不过我换了一个地方在生活。可是却没想到冬天来得那么快，冬天会是那样冷，远远比故乡冷。那年冬天，当南来北往的同学无不在享受那场大雪所带来的欣喜之时我却掉进了冰窟。我再次失败，连打了折扣的小小梦想都没能实现，逃到千里之外也还是免不了要失败。从此，我的世界，冰雪永存。

而现在，连阳光温暖的春天都要被这冰雪所覆盖了。那我的世

界还有什么能够期待？这些年来，意志消沉，精神不振，每每只能依靠生活中的点点阳光坚持走下去。而今，连这点阳光也要夺了去，让我的世界彻底陷于无尽的迷茫之中。雪啊雪，冬天都已过去，你为何还要留在这里？你若永远地留在这里要我如何是好？我不能眼睁睁地让你这样将我的生活笼罩下去啊。我不能就这样浑浑噩噩，让你毁了我的生活。如果连逃避都终究是要被你吞没的话，我只能选择放手一搏。既然已没什么可再失去，那就让我也随这日子把你抛弃！你最终是要离去的，而我早已受够。只想早日冲破这迷茫返回自己的航向，就让我离开你，永远地离开你，你也不要再回来。

我只是向前奔跑着，踏破了满地的积雪，舞动了空中的鹅毛。啊，我竟然看到了厚雪下长出寸余的小草，竟然看到了枝头的红黄盛开的春华！它们应该是早已存在的呀，但为何我之前却从来没有见着过呢？就是在没雪的日子竟也没有发现？为什么？为什么？难道这雪不只是在这空中、地面？难道在心里也就一直飘着雪？脑海瞬间空白，我体力不支地倒在了雪地里。任由飘雪覆盖在我的身上。

我终究没能逃出这场雪，我抚开积雪，端详着那厚雪之下的青草，终于明白，原来这雪花没有错，若要草长，若要花开，纵使再寒的冰雪又如何可以阻挡得了这春色，只能增加这春光的美而已。

应该要感谢这春天的雪。

这个春天下雪了

2011级汉语言文学2班　毛倩倩

来到银川也快一年了，在感受了秋天的萧瑟和冬天的寒冷后，我们迎来了本该是鸟语花香的春天。为什么要这么说呢？原因就在于在姗姗来迟的春天里，在这个百花竞相开放的四月，我们看到了一场绝美的空中盛宴——漫天飞雪。

2012年4月11日，我想我会永远记住这一天的，因为这一天给了我太多的震撼，让我对宁夏这个被称为“塞上江南”的地方又有了一番新的了解。

依旧如往常一样，早上在一段朦胧的梦过后，张开惺忪的睡眼，本来是要去洗脸的，却不知何缘故想要拉开窗帘看一眼这座一天一个变化的校园。这是什么？地上白白的一片，难道是昨晚下霜了吗？可是为什么空中还飞扬着白色的很漂亮的“花瓣”？

“哇，下雪了！”不知是谁喊了一声，我才回过神来，原来，竟然是雪。我的心刹那间涌起一股感动，一种不可思议油然而生。四月飘雪，本就不可多见，更何况还是在宁夏这个常年都下不了几场大雨的地方。这场雪对宁夏的农业来说，有着不可思量的作用，同时也让我们再次感受到了冬天的寒冷。但是这次的寒冷却与正常的冬天的那种刺骨的冷截然不同，因为我们的心是热的，再大的雪也挡不住我们追寻春天的脚步。

树枝、花瓣、草坪……全被雪花一片片地覆盖住了,整个校园仿佛一下子由五颜六色变成了白色。身边的同学络绎不绝,有出来采风,想要留住这一美丽瞬间的;有在雪地里追逐打闹,想用雪花装扮自己的;有在使劲滚雪球,想用雪人来证明这个春天真的有雪来过的……很多很多,都在这个下着雪的春天里,释放自己的生命。

走在校园中,有种恍如隔世的感觉。短短的几天,我们却仿佛已过了春夏秋冬四个季节。这就是银川,这里的天气总是不按常理出牌,前一刻还艳阳高照,下一刻却已是乌云满天。对于这样的天气,我已是习惯了,偶尔有时还会喜欢上这种变幻莫测的感觉,亦如在告诉你人生永远不会是阳光灿烂的,你要想每天开心地笑,就必须付出努力去冲破满天的乌云,去寻找属于你的太阳。

就在前几天,迎春花刚张开自己的翅膀,桃花刚睁开了眼睛,而柳树也开始卖弄自己舞姿的时候, 却被这场雪压住了它们的骄傲。望着满地落下的花瓣,虽然为它们感到可惜,感慨生命的短暂,但也被树枝上那些还高高挂着的顽强的生命深深的折服。是什么样的坚持让它们在暴风雪里依然屹立?是什么样的信念让它们依然极力吸收温暖的阳光,每天迎着太阳一起顽强地生活?我不禁感慨,我们偶尔也会经历一些打击、挫折,但是为什么有些人却不知道珍惜自己的生命呢?风雨之后便是彩虹,为什么他们就没有想要见到彩虹的那种渴望呢?

望着这漫天纯白的飞雪,仿佛我的灵魂也在经历着蜕变。就在这个下雪的春天里,我好像懂得了好多,有关生命,有关人生……

春雪里的背影

2009 级新闻学 1 班　莫丽德尔·塔帕衣

“天啊，快看外面，下雪了！”舍友一大早的惊叫声叫醒了我。起初没怎么放在心上，因为她总是这样大惊小怪的。直到睡意蒙眬地走到窗前时，自己才吓了一跳。外面一片雪白，大片大片的雪花还在下。似乎一觉醒来就穿越时空来到了另一个世界一样。我惊喜地望着窗外，犹记得昨日还是阳光照耀，一片春的气息，而今要不是身上单薄的睡衣，还以为真到了冬季。看此美景，我马上给好友打电话，约她出去拍照留念。欣喜的我穿上外套，精心打扮了一番出门了。一出门，首先是清凉的空气扑鼻，外面还在下着雪，一片片的雪花就像是无数的美丽的白色天使翩翩起舞。它们用轻盈的舞姿落在刚发芽的树叶上，小心翼翼地渗进绿色的萌芽里。然后又一个美丽地转身，踮着脚尖落在粉嫩粉嫩的花骨朵里，用最华丽的动作盘腿而坐，高兴地望着花骨朵粉的出奇的颜色。就这样，无数的小天使在跳舞，它们也落在女孩儿的睫毛上，待她一眨眼，只剩嬉戏的笑声。它们也落在男孩儿挽着女孩儿的胳膊上，待那女孩儿害羞地一低头，就又剩轻哼的舞曲。

这时一颗刚开花的梨树下一个小女孩儿和男人的身影进入了我的视线。那是一个穿着白色外套、扎着马尾、小小的身躯、大概四五岁的小女孩儿，额头的头发已经湿湿地粘着。她蹲在地上不知道在干什么。而那个男人像是她的爸爸，健壮的身躯挺拔的个头。他也蹲在地上，认真地听着小女孩说话。

我被他们吸引，不禁走近几步。这才看到小女孩儿低着头，嘟着小嘴，小手里有一朵刚开的梨花。雪还在下，那男人手里的伞始终没打开。雪花就那么落在一大一小的身躯上，小女孩总是扎巴扎巴眼睛，让额头上的小水滴顺着眼睛流下来。这时，小女孩儿用很低的声音说："爸爸，它都要被冻死了，多漂亮的小花儿。"说着又低下头，"它肯定很冷，又没有衣服穿。""要是喜洋洋在的话，一定会救他的……"她又接着说些什么，男人微笑地看着，什么也不说。眼睛里却满是疼爱。"爸爸，树妈妈是不是不要这个花了，别的都在树上，只有它落下来了。爸爸，我们把它带走吧，放在妈妈的花瓶里。"说完这一句，小女孩一下子站起来，抱着男人的脖子，撒娇这说："好不好吗？"男人微笑着抱起她，说："好呀，爸爸抱着你，你抱着小花。"小女孩又一次张开双臂坏绕着男人的脖子，等男人完全抱起，她小心翼翼地把小花放进了男人胸前的口袋里，高兴地说："爸爸真好，我们把它放在妈妈的花瓶里，爸爸，我给他唱首歌吧，那样它就不冷了。"小女孩儿摇头晃脑地唱起歌儿来，小手也舞着。他们越走越远，雪还在下着，就那么落在小女孩飞舞的小手上，粉色的头花儿上，落在男人怀抱的胳膊上，伞还是没有撑起，只是拿着。

我看着背影，出了神，这才察觉身后撑伞的朋友。"怎么不撑伞？"我笑笑，收起她的伞说："多好的雪，就让它落在身上吧。"她不解地摇摇头，接着便示意我站好，拿起照相机给我拍照。而我会心地笑着，望向那两个已经远去的背影……

后记：

写这篇文章时，心里还是满满的感动。我仍记得那个小女孩怜惜的样子，把手中的那朵花儿视为珍宝，以及她的父亲理解孩子的童真,为她圆梦。也在想那个女孩回去兴高采烈地、迫不及待地把花放在花瓶里的样子。感谢这场春雪,让我拥有了这场难得的感动,难得的纯真。这场难得的春雪,赠与了我更难能可贵的感悟与欣然。也在想象回到家后,她的妈妈和那花瓶一样,和爸爸一样呵护孩子的纯真。我们总是苦恼,生活中的各种不幸坎坷,却常常忽略生活中这些难能可贵的美好。就是这些善良、纯真与美好,才会在无论多么艰辛的环境下都开出美丽的花儿。就如无论有多少春雪,那些已经盛开的花儿、已经萌芽的小草都不会再凋零,因为它们已经盛开过。而春雪之所以美丽,不也是因为那些色彩,那些春意吗?

须弥山遐想

2011 汉语言文学 3 班　盘兰靖

一般来说，佛教盛行于南方，像宁夏这种地区则盛行伊斯兰教。几乎随处可见清真寺、清真餐厅和穆斯林。所以我一直以为，宁夏是没有佛教的，即便有，影响也是微乎其微的，但这次须弥山之行却改变了我的观点。

我从未想过，宁夏居然也会有佛教，而且是这样盛大的佛教文化，着实让我大吃一惊。原来佛教早在魏晋南北朝时期就在宁夏流传，比伊斯兰教传入更早。在历史上，回族是全民信仰伊斯兰教的民族。因此，回族人入居宁夏之初，也就是伊斯兰教传入宁夏的时间。在唐宋西夏时期，宁夏就有穆斯林的活动，自元代大批穆斯林定居宁夏后，伊斯兰教也就成为宁夏地区的主要宗教。

据说，须弥山石窟始建于北魏，西魏、北周、隋、唐继续营造，后来各代继续修缮，故而有了今天的须弥山石窟。由于年代久远，石窟上的壁画已模糊不清，但唐朝时代的大佛穿越千年仍保持着慈祥的面容、不变的微笑，观之可亲。来来往往的人们仰望着她，谈论着，品评着。想着这座大佛被古代那么多人观摩过，而今天大佛仍在，古人却早已远去，突然想起一句诗：古人不见今时月，今月曾经照古人。欣赏古文化遗址最大的乐趣就在于你此刻所看到的一切东西，古人都曾看到过。就像读《诗经》一样，只要一想到我现在所看到的每一字每一句李白、白居易、曹雪芹等无数伟大文人都曾看过、读过，心里就会有一种莫名的激动。古人是很信佛的，见佛必拜，而今天我们只把佛当成一种文化景观来游览，倘若佛祖天上有知，不知该怎样伤心！

上山的途中，路边开满的野花，像极了油菜花，导游说，那就是板蓝根。从来只吃过，今日终于得见真颜。也没想过板蓝根会是什么模样的，不过这样的模样还是让我有点吃惊的，这样普遍的药物，这样普遍地长在山上，大概不是刻意种的罢，既然不是刻意种的，那必是天然生成，可见此处的水土很适合板蓝根的生长。

山上没有花，虽然有几棵稀疏的树，但就这座巍峨的大山而言，这样的树是可以忽略的。整座山呈黄色，西北的山大概都是这样的，越荒凉越美，恰到好处地显示出佛像的庄重威严。在山顶上，我发现一个特别美的意境，隔岸的另一个山顶上孤零零地长了一棵迎客松，不偏不倚，就恰好长在山的顶峰上。松树下有几位同学，看不清是谁，但依稀可见人影，这意境像极了《寻隐者不遇》。“松下问童子，言师采药去”大抵就是这种情形吧。那位隐者也许就是位僧人，因不愿与世俗同流合污，隐居在此。

佛是大智慧，个中道理岂是我等凡夫俗子所能参透的！无静心，即便是深山老林，即便每天梵音缭绕，那颗心永远都是浮躁的。心若静，纵使身在闹市，也仍能找到属于自己的一片宁静。

我依然恋着你

2010级汉语言文学2班　裴新艳

你无数次出现在我的梦里，但我总是无法将你看清，隔着薄薄的帐幕，朦胧中觉得你是那么的神秘。为了接近梦中的你，我开始放弃旭日东升的美丽，让自己习惯于夜幕的黑寂。为了追寻梦中的你，我开始远离音乐海洋的动听，让自己习惯于各种题目的练习。为了实现梦中的你，我开始努力，努力……但追寻你的路对于当时的我是那样的艰辛、不易。在这期间我尝到了虽然努力却换不到理想结果的打击。泪流过，心摇过，可追梦的脚步一直没有停息。你在我心中是那么的美丽，因为我还没有得到你！

为了薄幕后面的你，我付出了很多。但当有一天我被告知梦可以成真了，那层遮在你我之间多年的帐幕就要可以掀开始时，我的内心却是出乎意料的平静，没有悲也没有喜。不再为之前经历的困难与挫折而伤感，也不再为就要接近你而欢喜，这使我自己也为之惊奇。

掀幕时，我的脑子里没有想到你，而是对这掀幕本身我很认真。现在想起来这幕原来是很普通的，但当时也许因为它遮住的是你，所以在我看来和你一样的神秘。

我走进了你，开始寻找你的美丽。之前的你是因为帐幕的遮掩和人们的传说而美丽，但现在显然不是了，我要找到你能够继续把我吸引的魅力。可我茫然了，难道这和之前追寻你的道路同样的艰辛、不易？

我和你走到了一起，我的内心拥有的却不是欢喜，得到的不是充实，在新奇中感到不适，在不适中感不到快乐，在不快中开始对你质疑。我发现原来我不了解你。在你这里，我消沉了，竟然还会冒出这样怪诞的想法，我要像当初追寻你那样的拼命、努力，因为我要尽早离开你。可想归想，这一切却身不由己。

我和你待在了一起，依旧每日抱怨着你，寻找着你让我看不到你美丽的原因，找着找着却发现这原因却是来自我自己。原来你美不美丽是取决于我努不努力！

我开始慢慢理解你了。尽管我走进了你，但我自身价值的体现还是要靠自身的努力。之前一味地抱怨着你，事实上是在抱怨着我自己。如果你真的不那么美丽，那是因为我真的没有努力。

我坦然地接受了你。你本身就是美的。你的独立已渐渐地让我摆脱了依赖，开始走向勇敢；你的坚韧已慢慢地让我走出了阴郁，开始学会乐观；你的渊博已缓缓地让我远离了肤浅，开始发奋苦学；你的理性已悄悄地让我褪去了浮躁，开始趋于沉稳。这些断然都是你美的所在，然而就像罗丹说的那样，是我缺少发现美的眼睛罢了。可你最伟大的地方就是还可以让我像你一样的美丽，前提是我必须得努力。

你无数次出现在我的思索里，原来是因为我依然恋着你——我的大学！

春雪行

2011级汉语言文学3班 秦雅茜

2012年4月11日,雨夹雪,天气寒冷。

这一天,写作老师让我们出外采风,感受这别具特色的一天。作为一个北方人,我并不会对雪有什么新奇与留恋,在这里所有的人都会受到四季的熏陶。但是我知道,这样突如其来的天气只有一天,这样的残雪不会永存。所以我迅速跑出了教室,撑开雨伞,与同伴开始了我们的摄影与淋漓。我恨不得将每一处都拍摄下来珍藏这一天的记忆。已全然不顾雨和雪浸透了我的全身,用相机拍着一张张春冬交织的画面。绿色和白色成为了它最美的点缀。这一天,我又看到了昔日的漫天飞雪的景象。你瞧, 树梢上那翩翩起舞的雪,以银装素裹踏至而来。远看草坪上那白茫茫的一片,我渐渐走近,用脚印走出了一条曲径的小路。本不该去破坏这没有瑕疵的一方净土,可还是做了。蹲下去用手轻轻托起一缕白色,很快就融化到了我的掌心,让我瞬间感受到生命的短暂。

松树永远是那么苍劲有力, 校园中已成形的松树保护了它所拥有的一方净土,即使鹅毛的雪花在不停地飘落,可松树下依旧呈现着那片柔软而整洁的土地。在这短暂的白雪皑皑之日,松树始终呈现春的盎然,始终不会忘记它的本色与责任,不停地与冬日的雪做争斗。

冬天，总是带给人一幅瑞雪兆丰年的景象，冬磨炼人的意志，强健人的体魄。对于很多人来说，北方人总是带着一种强盛的内在特质，因为岁月的沧桑和洗涮让这里的人们可以经受住任何自然灾害的侵袭。看着脚下循环往复的雪在天地之间进行着飘落与融化的“游戏”，感慨今天这场雪的来历，这虽然不是节气的循环更迭，但或许是大自然赋予人们的一份辛勤汗水，更不乏理解为这是生命的另一个开始……

雪成了四月的主角，温和的阳光，彻骨的河水，银装的大地，我们用嬉笑、玩乐打破了这里的沉寂，堆雪人，打雪仗，那时我们曾经留恋不去的生趣，桃花树上那一缕缕已退却待尽的雪任由着再次而来的飞雪洒落着、悬浮着，却没有任何的忧郁。

这一天的景象新奇有趣。鸟儿因为寒的突袭不知飞到了哪个角落。不过，我相信它不会飞远，因为它们一定会感知这个冬的短暂，这一天，像被冻结的时光，在停留与倒带之间徘徊……

我用足迹踏至了这天的冬雪，这个“冬”是季节的一个过客。

宁夏印象

2010级汉语言文学3班　覃楚茹

天与地

在银川，我特别爱头上的天空。蓝天，白云，这样简洁舒适的词语我只愿配在这里。烈日当空，你也不禁眯缝了眼欣赏那一片湛蓝、一抹洁白，吮吸阳光的芳香，享受清丽的颜色。天空不时传来阵阵轰鸣，难得是抬头所见的飞机云，洋洋洒洒，与日同辉，直散到天际。对于地的感觉更多是在汽车上，在它载着我驰骋于西北大地的时刻 。车窗外一片片荒芜与遍地的翠绿、金黄不断交接，点缀着名副其实的塞上江南。比起真正的江南，宁夏的天地多的是一份壮阔、豪迈，更多的是一种交融。还记得那次屹立在西夏王陵的周边，广袤、开阔……"从未见过这样完整的天，一点也没有被吞食，边沿全是挺展展的，紧扎扎地把大地罩了个严实。有这样的地，天才叫天。有这样的天，地才叫地。在这样的天地中独个儿行走，侏儒也变成了巨人。在这样的天地中独个儿行走，巨人也变成了侏儒。"我想，余先生《阳光雪》中这几句话用在这儿是极为恰当的。这般大气的天地，渺小与伟岸，皆在自己的眼里、心中。拥抱这天地，感悟你生命。

沙与漠

没有亲眼见过沙漠，你永远也想象不出它会带给你怎样的惊喜；没有到过宁夏，你难以体验到大漠风情。沙坡头与黄河相依相偎，沙漠的粗犷豪放与黄河的婀娜秀美融为一体。沙海漫漫，长河滚滚；驼铃声声，微风阵阵。途中野餐，尽管难免有沙粒入口，但是吃着有些硌牙的食物好像在咀嚼大自然，把北国大漠的豪放一起吞到了肚子里，岂不叫人兴奋？“大漠浩瀚无疆边，旭日升起地平线。古时烽火无处寻，狂风骤起金浪翻。”在这浩瀚的大漠上，领略着风吹沙舞，不由得心胸开阔。

山与水

说到山，只能是贺兰山；谈到水，只能是黄河水。同为宁夏的代表，有着不同的灵性。我的朋友峰哥、万姐、阿霞都徒步登上贺兰山好多次，我没有他们那么坚强的韧性，只有一次，我终于爬上了贺兰山山顶。也是这唯一的一次，给了我视觉的冲击与心灵的震撼。遥望贺兰山势雄伟，如万马奔腾。而登上贺兰之巅心旷神怡，若唯我独尊。山顶狂风招摇、眼界开阔，独立于天地之间，叫人倍显沧桑与大气！挺直腰板，大有“风萧萧兮易水寒，壮士一去兮不复还”之势。放眼望去，仿佛重见匈奴、鲜卑那些剽悍的游牧民族正策马奔腾，飞奔的牛羊，凶猛的虎狼，翱翔的飞禽在余晖中与其追相呼应。他们果敢率真，潇洒热情。用自己粗犷的双手深深地镌刻出放牧、狩猎、祭祀、争战等生活场景，以及羊、牛、马、驼等多种动物图案和抽象符号。这些揭示着原始氏族部落自然崇拜、生殖崇拜、图腾崇拜、祖先崇拜的贺兰山岩画，绘出了无言的刚毅，直穿人心！面对着那些饱经沧桑却经久不衰的神奇，你的眼光是否穿越了千年、思绪亦徜徉了万代？

“黄河百害，唯富一套。”“塞上江南”对黄河的依赖无法形容。因黄河而兴，因黄河而发展，可以说，宁夏的文明史是一部与黄河水乳交融的历史。一座“中华黄河圣坛”，让黄河有了眷恋。山水之间，庄严肃穆的中华黄河坛高高矗立，营造出一幅囊括天地、气吞八荒的千年气象。很难道出当时亲临奇境的感觉，精美、宏伟等词不足以形容它给我的激动、震撼。穿过碑林大道，面对“黄河五千年照壁”，不禁惊叹中华几千年文明。在这里，每一个雕塑、每一个铸件、每一座建筑，甚至一座桥、一条甬道、一个台阶都别有韵味。中华黄河圣坛承载着几千年的黄河文化，并将永久地依偎在黄河母亲身畔……

民俗与风情

雄伟壮阔的中华回乡文化园是绝对的神圣！回族盛宴在这里飞舞，阿依莎宫在这里唱响！置身纯白的清真教堂几乎令人不忍挪动，生怕亵渎了这片洁净。惊叹独特高大的伊斯兰建筑文化，感叹于淳朴浓郁的回族穆斯林风情。我接触的回族人民不多，大概见过回族的男人一般头戴白色回回帽，上衣一般喜欢穿双襟白衬衫，有的还喜欢穿白裤子、白袜子，显得十分整洁、明快、庄重。特别喜欢回族妇女的衣着打扮，她们戴的头巾颜色种类各异，非常美丽，真是给自己裹上了一层神秘的面纱……我有幸戴上回族妇女的头巾是在进入清真寺朝拜大厅的时候，整个人真的是一下子变得安静端庄起来，这竟是回族文化的魅力！

尽管现在对宁夏了解不多，但我依然迷恋这里。绍定在诗中说：“白日看云坐，清秋对雨眠。眉头无一事，笔下有千年。”尽管还没有这般功力，我依旧向往用脚步丈量，用文字记录。西夏故地永远安宁，就在这静谧的天地且行且吟。

2010 年，我来到银川，在宁夏已两年。

这一城秋殇，凋谢了谁的夏花绚烂

2012级广告学2班　任兆洋

急转零下的气温加剧了这风的肆无忌惮，苍黄的叶片还在光秃的枝头打战，夏日的葱绿已然淡出人们视线，谁的思绪开始在这一季秋天凌乱？

秋之呓语

这座城市的秋天是那样短暂，仿佛只是在夏日炎热的间隙，寒冷就突兀地插入进来，都没来得及经历天气转入微凉的过程。苍翠的树木在夜幕落下时安静入睡然后在清晨醒来时惊诧一袭绿衣都粉碎在这季节的变换里，被绿色占据太久的瞳眸竟一时不能接受这大片的光秃。倾斜一地的苍白天光似是迫不及待地迎接着冬的到来，碧净的天空也真的找寻不见鸿雁飞过的痕迹……

揣测不透叶的飘落是风的追求还是树的不挽留，只是清楚地看着泥尘成为它们最后的归宿。不息变幻的浮云从未停止过在天野地流浪，它悠然地途径这一座城市，又散漫地去往下一个远方。我听不懂这呼啸的风声里都是谁想对谁说的话，是不是因为承载的思念太重，下弦月才亮得如此清冷？不少人还沉浸在安暖的梦里未醒，这一城浓绿都已唱起秋声……

盛夏光年

明媚的光透过树叶缝隙撒下一地斑驳，谁骑着单车经过然后遇见谁的笑窝。自此之后的故事都注定了与一个人有关，年年岁岁，岁岁年年。最绚烂的年龄，最狂妄的时光，真的以为轻而易举就能颠覆整个世界，他重复着柯景腾的话："我要成为一个很厉害的人，让这个世界因为有了我，而有那么一点点不一样。"然后他们放肆地笑，他们不曾怀疑过未来的灿烂明媚。路过的行人都没对他们疯狂的模样投以不解的目光，他们也都有过相同的过往，同时他们心里明白：又是两个可怜的孩子，要在以后哭得很惨很惨。可这个年龄的孩子，你让他们如何去畏惧现实的力量？他和她，都在用最美的年岁去诠释青春就是疯狂地奔跑，然后华丽地跌倒……

可纵使华丽地跌倒，总好过平庸着完好……

或许在很多很多年以后，遭遇了一场场幻灭的打击。即使在梦想与现实碰撞出的火花里涅槃重生又必然奔赴下一场死局，他们才能领悟沈佳宜的那句："人生本来就有许多事情徒劳无功……"

只是那年夏天，张扬的笑、沁凉的雨还会不会鲜活地留在谁的记忆里？

生如夏花

天空灰得像要掉落下来，除却黑白以外的色彩都被吞噬干净，一个人站在那片寸草不生的荒野念着沉重的悼词，面前的十字墓碑雕刻着用孩子字体写下的梦想……梦境里反复出现的场景，有着不言自明的寓意。

泪泉已然在谁的瞳眸里干涸，年少的热血，也只能在文字或者影像里寻回。指尖的笔转，转出光阴的飞逝，转出年华的沉沦。在某个阳光明媚的早晨醒来，忽然惊觉自己早到了不敢再言梦想的年龄。有人说,人生是一场孤独的旅行,每个人都在这祸福未卜的路程上追寻着属于自己的那份天下无双的美景。我的桃花源,会不会已在那片凄风冷雨里零落成尘?

朴树的声音依旧沙哑:“不虚此行呀,不虚此行……”

在这不能停留太久的世界上,有些梦想的种子只能在阴暗潮湿的环境里萌芽。她说,该让每一段生命都如夏花般绚烂,哪怕只有刹那惊鸿般短暂……

魅　雪

2009级新闻学1班　石强

想必大家都见过雪，但是在西北大地的春天，雪又是怎样的一种景致呢？

那是2012年4月11号的清晨，一大早，宿舍里的一个南方的同学突然从床上跳起来，惊呼："雪！雪！下雪了！"紧接着其他的几个人也都从床上跳了下来，拥到窗前，惊讶着，嘴里念叨着："这太新鲜了！"

我老家在河南，也算得上是北方了，所以雪对于我来说其实算不上有什么特别之处，家乡的雪比这里下得大，然而，这场突如其来的春雪真的把我的魂儿勾走了！

四月中旬的西北大地已经是绿叶葱葱了，在校园里，草坪绿意浓浓，杨柳依依，桃花、杏花也已经开放了，面对着雪花的降临，不知道这些可人的花儿作何感想。

起床后，一股兴奋劲儿催使我到同学那里借了一台相机，穿上已经收到衣柜的棉袄，撑起雨伞就冲了出去。外面雪下得很大，雪花笼罩着整个校园，这天早晨没有风，空气很湿润，但也有些凝重。但是雪花却似乎有着不同的情绪，仔细感受一下会觉得，雪花像是来到了一个陌生的世界一样兴奋，一片接着一片，仿佛终于亲吻到了梦寐已久的大地一样。

被雪花笼罩的校园显现出了她别致的一种美，细细体会发现，这是一种含羞的美，此刻的校园就像是一位体态婀娜、内涵丰富、充满温柔气质的美少女，羞而不怯，浓而不艳。我带着相机首先来到了一片杏树林。此时杏花已经完全盛开，雪花压在杏花上远远望去像是给杏花化了一层浓浓的妆。翠绿的草坪被雪花覆盖着，雾气腾腾的空气笼罩着地上的一切，不大的一片地方给人一种世外桃源的魅惑。

我爱这场雪，更爱被雪装饰过的校园。虽然没有见过腊梅雪中争春的景象，但此时校园里的榆叶梅让我着实体验到了与腊梅争俏有过之而无不及的兴奋与喜悦。在中心花园有几颗含苞待放的榆叶梅，其中的两棵早已盛开，似团团烈火鲜艳，在雪花的陪衬下更显婀娜，这可真是难得一见的美景！一旁的男男女女纷纷上前拍照留念，我也不例外，此时早已忘记自己还置身纷纷扬扬的大雪中，咔嚓咔嚓，不停地按着快门。

雪代表着纯洁，春雪带给我们的则是一种活力。我爱雪，更爱春雪中的校园。

行走中的六盘山

2011级汉语言文学2班　孙嘉祎

六盘山，六十年前中国工农红军长征翻越的最后一座大山，毛泽东一首《清平乐·六盘山》使它名扬海内外；六盘山，泾河的发源之地，传说中柳毅传书和魏征梦斩蛟龙的地方，也是穆桂英荡秋千戏耍和成吉思汗避暑屯兵的地方。这样一个有着厚重历史积淀的地方，这样一个红色旅游和绿色旅游交织融合在一起的自然景区。在旅游旺季来临的时候，我们汉语言专业的同学们来到这里，领略宁南山区山清水秀、森林密布、鸟语花香的六盘山，一个有着溪流和瀑布怪石，幽邃得能让人感受到了一种旷世自然和宁静的六盘山。毕竟大家都看惯了“大漠孤烟直，长河落日圆”的银川平原风光，实在想象不出宁夏还有南方才有的山清水秀，着实令我们惊喜万分。

五月正是山花绽放、枯树落叶中到处充满新绿的季节。春天里，穿梭在小溪上，一边聆听溪水的潺潺，一边在带有青苔的石块上和密密的丛林中腾挪闪移，尽情领略这六盘山的风光，真的是别有一番情趣……

在爬山的途中，我们看到了少见的红桦树林，每棵树四周都映着红光。还有参天的松树，郁郁葱葱。这些别致的风景，让我们再次领略到了六盘山的独特韵味……

你相信吗？山也会“嫩”得拧出水来。行进在铺满枯叶的山地上，一脚踩下去，一不小心，便会顺着用力方向滑出老远。不同种类的树木郁郁葱葱的绿叶看得让人满心欢喜，甚至还有刚刚抽芽的树叶，真嫩得叫人心醉。路上各种叫不上名字的野花，都成了“探险者”们聚焦的对象……这是什么样的路？几百米，走每一步都得小心泥泞；几百米，踩上去软绵绵的是草毯；几百米，充满荆棘……

这一路上最令我们折服的就是这一汪清澈见底的溪水，伸手去抚摸这溪水却是十分的清凉。我们一行人顺着这溪水，想要寻找它的源头，更想去看看闻名遐迩的老龙潭。经过长途的跋涉，我们终于走到了老龙潭。只见老龙潭峰环水抱，崖势曲斜而陡峭，水波汹涌，潭水翻滚在深邃莫测的石槽里。听说每逢春夏季节，波光暗绿，水激流滚。峡中石峰林立，钟灵毓秀，清冽的泾河水，经潭而出，似银龙腾舞。

脚，如铅灌过般沉重，但是我深深被这六盘山的美景所迷住，再累也想要去更前的地方饱尝下那美丽的景色。这一天，走了7个小时，即使这样还是有些遗憾，限于时间，有些地方只能是走马观花，好想再多停留一段时间，六盘山真的是山清水秀啊。值得庆幸的是，有了和大自然亲密接触的一天。

有人说，七月底八月初是六盘山游览的黄金时间。可是，五月的六盘山也耐人寻味。

邂　逅

2011级汉语言文学1班　田娟娟

我从来不认为这是一片贫瘠的土地，或许有人认为这是一个永远也赶不上时代的地方，但是这里却从不曾被时代所忘记。

当车轮驶过村庄的那一刻，我感受着自己的心跳，已不再平和。总是想让这车更小心，生怕一不留神，就会打破这村庄的宁静。遥望着远方黄土山梁上的风尘，俯瞰着眼前错落有致的庄院瓦舍，观赏撑驾着鹊巢的杨柳，凝望着那淳朴矫健的背影，我的心被深深地牵动，随之而来的是听见了悠闲四散的鸡鸣狗叫和着从巷道深处传来的声声呼唤，车子把我带离了这片神圣的庄院。

我久久不能平静自己的内心，我知道自己此行的目的地是毛主席曾经为它写下优美诗篇的著名旅游景点六盘山，但是这些擦肩而过的淳朴却给了我内心最深的触动。漫长的旅途就像读一本著作，最打动心灵的，往往不是华丽的辞藻，而是最真实最淳朴的语言。这里乡村的人们用黄土筑起属于自己的自由空间，演绎着生命的惊天动地。生活在这里的人们如果为自己的孩子买一件高档外衣，可能需要一年的辛勤劳作，买一辆小车需要二十年，在市区买一套一百余平方米的楼房需要五十年，何等的艰辛！但是他们眉宇间掠过一丝笑意，一切的奢华都与他们无关，他们拥有的是这世间最纯最真的生活。在这里，如丝如蔓的巷道盘绕着村庄，连接着一个又一个村落,亲昵着大千世界,悠然自得。

这里的人们小心翼翼地维护着他们的信仰，他们的头上戴着纱巾、帽子,望着他们质朴的脸,是一种嘴角微微上扬的美丽。早已经习惯了这些汽车驶过之后留下的灰尘，但是他们还是笑着看着这些来往的车辆。他们明白这些车的方向与目的地,对于这些车而言他们是过客，但他们却是这片土地真正的主人。偶然望向车窗外，看见山坡处蹲着一个孩子在拼命地寻找着什么，他一会儿站起,一会儿弯下腰,再次回头,看见了提着篮子的女人走向他,他们把地上挖好的野菜装进篮子，女人摸摸男孩的头，两人肩并肩走了。农村出身的我也曾品尝过这世间绝美的食物——野菜,但是这一刻我觉得对于他们来说不是品尝,而是生活。

这里生活就是如此简单，在漫天黄沙土雾中勇敢地迎接料峭的寒风,向世界绽放最坚毅的微笑,从不会去索取,也从来不会畏惧,生命的种子落到了这里,从此便生根发芽。

汽车从山腰的公路向前行驶，银色的公路像是飘移的丝带在山上蜿蜒,驶进六盘山,驻足于清澈的河水旁,回眸望了望已消失不见的村庄。如果说六盘山是这片土地最强健的臂膀,那么这村落便是最华丽的外衣。

未来的某一天,我想我会想起在槐花飘香的五月,曾有一场不期而遇的美丽。

归 宿

2011 级汉语言文学 1 班　唐吉庆

心若没有栖息的地方，到哪儿都是流浪。如若青春不朽，稚气未去的我们该以怎样的妆容去迎接这一场盛世华年？

归宿，一个神圣而充满力量的词。古往今来多少游人为此倾尽一生去寻找，纵使浪迹天涯也无怨无悔。归，不仅是回归；宿，也不仅是留宿。归是为宿，宿也是为归。心有所恋，身有所安，是一种心灵上的平静，不染一色世间繁华，不沾一点尘世杂念。

一群人的旅行，多了几分温暖，少了些许忧愁，不用担忧单反定格不了自己天真烂漫的笑容，不怕迷路在山间林里找不到出口。安静的山林间随着黎明破晓渐渐喧闹起来，处处是花花绿绿的人影，处处是低沉有节奏的脚步声，演绎着一幕又一幕的喜笑颜开，此时欢乐是主题曲，是主旋律。不管白天如何欢腾热闹，当人群归去，景区又回归它最本真的性子，安静而祥和，偶伴几声鸟妈妈呼鸟儿归家的啾啾之语。

途经一户人家，傍晚时分，远处一牧羊人赶着一群柔顺的羊儿朝那炊烟袅袅的所在走去。回归，正以不同的形式四处散布着。羊儿回圈，咩咩咩咩欢欣闹腾。牧羊人回房，椅子未暖，伸手接过一杯温暖，纵只清清热水，不需苦涩香甜的茶叶做伴，光是融在热水里的那份温情就足以抵过世间所有珍馐美味，足以略过一天的心酸劳累，便是那份不予道白的脉脉含情就足以在寒风凛冽中予人取暖。

在黄河水中乘着羊皮筏子随河流缓缓流荡，手指抚摸那黄黄的身躯，冰凉凉的，是初秋的体温。随着水顺流而下，两岸的山仿佛电影播放般一幕一幕美景映入眼帘。黄河之黄来于黄土，黄河不停歇流动，黄土随之也不停歇流走，直到有一天，寻得它的归宿。或是黄河岸边，在阳光温暖的时光里停驻在岸安家落户，夜夜听黄河轻声喃语，日日看河上行人痴痴笑语。而那流转不息的黄河水，流动是它的宿命，远方是它的归宿。

一句俗语这么形容：睡得比狗晚，起得比鸡早，做得比驴多。驴，头大耳长，四肢瘦弱，体质健壮，性情温驯，任劳任怨。若在人迹罕至的荒原里，再美丽的东西也只得孤芳自赏，在富余的世界里，总是物以稀为贵，再丑陋的生灵也身价百倍。没见过驴的人们觉得新鲜，而若让你与之几天相处便觉得索然无趣。在石林景区，有驴有马，而仿佛驴能负重得更多，以它为交通工具更便宜，故而许多游人都愿与之同行。那一天我正好与一头驴面对面，相视不语，我听不见它喘息之下的嘤嘤细语，也看不懂它面色之下的欢乐与忧愁，它只是一步一步地行走着，即使早已筋疲力尽，而这就是它的使命……当夜幕降临，周边的黄河水依旧流动不息，它终于可以回归家园卸下一天的坚强，在丝丝月光的轻抚下，吃着驴草，渐渐入眠，享受一夜的宁静与安详。

倚着车窗，天边还晕红着夕阳，风吹过留下漫天黄沙，纷纷扬扬。我还在路上，此行的目的是早已装扮好的一路远行。心有归处，在哪儿都年华正好，阳光明媚。

生 存

2011级汉语言文学1班 唐吉庆

我想,他们深信不疑,人生一辈子,在哪活都不是一件容易的事。但无论怎样,还是得生存,除了坚强别无选择。

如果不是亲自走进,我不愿承认大西北的土地这么贫瘠,可正如逆境出人才一样,越恶劣不堪越惨不忍睹的环境越能闪耀撼人心灵的光辉。旅途路上,偶然的透过车窗看到了贫瘠山峰上参差不齐的小黄花,一簇簇,一丛丛,一点也不逊于新娘手上的捧花,反而更多了几分天然野生的妍丽娇娆。那是挤不出一滴水珠的沙土,风过漫天飞沙,迷人眼惹人欲哭而无泪,无泪源于不舍,不舍浪费珍贵的水分。怎会料想到就在这样的沙土上长出了我从未见过的形象的向日葵,矮小、纤细却又如此坚毅顽强,阳光一样的金黄的色,芝麻一样多的籽。从不知道沙漠戈壁上的西瓜是怎么种出来的,直到在途中看到一大片用大小差不多的石子铺就的一条条缓缓流淌着的河流,旅伴说那是用来种西瓜的,我才惊异于我眼前所看到的景色。我曾执拗地盯着那片湖,想要寻找一个贴切的形容词去再现它的美丽,奈何肚中墨水太少,绞尽脑汁也只找得这么一个词——灰白蓝,形容它的颜色,灰中衬白,白中倚蓝,似海一样深沉,幽蓝。

曾经我以为绵羊都是细白如绒、洁白无瑕的,直到目睹一群脏得有些发黄的羊时,不禁暗自在心底笑自己天真,笑自己无知。记忆中的绵羊形象都是通过影视中看到的，是已经修饰的艺术作品。稍用一点脑子也能想到想象很美好，而现实却很残酷，而我却总以为看到的就是真相，直到亲眼看见背后隐藏着的不为人知的秘密，才不得不承认自己真是孤陋寡闻。一直很钦佩这样的人——牧羊人。一群羊，一个人，羊群听从一个人。我敬佩他独行的勇气，佩服他卓越不群的领导能力。好奇他怎么能使那些羊群心甘情愿地听从他的指令，直到旅伴说出这么一句话："要生存就得有这样的本领。"我才恍然大悟。是啊，为了生存，人便可以变得很有本领。

黄河之上，母亲怀里，羊皮筏子水上游，多么诗意唯美的画面。自己是很忌水的，小时学游泳差点溺死后就再不敢下河，此次竟不知是怎样力量让我变得这么胆大了起来，或许是黄河母亲的亲切召唤，抑或是被羊皮筏子船的魅力所惑。坐在船上，每到河水上下摇摆之处便觉得全身心轻松舒畅。而某些看得见的享受总会有一些事物或人群在看不见的背后默默付出，不求你的感恩，甚至不求被你记住。不经意的一瞥，看到船夫平凡的再不能平凡的形象，四五十岁的年纪，头发还有些花白，一双破了的自制布鞋，脚后跟还裸露出来，未经袜子保护粗糙黑裂的皮肤映入双眼，河上很冷，而船夫只穿着一身不厚且有些磨痕的上衣，突然觉得此刻作为游客的我们是多么幸福。在与船夫简短的交谈中，我知道旅游旺季时一天最多能拉上五六趟，一趟五十元；淡季时甚至守在江边一整天也拉不到一个客人。船夫话不多，从不主动与我们攀谈，应了我们的问话之后便又专心划着船桨去了。突到急流之处，船夫便使劲地一道又一道地划着船桨，映出一道深过一道的水纹路。那情景，怕水的我动都不敢动。也许船夫是真心喜爱这份养家糊口的职业，也许是为生计所迫。总之，在我们走后，在今天过后，船夫大叔仍旧划着桨，羊皮筏子也随着他日复一日地飘荡在黄河边上。

惊叹于石林的鬼斧神工时，也感受到了这峰间林立的农家风情。那微笑的脸，还有那双一前一后忽缓忽急行走的双脚。那时，我们疲于下山的路程漫长，便雇了一辆驴车，因座位有限，我便背对着拉我的驴坐在两排人群的中间，与随后的另一辆驴车的驴相对着。处于这样的位置，两旁群山的雄伟姿态我早已不能尽收眼底，当条件不许人望远时，静伫欣赏眼前也是非常好的选择，你会发现别样的风景。我看到眼前的这头驴的两双瘦弱但有力的腿，一前一后柔美有力地行走着，看久了突然觉得不忍心，感觉它累了，仿佛双腿就要扑下来。而在驴车旁跟随着的是指挥驴的一位妇女，三十多岁的样子，在我们下山的路上一路步行着，而脸间充盈着笑容，也许是因为拉上客了吧。心中柔软的一处突然不安隐隐作痛起来，觉得她像我的妈妈，妈妈也是劳累地挣钱，甚至比她不停地行走更苦更累。想到这里，不忍心安坐在车上，但我也没下来，这并不是我吃不了苦，只是此时下来可能会使脚夫拿到我该付的这一份钱时于心不安。下山比上山容易，可再容易走多了也会累，我们在嫌自己上山累了下山不想徒步时，却不曾看到那些脚夫的生存艰辛。人比人，真的是有幸有福。驴会累，脚夫大叔、大嫂也会累，但此刻他们累并快乐着……

身处何方，是天涯，还是海角，永恒不变的是生存。每个人都有自己活着的方式，说不清道不明，可每种生存方式都值得我们尊敬。若我们是他们、她们、它们，我们可能勇敢生存？

清明雨后

2011 级汉语言文学 1 班　唐佳

记得有句诗写道:“清明时节雨纷纷,路上行人欲断魂。”那细雨纷飞的时节,陪伴我度过了十九个春秋。以往的清明,我都会在春雨清晰了大地之后,跟随一大队祭祖的亲人浩浩荡荡地向山上的坟地进发,祭奠先祖。今年,因为求学的关系,远在异地,不能够亲上坟头了。

一直以为,那蒙蒙细雨的清明时节只是南国特有的风景。在这西北大漠里,除却万里晴空,便是漫漫黄沙。不曾想过,它,竟然也会下起雨来。

清明节那几天,天空一如既往地盛满了蓝,蓝得那么纯粹,那么深邃,有一种无法仰视的庄严。阳光灿烂的日子里,对于踏青来说,是极好不过的了。我自己也趁着好天气,爬山游玩了一番。但这始终不再是我记忆中的清明。

假期过得很快,新的一周又开始了。我想,清明流泻在儿时的欢笑中,难以寻觅了。然而,老天却是如此眷顾我,施舍了一场雨,淋湿了我将要忘却的记忆。

那天是周一,中午太阳还傲视着万物,一副盛气凌人的样子。然而下午,便气息奄奄了,没了踪影,围困在厚厚的云层中。整个天空逐渐暗淡,黄云翻涌,预告着一场暴风雨的到来。雨,欢欣鼓舞地自己来了，倾泻，飘洒，敲打一切，但那声音似与家乡的不同，单调、沉闷甚至无聊，如同落进了无人的旷野。伴着电闪雷鸣，俨然末日的景象。我当时只是惊讶，这样的雨，在银川，我从未见过，除此之外，什么感觉也没有。

第二天，我兴奋了！天空不见烈日，没了暴雨，是阴天，却亮堂堂的。树枝上的嫩芽，荒地里的嫩草，经过雨的洗礼，一片清新。空气似乎纯净了，呼吸起来，生机勃勃的。一切，都是那么熟悉，那么让人想念。是的，这才是我的清明，家乡的清明。

小时候，我特别盼望清明的到来，不仅是因为有几天玩耍的假期，更重要的是那一天，或远或近的城里的亲戚都会来祭祖。每一次，都有二十几号人，并且带来享之不尽的糖果，和几个难得一见的玩伴。小孩子总是喜欢热闹的，而来客的人数也成了同伴之间炫耀的资本。那个时候，我总是一脸得意。

随后，我和几个堂哥堂弟们便屁颠屁颠地跟着祭祖的大队出发。那些年，在我的记忆中，上山总是在雨后，因为每一次回来，脚都沾满了泥。我们这些在泥坑里野惯了的孩子，走路通常比较利索，而那几个城里来的，就大吃苦头了，不仅走得很慢，连裤腿都全是泥，像打了一场仗，被我们好一阵笑话，然后骄傲地说，还是农村的孩子厉害吧。

到了祖坟地，那些亲戚就开始忙开了。清理坟头，砍些竹棍然后挂上纸，烧纸钱，摆上贡品，烧香，然后祭拜……我们啥也不干，一直在旁边看热闹，仿佛事不关己。只有放炮和祭拜时，才稍稍提起些兴趣。对于那些躺着的人，我们一无所知，没有一丝悲伤的感觉，还时不时地在坟头上打闹，直到有人斥责，才不情愿地下来，继续玩耍。有时，在一块墓碑上看到自己的名字就大叫起来，满心欢喜。然后，就有个亲人解释这是谁谁谁，于是便一脸崇敬地鞠了三躬，过后，又立马抛之脑后了。

后来，我逐渐长大，对于清明的向往也淡了许多。祭祖是每年的例行仪式，只是参加，没有太多感受。那些躺着的先祖们，也许隔代太久了，我看他们的墓地时没有一点亲切的感觉，而对于生命厚重的感悟更是无从谈起。

直到初二那年，我最喜欢的一个爷爷因病去世。记得那个夏天，我还在他家住了半个月，没想到，我刚回没几天，就听到了噩耗。入土的前几天，我的心如刀割，明明昨天还在那儿坐着吃饭的和蔼的爷爷，怎么今天就只剩下冷冷的躯体了呢？守夜的晚上，我围着爷爷的棺木转了整整一个通宵，期间没有说一句话，也没有流一滴眼泪。最终，爷爷葬在了那片祖坟地，和他的爷爷靠在一起。

以后的清明，我依旧参加，但到了爷爷的坟头，心里却很沉重。以前，我从未感觉到生命原来如此脆弱。只有当你真正面对至亲离世时，才越发体会到“子欲养而亲不待”的无奈与痛惜。记得余秋雨说过：“一切繁华比之于韶华流逝，岁月沧桑，长幼对视，生死交错，都成了皮相。北雁长鸣，年迈的帝王和年迈的乞丐都听到了；寒山扫墓，长辈的泪滴和晚辈的泪滴却有不同的重量。”确实，长大的我才发现清明的意义。那个时节总是下着雨，淅淅沥沥，可我听来，却是地下灵魂在呜咽和地上行人在滴血。清明，不仅是对先人的缅怀，更重要的是感受到生命的深度，珍惜和爱护在世的亲人。每一次祭祖，都将向你无声地言说生与死的距离和意义。

又是一年清明，故乡的亲人们，你们可安好？地下的先人们，你们可安息？如今，我身处万里之遥的异地，不能够与亲人同聚，不能够上坟祭拜，请原谅我的不孝。任时光荏苒，空间穿梭，我的心永远瞭望着家的方向。存一份想念，道一声珍重，在这清明雨后，寄思哀愁。

彷徨中呐喊

2011级汉语言文学1班　唐佳

今天，听了去南大访学的学长学姐们的经验交流会，感触颇多，却又不知从何说起。

我最近一直在思考：我的目标是什么？我以后到底要走怎样的道路？或者说什么样的路是适合我的，是我所感兴趣的？现在想来，我竟忙忙碌碌中盲盲目目地走了这么久却丝毫未知！

在这行色匆匆的校园里，每个人都表情严肃而面目模糊，而我也是其中之一。我的未来在这之前从未认真思考过：我想要什么？或者我可以得到什么？随着人流去听些课，上个厕所，吃顿饭，睡场觉。如此，一天便是过了！在这一天里，我得到了什么呢？那些专业课的知识吗？如果仅这些，我买几本书就可自学，又何必大老远地来读大学呢！

人总想过得不庸俗，生活却难以让我们活得高雅！工作便是生活的组成部分。有人说饭碗就是那种毁灭人的创造力、想象力，吞食人自尊自信、却又让人活下去的东西！也许这种说法有点夸张，但是我们不得不正视它。时间已悄无声息地飞快滑过，我们也不能像中学时代那样避而不谈了。

但是我们就要为了以后的饭碗而不断学习准备吗？尽管它并非我们真正的兴趣所在。这种目的就是我们上大学的企图？我认为每个人心里都应该有一本自己的账,应该认真地思考一番。

再谈谈考试。福柯认为:考试是一种规范化的监督,能够导致定性,分类和惩罚的监视。它确立了一种关于个人的能见度,由此人们可以区分和判断每个人。这种想法固然是好的,但如今是否还适用呢?考试是人创造的制度,却限制了人自身。膨胀的考试与渺小的人形成了鲜明的对比!

以前是让你学广泛的知识,然后就其中一部分进行考试,以达到鉴定的效果。而如今,省了自由广泛学习的过程,一切唯考试马首是瞻。考啥就学啥,不考的,哪凉快哪待着去。于是,有血有肉的人变成成绩单上冷冰冰的数字,并置身于文件网络中不能自拔!

大学虽较之于中学要自由,却依然不可避免。你是可以花时间学自己喜欢的东西,但是,最后的个人成绩还是取决于那最后一堂考试。记得上个学期为应付期末考试,于是便在考前一个月卖力地复习,最终,复习的目的也算达到了,但考试过后,我所复习得来的知识全都不见踪影,仿佛从未记得过!如此,花的时间又有何用呢!

以前我们被高考谋杀了中学,如今,我们又被考证绑架了大学。我们仍在这“被”字下生活着,除用了睡觉来抗议,还能剩下什么!

孔子所说的“礼崩乐坏”的时代,却造就了百家争鸣;我们所说的教育兴盛,大学广开的时代,却造就了成千上万的机器!我们谁也不想沦为机器,那到底该怎样做?

真正可以学习的大学时光已过了六分之一,以前可以称作探索的迷途大抵也走到尽头了吧!我这样说并非要大家看破红尘,把原本美好的红尘看成破烂,是觉得有树立目标的必要!树立一个合乎现实又有兴趣的目标,这样,多少于自身有益。

我已经迷茫地走了这么远,我想,我应该有了自己的方向。青春在窗边的风中飘逝了,玻璃做的风玲摔下来,发出最后短暂的呼叫声,而我,正徒步徐行!

学士服的畅想

2011级汉语言文学1班　唐佳

中午，从图书馆下来，一出正门，黑压压一片便迅速钻进我的眼。定睛一看，原来是将要毕业的学长学姐穿着学士服拍照留影。

笑容在他们脸上肆无忌惮地绽放着。阳光透过树缝，洒下星星点点，青春年华，洋溢依旧！我迫切地想要知道，毕业前夕的欢畅是否是内心深处的真实写照呢？别离的伤感定是会有的，而我担忧的是对于前途的愁思。

是的，他们即将离开这或许无聊，或许有趣，或许琐碎，或许充实的裹携着青春的象牙塔。不管你在此过得如何，它都给予了一个免于在现实的泥淖挣扎的伊甸园。你永远都不会为生计，为就业，为车房夜以继日的愁容满面、倍感乏力。而今，却不得不独自面对世俗的洪流！

学士服黑得那么纯粹，甚至带着冷漠的嘲笑。所有有色的眼光都被它无情地吸收掉，难以透视始终微笑着的主人的真正内心。难道他们都前途光明、事业可成，这些，我全然不知，但他们的笑更让我觉得这只是友谊的盛宴，享用之后，脱下学士服，才是现状的自己！

他们的未来，历史会去检验，而学士服的未来，我却可以断定，必将一片坦途。年年岁岁服相似，岁岁年年人不同。因为它成功的伪装了人，人也会给它留下一笔财。看惯了离合悲欢，演久了装模作样。除了淡漠的黑，便什么也没有了！

他们的轻笑和细语还在，却感觉使空气忽然粉腻起来，如一盆洗过浓妆的水。有人这样形容大学：大一彷徨，大二呐喊，大三伤逝，大四朝花夕拾。考试时六神无主，心中七上八下，完后久久难忘，十分沮丧。这些话虽是戏语，到底也是挺贴切的。想来，大四已过伤逝之年，所以无所伤之物了吗？那是否暗地里在伤未来了呢？一切，都只有他们自己知道。

大四之年，有的人是仓皇四顾，常以年轻人特有的偏激和清高，冷眼于社会的不正之风，一方面自身表现得淋漓尽致，另一方面又作一副深恶痛绝的扼腕之态说长道短；有的人却只是沉默，宁做一个夜行高吟的歌者，奏起抑扬顿挫的鼾鸣，醒时，只是用行动靠近心中的目标而已。轮回了几度，沉浮了数载。听听，半杯子的声音总比满杯子的响！

大一的我是幸运的，因为我还有时间去装满这个杯子；大一的我又是不幸的，因为我现在就很卖力地在做半杯水的事情。树叶被硫酸蚀去叶肉，剩下的是经络分明；人生被时间洒上斑驳，又会给我们带来什么呢？我想，是文化的沉淀，思想的升华。

学士服还在那儿站立着，终有一天，我也会披上它，但我希望，不要悲哀的伪装！

青 春

2011级汉语言文学1班　唐佳

时间总是慵懒地过着,轻描淡写。而青春早已在风中飘逝,掠过风铃,发出短暂的呼叫。仅是随意的一瞥,却发现,我们都已是奔向双十的青年!

我一直不愿承认:我们抛却了青春,踏上新的征程!时光悄无声息地从指缝里溜走,不留一丝痕迹,连祭奠的机会都没有。春雨浇醒了枯草,秋风超度了落叶。循环往复,年年岁岁。而我,确实不再年轻!

人总是会老的,虽说有“休将白发唱黄鸡”的壮志,但那只能是美好的一厢情愿罢了。人在时间面前,渺小的微若蝼蚁,眨眼之间,便灰飞烟灭,一去万年!

不得不承认,我的青春已移情别恋了,无论我怎样地想要挽回,她只是冷眼相对,然后,决然离去。

回想曾经拥有青春的日子,不禁感慨:在短暂的人生里更加苦短的青春,我,是怎样将她残忍地埋葬?为了当初自认为理直气壮的梦想,所以堂而皇之的透支了它!这样做是否值得?如今,已没有思考的必要。因为追问一个时间早就给了标准答案的问题是没有意义的!所以我唯一能做的,也仅是用文字来悼念了。

叮叮叮……铃声又响了。总是觉得课间休息像开飞机一样快,而上课却像过草地一样艰难。所以一部分同学不幸陷入沼泽，昏睡过去是时有发生的。那段时间，我经常都要拜访庄周老先生，请教关于蝴蝶的知识，而正相谈甚欢的时候，“啪”地一声将我拉回教室。果然，是班上的哪位好学生使用了“自残清醒法”。因为其效果甚好，还有“辐射”作用，在全班得到有效推广。所以，那段青春，带着“人体交响曲”的伴奏，记忆犹新！

那段时光，高考步步紧逼，压得人喘不过气来！而我们却像喝了鸡血似的，激情澎湃，斗志昂扬。每次进教室，里面黑压压一片。个个沉溺于题海里搏击风浪的快感。谁要是制造了不和谐的声音，就要遭到群众的集体怒视，那眼神，秒杀了你一千次也不为过。所以，我进教室，就像基督徒进教堂一样，表情严肃，神色庄重。那时候，我们受到高考的威逼利诱，几乎都玩命地复习。早晨，在太阳纠结着要不要起床的时候，教室就传来朗朗书声；夜晚，在月亮罢工的时候，教室里的灯光就替了她的班。三点一线的枯燥生活霸占了那些光阴，我们都跌进了时光的洪流里，让考试绑架了青春！

不过，在那个充斥着理想主义的年代，我们却是如此的简单和单纯。考好了，就满心欢喜，说要再接再厉；考差了，就失望伤心，然后收拾好心情，重新努力。没有伪装，全是真性情！我怀念那段和兄弟姐妹们晚自习后聚会的日子，一起喝点酒，吃些花生蚕豆，然后忘情地畅谈理想，吐出近来的烦恼。再头脑发昏地乱弹吉他，尽出洋相，好不热闹！而这些青春里的事才是有意义，虽然第二天依然为高考奋斗，但我选择铭记，终生难忘！

如今，我的青春被锁进了记忆中，而打开的钥匙，再也找不回来。

黄河魂

2011级汉语言文学(文秘班)　王治国

我心中的黄河有着汹涌澎湃的气魄，因为黄河拥有着我们伟大的民族精神。

第一次知道黄河是在“风在吼,马在叫,黄河在咆哮……”的庄严歌声里,从那以后,心中便升起一股难以名状的激情。从此,便有一条黄龙在心中奔腾不息。

带着寻根的意识,我终于见到了黄河。站在黄河边,望着滔滔巨浪,自己仿佛立刻变为一朵浪花,魂魄融入黄河的肌体之中。此时,细细品味黄河,它那如巨龙般的躯体拱成的“几”字形的脊梁,仿佛正向人们昭示着黄河的博大与精深。那千百年来涌流不息的巨浪滋养了无数的黎民百姓，也滋养了中华民族震惊世界的东方文化。那滔滔的河水,茫茫的雾霭,粗犷的号子,既是历史的写照,又是心灵的回应。站在黄河的中流砥柱上,浩浩河风吹过,我仿佛被黄河托起,于是,任何困苦、任何烦恼都被抛向山谷。

正如“诗仙”李白所言:“君不见黄河之水天上来,奔流到海不复回。”黄河在这里劈开万仞山,势如破竹,又以雷霆万钧之速,奔腾过来,咆哮而去,万浪翻腾,一泻千里。

黄河水和黄河精神哺育了中华民族，中华民族在古老的黄河流域，演绎了一幕幕壮丽辉煌的剧目。它蕴藏母亲河几千年来奔流不息的信念，用深沉凝重的黄色乳汁哺育了一个坚忍不屈的民族，孕育了世界引以为自豪的华夏文明。几度夕阳红，几经雷雨电，古老的黄河啊，记录了中华民族血泪斑斑的历史，目睹了中华儿女怒吼奔腾、不屈不挠的铮铮铁骨。

黄河文化影响了世世代代的炎黄子孙，也是所有海外华侨的骄傲。

“风在吼，马在叫，黄河在咆哮。”这雄伟的歌声唱出了黄河的风采，更唱出了中华民族的战无不胜、奋发图强的英雄气概。

黄河文明以其巨大的凝聚力和创造力，带领中华民族像奔流不息的黄河，奔向美好的未来。

黄河，一个孕育了中华民族上下五千年历史的母亲河。我虽无缘领教它的峰回路转，它的豪迈气势，它的一泻千里，但在我的心中却一直没有忘记勾勒它那经久不衰、伟大雄浑的形象……

逝者如斯夫！昔日的一切已经作古，只有滚滚的黄河依然激浪千重，汹涌奔腾。时空更迭，流年奔逝，黄河在岁月的嬗变中匆匆奔流，它跨越了多少沟沟坎坎，终于走进了一个星火四射的梦境。发电站星罗棋布，两岸绿树成荫瓦房成行，到处五谷丰登，欢歌笑语。唯一不变的，是黄河那一泻千里、势不可挡的气势，是黄河那坚贞不屈、矢志不渝的信念，这就是中华民族亘古绝世、生生不息的铁脊梁——国之魂！

了梦如痕

2011级汉语言文学2班　王海红

笔触纸张时，笔迹越来越模糊，指尖会有情不自禁的微凉，才忽然发现雨季已然来临。淋雨的感觉真好，淋湿那用自信换来的卑微。回忆都已被湿成褪色的残影，所有的那些不经意的回眸都已是泛滥成灾。或许我喜欢雨季后的漂泊，然而我不会那样地荣幸，记忆的空隙仍会残留下一抹淡淡的忧伤与惆怅、无奈与失落。明知道我是年少无知的彷徨，失意无奈的思绪仍会停留在这雨季，淡然地写一篇忧伤的回忆。

窗外的雨滴透过窗帘散落进来，飞溅到我的脸庞，好冷。或许是昨夜里开始的雨滴贪婪地来过这里迟迟不肯离开，又宛如是眷恋这雨季里常常出现的时急时缓的轻风。独自一人在房间，倾听窗外的雨滴淋淋漓漓，密密麻麻，我心乱如麻。窗外雨滴不急不慢地坠落，心随雨滴扑通扑通地跳动着。原以为我的心很静，没想到如此寂静的雨夜里我的心也不平静。正是这样的雨夜，雨滴正冲掉我用自信换来的卑微。明明知道这样的雨季里常常会感觉到如此的空虚而没有方向感，常常因这雨季而打乱了生活的奏章。

因此，每当雨季的初来乍到，是我无法诠释急促不安的气息，而后来，雨停了我知道这种刻骨的记忆会依附在我的灵魂深处，直到这雨季从世界上消失那记忆才会泯灭。可是欺骗不了自己，每当雨季来临,就无法克制自己的忧伤与不安,可那毕竟也不是我一种小气的计较,却又像是一种雨幕里朦胧的温习,若即若离的晚风游荡在我忧伤的边缘,对于雨季的来临渐渐懒得理会。对于这样的厌烦我不肯定还会维持多久,脆弱的眼眸中时常泛滥着泪光,想比自己在这雨季中扮演着一种淡然的角色,可有可无。可就是不习惯看繁华的大都是市。喧闹的人群熙熙攘攘,那样的情景或许随风飘荡到远方……

窗外的雨静静地泻着,我安静地睡着仍无睡意,安静的房间里飘满孤单的气息,思绪也被拉了回去,唯独我一个人静听窗外的雨声淋漓。我把这一切的记忆当作是一场梦,在这仓促而短暂的雨季里,以那色彩斑斓的开始到灰色凄冷地结束,以至于我的身边飘满着无助和缥缈。

守望着那淋湿的浅蓝色的书,模糊的字迹,才发现又是一个雨季。不带一丝烟火飘飘然姗姗来迟,那淅淅沥沥的雨声轻吟,偶尔落入我眉头的一滴却似乎成了我深深的召唤,密麻的雨幕,凌乱的节奏带给我始料未及的惊喜与美丽,无奈与彷徨。回忆我孤单的身影雨伞中的你却留下一串串踏雨的足迹,微微闭上眼睛,一切似乎在梦里,唯有心伤在夜空的沉沦里徘徊,久久挥之不去。

苦水季节的承诺,遗落在这繁华都市随风飘的地方,走过这雨季不再淋雨。失意无奈的思绪,写出一篇忧伤的日记,页页绚烂多彩。

窗外雨声淅淅沥沥,雨幕密密麻麻,欣赏这雨季,我别有用心。

停是为了走得更好

2011级汉语言文学2班　王海红

就像含苞的花蕾不立即开放，而度过一段成长；就像凝聚的水珠不立即降落，而形成一片云彩；就像青涩的酸果，历经了岁月的洗礼带来甘甜。

停是为了走得更好 。

年轻的心总是为了梦想而激动，刻不容缓地向目标奔去，其实，走得已经很累、很累，而唯有在停顿的那一刹那，梦想便破灭了，仍然勇敢地前进……可时间亦残忍地将那一刹那定格在眼前，成为永恒，徒留遗憾和伤感。

握紧的拳头没有立即冲出去是为了积蓄力量，拥有更强大的力量才去击出；加快步伐停一停，望一望身后那一串深深浅浅的脚印，是为了走得更好。凡事“三思而后行”，停是为了走得更好 。

如果走是那骄傲的鲜花，那么停便是脚下的绿叶，吸收营养使花开得更艳；如果走是那奔流不息的大海，那么停是支流的小溪，积聚水流，使海变得更加博大深邃；如果走是那万里的银装，那么停便是那漫天的雪花，披衣加被使银装更高贵圣洁。

停是为了走得更好。

不必像夸父逐日，逐日的脚步未曾停息，却最终留下遗憾而去；不必像春蚕，吐丝的节奏不曾减缓，却终究丝尽蚕亡；更不必像精卫，填海的旋律从不改变，却最终被大海吞没。

人生是许多许多步组成的旅程，而关键的只有那几步，暂时停留是为了等待时机、积累力量，更好地走接下来的几步。

停是为了走得更好 。

停与走并不矛盾，更没有仇恨与隔阂，唯有相亲相伴，才能有灿烂前程。

人生乐曲中，走与停是搭配的音符。

人生字典中，走与停是组合的音节。

人生画图中，走与停是辉映的色彩。

从没做过贼，却想偷句话给你，停是为了走得更好；从没骗过人，却想拐个方法给你，停是为了走好下一步的下一步。如果你累了，如果前途有雾了，请试一下，停停再走，你会发现雾后的奇迹。

塞外飞雪

2011级汉语言文学2班　王曼曼

很难得，在塞外江南的宁夏能见到难得的一场春雪，甚是欣喜。

在下雪的前三天，每天是一个季节：春、夏、秋。下雪却实在出乎意料了。天气自然是冷的，半夜醒来也听到了雨声，不曾想到是雪，等起来后推窗往外看，却见早已如茵的草地上覆上了白色，才注意到，雪已纷纷扬扬了。

本已是“烟柳满皇都”的，这偶来的一场春雪又带来了另一番绝妙美景。柳丝伴白雪飞舞，绿色和白色相衬，无比清新。旁边的满树的白花上也积了毛茸茸的一团，甚是可爱，倒有“忽如一夜春风来，千树万树梨花开”的意境，只不过这是真花同真雪的实景，别是一番趣味。

走在路上，不愿撑伞，只愿与雪亲近，暖暖的春雪不寒，倒更觉春的气息弥漫。

很多人都被这美景迷住了，到处是给这雪景留影的。这美景美不胜收，最让我喜欢的是雪下刚发的枝头的嫩芽，鹅黄色的，在白雪下更显抖擞精神。桃花开得已有些时日了，有的花瓣已随雪入泥。“落红不是无情物，化作春泥更护花。”看，枝头那一串串红色的花蕾覆着白雪，多么精神。“风雨送春归，飞雪迎春到。已是悬崖百丈冰，犹有花枝俏。”虽是写梅花的，可这雪下的桃花傲立枝头，飞雪迎春，此时一点也不逊色。

纷纷扬扬的大雪，给美丽的塞外江南带来了福祉。黄河之岸的麦田有了这场雪而得到膏润，绵延的贺兰山因这场雪而更显苍翠，美丽的宁夏有了这场雪更加春意盎然。

雪，落进滚滚黄河，给黄河水又注入了春的血液，让这千万年奔涌不停的黄河水润了这塞外江南的土地，给这里勤劳朴实的人民带来丰收的希望。

雪，落在贺兰之巅，给贺兰山更增添了圣洁。巍巍贺兰，用伟岸的身躯抵挡风沙，为宁夏带来安宁，给这里的人民带来幸福安康。

塞外宁夏，白雪飞扬，一切都显得那么安详、圣洁，塞外江南，绵延贺兰，从未如此美丽过。

须晴日，看红装素裹，分外妖娆。美丽的塞外江南，尽情地飞雪吧！

那条河，那些山

——记黄河石林游

2011级汉语言文学1班　王秀玲

“君不见黄河之水天上来，奔流到海不复回。”在甘肃景泰，黄河石林，我终于亲眼看到了梦里的黄河。

曾几何时，在“九曲黄河万里沙，浪淘风簸自天涯”的古诗词里，我想象着黄河那无与伦比的雄浑和壮美。但当我站在黄河边上时，我竟然听到了自己的心跳声。我的心和那黄色的波涛一起汹涌，从没有如此近距离地接近我们的母亲河。宽阔的河床，惊涛卷着泥沙奔涌着向前，阳光里就像一条闪着金光巨龙，以闪电般的速度向前飞逝，忽有跃上龙背驰骋万里，看万里风光的冲动。

此刻的我，想起冼星海《黄河颂》里的一句词：“啊！黄河！你是伟大坚强，像一个巨人，出现在亚洲平原之上，用你那英雄的体魄筑成我们民族的屏障。”我被这条壮伟而又雄浑的大河深深感动，甚至我有一种想要跳进去，想要融入它的冲动。在青海，它清澈，温柔，不像这里的它，那么调皮，让我深深爱上了它。

在黄河边，我们有机会去坐坐羊皮筏子，它是一种由古代沿传至今的摆渡工具，是把羊宰杀后掏空内脏充上气，由十三个捆扎在一起做成的，没有防护栏之类的东西，一伸手就可以触到黄河水，身子稍一斜就会滑下去。以前，从没有亲眼见过它，更别说是去感受它。我们穿着橘红色救生衣，三人背靠背坐在羊皮筏子上，在黄河平静的河面上飘着，像一片橘红色树叶随水漂流，似乎此刻把一切烦恼和忧伤都交给了黄河水。在黄河中间，筏子会随着时不时地波浪而起伏，那种感觉，是略微害怕的，但更多的是黄河带给我的震撼。在这里，我看到的不是黄河的浑浊，而是黄河千年的历史，积攒着历史的沧桑。

不久，我们来到了岸边，让我没想到的是，这里将带给我更大的震撼。这里是中华自然奇观——黄河石林。它生成于距今四百万年前的第三世纪和第四世纪初的地质时代。眼前，是一座座高大的黄色沙砾岩石山，没有花，没有草，没有一丝丝绿意。仿佛此刻的我们，步入的是沙漠。不同的是，这里的“沙漠”，有着高度，有着硬度。沿着进入石林的路，我仿佛在这里听到了远古的声音，看到了地壳运动时的气势磅礴。看着它们一座座峰林耸立，绝壁凌空，就像是经历了一场战争，在战争结束时，凝固成这样一个故态场面的灵动。是风吹铸了这样一个“绝境”，还是水冲刷了这样一个“桃园”。

在耸立的石林中漫步，抚摸着岩石，此刻的我们，在它们面前是多么的渺小，多么的微不足道。我试图从岩石上拔下一块石头，但无论我多么用力，都是徒劳。看似小小的石子，却像钉子一样，永远地钉在了峭壁上，如此坚固。

不得不感叹大自然的鬼斧神工，铸造了这样一个神奇。

我真羡慕住在这里的人们，他们就像陶渊明《桃花源记》中的人们，“乃不知有汉，无论魏晋”。这里，没有外界的喧嚣，那么安静，那么深沉。

不舍地离开这里，时不时眷恋地回头，看这里的每一座山，每一块石头，每一滴水。

我眼里的那抹洁白

2011级汉语言文学1班　王维利

天气已渐渐回暖,空气中冬日的凛冽缓缓地散去。但近日望着窗外的抽出新芽的枝,天空中飘扬着雪絮,望过窗,任思绪同雪花一起飞舞。

上课时,老师说今日难得有此风景,就出去采景吧。同学们把欢呼和欣喜留给了教室,并带到了外边,去迎接唯有春天里的冬天的独特欢乐。

撑开伞,走向那洁白的空地,任雪花亲吻,今日的雪花娇嫩无比,她们从空中翩翩起舞,像轻盈旋转的舞女,落在地上地融化了,又像投入母亲的怀抱,顿时没有的任性和张扬。路面覆盖了一层浅浅的水,用脚踩上去生怕弄湿了自己的鞋子。这是雪用生命迸出的汗水,它没有蒸发,只留存表面。

与友行走在校园的路边,时常听见同学们拍雪景的"咔嚓"声。在所有景色中,草坪,树上的景色犹胜,飞雪粘在刚出芽不长的小草上,并且粘成一片,像给校园裹上一层银装。刺眼的雪发出的光使人常误认为松树下的那片绿色是树的影子,谁知那是在松树的庇护下的亮丽的风景。树上则挂满了雪,学覆在树上形成"东北"式的树挂,耀眼而又引人注意。听见相机"咔嚓"一声,将这美景存入相册里变成永恒的记忆。

天空中雪花飘零，凌乱地飞，如蒲公英一样，寻找着自己的家，自己的容身之处，而雪花所到之处飘逸着雪的芳香，沁人心脾。

四月的雪，有她的柔情万千，飘落草丛中渐溶于水易黏，这时滚雪球最为佳，一直发烫的双手攥一团草坪上洁白的雪，与肤零距离接触的雪，随即融化，那团雪的外面像抹一层胶水一样，就足以滚成一个大雪球，整个草坪上传来尖叫声，嬉戏声，一边把攥好的雪球扔向没有防备另一方，然后转身就跑，另一方边跑随即抓一把雪，至向刚跑过来的一方。雪球还没有到人的眼前就在空中破碎，飘落在地上，就这样重复着，你追着我，我追着你……

素闻西北的雨水少得可怜，而这一次的雪对于长在沙漠中的绿茵来说已是莫大的恩惠了。西北的雪纤细无比，像把利刃打在我的脸上，刺在心里。插在地上用力地往里钻，而没有等到雪深入土壤里，早已被西北的热土融化了，而且速度极快。这就可能造就黄沙从这里吹起。干旱，就是从这里发源的缘由。

东北的雪，那便是我家乡的雪。温驯的雪，像鹅毛一样的雪花在空中飞舞，像一个基因图在空中呈现。雪落在树上，地上。飘落在树上形成美丽的圣诞树点缀些星星。飘落在大地上的形成了白色海绵，踩上去便留下了自己的足迹，经风一刮把足迹留给了昨天，我昨天的足迹和记忆都在雪里藏着。

我眼中的那抹洁白，像天使一样拯救于水生火热中的百姓们，我眼中的那抹洁白镶着我对家乡的思恋，对童年的追忆，我珍爱眼中那抹洁白。

国学在呼唤

2010 级新闻学 1 班　王文文

近年来,中国出现了一股引人注目的文化热潮,即“国学热”。国学热的出现是社会发展的一种必然。中国正在成为一个经济大国,自然不能忍受没有自己的传统,我们为什么不能从传统里找到自己足以安身立命的宝贝呢?另外,对传统文化的重新审视,再次对现代性的焦虑和排斥,以及对文化侵略的警惕,对精神家园的追求和归属感的向往,使国学热的出现成为必然。

国学的核心是儒学,儒学的仁义之道、和而不同、经济调均、仁民爱物、为政以德等思想精华,对于促进世界和平、构建和谐社会、维护生态平衡,对于提高个人素质都是有重大意义的。

然而,当下国学已非昔日之国学,没有了国家的高度重视,故而其发展也就举步维艰。她只好颠沛流离,在民间哄一哄三岁娃娃。

相对而言,台湾的国学发展更为完善。前些年,台湾很多小学校门口有这样的匾联:当快快乐乐的小学生,做堂堂正正的中国人。从小学到初中,台湾将“体认中华文化的精髓”作为语文教育的基本理念,书法是初中国文的必修课。到了普通高中,不仅制定了专门的《“论孟选读”课程纲要》,也明确把国学教育列为首要的两个目标。

台湾的国学教育起到了重大效果。经济保持稳定发展势头,很少出现民众混乱，少一些焦虑浮躁。近几年“台独”的“去中国化”不论在官方还是在民间都受到了巨大阻碍。这与台湾五十多年的国学教育是分不开的。如果没有对中国传统文化的一份记忆与素养，我想在台湾实现国家认同也是非常困难的。

发展国学，首先要得到经济支柱。在这个商业化的时代，没有金钱作为强有力的后盾，国学发展也是寸步难行，有些设想和策划在激情过后也便束之高阁。另外，还需要政府的大力支持。

傅佩荣教授指出，发展国学应注意两点：第一，不要因为国学热就说中华文化是最伟大的，从而贬低别人的文化。最重要的是，文化并不是用来比较的，文化的意义在于活得快乐。第二，在发展国学的时候，一定要注意回到原点，回到经典。这样才有可能推陈出新、历久弥新。

国学期待我们的关注，国学呼唤我们的注意。

孤独的李阳

2009级汉语言文学(教育班)　王亚敏

“要成功,先发疯,头脑简单往前冲!”想起了这句励志名言,便很自然地联想到了那个穿戴整齐,牛仔裤,T恤衫,戴着斯文眼镜,操一口纯正流利的英语,站在演讲台上慷慨激昂地对着一群群英语学习道路上的追梦者疯狂演说的李阳。在我们的印象中,他是一个能用一张嘴自如地掌控一个千万人场面的英语成功励志学大师,作为“疯狂英语”创办人的李阳是成功的杰出代表,往往成为英语学习的成功的代名词,代表着卓越的能力与非凡的成就。

我们很难将讲台上积极奋进、光鲜照人的李阳与“家暴”这个阴狠、残暴的字眼联系在一起。自2011年8月31日李阳“家暴事件”以来,9月5日,其美国妻子Kim在其名为“丽娜华的Mom”的微博上曝光出一系列关于丈夫向她施暴的图片和文字,一下子把这个著名的英语教育专家推到了公众舆论的风口浪尖上。在进行数天的沉寂后,李阳终于开始正面回应此事,但其冷静得近乎冷漠的态度还是让我们吃了一惊。“道歉一次就够了”“我跟她在一起是为了做家庭教育的实验”“打了老婆,我还是个好老师”“教育工作者也是人,是人就会犯错误”的一系列言论、面对镜头时的侃侃而谈的自若的神态以及夸张的肢体动作再一次引起了公众对其网络炮轰。

究其家暴的原因,很大程度上是因为调节失控,造成工作与家庭关系严重失衡。秉承“工作第一，家庭第二”原则的李阳，面对“家暴事件”带来的种种怀疑与谩骂，其“最大的恐惧也是对 20 年来建立的品牌担忧”。很荒唐的是，9 月 6 日，李阳坚持工作，给 150 个女企业家上课，教她们在婚姻中如何沟通，如何教育好孩子。

不禁想起了我国古代关于“立德”“立功”“立言”的言论，左丘明《左传·襄公二十四年》：“太上有立德，其次有立功，其次有立言，虽久不废，此之谓不朽。”为人处世，首先树立自己的道德规范，而后才有起码的资格去成就一番功业感染他人，其言论才有基本的公信力。如果一个人从开始做一件事的道德指向就是错误的，其“立功”“立言”也便随之走向谬误，不能具备长久的社会生命力。李阳作为社会公众人物，在国内外都有很高的知名度，其“家暴事件”显然超出了“私人”范畴，作为知名人物，他应该具有基本的公众人物对其社会影响力的责任感。

如果过于强调“动手”事出有因，而忽略其事件本身，很显然，其作为一名“名人”的道德底线是值得怀疑的。尽管很多人当着李阳老师的面坦言，这是他的“私事”，但是从网络方面来看，对其炮轰、怀疑与谩骂还是事件之后的主流舆论，这在很大程度上代表了一个社会对其所面对的道德公信力的起码尊重与要求。面对网友滚滚而来的“口水攻击”，李阳的“老师也是人，是人就会犯错”等一系列试图为自己开脱的言论显得单薄而荒谬。其面对此次事件的态度，充分显示出其在“立德”不足的情况下，急于“立功”“立言”，而这种指导思想下的教育无疑成为了一种“超人”的追求，过于功利化而缺乏人性的教育，可以培养出很多成功者，但很难培养出真正的优秀者，而这样的“狂人”显然与我们社会的终极人文关怀是背道而驰的。

司马光在《资治通鉴》中分析智伯无德而亡时写道：“是故才德全尽谓之圣人，才德兼亡谓之愚人，德胜才谓之君子，才胜德谓之

小人。”并且，司马光还指出了用人的原则：若无圣人、君子可用，与其用小人，还不如用愚人。因为愚人虽然智力较低、能力较弱，但却很容易制约，而为小人者虽然很有才智，但由于其思想未走上正路，其才智却反而更易造成对事业的更大损害。

显然，我们的“成功者”李阳老师并未清醒地认识到这一点，而这样的李阳，注定是孤独的。

那一片麦地

2010级汉语言文学3班　王元青

麦子是上帝在人间的化身,是来拯救人类的。麦子是我们生命的门,我们都要从这门里走过,接受洗礼;麦子是我们生命的依靠,它搀扶着我们走过千百年。

——题记

几乎所有的庄稼都是春种秋收的,而麦子,却是秋播,夏收。这是一个怎样的秘密,我不想去探寻究竟,只是想它真是一个另类。

我是爱去麦地的。

蔚蓝的天空下涌动着金色的麦浪 ,饱满的麦穗亲吻着微风,手舞足蹈地向村野人家传送着丰收的消息。金色的麦子，迎风而欢笑,像婴儿饱满的小手,鼓足了劲儿在拍鸣。脚踏着坚实的土地,似乎感到了生命上涌的力量。我张开双臂,抚摸着麦子清晰的脉络,从这一头走到那一头,从那一头走到这一头,阵阵麦香在我的身边萦绕,我蹲在麦丛中,自己仿佛也沾满了麦香,融入了金色的麦浪。

轻轻用手捧起一把泥土,松软的泥土慢慢滑落,盖住了我的双脚,一股火烧的感觉涌上来。我抓起一把泥土,却分明有松软的清凉。是啊！泥土混在一起,就是孕育生命的力量啊！我腾地站起来,在这敦实的泥土面前,我怎敢不存敬畏之心呢?

这广阔的田野都被灿烂的金黄所笼罩，也被灰色的田埂分成一块一块。“噢——”我冲着田野长喊一声，抬头望，蓝天与麦地相连，几朵白云飘忽其间，清新的风吹了又来了，麦香在尽情地释放，温柔的风就像少女柔软的长发，轻轻抚过，留下了阵阵麦香。

周涛曾在麦地里感慨：“一粒麦子是美丽的，一颗麦子是美丽的，一地麦子是美丽的，麦子生命的每一个过程都是美丽的，麦子美丽了我们的世界。”

我相信，一次又一次，麦子曾填补过多少饥饿的肚子，麦子曾平复过多少狂躁的心，麦子曾挑起过多少一触即发的战争，麦子曾导演过多少凶险的阴谋。当然，麦子也曾激发过无数光亮的灵感……

我总在想象，当祖先种下第一片麦田，用一根小棍掘开一个小洞，虔诚得放进一粒麦子，等待着阳光、雨露把它滋润，然后发芽、抽穗。种麦子时，他们一伸一屈的身影，不正是对自然虔诚地朝拜吗？

北方是少不了麦田的。大片大片的麦浪洗着快镰刀，农民的汗水浸透了衣衫，粗糙的胡子和粗糙的手指，抚摸着粗糙的麦穗，露出粗糙的牙齿。这时，他可以抬头看见：不远处，红霞笼罩了村庄，炊烟升起来了，他抹掉额头的汗呵呵地笑了。这时，穿着红色背心的小孙子跳着过来了，火红的颜色在金色的麦田里如燃烧的火苗，跳跃，跳跃，在老人的眼里燃烧，蒸出一滴晶莹的泪……

“月亮下，连夜种麦的父亲，身上像流动的金子。麦浪，天堂的桌子，摆在田野上，一块麦地。”海子的诗是对麦地的献歌。北方的农民在麦地里辛劳，也在麦地里欢笑。他们在秋天播种，在冬季盼望，在蒸腾的暑气里收割。也有大滴的汗水，也有骄阳的炙烤，然而终归是丰收了。一双凹陷的眼睛静静地望着，直到——麦子熟了！

是的，麦子熟了！北国的土地上，那些浸润了汗水的泥土，养活了一代又一代的麦子，而这不断复活的麦子，也见证了一代又一代北国农民的辛劳与欢悦，我们在这土地上生存，在麦地里梦想，从农村走向城市去创造丰硕的物质文明，当我们习惯城市，应该回过身去，看看土地，看看麦子，看看农民粗糙的手指，把这份敬重与感激带上，我们才能走得更远……

不断复活的麦子，养育我们的土地，日日劳作的农民，不正是我们的生命之门吗？

佛的表情

2010级汉语言文学3班　王元青

去须弥山，自然要爬天梯，看石窟，参大佛。

看到天梯首先是心里一颤：从下看不到上，从上不敢看下。为了不害怕，我找到一个办法就是数台阶分散注意力。手扶着铁索，脚尽量横着走。此时绝不敢跟同学说笑打闹，都是单人单排前行。从台阶上往下看，山壁如刀削，垂直而立，各个山体互相交错叠加。最怕望不到底的山谷，让人心惊。山下的溪流静静流淌，风在耳边呼啸，天和水都是青黑色，更加重了恐怖气氛。可是换一个方向，大佛楼里的大佛正宁静地与我遥遥相望，他端坐在自己的位置，带着似有似无的表情。也许在佛的眼前，只有平静。我达不到佛的境界，走得颤颤巍巍。石阶旋转上升，远山远水都落在了后面，山也完全揭开了面纱。大大小小的山起伏错节，只有一条公路在拉扯我们的视线。这时再看大佛，他的笑似乎明显了一点。他在笑什么？笑我们爬得艰难？还是笑我们爬得艰难还依旧在爬？我想到那些拜佛的信徒，他们三拜九叩的上山，鞋子破了，衣服破了，可是抬头看见佛的笑，一定是充满了力量。远处传来钟声，回荡旋转，我却突然想到蒙娜丽莎的微笑，她的表情跟佛真像。其实表情无所谓对笑与不笑，只是看的人心情不一样，从佛的表情里看到的是自己的心。

在博物馆里看了释迦牟尼一生的简介，对石窟里的佛有了另一种感觉。大炼钢铁时有人在这里住,夜间采松木取暖,所以石窟里的佛像都被烟熏黑了,需要借导游的一只小手电才能隐约看见。导游的讲解词背得很熟。佛们静立一侧,我觉得更像是他们在看我们的表演,参观和被参观好像倒过来了。灯光游走,佛像的表情转瞬即逝,一个一个看过去,像是他们也在借着灯光看我们。这里的佛像似乎笑得明显一些,眼睛里也有笑意。佛们面带微笑,双唇微启,似乎有话要说。导游告诉我们要左进右出,我猜是佛家讲究万世轮回,因果报应的原因吧。有些佛像已经被损毁,残缺得看不出表情。靠近门口有个佛像,残损得只剩一只姿势优雅的手。门外的光线透进来,照在那只手上,我有种奇异的感觉。这只手像是从遥远的天际伸出来,要给我们指点迷津;又像是从废墟里伸出来,抓住他,就能看见佛的全身。或许佛不需要我们的布施,他的手就在那里,我们不是他,又怎知他是苦是乐?

石窟外有位老尼姑独坐在佛像前,双目微闭,手敲木鱼,佛珠在她手里一粒粒地拨过。导游介绍说,她已经在这里住了很久了。旁边的一间小屋,一缕炊烟缓缓飘荡,透过门帘可以看见里面简易的陈设。尼姑没有一句话,只有一个双目微闭的表情。我想到《红楼梦》里宝姐姐给宝玉念的一支曲:“搵搵英雄泪,相离处士家。谢慈悲剃度在莲台下。没缘法,转眼分离乍。赤条条来去无牵挂。那里讨烟蓑雨笠卷单行,一任俺芒鞋破钵随缘化!”这本是鲁智深的台词,从前读只觉得写得有些道理,如今想来,却有些想流泪。我不是信徒,也参不透佛的深意,只是那个表情印在心里,挥散不去。

从石窟里出来,就去看大佛楼上的大佛了。大佛最明显的便是大。爬楼梯上去吧,这次要近看大佛。上去后我发现我错了:站得太近根本看不清。仰着头只是看到佛的下巴,佛的眼睛看向远方,衣袂飘飘俯视众生。天飘起了小雨,女生都慌忙地撑开了伞,我举着伞尽量仰起头,佛端坐不动,只静静地看香客们膜拜、小孩嬉闹以及我们彩色的伞。有些东西的确是近了却看不清的,正所谓距离产生美,当我们隔山隔水时,大佛的表情才是最美的!

一路走过,感慨颇多。佛曰:“菩提本无树,明镜亦非台。本来无一物,何处惹尘埃。人本是人,不必刻意去做人;世本是世,无须精心去处世。坐亦禅,行亦禅,一花一世界,一叶一如来。春来花自青,秋至叶飘零。无穷般若心自在,语默动静体自然。”看佛的表情,亦是看自己的心。

守候荒凉

2011级汉语言文学2班　王洋明

校车驶出银川，一路向西。坐在校车中，百般无聊之余，双眼情不自禁地探索窗外的世界。

大片稀疏的盐生植物，豁然出现在视野中。望着，望着，心里平静下来。

这些盐生植物密密匝匝挨挤作一堆，杂乱而恣肆，是最原始粗砾的生长状态。高约五十厘米，在肆虐的风中屹然不动，像守卫边疆的战士一样伫立在荒漠之中，成为苍凉中的几抹点缀，静默地守候着这一片片的荒漠，它赋予了人们以缓解审美疲劳之效。看似极其衰败却无凄凉之意，那原是让人心安的自然的生息伦常之道。繁华的市声已远，周遭一片寂静。

荒凉。

我心头突现一词，像荒野枯树茅店昏鸦，像大漠孤烟长河落日。自然界最荒凉之处往往是最沉静肃然之所在，它把世界的原初，生命的本质，呈现给我们的眼眸，是一束投射心头的光亮。

久久面对这一片荒凉的情境，默然无语。心里会什么都不想，没有任何悲伤和快乐，没有文字的驱策，没有音乐的旋律，大脑呈现虚无状态，隐隐地被笼罩在这种情境之中。这种氛围最接近人的自然心态，内心平静如初。

我知道通常荒凉的定义是某种贫瘠，但是不知从哪一天起，我对这个词汇产生了新的概念。或许文字的魅力就在于此，自有其无穷的想象空间和神奇。而我理解的荒凉，荒，应该是洪荒的荒，代表着古老原始的空旷，凉可以是经时间沉淀下来的冷寂。荒凉，它是我们头顶上注视的目光，哲学意义上的某种力量。

荒凉的景色我可以这样定义，那么荒凉的内心呢？我该如何来定义？

在网络的世界，有很多荒凉的灵魂和漂泊的心，我可以分辨出他们的模样，能理解他们的悲伤。我知道，他们的忧伤是明媚的，伤口像盛开的花朵。不相信爱情，却逃不过感情的围追堵截。他们行走在自己的暗夜里，心灵破碎，虽然没有安妮宝贝小说人物那样极端的行为，但内心的挣扎和痛苦却是同样地深入骨髓。他们在文字里放纵自己的忧伤和寂寞，他们表达感情的方式奇特，是人们眼中的异类。而我知道，他们或是麦田里的孩子，或是沙漠中寻找爱的小王子。我看着他们心痛如割，泪落如雨。荒凉的景色我可以守候。而一颗荒凉的内心，我该如何守候？我不知道。

荒凉的景象是世界的真相，而荒凉的内心，至少是灵魂的真实。

安妮宝贝早期的短篇小说集《八月未央》《告别薇安》的基调就是荒凉，当然是她理解意义上的荒凉。她展示给读者一种荒凉的文学形象，让我们自己去领会，去评判。她说："乐观或者悲观，那是对生活态度太过低劣粗糙的划分方式。任何看似颓唐的态度背后，都隐藏着深深的不如愿的热爱。这才是最有力的根基。"安妮宝贝用自己的小说语言来界定这些荒凉的灵魂。因此荒凉，已经不能等同于人们对这个词固有的狭义的解释。她的小说中人物迷惘、失落、冷漠、绝望、极端的背后，有着常人无法理解的致命的孤独和对这人世的不寻常的深情。手中握着一份残缺不舍得丢掉，他们守候自己的世界，比谁都挚热和忠诚。

我对自己说，等我心情平静之时，一定要经常去守候那一片荒凉，守候我内心深处最沉静最柔软的部分，亦如守候生命。

一直到冬季。

等到来年，大漠孤烟残照里，盐生植物依然生机焕发，静静地守候着它们家园。

沙湖的美

2012级新闻学2班　王容

小时候去过沙湖，模糊的记忆里只有几张图片：偌大的碧水，偌大的沙山，偌大的苇丛。而大一去沙湖，不再是追随大人的脚步，是如看电影般的观赏沙湖。

沙湖的美，不是苏子口中西湖那“淡妆浓抹总相宜”的美，而是“天然去雕饰”的淡雅之美。澈蓝的天空静默着，朵朵白云在望不到边的空中悠然地漫步，碧绿的湖水轻轻地荡漾，浅浅的风画出圈圈波浪，静静的湖水在船儿的拂动下轻轻地歌唱。秋日的萧瑟为苇叶穿上了淡黄的装扮，却衬得湖水更加的清澈，如玻璃一般的湖面用绿色做裙摆的颜色，使她更加的清丽。她以素净的容颜面对着每一位游客。她优雅而又大方地把自己的美丽容颜淋漓尽致地展现给每一位游客。如一位优秀的舞者，尽情地起舞，舞出她的明澈，舞出她的秀美。

沙湖的水是柔软的，却不阴柔，而是柔软中透着一股坚强。轻轻捧起一汪湖水，任它从指缝中肆意流淌，像丝绸一般轻轻地从指间滑落，感受它丝滑而柔软的质感。远处的山，在薄薄的雾霭中若隐若现，高大绵延的山岭坚挺的伫立在湖水之畔，静静地守候，为沙湖添上一抹坚强的色彩。水与山的结合构成了沙湖轻柔却不失风骨的美。

沙湖的美，是人与自然逸然相处的和谐之美。丛丛的苇叶在轻而清的风中怡然的摇摆，有些低垂的叶子轻轻地划着水波；随风而来的树叶在湖水中荡漾，在柔和的日光中贪婪地吮吸阳光的味道；水鸟们在湖水中尽显百态，有的用嘴巴梳理着洁白的羽毛，有的在湖面上结伴游荡，有的不是用翅膀拍打湖水，有的互相追逐玩耍……偶有黑色的鸟儿从天空中滑过，大龄的鸟儿夫妇将小鸟携在中间，带着小鸟练习飞翔；大雁排着整齐的人字形方阵向南方飞去，发出清晰的叫声……游客们或乘船在湖中欣赏风景，或在沙山之上骑在驼背上领略“大漠孤烟直，长河落日圆”的壮阔，或光着脚丫在沙山上嬉戏玩耍……人与自然在宁静与祥和中淡然相处。

沙湖，以她独有的淡雅之姿、柔软却不失风骨的魂、人与自然和谐相处的亲和力征服并吸引着每一位游客为她凝目。

夕阳渐落，沙湖随着阳光渐渐隐去，只留下淡淡的余晖……

羊皮筏上的黄河梦

2011级汉语言文学1班　吴蔚

我是在东北长大的孩子，在我没有真正接触黄河之前，从来不知道原来黄河这么美。

当我坐在羊皮筏上，随水波漂流，把手伸进河水中，感觉身体里有一股亢奋的血液在流窜，奇怪的是，这感觉是缓慢的，但却是不可阻挡的。我想，这也许是每个炎黄子孙与生俱来的对黄河的特殊感情，我叫它黄河梦。

我曾经不止一次地在飞机上俯瞰黄河，她像一条长长的带子，蜿蜒地穿梭在西北的黄土地上，给满目疮痍的黄土地带来了无限的生机。然而，当我身处黄河的水流之上，感受到在手指间溜走了细沙，我愕然发现并非是她流动于黄土地上使她沾染了——不可磨灭的印记——这一身“华彩”，而是这黄色原本就是她千百年不曾改变的本色，正如她的儿女——中国人永远压不弯的脊梁。

我问跪在羊皮筏前端的艄公，这河段有多深？他告诉我这段路程的河段大概有七八米深，他们这里的人常年到河中游泳。我一惊，这样黄的河水，下河去游泳不怕身上沾满黄沙吗？艄公回答我，这河几辈以来一直是这个样子，这里的人从小长在河里，还怕什么沙子！这黄河不仅是他们的生计，更是养育他们的、不能分离的母亲河，他们每天要来看望黄河，就像每天要看望母亲一样，他们就是这样的依赖着黄河,仿佛一日见不到,整个人就没有了主心骨,一日听不到黄河的水声,心里也要发慌。黄河,早已成为了他们生命中的一部分,从他们出生到死亡,这一切都已经命中注定了。

一艘游艇从远处驶过,划出一道波浪,快速地朝我们这边散开。当羊皮筏乘在波浪上,我有点惊慌起来,感觉我身处的整个世界都在动荡,一下子被拱到高处,一下子被推向远处,一下子又被扯回到低处。就在我紧张地用手抓紧竹筏边缘的时候,艄公却哈哈大笑起来,接着唱起了响亮的歌,我正在仔细听这歌词,不远处很快就有人回应,至于歌词我始终也没有听懂。我突然发现自己竟然不那么慌张了,这歌声让我想象自己就是河中的一条小鱼儿,甚至是一粒细沙。

远处的岸上看到几辆驴车,与这黄河和两岸的石林遥相映衬,是再和谐不过了。听到艄公的歌声,驾着驴车的大嫂也应和起来,歌声十分的清亮,黄河中掺杂细沙的河水,甚至能养育出这样清亮的嗓子来,让我觉得惊讶不已。波涛打在河岸上荡起一阵阵回旋,漾起一卷卷涟漪。欣赏西湖的秀美要站在断桥上;欣赏绍兴的清幽要乘在乌篷船上;而欣赏黄河的壮丽,一定要坐在这小小的羊皮筏上,任水波漂流,看景两岸无限风光。

歌声悠悠,就像眼前这悠悠的河水,望也望不到尽头,也似我的黄河梦,随着水流悠悠向前。我想,这个梦我会一直做下去,不会醒来。

须弥的山，心中的佛

2011级汉语言文学1班　韦凯

一直以来，佛在心中的印象，总是空灵旷远的样子。就像历史传说的——“天竺有得道者，号之曰‘佛’，轻举能飞，身有日光，殆将其神也”。而今，得以亲眼目睹须弥大佛，足实有一种如愿达意的豁达和畅快。

净地何须扫，空门不用关。一进须弥山，须弥大佛便以坦诚开放的姿态迎接来自四海八方游客的慕名瞻仰和顶礼膜拜。大佛与高山的完美融合，让佛的神圣衬托山的灵秀，也让山的高峻衬托出佛的宏大。如此胜景，几欲大声呼号、纵情高歌，然而心中早已手舞足蹈、欢呼雀跃。

登须弥，览千佛，在心中默念一声“阿弥陀佛”。那慈祥的善容，是大众所赏心悦目的。

“坐亦禅，行亦禅，一花一世界，一叶一如来。”佛祖的安详大度，高大但并不突兀；菩萨的端庄优雅，静穆但并不木讷；罗汉的威武雄壮，严肃但并不怖惧，每一尊都给游客留下了难以忘怀的深刻印象，尤其是拥有高挺的鼻梁、垂肩的长耳、含笑的薄唇和慈眉善目的大佛，神态庄严而慈祥。所彰显出的，是中国神圣的一派雍容华贵气质，那是大智慧而非小聪明，是大恩泽而非小慈善。千百年岁月的堆积和无数次风雨的侵袭，也许可以造就沧海桑田的巨变，但在大佛眼中也不过是弹指一挥间。它依旧屹立不倒，心神专一，岿然不动，不卑不亢，仿佛在那与世无争的遥远一隅，谛听喧嚣闹市的一份恬淡。

登须弥，拜禅宗，在心中默念一声“善哉善哉”。那高深的造诣，是大众所望尘莫及的。

“此道清虚，贵尚无为，好生恶杀，省欲去奢。”大佛对待黎民百姓，是一视同仁而无分轩轾的。它乐意普度众生，造化神明，即使是到了危难艰险关头，一句“我不入地狱，谁入地狱”的舍生取义，让多少人为之动容。正因为有了博爱，纷繁的世界才不至于俗不可耐。当习惯了被蒙蔽和受欺骗的人们来到佛前苦苦祈求千遍万遍，它会指点迷津，让痛苦的人们摆脱羁绊，突出重围，就像沙漠中的一片绿洲，给人以希望；又像戈壁里的一泓清泉，给人以酣畅。而世间的恶俗与丑陋，也总会在它面前灰飞烟灭。且不论是真正的需要、虚幻的需要，还是麻醉的需要，抑或是安慰的需要，千百年来，它一直存在于需要中，并被高高的供奉和深深的信仰。

登须弥，听经卷，在心中默念一声“一切皆空”。那玄远的境界，是大众所如痴如醉的。

“忘记并不等于从未存在，一切自在来源于选择，而不是刻意；不如放手，放下的越多，越觉得拥有的更多。”面对诱惑，勇于克己节欲，不让物欲践踏身体，也不让浮名虐待生命。在绿化心境中追求自我环保，不贪不色，不邪不惰，不因玩物而丧志，也不因风潮而沉沦。也许只有在校阅真俗，研思因果，乃立善不受报，累世修行，积德行善，方能在乐园净土，顿悟开化，成佛作祖。而每日焚香燃烛点铜炉，吃斋念佛诵经书，确也能达到忘名、忘利、忘我的境界。当在世俗的功利场上摸爬滚打，却也屡屡碰壁的人，剥落掉庸俗肤浅的套子，只剩下纯洁清澈灵魂一丝不挂的一刻，才能诚实坦然地作深刻剖析和强烈忏悔。的确，人的眼是黑的，心是红的；当人的眼变红了,心也就变黑了。

或许现而今,有了“酒肉穿肠过,佛祖心中留”的自欺欺人和“修心不修口,戒淫不戒色”的虚伪做作,但这些是与佛教教义根本相违的。“怎样成佛”的功利思想是荒诞不经的,“何时成佛”的急躁心态亦是滑稽可笑的。

渐行渐远的,是逝水流年;但不离不弃的,是虔诚执着。哪怕等待直到沧桑变幻,也要厮守地老天荒。邂逅大佛,是一种前世修来的福缘;若亵渎大佛,则是一种不可饶恕的罪过。诚不该戏弄把玩、嘻哈作践,而应敬慕生畏、肃然起敬。

没有被感动过的心灵是粗糙的,没有被感动的情怀是枯涩的。须弥的山,心中的佛,所带来的就是这样涤荡灵魂、沐浴清化的冲击和震撼。

天边飘过故乡的云

2010级汉语言文学1班　韦凯

黄昏，天空总是惬意地飘着云。在夕阳的余晖中，它们像一张张绯红的脸，像一朵朵艳丽的花，像一团团热烈的火，美得实在在醉人。这云从哪里来？故乡的云朵一样如此啊！

“酒不醉人，人已自醉。”云的幻化，让我思绪翩飞。而故乡也就这样，在记忆中被深深地想起。

云团翻卷，皱得像老人沧桑历世的脸。

你在干吗？我的故乡。茶余饭后，自在的老人来到河堤边散步。拉着拖鞋，哼着古老的壮歌，手中的扇子不停地有节拍地摇着。等到了凉亭边上，看到老伙计们已聚在一起，拉响二胡，吹起长笛，也围坐其次。微微的风，浮动平素的衣襟和裤脚；悠悠的曲，涤荡在他们的心头，淡淡的夕阳红，照在纵横的，挂满白须的脸上。有时，他们会安静地听着；有时，会放声一曲；有时，挥了挥手中的扇子，向前走去。身后，留下一串串不发音的音符。恬静的生活，闲适的人生，安逸美好的夜晚，属于故乡的老人。

云团舒展，平的像孩子天真无邪的脸。

你在干吗？我的故乡。华灯初上，河堤边的杨柳乘着风颤颤，袅袅娜娜地倒映在波光粼粼的河面上，生动了这幅清幽的画。水里的鱼儿翱翔浅底，快活地在水草中穿梭，岸上的孩子安之若素地嬉戏。他们挽起衣袖,卷起裤脚,踩在柔滑的石头上,并不时地弯下腰去翻动水里的石头。被惊扰的鱼慌忙逃跑,乐得孩子咯咯直笑。可爱的脸上浅浅的小酒窝,好似水面的波纹,在流淌的水中缓缓展开。欢乐的时光,童真的笑声,安谧祥和的岸边,属于故乡的孩童。

云团起伏,叠得像南方温柔秀美的山。

你在干吗?我的故乡。夜幕降临,在点点余晖的衬托下,郁郁葱葱的小山变得格外的妩媚动人。她并不陡峭,并不巍峨,并不高大,但其深厚的内涵,总会引人入胜。喀斯特地貌区典型的溶洞内,演绎着与外部截然不同的气候。洞顶的石钟乳,向你展示着沧海桑田的变化。洞底的石笋,向你展示着水滴石穿的道理。它的华美,会然你感到美得无法适从。清秀的外表,幽寂的树林,神奇的溶洞,属于故乡的小山。

云团还在不断地幻化,我心随之所动。情脉脉,意漫漫,思切切,充满的都是云底下那千里之外故乡的影子。异乡的天空,飘过故乡的云。这一切,让我感到温馨和亲切。

离开故乡,到远方寻找未来,但难以割舍的,依旧是思乡的那份情。深秋的云的却能让思绪如此深沉。想着想着,云已飘向了那一方天的,远方。

明天，你好

2011级汉语言文学3班　韦秋化

“看昨天的我们走远了，曾经并肩往前的伙伴，在举杯祝福后都走散。长大以后，我只能奔跑，我多害怕，黑暗中跌倒，每一次哭，又笑着奔跑，一边失去，一边在寻找。明天你好……”很喜欢这一首歌，它叫《明天你好》。与这首歌结缘，是在今年夏天，它是舍友常播放的一首歌。渐渐，我也喜欢上了它。简单的歌词是我们青年一代彷徨却又执着的写照，提醒我们，无论走到哪里，都要向明天问好，给自己走向明天的勇气。

很多时候，我都在想，在这个北国的苍穹下，是不是我停错了的驿站。去年的夏天，我—— 一个南方的女孩，告诉自己已经长大了，是该去自己想去的远方了。于是我告别了我的爸爸妈妈，告别了家乡那熟悉的乡间小道，告别了我曾玩耍的那条小溪，告别了很多……毅然背包踏上了开往北国的列车。家乡的风景被开动的火车远远地抛在后面，任我回头，也不能将它停留，我只能在心里怀念，我的阿爸阿妈是否还在遥望着搭载着我的列车，我不敢想，因为泪水早已滑落。

选择来到北国，是单纯地想看雪。也许会很天真，但我填志愿的时候，心里就是这么想的，我想在冬季漫天飞雪的北国体味别样的生活，给我的生命增添一份温馨的回忆。

后来，我错了，原来，不是每一个北方都会是雪的世界，就像我所站在的北国之城——银川，是个与雪无缘的土地。雪在这里，稀少得可怜。我失落了，只因为看雪是我选择来到北国的初衷。

也许，这就是生活吧。很多东西无法得到，或是还不到得到的时候。渐渐，我发现我喜欢上了这没有雪的北国。因为没有雪的存在，它依然很美。喜欢在秋日的午后，站在窗台边，看窗外一片金黄的世界，这就是北国的秋天，在秋风中，一切都安静得那么彻底，那么纯粹。偶尔接过飘落的白杨落叶，悄悄地告诉它：我想家了。喜欢在冬天的冰湖上滑冰，让那冻结的湖水承载我的快乐，然后悄悄地告诉它：我终于能在真正的冰上滑冰了。喜欢在柳絮飘飞的春天，背上相机，到处走走，拍很多风景，却从不保存，因为我悄悄地告诉它：我已经把你们刻记在心里。喜欢在阳光灿烂夏日清晨，遥望贺兰山的绵延，悄悄地告诉它：你和家乡的山一样美。

后来，我去了贺兰山，看到了山顶的那一抹积雪依然纯净；去了内蒙古草原，看到了最璀璨的星空；去了腾格里沙漠，看到了茫茫沙海，没有边际……这一切，都是北国的专属风景，很美。

我还是会时常想家，想家乡的风景。只是我知道了，我所在的北国，并不是我停错了的驿站，而是我人生旅途的不可或缺的停驻地。在这里，我可以哭，亦可以笑，哭得很真，很纯粹，笑得也很真，很纯粹。

我知道，我长大了，因为我学会了去接受全新的生活，学会了在失落的时候，抚摸阳光的温暖，找寻自己的勇气，学会了勇敢。我也习惯了没有爸妈在身边的日子，但我会打电话告诉他们，我过得很好；习惯了一个人生活，在委屈的时候沉默，提醒自己，明天会好的……

当然，我还学会了在每一个今天向明天道一声：明天，你好！然后闭上眼睛，等待另一个晨曦的阳光，微笑，在属于我的路上，一步一步走下去，走向又一个明天。

一场青春的私奔

2009级汉语言文学1班　沃璇

青春走过了就流失了，不再回头，如果在花开的季节，忘记拍摄一些美丽的照片，等到错过了花期，等到我们想起再去追忆的时候，依然不能回头，时光如水，无法追还。一场青春的私奔，与你，与我。

——题记

青春，宛若珠玉，亮丽多彩却极易碎。岁月，流年撒下苍茫白色柔和的光，寂静地拍打略带稚气的脸庞。我们一路颠沛流离地狂奔而来，只为了那相对地莞尔一笑，便彻夜走遍山重水复。尘世依旧繁华，紊乱的马蹄声奏响青春不眠的歌，逐日逐夜的在我们头顶歌舞升平。

那些流年，那些青春，那些断曲，恍如隔世。我只是一个舞者，衣着华丽的行头，在你们沉睡的每一个深夜，舞着单调的步伐，面容僵硬，手脚痉挛，眼睛却泛着倔强的光。我在马路上奔跑，奔跑……多彩的美梦，华丽的外衣，披上了青春岁月的坎肩，惹人回目，又让人垂怜。城市这座偌大的殿堂，使我终于找不到了方向。奔跑，奔跑，在路上我仿佛听见你们在欢快地笑，在那片熟悉的草场上，在那方寂静的角落，在很多个不眠的夜晚。仿佛看到我们手拉手肩并肩走在青葱的时光中，余晖极浅极淡，单薄的裁影跳过我怅惘的目光。那个充满自信的少年，那个桀骜不驯的女孩，那个在他乡的路上奔波的少女，还有那个年少无知的我，像是被人随手一扔的棋子，零散地流落在陌生的国度。

我只是一个女子，带着自己私奔的女子。我许给自己一个永不凋谢的地老天荒，许给自己一个没有欺骗的海誓山盟。许给自己一个湛蓝的晴天，许给自己一首属于的自己的歌。

私奔，天寒地冻，路遥马亡……

私奔，一个惹眼的词语，月黑风高夜，依窗盼情郎，相约三更行，狗吠声声，小巷轻语，许一世相好。生活朴素淡然，然而我们却总是充满希冀的想着远方，想要追随梦想，夜夜激昂；单纯的幻想以为远方可以找到天堂，以为远方就没有忧伤。最终我们还是没有找到，我不敢告诉你们我曾在暖黄的灯火下驻足张望，如果你们在我身旁，我是否可以不用孤单？我不敢向你们诉说我数不清的哀愁和纠缠，如果你们在我身边，我是否就可以依靠在你们的肩膀？我不敢和你们说我在凌晨里，压抑着呼吸泪眼潸然，如果你们还在我身边，我是否就可以更痛快地对你们苦诉衷肠？我现在已习惯了一个人去和整个世界去对抗，迎着嘲笑，迎着轻蔑，迎着未知的黑暗和深渊，步履沉重，心却还在飞翔。

已逝的时光如天际流星瞬间即逝，在我还来不及伸手时，已经悄然滑过，流向远方，留下的是满目遗憾。于是我想起了你——我的青春，闪耀着金色刺眼的光芒，光点穿过罅隙写在石板上斑驳的光年，凸显出落寞的投影。沿途走向远方的路晦暗如棘，我就这样黏着朴素的底线扑向未知的远方，在你深邃的瞳孔奔跑，奔跑。疾驰而过的风声擦拭眼睛里灰蒙蒙的涩意，零乱的头发遮住我的眼睛，你随风飘飘冉冉的衣裾成为我璀璨的须臾。逝水流年，我们将不再安之若素，年少的轻狂，早已随风而逝，我们学会了彼此珍惜，相守相望，红豆生南国，春来发几枝。别离久未语，相思便成伤。

那个无知的少女，惊鸿一瞥地穿过单薄的青春，什么都不曾留下。随口说出的碎言终究没有结局，上演的时候没有绚丽多姿，谢幕的时候也平静如水。驻足在自己臆想的世界，我知道你是我路途中最美的一场邂逅，而我却生活在模糊不明的时光中。游弋于现实与梦想的边缘，而你就在两者的中间，我别无选择只能一个人，落寞的被放逐。

你看！夕阳邂逅了时光，随之留走，一个个轮回，一抹抹青绿，我们早已不再悲伤，天空下的滚滚白云浪涛，演绎着我们的沉浮。

路过这个漠然的四季，我总是能难过的想起那些青涩的时光，记忆随流水远去，恍然醒悟的我们固执地伸手挽留，握在手心的却是满眼凋零的时光。我曾天马行空地幻想，幻想着可以打破命运的枷锁，回过头来却发现那只是一眼幻象。流水带走了我们的忧伤，时光长河淘尽千里长沙却冲刷不尽我们的向往，我是一条懒散的游鱼，在接近窒息的现实里无所适从，转过头看着我走过的茫茫路途，那些星星点点映衬着的还有路上那些不老的笑容，用曾经看到的一句很无奈的话来说，那是一张搁浅在记忆深处的笑脸。一个人看着繁华的风景总觉得太奢侈，我知道他们是不属于我的，但他们却一直开放得妖娆多姿，我只是一个匆匆而去的赶路者，对于远方来说亦是如此。

光阴在古老的羊皮卷上铺上了厚厚的灰尘，不去擦拭那些碎言和悲切的尘事，我知道那是路途的美好，我静静地守候在时光的尾巷等待光的再次重返。任光阴将它涂抹掉，重添绚烂的色彩，物是人非也好，遗忘也好我已无力追赶。

青春的年华如逝水流年，指尖云烟。左手握着爱情，右手牵着友情，一路播撒，走过一路的芬芳，演绎一生的梦想。

关于那些丢在晚风中如水一般清纯的曲调，不知谁还会回首倾听，谁又会去叹息和悼念，如果要留住就把青涩当作一种烂漫，插在发髻让我夜夜能嗅到隐约的暗香。

那些提起过的永远，那些未来得及许下的诺言，犹如阳光灿烂一般融进青春的壮丽山河。

我喜欢放肆地笑，张扬到让全世界看到我们放荡不羁的生活。青葱岁月曾光芒万丈，也曾悲喜交加，站在这片荒芜的土地上，希望永远留住已成为一种幻想。你很无奈地对我说，这原来不是我们想要的生活，那些美丽的流言，那些别人说起的平易的故事，那些永远，我们想要的永远。

我总喜欢回望，回望那些陈旧的昨天，但已是另一种隔世的心情，我是一只自负的虫子，沉溺于幸灾乐祸地怀疑和估测这个别人眼中充满希望的世界。怀揣着一种浮躁的心情，保持着一种蛰伏的姿势，充满希冀同时又带着绝望的眼光去看头顶变幻莫测的天空，谁能告诉我，我终究可以到达那一片圣土吗？那些曙光总有一天真的会来吗？你看这个世界开始道貌岸然，我们何以空着双手向明天乞讨，那些似血一般娇艳的彼岸花在我们走向它的时候早已凋谢。

人生太过遥远，身入其境，却又恍然如同游离，我若私奔，必定遥远，一个人终老，走陌生的路，看陌生的风景，说与内心无关的话。黎明我将启程，着一身戎装，携满眼期盼，尽一世安好，祭奠苍白青春。一站站停留，一站站起程。没有终点，没有结束。

唱响 IPQ

2010 级汉语言文学 1 班　吴娅

耳闻中的大学是一个有些模糊有些清晰的概念，好像一个遥远的传说，又好像是一步之遥的易事。不过这又有什么关系呢，我们的心一直在那里。

经过高考的殊死的拼搏，于是，我们迫不及待地奔向了大学。

大学是什么？大学是一个自由的舞台。这个舞台意味着你可以肆意发挥个人才华。在这个五彩缤纷的舞台上，你可以放肆地张扬出你的个性来，从此不用再为考不完的考试而烦恼，一旦摆脱了纠缠，你就可以尽情地展翅飞翔，再没有什么可以折断你的翅膀。因为六十分万岁的名言在没上大学以前就听说了，像一个遥远却又近在咫尺的传说。因此便对大学更加神往，想象着那片梦想开始的地方，想象着那片神圣的土地。

开学以军训始，站军姿、走正步对于我们能算得了什么，青春、充满活力是我们的主打。可是，再怎么说，人的忍耐力是有限度的，多日的烈日把我烤得有些不耐烦了，我有气无力地混在人群中间，把抬腿四十五度降低到二十度的迈步。好多人亦是如此。后来有一天，教官实在是看不下去我们这般年轻人了，于是愤怒地用他的大嗓门对我们吼道："你们活得不耐烦了是不是？到时候咱们营里要选优秀标兵，被选上的另加 IPQ，就你们这样……"虽然自知于我的机会实在微乎其微,但我有什么办法呢,希望在作祟啊。我开始对自己狠起来,我使劲地踢,几乎把体力透支完了。旁边一个好心的同学说我这是何必,我玩笑地说人生中有些事你还不懂。其实我只愿教官看在我这么卖力的份上,不看僧面看佛面给我个面子。结果事与愿违,我没被选上,IPQ 成了泡影,我直呼苍天,有种被欺骗的感觉。

终于军训结束了,开始夹着书本去上课,这时候我美妙的大学生活才真正开始了,不禁觉得心有些飘飘然了。每天课程不多,尤其是晚自习自由得没话说,大家玩手机的玩手机,聊天的聊天,当然还是有少数高考稚气未脱的孩子在看书呢。不久我就有了一个重大发现,学校的、学院的活动似乎多得惊人,几乎天天都有。班长三天两头跑上讲台,似乎永远是这样的两句话:“大家静下来,现在念两个通知,下星期×有××比赛,还有××活动。希望大加踊跃参加,参加的会加 IPQ。”吼! 又是 IPQ,这大学里有什么没跟 IPQ 挂上边的吗? 主持人大赛我因为口才不好的特殊原因没敢上,听说这个给的IPQ 待遇还挺丰厚的哩; 乒乓球赛又有点特殊原因没敢参加,还有……哎,我真感到有些怅惘,有些失落。唯一写了两篇破文章去投稿,结果一去无回,至今杳无音讯。在周围有些嘈杂的声音里,我无奈地想,我努力想要挤进去的空间,也许并不适合我。

有一天,和一个朋友闲聊,谈到最近的辩论赛,他问我参加了没,我说没,他问为什么不,只要是最佳辩手就可以加 IPQ。我苦笑道:“我说哪来的那么多为什么,一定要找个结果的话,就只能说是本人底子薄,更是才疏学浅,最佳辩手不是那么容易当的,IPQ 也不是那么好拿的。”他懂也似地点了点头。

每一次比赛活动的通知一下达, 那一帮年轻的九零后永远表现得那么积极而且真诚,你看到的,永远是他们只求上进的无畏的表情,好像他们的精力旺盛的永远都用不完似的。如同一个个追求者，我暗想，世间哪种荣华无不拥有幕宾，追求前程的人，总是蜂拥着走向能让他们赫赫有名的路途上去。我也是九零后，可在九零后的人群中，我好像要另类些罢了。心里明知，其实跨上舞台并不难，难的是缺少那样的勇气。而那些比赛活动真的是一个很好的历练平台，每个人都可以在上面施展才华，相互较量，体验竞争的残酷和成功的快感。在他们的青春年华，留下一道又一道亮丽的风景。成功与否，也许都不是最让人在乎的，只要尽心尽力了，就是胜利者。我突然意识到我融入其中的少之又少，便觉得自己好像是个多余者，悬浮在舞台的两侧，永远也登不上场。我的痛苦，我的孤独，我的热情在这一刻一起爆发出来。我过去的悲哀和快乐，希望和挣扎一起向我涌来，我静静地闭上双眼。我始终不曾忘记，我跟其余的人一样，来到这个地方，是为着追求梦想来的，是为着成长自我来的。我也有自己对于生活的信仰，只是这种信仰显得太沉默了些。我常常告诉自己说，不问结果，自我勉励吧。我安慰自己说，有一种躲避的方式跟追求何其相似。我渴望一种生活，在这个渴望中，我承认有一个弱点，而这个弱点一定有某种“懒惰”在里面，我从来没能够克服过，它是那样的难以抗拒，那就是我热衷于太安静的生活。而这种生活的愿望，却适得其反地徒增了我人性中怯懦的一面，它使我有些病态地害怕面对失败，我始终在为此而努力着，都没能力把怯懦提到尊严的高度。我直面着人生，感到了孤独和失望，这是因为我以前那么纯真而美好的想象与实际生活遇见的相差太大了。我成了 IPQ 奴役的对象，像一个走在光天化日之下的囚犯，带着不知是谁强加给我的沉重的镣铐，艰难地被逼迫着向前走。我的自尊心受到了伤害，我的高傲与自负被弄得伤痕累累，它同时也毁掉了长久以来我自己以为不曾知道的虚荣心。以为清高就是理想主义是多么的愚蠢呵。

时间可以让人成长，轻轻地，静静地……

后来，我意识到了，在这个我们可以肆意妄为的大学时代，一个人如果把生活过得太苍白，只循规蹈矩地沿着单线走，而不去舞台上张扬自己，那样的天空低的，羽翼是单薄的，最终换来的也许只是一张泛黄的空白纸。

我一步步爬上青春的台阶，张开模糊的视野，举目四望，周围的世界那么大、那么广。而抬头仰望天空，天空蓝得那么高、那么远，好像一点都不理会世界的激情。蓦然回首，几行深深浅浅的印迹，显得有些轻浮。我拾起失落的翅膀，为它换上新生的羽毛，我要向着新的道路跨进第一步去，我再没有负着虚伪的重担的勇气了。不管生命是失落还是喜悦，年轻的生命，都应该为之奋斗。为唱响 IPQ，唱响生命的旋律。我应该去寻觅青春的另一种庄重、潇洒的姿态。

记寿鹿山

2011 级汉语言文学 2 班　万永霞

从景泰县城坐车向西南方行驶，一路上景色荒凉，并无奇特之处。没有想到，在这荒山深处还藏着一个世外桃源——寿鹿山。

远远望去，只见少许绿色，和周边土黄色形成鲜明的对比，这便足以让我高兴许久。山上大片的墨绿色，一时难以辨青山有多高，岭有多长。当车停在一座仿古式的牌楼前，就来到了寿鹿山自然保护区的“甘肃寿鹿山森林公园”的大门口。一下车，一股清新的空气带着山间的植物味扑鼻而来，呼吸几口清新芳香的空气，让人顿觉神清气爽，身轻步健。穿过三门四柱的仿古式七层七彩牌楼，就进入了森林公园。汉白玉雕成的子母鹿栩栩如生，子鹿呦呦待哺，母鹿温情脉脉，回首顾盼，舐犊之情溢于言表，展示着天生万物，母爱的伟大。

再沿林间小道登上山岭去，小道在林中盘旋延伸，高大的青松枝叶蔽日。沿着小道艰难行走，置身其间，直觉林木层层叠叠，让人难辨方位。虽然上山的路走得我四肢无力，但我们并没有停下，总觉得前面还会有更好的风景，我想爬上山顶看一看松涛林海，看一看我们来时的路是怎样的曲折委婉，而我们又是怎样征服它的。可是事与愿违，在途中我们发现了一条少有人走的路，直通向路旁的一座山峰，我们一行人停下来犹豫了好久，是随着大部队沿着大路走还是走这条小路？选择小路注定要失去最后登临而望的那种宏伟的感觉，可是眼前这条路也是不可多得的机会，除了我们没有人发现它。我突然想到了人生，每个人不都是有这样的选择吗？选择或难或易可注定会失去另一个结果。最后我们选择了那条小路，对小路的好奇心胜过了大路尽头的那些景致。人生总要有些选择和他人不一样。

我们没有后悔选择了这条小路，因为它真的带给了我们不一样的风景，起初我们是沿着脚印走的，后来脚印没了，我们自己开辟道路，随着自己的心思走，我们不怕迷路，向着山顶的方向走就不会有错。无数棵高大挺拔的针叶松陪我们一起爬山，给我们默默加油，踩着它们很多年积累的松叶地毯，松松软软的就像踩着云朵行走。突然有人欢快地叫了起来，发现了一个有小孩拳头那么大的蘑菇，正在静静躺在松软的草坪上，像熟睡的婴孩一般。就这样我们一路都在寻找着在我们看来是奇迹的事情，一个鸟窝、一簇野花、一株形状怪异的植物、一个长满青苔的石头都可以让我们开心好久激动好久。在学校是断然不会有这些感觉的，只有接近大自然，人才会显现出最初的像儿童一样的纯真与感动。而寿鹿山就给了我这次机会，让我有了一次没有后悔的选择，给了我不一样的风景和感动。

有些错虽能改，但是代价太大

2013级中国古代文学研究生　魏艳艳

下午没事，边洗衣服，边听着电脑播放的歌曲。“起初不经意的你，和少年不经事的我，红尘中的情缘，只因那生命匆匆不语的胶着，想是人间的错，或前世流传的因果，终生的所有，也不惜换取刹那阴阳的交流……”听到这里的时候，我拼命在想这首歌曲的名字，感觉特别熟悉，终于想起来了，它叫《滚滚红尘》。记得几年前曾经看过一部电影，也是叫这个名字，而且它是根据真实的故事改编的，讲的是民国才女张爱玲一生的滚滚红尘。

说起才女张爱玲，我估计大家都很熟悉，作为小资女青年，她的确特别有才华。我们熟悉的作品《半生缘》《倾城之恋》《色戒》《白玫瑰和红玫瑰》等都是出自她的笔下，而她的这些作品都是通过写男女两性之间的爱情而揭露人性，其深刻程度让人佩服。我们知道，一般来说，伟大的作家都是具备两个条件的，一是要有大量的阅读积累和文学素养，另一个就是要有不同寻常人的生活经历，我想张爱玲这两点一定是具备的。

张爱玲的一生是悲惨的，她苦难的一生其实根源于她从小在“爱”和“温暖”这方面的缺失。缺少亲人的关爱，使她特别没有安全感，所以当她的生命中出现一个对她好的人时，她就像抓住了最后一根救命稻草一样，死死地不放。而这个对她好的人就在张爱玲二十岁出头的时候出现了，他就是胡兰成——既是大汉奸又是大才子。他在一个女人最渴望爱，最容易和异性产生情爱的年龄出现了，他的出现，也将注定把张爱玲带入感情的深渊。这两个人相差14岁，当然咱们今天也说身高不是距离，年龄不是问题，只要两人感情好就往一块凑，他们两个还真就凑在一起了。当时的胡兰成是汪伪政府宣传部的部长，也就是说他是替日本人办事的。可是对于张爱玲来说，她爱他，所以不在乎他的身份！当他们两个热恋时，胡兰成已经有三个老婆了，并且他的品性也不好，到处拈花惹草，张爱玲也不是不知道，但是这一切都没有抵挡得住她对他的爱！当时在她看来，他就是她的天，她的地，她的整个世界！这也是大部分女人都会犯的迷糊，一旦陷入感情的漩涡，就没办法控制自己的思想！都说女儿是用耳朵谈恋爱的，甜言蜜语对女人最好使，先叫姐后叫妹叫来叫去叫媳妇，恋爱中的女人通常智商都为零！张爱玲虽然是个大才女，但是在感情这一方面，她并没有像她的才华那样让人敬佩！

他俩好了没多长时间，日本鬼子倒台了，胡兰成在四处逃难的时候就与张爱玲分开了。分别以后，她日日夜夜牵挂他，想念他，而他却两次和小护士、寡妇勾搭，完全将她抛之脑后。他这样的男人骨子里就有那种见一个爱一个的劣根性，就是这样的男人，她还一直给她寄钱，尽管她的日子已经很拮据了。她因为是汉奸的女人，所以一时之间她的处境也很艰难，但就是这样，她还是爱他，丝毫没有后悔过！她砸锅卖铁换钱寄给他花，而他却与另外一个女人拿着她的钱花得心安理得，有人也许会说这张爱玲怎么就那么贱呢？其实这一点也不难理解，因为她是一个极端缺少爱的人！她自我封闭，不信这个，也不信那个，所以，一旦她爱上了谁，这个人就是她的救命稻草，是她的一切！对于她来说，他是她生命中出现的第一个也是唯一一个对她好给她爱的男人，所以她对他的爱不是我们常人可以体会的!

后来,当她实在忍受不了相思之苦时,于是南下去找他,看到他和另一个女人生活得挺好,她顿时心生闷气,毕竟自己才是原配啊,怎么这会反倒自己成了第三者了?虽然心中有怨有怒,但是她没有胡搅蛮缠,更没有死缠烂打,作为一个有文化有自尊的女人,她意识到这段感情已经没有继续下去的必要了,于是她选择了放手,就像歌中唱的“我给你最后的疼爱是手放开,不要一张双人床中间隔着一片海,感情的污点就留给时间慢慢漂白……”就在他与她决裂的时候,她把仅有的房子卖掉,将折现的钱全部寄给了他,爱一个人爱到这种程度,我不知道该说她太傻还是……

她和他之间的这一段感情,带给她的伤害是无法弥补的,是一辈子都无法治愈的痛。而这两个人的结局也让我们感到痛心和不公,胡兰成作为一个汉奸,到处欠下风流债,身边女人始终不断,最后还与另一个女人白头到老,而张爱玲呢,在离开了他之后,就去了美国,在那里也有过一段并不幸福的婚姻,最后一个人凄凉、孤独地死在了异国他乡。

这样一个大才女,一生却如此的不幸,其实她跟胡兰成之间的那段孽缘,到最后看是不幸中的万幸,虽说她最终不是从汉奸这个高度认识的胡兰成,但是对他的负心薄幸,她最终有了清醒的认识,在她毅然决然地离开他的那一刻,总算是保住了自己作为现代女性的尊严,她也因此在她的后半生当中没再出现过类似的波折!所以今天我们能在很多场合,提及张爱玲,看她的著作,并且去爱戴她、佩服她的才华!如果当年她再跟胡兰成继续纠缠下去的话,在民族问题上陷入万劫不复的深渊,恐怕今天,我们也不可能如此全面的去欣赏了解张爱玲这个才女,更不能享受她的作品带给我们的精神价值!

所以说女怕嫁错郎,男怕入错行!还好我们现代社会思想比较开放，一旦婚姻走错，还可以重新改正。但是我们还是应该慎重对待自己的感情，慎重对待自己的婚姻，“寄言痴小人家女，慎勿将身轻许人”！

春　雪

2009级新闻学2班　谢霄

如果说冬天下雪我也许没有那么激动，四月的银川正是草长莺飞的季节，鲜花含苞待放，一场雪下出了期待已久的兴奋，看着漫天飞舞的雪花，我兴奋不已，铺天盖地的雪白覆盖了所有色彩，这是我期待已久的洁白，我想要留住这期待已久的到来，我突然发现我做不到，我抓了一把放在手心，我感觉不到它的存在，就像好多东西，拥有却不一定能占有，比如爱情，有多少人不为情所困，又有多少人能看破红尘，我静静地站着、沉默着，感受雪下的汹涌澎湃，感受着雪花奢侈的温柔……望着那一如既往的单调，平淡的心情慢慢替代了激动，平淡的忘了过去……

它们就像天女散花一般，掩面含羞遮不住，轻如鹅毛翩翩舞，一路垂直降落，雪花追随着喜庆的人们，调皮地落满肩头，随着双臂的晃动，挤一下眼滚落地上，片刻化为水珠，亲吻着大地，漫天的飞雪在半空中交织，密密麻麻形成一张白色的天网，落在房屋上，房屋变白了，落入树枝，树枝上像堆满毛茸茸的棉絮，一片两片三四片，片片雪花入眼帘。

春天的雪似乎要比冬天的雪吝啬许多也脆弱许多，刚刚开始布满空间就要在地面沉淀了，刚刚开始沉淀就要化作流水消逝了。怀恋儿时打雪仗的疯狂，怀恋童年堆雪人的欢畅，怀恋雪地中脚印的嘎吱作响，于是找了几个好朋友一快堆起了雪人，任雪花洒落在我们身上，尽管身上的衣服湿了也没有感觉，远远看去就像一个精灵站在那，对我们微笑。身边已不是儿时的玩伴，但感觉还在，都是一样的洁白，静静地看着便能洗刷因为追逐现实而尘埃满垢的心灵……于是我慢慢坦然了，坦然地看着洁净的雪，坦然地看着洁白的你，慢慢地好像回到了童年，揣着一颗纯洁的心，纯洁的心灵里藏着对未来的憧憬……可是儿时的玩伴，何时我们再来堆一个属于我们的精灵。

雪花依旧纷纷扬扬，洒落在我们身上，我也很受用地张开双臂，昂着头看着四月的精灵欢畅地游离于天，洒脱、疯狂地追赶。它们就像背着父母偷跑出来撒欢的儿时的我们，它们太不愿被束缚了，我也再不怨春的迟到了，它们也太想嗅一嗅春天的气息，它们也想看看有色的世界了，冬天太长了，长得人心累，而在这美丽多情季节里，怎奈何它们不心动。

在这盛放的季节里旋转，心底醉成一片，校园里并没有因为这一场大学而变得沉寂，一群群人从教室走了出来，观望这美丽壮阔的雪景，角落不时传来欢声笑语，他们奔跑着旋转着，笑声响彻了整个校园，随着风跟这漫天的雪花一起追逐，释放……

对于北方来说，圣洁的雪是冬日最美的风景，四月的雪却丝毫不逊色，洁白的雪花徐徐从窗边飞过，晶莹剔透，不带一点风尘，好似天空中飞舞的美丽蝴蝶，翩跹着融入心灵的静寂之中。回到宿舍，看着窗外雪花依旧飘洒，总感觉坐不住，觉得有人在牵引着你的心灵，于是我不再沉寂，披上外衣向你走去。看着这纷飞的雪，总感到由衷的欢喜，这样的心情从少年就开始，从未消减。那时的我们没有烦恼，没有忧愁，就像这漫天的雪花。我抬头仰望，雪花落在盛开的花上面，雪花与鲜花两相印，是我从未有过的欣喜，我不由得拿出相机，用来纪念这美好的景色。当相机定格的一刹那，我的心也飞走了，飞到了你们的身边，你们是否感受到了？

我爱雪，所以每当下雪了，我们也就团聚了，我们会在雪中不断徘徊，体验飘雪的风情，我们漂泊了一年的心也回家了我爱雪，因为它有兰花般的高雅，它有一尘不染的高傲与清纯。它是美的化身，也是它让我知道，我还有一个美丽的寄托。时间不停的前进，但背负记忆的我却不会离开这片记忆之海，不会走出记忆深处的那道轮回！花开花落，风骤雨流，不觉间，暗换了流年，惊起时，依然是人间四月天。

雪花依旧还在飞舞，就让我们随着雪花一起穿越我们的时光，迎接明天阳光般的未来。

那些年下过的雪

2009级新闻学2班　辛媛

在宁夏，已经是第三个年头了。来这里之前，对西北的印象只是干旱、荒凉。待了几年，情况也差不多就是这样，除了每年九、十月份的几场淅沥沥的秋雨，几乎是见不到雨雪的。

银川的四月，温度忽高忽低变化得离奇，眼看着桃花已经爬满了树梢，一早起来，外面却是白茫茫的一片，大雪铺天盖地席卷而来，把天和地都混合在了一起。

将窗帘撩开一个细缝往外看，我本以为是玻璃上的水汽，使劲抹，外面依旧满眼白色。太惊喜了，春雪啊！马上把宿舍的姐妹的都喊起来，洗漱完备出去一通拍照、打闹。在银川，整个冬天都几乎看不到这样大的雪，更不用说在这个春色烂漫的四月了。

玩得差不多，猛然想起早上一二节还有课，急忙跑去教室，却发现没有一个人。原来老师也这么浪漫，怜惜这场意想不到的浪漫的雪，让同学们出去拍照片了。

用手机刷了人人和微博，果然不出所料，所有在银川的人们都上传照片，表达心情，唯一离不开的主题就是这场春雪。

忽然发现，这场雪就像是上天派来的一个天使，它飞舞在人群中间，压下了燥热天气带来的浮躁，将欣喜的心情传遍我们之间。

依旧记得小时候的雪，好像那时的雪比现在下得更大、更深。

我的记忆都是穿着厚厚的棉衣，裹得像个肉粽子似的在雪中嬉戏的场景。每每下过雪，哥哥总带着我扫院子、堆雪人。雪人没有帽子，把家里的垃圾桶盖在头上；没有鼻子，哭着喊着叫妈妈从酸菜缸中捞一根胡萝卜，心满意足地插在雪人的脸上；再找两粒小煤球，就是雪人的眼睛……现在回忆起来，那样的场面好温馨，好幸福。可惜当时没有像现在一样功能强大的手机，无法将那温馨的画面定格在记忆中。

儿时的雪像棉花糖一样甜，一样美好。

初二那年的一场雪，同样深深地刻在了我的脑海中。那也是一场春雪，下得特别大。老师讲课我们都没有心思听，眼睛望向窗外，心更是早已经飞向了外面。终于挨到了活动课的时间，什么作业、听写都统统抛向一边，集体去外面打雪仗。没有团体、没有明确的敌人，只是双手不停地滚雪球，见人便打。“混战”了一个多小时，融化的雪水，打闹时的汗水，头发湿了，衣服也湿了。回到教室就不停地打喷嚏。第二天，大约有三分之一的同学都向老师请了病假，老师很无奈：“天冷，一定是冻着了，玩起来也没个度！”

初二的那场雪哦，我总觉得像一场受人欢迎的“瘟疫”，虽然生病了，但心里是高兴的。

从小到大，回忆起来，似乎每场雪都能带给我们不一样的高兴和欣喜，作为一个地道的北方人，年年见雪，但还年年爱雪，我更可以理解一个南方人第一次见到雪时候的心情。大一那年冬天下雪了，和一个南方同学开会到很晚，回来的路上一路为她拍照，虽然有些模糊不清，她依旧乐此不疲。因为那是她第一次见到雪。

写到这里，又想到离我最近的这场春雪，和我经历过的每场雪一样，留下了我成长的痕迹，留下了我的欢笑，留下了我的青春的姿态……

亲爱的老妈

2011 级中国古代文学研究生　肖鑫

我的老妈是一位地地道道的农村妇女，她没有漂亮的外貌、优雅的气质，也没有渊博的学识。如同沧海中的一朵浪花，平凡而且渺小，但却是构成这涌动不息的海的力量中坚实的一分子。老妈属相为牛，秉承了在田野间实干的牛的辛勤、踏实与坚毅。老妈也是倔强的，"牛脾气"是出了名的，认准的事非干不可。她多年的打拼，给我们营造了一个安慰幸福的家。从小到大，老妈对我的影响最深，她就是我心中的一座高峰。

老妈和老爸的爱情，她很少对子女提起，我只知道几个片段。当年，老爸为了讨好老妈，多跑了十几里山路帮外公卖羊，只因为能多卖几块钱。而老妈最终选择了老爸的理由更是让我惊讶。她说老爸当年赖在外公家里不走了，一副非老妈不娶的架势，老妈感觉太不好意思了，就结婚了。其实，老妈就是看中了老爸的实在能干，尽管那时刚退伍回来的老爸很穷。父母那一代的爱情太纯粹朴实了，哪像我们这帮八〇后的感情，背负了太多。

我兄妹三人，我和弟弟还都在上大学，家里的经济负担是很沉重的，仅靠几亩薄田根本无力支撑。老爸是只会靠力气营生的人，所以重担都落在老妈身上。她不怕苦不怕累，出谋划策，带领着老爸辛苦打拼。在经营小饭馆、五金店均告失败后，老妈并没有因为一次次的失败而心灰意冷。她曾经对我和弟弟说，你们要争气，好好上学，不要操心钱的问题，我和你爸会给你们挣来的。后来老妈看上了卖粮油这门生意。为了取经，她每隔几天都到县城的一家粮油店买东西，和店主拉关系。精明的老妈没有让努力白费，那家店主被老妈的诚意所打动，就告诉她了经营之道。然而当老妈准备大干一场时，却遭到了老爸的极力反对。要强的老妈哪里听得进去，独身坐上到市里的汽车去进货。事实证明，老妈的勇敢与坚持是对的，现在家里的经济状况大为好转，老妈不会再为学费苦恼了。老妈的这种执着拼搏的精神深深地激励着我，在学业上有什么困难，想想她，我就会有无穷的动力。

在子女的教育方面，老妈是慷慨且严格的。慷慨是因为尽管家里经济条件不是太好，她还是让我们兄妹三人上学。妹妹读完初中，实在念不下去，老妈才“放她一马”，我和弟弟目前都在上大学。不像其他父母，孩子多了就随心所欲，要么不让女孩子上学，要么让他们上完小学就草草了事。因此我们家是村里第一个出大学生的。严格则是老妈打小就教育我们做一个吃苦耐劳的人。在吃穿上面，她的原则就是吃饱穿暖即可，最讨厌我们仨和别家的孩子攀比。每逢学校放假，老妈就让我们到地里干农活，还不找搬运工让我和弟弟卸货，那可是几吨的米面油啊。刚开始，我和弟弟满腹牢骚，心不甘情不愿的。邻居也数落她哪能这样苦孩子的。时间长了，才明白老妈的一片苦心：亲爱的老妈是在锻炼我和弟弟，怕我俩在学校养成眼高手低的毛病，到社会上一点苦一点罪都承受不了。

当然，老妈也有许多做的不妥的地方。比如，她太爱唠叨了，老爸最烦这个，于是乎他俩的争吵是司空见惯的。老妈牢牢控制着家人的穿衣打扮，我和弟弟上大学之前没有自主买衣服的权利，发型是老土的平头，这曾让我误以为我的头就是为剪平头而生的。可是，这些都算得了什么，老妈是以浓浓的爱来照顾全家的，我们很幸福。

老妈今年已五十二岁了。以前叫老妈，是表示爱意的昵称，现在妈妈是真的老了，真的是老妈了。我和弟弟在外求学，每次回家，老妈都是“见面怜清瘦，呼儿问苦辛”。有时候望着妈妈花白的头发，心里满是愧疚，“哀哀父母，生我劬劳”，只能暗自祈祷老妈身体健健康康，自己赶快学业有成，尽早为母亲尽一份孝心，让她享享清福，不再辛苦操劳。

亲爱的老妈，我永远爱你。

北方的天

2011 级汉语言文学 2 班　徐烈

总喜欢，一抬头就看见近在咫尺的天空。曾以为在天的那头应该到了尽头吧，曾以为天的塑造是女娲娘娘用美丽的玉石补成，也曾以为天的颜色是一成不变的，永远保持着那份蔚蓝的色调。

自从来到了大西北，才发现这里的天空别有一番风采，它迷了我的双眼，让我拿起手中的笔为它描摹，为它倾倒。

偶尔一回头的时候，就感觉天空离我很近很近，仿佛我一伸手，就可触摸到那遥不可及的美，特别是晴天的时候，天空显得更加静美，更加凝练。那浅蓝浅蓝的色彩，蓝得彻底，蓝得恰到好处，似一位妇人身上的一履薄衫，又像是一双刚刚卸下妆的眼眸，煞是明亮而不艳丽。有的时候，还能看到飞机云，像马路上的斑马线，分布得那么有规律。细细一看，又仿佛是一道道琴弦在天空弹奏着优美的旋律。不论领略的是“海阔凭鱼跃，天高任鸟飞”的辽远，还是“晴空一鹤排云上，便引诗情到碧霄”的画意，都感觉自己被天空紧紧地拥抱着，感受它的慰藉与关怀。因为每次站在彷徨的十字路口，总能因为它找到安慰。因为天空留给我的是空旷，是粗犷，是积极向上。

但是，有的时候，它也会换上伤心的情调。灰色的天空中，总会出现三五成群的云团团，它们有的像骆驼在荒漠的大地行走，走近一些，似乎还能听到驼铃发出清脆般的声响，悠长悠长的；有的像翻跟斗的猴子细长的尾巴一摇一摆的，煞是可爱；有的像缱绻着的小乌龟，缩着头好像在匍匐前进……盛大的天空下好像在举行着一场动物世界的竞赛。俄顷，只听到一声孤寂的长鸣划过天际，似乎都激起了一层层涟漪，天空更加寂静了。听着王菲的异域之音，感受到的是一阵寂寞。罗志祥的哀婉歌声不由得充入耳中，好像正是这天空的孤独倾诉。

夜晚的天空就像一个安睡着的小孩，还在呓呓私语，说着梦话，吵得月亮姐姐和星星妹妹都不能睡觉，黑色已弥漫了整个天空，只星星点点地闪着一些光芒，星星虽少却很明亮，那柔和的光泻入我的眼里，却写满了我的心里。月亮正蒙着面纱姗姗来迟，好像穿着粉色婚纱的少女，羞羞答答，不知不觉已走过了玉树梢头，远处还能听见一两声树枝摇动的声音……夜更深了，天空也不知从什么时候开始拨弄了休止符，一切戛然而止。

呵，这北方的天哟，竟给了我春风般的亲切，秋雁般的惆怅，冬雪般的温暖。

雪中情

2011级汉语言文学2班　徐烈

是什么，来得悄无声息，将最初一抹新绿点缀；是什么，姗姗来迟，带来春天里被装饰的梦；是什么，如暴风骤雨般，又摧毁了如梦初醒的桃红柳绿；又是什么，在不知不觉中，已点染了散布在校园里美好的气息。

是那从天而降的惊喜——春雪，玲珑剔透，像白盐，像泡沫，像镶嵌在宝石周围的白玉。在春暖花开的四月，它来到了人间，像个过客，造访了这片渴望滋润的大地。别有一番“人间四月芳菲尽，山寺桃花始盛开”的意味。

一雨一世界，一雪一追寻。

循着一步一步的脚印，远远地望去，看到好长的一串脚印，歪歪斜斜的，像耷拉着脑袋的小孩不情愿地噘着嘴的样子。鹅毛般的雪洒在身上，冰凉冰凉的，有点寒意，而后瞬间便消失不见了，只留下停滞在空气里的顿悟和清醒。余光中忽然闪现出一抹粉白，定睛一看，原来是一棵桃花树尽在雪中沐浴着大地的回赠。树枝上，一团团雪堆得满满的，相互簇拥着。瞧，多么娇羞的一个可人儿，涂着粉红的胭脂，着一身鲜艳的桃花裙，摇摆着自己绰约的身姿，还真有点像桃花夫人呢！我想世间难找得出这样的美人儿了。深深吸一口气，一句“忽如一夜春风来，千树万是梨花开”脱口而出，好清爽！好干脆！

曾经对雪是司空见惯的我已不以为意，哪知我竟这么强烈地热爱着这片雪地。它给了我心灵的净化，勾起了我内心源自雪的爱。

正被这美所震撼的时候，清脆的笑声不由得充入耳中，翠绿的草丛上已覆满了一层厚厚的积雪，只零星地露出一两点绿色。草地上的积雪已被学生们的脚印连成了许多奇形怪状的花纹，欢声笑语充满了雪地。呵，没想到在大学校园里竟能看到这帮成熟的学生像小孩子一样毫无顾忌地在雪地里玩耍嬉戏。他们一起打雪仗，堆雪人。是这场雪激发了他们的童真还是学习闲余后的放松呢？此情此景好像只有童年才会有呢！童年这个时候的家乡应该早已百花争艳了。蝴蝶蜜蜂纷纷在百花丛中飞舞，邀上几个好朋友去采青，忽然觉得在时间上和空间上，我已经走出了好远好远。

透过时间的痕迹，我仿佛觉得自己一路的奔波已化为异乡的离别，一股浓烈的思乡情袭上心头，好像扼着我的咽喉，刺得我生疼生疼。想家乡的那条小河，想妈妈做的可口的饭菜，想守在家门口的小狗，想……

雪渐渐停下来了，似乎一下子安静了许多，只听到一两滴从树叶上滑落的水声。太阳也出来了，这片雪似乎不愿停留太久，还只是顺路光顾这片土地，不一会儿，一切变得清晰可见，空气也新鲜了许多。一棵棵杏树映入眼帘，我惊住了，地上落了一地的杏花瓣，镶嵌在草丛间，沾着露水，好像挂满泪珠的脸庞。树枝上还残留着被风刮走而挣扎的痕迹。真是“零落尘泥碾作尘，只有香如故”。刚刚还萦绕在空中的花香，似乎一下子凝固在这冰冷的空气里。我弯下腰，小心地捧起一叶花瓣，感受她刚刚折枝的痛楚。

一缕愁绪浮于眉宇间，想要挣扎着不出来却不然，只能在漫长的雪地里感慨物非，人也非，事事非，往事不可追。

呵，这雪竟带给我那么多的感触，于雪景中油然生情啊！

山河记忆

2011 级汉语言文学 3 班　徐思雨

您是怎么说的呢？
没有山河的记忆等于没有记忆，
没有记忆的山河等于没有山河。

——席慕蓉

这个时节，景泰的风吹的有点凉，但是不太慌张。校车透着清晨刚被唤醒的空气行驶在山峦环绕的路上，去黄河石林的路。黄色的土地，让人觉得厚重而冷清，但总有些不知名的花和草冲破地壳的坚硬为这片苍茫的颜色带来一丝惊喜和温暖。路越走越深，两旁山的起伏因而更加的明显。望不见头的山坡在意识里将视线拉的很远很远，想起了那句话："山的尽头是什么。"在这里，山的尽头果然依然是山。

像洪水来临时掀起的阵阵狂波；像雨后水和着泥泞的黄土风干后的形态各异的雕塑；像战士战袍上一片片盔甲，这就是这片土地，你只能用带着自然精神和力量的事物去形容她。

我在想这唯一的一条路是如何穿破山的脊梁，如何承受住这片苍茫过后的孤独？自从醮酌着泥青一路蜿蜒匍匐在这片山峦的胸膛上，路就再没有改变过。它一定有一个理由去坚守——这片土地需要它，这里淳朴的人们需要它。于是它把心栖息在这里，埋下理性的挣扎,扎根感性的情思。在汽车行驶的喧嚣中安静听,你听,这条路是幸福的。

在石林景区的门口换乘小巴车，绕过急转的盘山公路后再坐上旅游电瓶车,一路上峰回路转,步移景变。这里小村安卧,一个个小院子,祖母抱着孙子坐在小路边享受岁月沉淀下来的幸福,一张张被黄河水哺育的淳朴的脸。枣树和苹果树一大片一大片地长到了最茂盛的季节，红透了的枣故意将枝头压到了一个极其诱惑游人的高度,也许每个人都像我一样,在经过某棵枣树的时候有一瞬间摘枣的冲动。

黄河岸边，羊皮筏子一个挨一个地立在岸头晾干它们身上的黄河水，我们的祖先用这样一种极其残忍的方式来证明了自己的智慧,除去肉和血,而让皮囊在时间里永生。这到底是羊的幸运还是它们的悲哀?泛黄的皮囊里面会不会都装着一个未转世的灵魂,在黄河里百转千回,久久地不愿离开自己最后留在尘世间的牵挂。坐上羊皮筏子,黄河就在身下,随着波浪的起伏,筏子上下波动,突然会有一种莫名的感觉，我们骑着羊在黄河上去找着通往前世的路。

羊皮筏子停在了“饮马处”,上岸,往里走就是那段我们要进的饮马沟大峡谷。第三世纪末和第四世纪初的地壳运动成就了鬼斧神工的黄河石林，四百多万年黄河守护着石林穿越时空来到了我们的面前,黄河曲流山水相依。一河两岸,两岸不同景,一边是古朴润泽的龙摊绿洲,一边是陡崖凌空的戈壁石林,河流那边的绿洲,树木葱茏,一派生机。而河这边的石林,则雄浑壮观却寸草不生。

一河两岸,组合着一幅奇妙的图景。这边生机着,流动着,四季变化着。那边裸露着,坚守着,永恒着。两边如同对峙,又如同对话。不知道绿树能否理解河这岸的恒固不变，也不知道石林能否理解河那岸的生死枯荣。

但不管理解与否，它们就这样在黄河两岸相对相生着。

石林峡谷一路都笼罩在时间与自然所创造的超越时空的传奇色彩里。飞来石的存在见证了时光的变迁，翻天覆地的地壳变动消失了，留下飞来石夹在两山中间，不接大地也不触苍天，来的时候注定轰轰烈烈，如雷贯耳，到最后只能夹在孤独里找不到来时的路，寂寞而死。

我相信了，这里的一切都是有生命的。留下山，留下水，留下记忆，于是一切都不再残缺。

不沉的岛屿

2011 级汉语言文学 3 班　徐思雨

有一天我会把一袋袋的书和纸打进包里，有一天我会对这芒果说再见，我强大的她没法永远留住我，有一天我会离开。

他们不知道，我离开是为了回来，为了那些我留在身后的人。

——《芒果街上的小屋》

花蕊揉碎成时间的美，无数个黑夜与白昼悄然隐去，季节都老了。2008 年的洪水漫过来，似乎是一个午觉醒来后，是 2012 年的夏天。6 月，又是一个高考季，而我站在大一平静流淌的末端，回望来时的路途，发现从前的影子已经很微茫了，像黎明时遗留在天边的寥若晨星，在晨曦中慢慢泯灭得什么也看不见了。原本以为会感慨万千，唏嘘不已。

很平静的，也没有压抑，再激烈地感受到了这个时候都被稀释了。

2010 年 6 月末，一个余热未散尽的黄昏，我们的教室搬到了另外一边的教学楼，文理班在两年的杂居后终于各自奔向了康庄大道。那时候，我们惜别高二，跨向高三。

那是人去楼空的高三教室，看着那些凌乱的桌椅和满地铺陈的废纸，甚至留在桌上厚厚的灰尘，心里空旷得如同深夜的街道毫无征兆地下了一场雪，他们就这么走了，只留下了这个静默的战场。大家拂去那些灰尘，放好自己堡垒般筑起的资料，于是时空进入下一个轮回。

那个夏天，世博会正在上海如火如荼的举行，但是仅仅五天的暑假无情地摧毁了我的世博之行，于是在抱怨了很久之后又不得不向现实妥协，坐在教室开始了快意与痛苦并存的拉力赛。毕竟，这个夏天，我们高三。那个七月的校园随着潜意识里认识到只有我们高三还在补课而就此空旷的飘了起来，像是离开了一大批乘客的公交，原本拥挤的空间被拉伸出了寂寞的距离。

高三，一开始的感觉就与众不同。至少在我是这么觉得的。

在经历了小学六年换了七个语文老师后，高中三年换了四个数学老师这种神奇的事又给咱碰上了。那天，数学老师第一天进班，他一进来，全班都笑了，圆圆的身体圆圆的脸，反正是制造出了无限喜感。我不得不承认，我本来就不清晰的思路总是能被他越讲越迷糊，每到这个时候，我就趴在桌子上用手指慢慢地敲着桌面，发出自己才能听到的，安静的声音，然后坐起来拿出另外一本数学资料慢慢地做题。后来都习惯了，讲台上的和我各自沉寂在自己的世界，各自安好。

其实盛夏的天蓝的特别纯正，云层也无比自由地在高高的头顶穿梭。那天后座的同学蹬我的板凳低声说：你发没发现只要是数学课，天上的云都特别漂亮啊！然后我就伸着脖子到处张望，再然后就听到了数学老师独特的声音飘了过来：你自己看还不够，还拉着别人看?！我特别想笑。其实，在每日同样的生活里，这依然是一种很大的乐趣。

现在我头顶上的天空每天都是那么的蓝，却再也没有人踢着我的板凳叫我偷偷地看。而于你们,也是另一片风景。

也许是文科班里与生俱来的气氛，尽管班主任每天念经似的说你们已经高三了,要狠下心来一搏,但那个夏天我没有一丁点地感到紧张与不安,依然在朝读时慢慢吃着早餐,有时候拿着 P4 看柯南,或者干脆在电风扇给我创造的绝好盲点下沉沉地睡去。

后来我们七八个人说组建一个“大湾子”,我都不记得这么个有乡土气息的名字到底是谁想出来的，可是念头一出来时的激动却如此清晰地存在于脑海中,那段日子大家风风火火地张罗着,湾长,湾员,湾徽,湾歌,甚至还在 QQ 上建了个湾群。为此我们乐此不疲。大家还说在高考完后骑自行车去庐山旅行,不过这个计划在高考还没开始的时候就寂寞地被扼杀了。还记得,我们刚宣布大湾子成立的那天晚自习下课,刚好那边新开业的酒店放起了烟火,我们说那是为庆祝咱们湾成立而放的，还硬是一群人神经兮兮地站在窗边齐声叫好,一边死劲地拍巴掌。那时候我们高兴地忽略掉了周围所有的目光。

烟花坠落,穿透时间之墙,一面沦陷,一面歌唱。

那个补课的暑假,快乐的,失望的,兴奋的,堕落的……一切都随着最炎热的天气散去而不复返。

秋天,冬天,又是一场雪,又是一年新年的钟声。

那些冬天的中午,我们用午休的时间坐在教室里喝奶茶,看杂志,聊天说话,也许在别人看来,我们和教室其他零星的几个写作业或是午休的同学形成了强烈的反差,而她们才是真正的高三。

像是整整经历了一年之后,又是春暖花开。就这样,花只是一夜便开了,柳也是一夜就绿透了。教室挂起了高考倒计时的牌子。终于,该来的躲也躲不掉。

有时候也会想,自己的梦想,如果在即将触到时,化成玻璃碎了,那种痛苦,虽是没有流血,却也是遍体鳞伤的吧。

一切都会好起来的。我信着这句话,却信不过时间。毕竟那些被我挥霍掉的大把大把光阴再也不会回来了，而剩给我的只有短短几个月。

教室里班主任到处都张罗着挂满了横幅与标语，还有前面大家在八十天誓师词上的签名。龙飞凤舞,各具特色。也许这只是大家自己为自己设的咒,如网一般,无形的存在于这个教室的每个角落,束缚着,无法肆意动弹。曾经我对那个近在咫尺的一副标语保持着非常大的兴趣，上面毅然的用红色的字体醒目的写着：要成功,先发疯,下定决心往前冲。

后来自己把桌子拖到了教室最后一排的正中间，空旷的感觉一切都离我很远,于是开始镇守着我的一方疆土,开始追着时间过日子。每天都在做昨天残留的作业和早在半年前因为一次月考选错十个阅读理解后每天的五篇阅读。来不及停歇和思考,便迎来了下一天,我不喜欢这种感觉,时间走了就是走了,无论你怎样追赶,回不来的就是回不来。有无数次,那些桌子上一堆无人问津的试卷被风吹得满地都是,白茫茫的一片,而大家依旧埋头做题。瞬间,满眼尽是一片凄凉。是这样一群人,注定要在一番没有硝烟的战争里波折,我们都不知道沿着梦想到底能走多远,但依旧低调的用最朴素的生活描绘最绚烂的理想。

后来高考终于结束了,没有想象中的兴奋。那天晚上在小屋里整理了高中三年的课本与资料，发现了在选择文科后便弃之不用的生物和物理课本,它们成了漫漶在记忆深处的说书人。面容模糊的讲述着那些生命的演变以及光,电,声,色,用理性和科学来阐述这个光怪陆离的世界。看着那些以前被我狠狠标出来的重点内容,已如同初识，那些关于它们的记忆在不经意的时候早已重新归于尘土。

一切就都这么结束了,今天的我走在另一片土地上,看着昨天的自己，也许不是应该过多的感叹时光的流逝，而是对昨天笑得那么开心的自己说：谢谢你，曾经那么疯狂，也那么努力。也许就像真的没有永远不沉的岛屿一样，无论什么都会结束。亚特兰蒂斯，那个传说中大西洋上巨大的岛屿，曾经盛极一时，有华丽的宫殿和神庙，有祭祀用的巨大神坛……依然在一夜间被大海吞没，从此消失在了深不可测的大西洋中，沉没的亚特兰蒂斯，结束的文明。

是不是没有永不沉没的岛屿？

再见。

我想，你们已经给了我这一片最好的阳光，那么，就算岛屿沉没，海底的阳光，也定当如此。

如何让你遇见我，在我最美丽的时刻

2009级汉语言文学2班　解玲洁

大雨过后，一只鸟儿满身泥泞无法站起。鸟儿们都说她是一个怪异的孩子：羽毛驳杂，翅膀弱小，叫声难听。作为一只鸟，它甚至不会飞。在无数次的试飞失败后，它绝望地趴在泥水中。“得得，得得”，一匹黑马路过，不经意地看到了这个小东西。马儿俯下头来，美丽的鬃毛顺着健壮的脖颈垂下，他如漆的眼睛里映出她绝望的眼神。马儿轻轻地将她衔到背上，然后，他开始奔跑。辽阔的原野上飞起一道黑色的闪电。鸟儿的双翅鼓满清风，她感到前所未有的欢畅，她随着马儿上下翻飞的鬃毛的节奏，扇动起已被风吹干的羽翼，向往已久的蓝天终于向她敞开了怀抱。他们奔驰着、飞翔着。一个是大地的精灵，一个是天空的精灵。所有的一切都被他们抛在了身后，一切的所有都等待他们去超越。然而，一片汪洋宣告了他们不同的路途，她无言地在他的上空盘旋。最终，鸟儿飞向了广阔的天空。

一年之后，马儿被人类捉住，他摔下了每个企图驯服他的人。直到一天，他看到一个身有残疾的人，当马鞍套在他的背上的时候，他如漆的眼睛骤然黯淡。几年没有日夜的劳作，使马儿曾经健美的身躯变得像嶙峋的怪山，自由的鬃毛已被剪得像骡马的发式。

有一天，主人仍旧一瘸一瘸地把他牵到马桩，可是这次主人的手中握着一把明晃晃的刀子。马儿没有丝毫防备,随着一声尖利的嘶鸣,马儿重重地倒下。当马儿最后一次望向天空,他看到了一只美丽的七色鸟儿,鸟儿急速俯冲下来,撞向主人手中那把滴着热血的刀子。所有在场的人都惊异了,主人吓得赶忙丢下刀子。鸟儿拖着带刀伤的身体爬向马儿,地上留下一条长长的血痕。当鸟儿终于又见到那双如漆的眼睛,她唱起了如风如霞的挽歌,世间的一切都因此黯然失色。这是她第一次也是最后一次歌唱。

“滴答,滴答”,当鸟儿终于无法再唱出一个音符,天也哭泣了。天空落下了大颗的雨珠,缓缓地融入大地。谁能想到,天与地的灵魂竟是要由泪水来连通。雨水,洗刷掉了马儿眼角的泪水,也洗刷掉了鸟儿眼角的泪水。

“为什么,为什么我们没有在最美丽的时刻相遇。”

如 意

2010 汉语言文学 3 班　薛玲波

岁月荒唐，岁月雍容，谁在这漫漫长途上看见了动人的孤独，谁在那流浪的记忆中采回了快乐的时光。月圆月儿冷，月缺月儿美，世界变来换去，苦闷忧烦和不幸死去又重新繁衍不息，哪里有值得欢乐的天气？枉被流年伤了青春，毁了热情，熄了梦想，一回头才看懂，原来那个自己不曾用心的活过。无论如何判自己一个罪孽，都不能挽留住时光这种永远，再念从前的快乐。且停且行，看嫣红的枫叶垂落，落花戏流水，云卷云舒倒映在心田生长出一片清凉，而漂亮的黑眼睛开了门，世界里还有许多幸福的事值得观赏，一颗昭昭的心儿驻扎在生命跌宕起伏的驿途中，人世的对与不快以宁澹的心儿了然，我们互视时脸庞莞尔，终于禅悟着生命依旧如意。

见过在最美好的年纪身形残缺的人，有的坦然面对生活的辛辣困难，用一颗不曾委顿卑微的心灵向前行走，学习落拓于人世的刁蛮和刁难，满心期冀着光荣的彩虹；有的却在这人间终于无可奈何，误用了磨难，低下了头颅，屈服生活的残忍，被遗落在少有天使路过的角隅，谁能体会那种没有幸福的名字的委屈。当失去双臂的刘伟在“中国达人秀”的舞台用双脚弹奏出流畅曼妙的钢琴曲时，触疼了多少观众的心灵，因为他在蹇涩苛刻的人世里怒放生命的倔强和勇气，不屈和坚韧。只有勇于面对生活给予我们的难劫，才能抛开了生命忧患苦痛造一个如意的浮屠。

当生命太葳蕤的你遭受着生命的不完美时，也许你只是一个被上帝咬过的苹果。是你太好了，上帝太喜欢了，所以它禁不住要咬一口，区别在于有的人被咬得深咬得狠了一点，有的咬得浅咬得过于温柔。贝多芬被咬过，再听不见曼妙的音乐，却创作出生命的交响曲；弥尔顿被咬过，正值盛年时双目失明，后来却有《失乐园》传世。生命是一场修行，这周遭世界总是不知疲倦的给我们未知的苦痛挤压磨难，有的人被击垮熄顿了心中光明的灯，有的人迎击着公正生活的荒凉凛冽，傲然人间。相信那些在生活面前懦弱了的人，只是被生活虚有其表的严酷给欺骗了，我们该恻隐或者平静着吧，因为活着本身已不太容易，活着就是一种胜利；掌着生命的舵，勇敢驶向无涯无尽欢快苦楚、意外错综世界的人，给我们力量相信未来和光明，告诉我们苦难有多强悍我们便应多勤奋和英勇地在跌倒后爬起，向着生命那盏启明星，再接再厉。简·爱说："你认为我贫穷、卑微、瘦小、不美，我就没有灵魂没有心了吗？你想错了！"这句话不该说给人来听，而是朝着这某刻狂风大作的生活歇斯底里和永不懈怠的抗战，为了找到那片风和日丽的晴空，为了明媚的我们笑着时分明如意！

这世界好大，好人那么多却不容许我哪怕萍水相逢遇见心仪的你，留个回忆能镶上画框；这世界太小，小到面对面背靠背几公尺远距离，却还会陌生成甲乙丙丁，路与路走成天涯和海角，一句"我爱你"和一句"我愿意"来来回回捉迷藏。谁决意要苦等那个缘分，谁转着一圈满满的圆幻想那个人来表白，谁又找着那个可以爱的人日夜兼程，不屈不挠。对的时间错的人，错的时间对的人，哪有什么对，何谈什么错，不过是不爱，不过是小小的我们为不爱找了一个狡猾到我们都肯相信的借口。

仓央嘉措问佛:“如果遇到了可以爱的人，而不能把握该怎么办?”佛说:“留人间多少爱,迎浮世千重变。和有情人,做快乐事,别问是劫是缘。”遇到真诚可爱的人便去爱,幻想太多会劳累,怯懦太多会错过,死等缘分太漫长会徒劳;诚恳坚贞真挚地爱一个人,总会打动那个善良的男子、安好的女子,爱因感动而生动,生动即是如意。

如果五月里还有肆虐的风来横行霸道,既然阻止不了,索性让它得逞,但要以时间的态度对苦难漫不经心,对生命中的意外保持心灵的宁静;如果热烈的夏天到了你的爱情还没有盛开,既然爱一个人难能可贵,便心怀光亮等她脉脉含情走来,但要以积极诚挚忠贞的态度满心期待,对生命中的那个伴侣永葆温柔关怀。

头上那个太阳灿烂阴暗,平平仄仄,腾腾挪挪,向日葵不会因为少了一刻的光照而枯朽，童稚的小孩不会因为阴霾满天而放弃快乐的游戏,而年轻的我们亦不会因为风俦雨傯的日子怯懦唏嘘,反会向着光明和幸福抬起纯粹的眼睛。安闲的云,鲜绿的树,白色的裙,念你笑靥如花,管他自转公转、天旋地转,把那些纷扰一脚都踢开;养一颗坚固袅娜的心面对人世艰辛尴尬,守护一颗善良优好的心爱个好人,信仰美好的人淡淡的时光一直贴近在身旁,幸福在安和满足中长生,心若安好清朗,世界依旧如意。

杨的联想

2012级汉语言文学1班　俞筱琪

冰冻三尺，呵气成霜，冬的凌厉一寸寸于北方干燥无水的空气中盛放，有如藤蔓向周遭无限延铺开来，恍如一瞬之间，寒冷与肃杀便主宰了这个朔方。

好似被封入了一个神秘冷寂的结界之中，万物喑哑，于罡风之中颓然失去色泽，世界也随之黯淡了一下。我却是在这种环境渲染之下产生小小的感伤和失落之间瞥见了北方高大的白杨。

那抹近乎银白的光芒，柔和的颜色通过光的传播直达我的眼际，抚摸我干燥的眼球，骤然衍化出些许水分，属于不经意间收获感动的成分。抬眼仔细地看它，笔直粗壮的树干直指，枝丫也无一例外地平行伸向苍穹，一种凌然傲立之感被其演绎得淋漓尽致，附带着一种莫名的感激，它在一瞬之中给我以那样的昂扬不屈、积极向上的动力，于四季之中守望一种亘古不变的执着。纵在时光的流徙之中更替着外裳，却仍沉淀下一份令人由衷的赞赏。

我是爱极了这种树，从初来时第一眼邂逅之后，这种情感便与日俱增，日益浓厚。它银色的外衣透出一股安之若素的贵气，高大的树干给人以满满的庇护感，挺拔的姿态总是充满强烈的存在感，并于凄肃中彰显着生命种种美好的一切。能纵触动我最深沉的情感，使之如同喷薄的红日，一瞬爆发。

我静静站立于白杨之下，指尖滑过它纤毫毕现的树纹，思绪翻飞。

芳菲谢尽之后便是生命之华，以娇花兑现硕果，以年轮兑现高度。我们也和万物一样吧，唯有穿越一场场风雪的历练，忍受一轮轮严寒酷暑的洗礼，于时间形形色色的磨砺中栉风沐雨，无所羁绊地一往无前，才能以微笑问鼎生命之华。

真的是如此呢，此时的我，正慢慢地适应了大学的生活，不再感慨自己为何会背井离乡、远离新友；不再抱怨条件的缺陷、饮食的不惯；不再艳羡高中时代的好友们一个个去了理想的学府，居多结伴于西子湖畔。不，我都不再了，我已不是彼时的我，我试图把故乡放在心底，默默怀念，尝试吃辣，克服对海鲜的思念，学会对他们发的那么多的类似小资的华丽丽的说说感到淡定安然。

或许这是生命最好的安排，如果说生命之中定有一场我意想不到的严寒，要我只身一人来到举目无亲的北方，接受一种全新陌生生活方式的训练和熏陶，我也坚信这是种命运的审查和考验，冥冥之中上天依旧对我有着厚爱，让我在这片异乡的土地上学着自我照顾，自理生活，学着抑制思念去努力学习工作。让我遇见白杨，教会我无论于何种环境之中都能信念坚定地眺望前方。

于相对的困境中寻觅一缕希望，如果以牺牲换取等价的收获，可不可以忽略环境的不尽如人意。站立于一个较为低端的位置，一样可以努力，可以攀升，只要自己的心愿意去承受已经到来的一切，以坚韧和执着为基调，一样可以谱写人生的华丽篇章。

我甘愿选择这样一个偏远的异域，冷静地看你们的背影消散于杭城灯影斑斓的夜色里，你们都很好，我知道。而我则相信一旦选择的道路会给我背水一战的勇气，塑造出僵硬的个性，在并不荣耀的地域上亦也能微笑挺立。

当流年历经整个孤阒冷寂的年段，我愿像朔北高大的白杨一样，守护心中一方坚固的信仰，默默迎风沐雨，眺向东方微有的曙光，聆赏上苍赐予的一枚生命之华。

大西北的神奇地貌奇观

——黄河石林

2011 级汉语言文学 3 班　尹鑫颖

传说古代有位武将打仗打得天昏地暗，骑着战马落荒乱跑，跑来跑去跑到一个峡谷之中，便沿着峡谷一直走了下去。最后他终于走出了峡谷，在峡谷尽头，这位武将面对的是滔滔的黄河。武将见黄河对岸有个村落，饥渴交迫的武将便想去那个村子找些吃的，休息一下。但是滔滔黄河成了他的无奈，武将只好在黄河边饮了饮马，便悻悻返回。从此，这个峡谷便被叫作“饮马沟大峡谷”。黄河对岸的村子叫龙湾村，因为黄河在这里转了个弯，故此得名。由于地理的原因，过去这里十分闭塞，据说这里很少遭遇战火，大多数人不知道八年抗战、三年内战。

今年秋天，我们有幸来到了这里。看到黄河石林的那一刹那，便被它那气象万千、雄浑壮观的景象所震撼，其造型天造地设、鬼斧神工，犹如雕塑大师之梦幻杰作，集古、奇、雄、险、野、幽与一身，充分体现了粗犷、雄浑、朴拙、厚重的西部特色，又于黄河曲流山水相依，静中有动，汇东西南北自然景观之大成，真不愧为“中华自然奇观”的美称。

石林依着黄河的弯转，藐着黄河的水流，这个场面保持着一种惊心动魄的兴奋，一看就是飞逝而去的千万年啊，千万年。老龙湾像一条长长的、波光粼粼的跑道，黄河拍打着细浪，从耸立的石林中，陡峭的岩石旁流过去，固执地向干涸遥远的北方挺进。风吹过，水涮过，千万年的岁月，灵动和冥想，一路歌舞狂欢，突然一刹那就是永恒。停在那里回转的头型，飘飞的发丝，闪逸的裙裾一下子被动结了，面目间的笑意还没有来得及抹去。假如有一天，你也来到石林，是否会为这一片晴朗而辽阔的天空下毫无造作、天然凝就的灵魂而感动和震撼？大自然的神笔飞扬，你纵然放开想象，驰骋神思。望尖锐或圆锥状的山峰，基部相连的簇状，是石林发育地貌形态。只要能够联想到的物象，毫无例外活生生矗立在你的眼前，仰观景慕，活灵神现；你没有想到的也一幕幕向你袭来，目不暇接。山峰如聚，峰岭沸腾了一般，黄河石林以它非石非岩的特质，在这块土地上托起一个立体的神话。雅丹、丹霞、峰林为一体的地貌奇观写意了恢弘的场景，刀锋拥挤，千军涌动，万马奔腾，这俨如一个拼杀的战场，风行走其间鼓动着金属碰撞的铿锵，它不再是一个夸张的舞台，场面不再是一个宏大的舞池。穿越石林，我们不自主地感知黄土高原的阳刚的身躯，缄默的神态，坚毅的面容，它在风雨中矗立，日复一日，从不愿放弃对大地的眷恋，对太阳的向往。

究竟是风剔刻了，还是水涮铸了这样的景观？凌起的那样刚强凌厉，飘散的又这般呼拥静美，刚柔相济。连缀的危峰多么像板梳的齿，背负厚重的黄土，声张出要梳理高远蓝天白云的梦想。风在梳齿间流走，摩挲着发出一种沉闷浑厚的音响，顿感激凌励志，可是这感觉却被踩在脚下河道里的砂子全部吸收，人们无疑感受在钢棉、利钝、峰川的互为矛盾里。林峰百丈，直须仰视。不停歇的风在峰隙间迂回，把峰林打磨得光滑圆满奇特。风还可以在岩体上钻出诸多洞穴，方圆各异，风姿万方，引人遐思联翩,浮想联翩。还有一些峰林如在水中一样流淌的那样柔软,那样多彩多姿。

凝神回首我次所领略到的奇观，不得不感慨大自然的鬼斧神工和人类在大自然面前的渺小,既然自然给予了我们这样的美景,我们就应当心怀感恩的去欣赏这一幅幅壮美的画卷。

一头驴的独白

2011 级汉语言文学 1 班　杨媛红

我是一头驴，这是一段我的独白。

不要以为只有人有想法，有所谓的世界观，我们驴也是有的。首先，我自我介绍一下，我长得很普通，在驴堆里你是不可能一下子找到我的。我生长的地方倒是有些特别，就是被你们人类誉为国家地质公园的黄河石林。所以，如果我们今生有缘，哪天我还可能会载你一程。当然了，我生长的地方虽然有名，但也不能代表我什么，因为那些东西全是你们人类的东西。但是说句实话，也正因为我生活在这么个“好地方”，我生活还是有些不一样的，为我的生活增加了不少的乐趣和色彩。

在我还没有来到这个世上的时候，我爷爷、我爸爸那时候可没有我这么幸运。那时候这块宝地还没有被开发出来。我们的活动范围很小。所见到的人、事、物也少。因为我们这个地方太偏僻了，完全就是个与世隔绝的世外桃源。不过当上帝把我们的门关上了的时候，他必定会给我们打开一扇窗的。这扇窗就是我们这水流不息的母亲河——黄河。我们因为她才能世世代代，才能代代相传。她真是我心中的偶像和崇拜者。我爱她！

我每天的生活还是很多姿多彩的。我们这里每天都会有不同的游客来。我呢，就是喜欢他们，他们每个人看起来都特别的友好，特别和善，我愿意跟他们交朋友。我的主人每天都会拉着我出去“接客”。每天都会有那么一两次。可能有些朋友还没有来过我们这儿,还不太明白。我们这有个很有名的旅游工具叫驴车。驴就是我这样的,后面拉着个车,上面能坐好几个人呢。当然喽不能全都坐大胖子,我可拉不动。那样我会被我主人抽的。不过好像我还没有遇到过那种情况。我的客人都是一些漂亮的姑娘和帅气的小伙儿。有时候是一些有些年纪的老爷爷、老奶奶们,但他们都很慈祥、很好。

我的主人每天都会定时定点地给我吃的，但要是有时候游客多时,他会粗心地忘记,还好有一些喜欢我们的游客经常将自己的吃的分一些给我们。他们有的还害怕我，不敢把手放在我嘴边太久,我一碰他们的手他们就立马缩手,常常把我吓一跳往后退。但是其实我不可怕,就像我知道你们人类不可怕一样。有时候主人彻底把我给忘了,我就只能吃地上的石头和纸片了。我吃过一次,那真的是太不是滋味了。自从那后,我就生了一次病,然后主人就都很注意我的饮食了。我知道谁都会犯错的时候，犯了错改了就行了。所以我又跟我的主人和谐地去拉客了。

我的个性呢,挺好的。脾气很温和,不像我的兄弟老马,他有时候发起飙来可是没有谁能抵挡得住的。我很勤恳,应该算得上是人类说的劳模了。我们每天都在工作,没有固定的节假日,我任劳任怨。我也从来不对主人、游客发脾气,是一个十足的乖巧的好孩子。哦,不对,乖还算得上,可是就我这体型,巧应该是沾不到边了,呵呵,有点夸过头了……

我在这里生活得很好,我与这里的人、这里的母亲河,还有这里的石林和游客都相处得挺好、生活得很快乐。我喜欢这个地方，喜欢这片和谐的地方。

黄　叶

2011 汉语言文学 2 班　杨　念

经雨抚过的黄叶皮肤紧凝，让人误以为是时光不小心犯的错，令她红颜白了发。我随手拾起一叶，摊在掌心看她温柔的黄，触她滑腻的肤，仿若深夜路灯下匀开的如煎鸡蛋的橘黄色，香味四溢，触手温暖。

叶子的脉络清晰可闻，只覆着一层薄薄的膜，就着阳光看，仿若透明，无任何依附地裸露在外，脆弱不堪。纹路从叶柄处散开，主脉直抵叶尖，像一具残喘的身体不甘破败，直直地伸长脖子倔强地呼吸着，也像卑微的苔藓讨要爱情，模样惹人怜爱。

翻转叶面，黄便淡了些，粗糙感略深，用拇指沿着纹路划过，似触到了她的心跳，我以为她已完成了轮回。

指尖止不住地颤抖，倏然弹开，为生命不止的执着惊叹不已。

抬手将叶子扯成两半，狗啃式的伤口，没有侃侃而流的疼痛或愤怒，她早已接受生命将到尽头，所以不哭不闹，不痛不痒。少倾，如针孔般大小的白色液体悬在伤口处，圆润透亮，就像碎玻璃吻过手腕诱起的血珍珠，美丽且妖娆。我禁不住将它放在指间摩擦，酥麻黏稠的触觉渗透皮肤和着血液窜到心尖。用舌头轻尝，猛然抿紧嘴唇，苦涩的味道便如野兽在口腔里四处打转寻求出路。

我弯腰大口大口地哈气，以驱散黄叶沉默却浓烈的情绪。

放开她，两半叶子便如脱眶的眼泪自眼角眉间蜿蜒落下，在空中无尽地徘徊，跌入一片明黄之海，淡淡的波纹便匀开了记忆。

我看到绸缎般的年华在水里嬉戏翻腾，拖着长长的尾巴横冲直撞。掀起朵朵浪花，七彩的泡沫里印着张张明晃艳丽的笑脸。指尖轻点，“啵”的一声隐去，再也寻不到踪迹。

我想起一切关于黄的温暖的易碎的事物，我看到人来人往，结局更迭，诉说着秋的模样和每个人情冷暖的故事。

那是一场竭尽全力的黄，不管不顾地铺满整个走道。被太阳烘烤后，道上的落叶像受惊的孩子蜷缩起来，有的叶面上还有像被开水烫伤的皮肤起了一层白泡。踩在上面，“吱吱”地叫成一团。

树枝光秃地决绝。不留半叶，枝丫朝四面八方伸展，好似垂死的病人伸着瘦骨嶙峋的枯手呼喊“救救我”。乍看，又似笼聚了整个世界的荒芜，那般历尽沧桑后的沉静，叫人遗忘尘世滚滚。

你能想象叶与树的纠葛。树叶从树梢飘落、旋转、落地、腐朽、时至风刮，便离了个彻底。而树梢上挂满了思念。

何其有幸，在如此看似委顿破败的表象下，来年却仍能盛放出令人猝不及防的顽强生命力。

秋 思

2009级汉语言文学1班　姚福来

秋躲在风的羽翼里飞过，悄然无声地给北国的大地染上了黄色的哀愁；天空犹如挂上了一张灰色的荧幕，正准备上演一场季节的阴谋。

忽然之间，夏的激情与自信被这不速之客那沧桑的面靥里所显露出的威严吓得识趣儿地躲了起来；芙蓉花也不胜女子的娇羞，低下了美艳的头；小草在拼命地从同伴尸体的夹缝中寻求生的机会，这是生命在面临绝境时对命运的顽强抵抗；最不争气的就是枫叶了，涨红了的脸最是弱不禁风，稍一经风地招惹就成群结队地在空中舞蹈，当生命的交响乐结束之后，它只能散落满地，尸体任人践踏；只有柳树还在不失时机地利用凛冽的风梳理自己的秀发，试图尽力去保住她那残留的青春。

这时，多情的雨也来凑热闹，用她甜腻的声音来为夏送行，用她柔润的身体来为秋洗尘；冰霜是最不负责任的雕刻家，它用花的最后一抹微笑来成就自己的艺术，可当温柔的阳光向它抚摸，它就融入了阳光的怀抱，留下残花空等候；最无辜的要数那些小鸟了，叽叽喳喳地在光秃秃的枯枝头上祈祷，祈祷在大自然的法典里能多一点公平与正义，但在大自然里，对和错、正与邪根本就没有确切的界线。

蓦然，一向宁静的湖面被风搓起了褶皱的波纹，湖水被撕成一条一条没有尽头的线，倒在湖里的影子也不得不屈服于湖水荡起的波澜，乖乖地蜷缩在记忆的角落里。古有“上善若水，水善利万物而不争，处众人之所恶，故几于道”；又有“人心当如止水，则定，定则静，静则明”；亦有“水遇寒而结，遇火而竭”。在自然的轮回里，唯有这水是最澄净的吧！不管秋风是有意还是无意，它留给水的伤痕终会复原；那破碎的漪涟，不管是思念还是伤心也终会消散。

夜晚，朦胧的月是最冷静的，多少生死轮回，沧海桑田，在他的眼里也只不过是一粒尘埃的舞蹈。能藐视天下者，莫不必先无欲无求，无功无利，无名无常，无我无物，所以，任凭秋来秋去，他也自圆自缺。

深夜，风借着无边的黑暗肆无忌惮地加快了侵略的步伐，从巷子里呼啸着奔跑，跑进无眠人的梦，偷听他的心事。可是，天真的人儿，以为黑暗是秘密的绝对安全地，却不知窃贼常常就躲在黑暗的角落里。

天明了，梦醒了，风走了，而昨夜的思念却还停留在心的原地。

秋风啊，你从哪里来又要到哪里去？如果说北方只是你整个战略计划的开始，那南方是否也在劫难逃呢？要是真的这样，我只求你在掠过我家屋前的池塘时，不要打扰我离家时刚播下的那几颗还在沉睡的莲子；在扫荡我家屋后的那片森林时能留下几片残叶，以后作为迎接我归家的礼队；在经过我家门前时不要叩响门或窗，因为，任何一点声响都会惊起两颗年迈的心的不安！

植根的希冀

2011级汉语言学(文秘班)　曾庆佳

这一次中秋甘肃见习之旅我拍了不少照片,由于水平有限,质量好的并不是很多。回到学校在整理照片的时候,我一张张翻看,这次旅途中被我定格的每一个笑脸、每一处美景又重新在我的面前闪过。在我看来,这些似乎都再平常不过了,不同的只是每次都变换了不同的脸面,又或置换了不同的景色而已,对于我来说都没有多大的触动。

我的鼠标继续快速单击, 每一张照片都是一部粗劣的无声电影剧照,平凡至极,索然无味。突然,屏幕上一片灰黄大背景中的一个红点刺了一下我的眼睛。我重新翻了回去, 想看看这究竟是什么。看到那照片后,我的心里情不自禁地颤了一下,这极具震撼感的画面,是我在高速行驶的车上随意抓拍的,当时没有预览就一起保存了下来。照片画面中,周围的大背景是西北最常见也最平常不过的荒凉、枯黄,这是我们南方游客感受最深的黄土地。蔚蓝的天空下,太阳尽情地绽放着它的光芒,而一望无际的黄土地上,荒草几丛,破屋一溜儿。在这大背景画面的中间位置,站立着一个穿鲜红衣服、大红头巾的农妇,她似乎被困在一个风暴中心,黄土满目的枯凉、灰黄与孤独,不断从四面八方向她袭来,渺小的她无处可逃。

我再仔细看了一下,原来这是一个小村落,几间用黄泥土构筑的低矮房子又或是茅舍。农妇就站在看似一个羊圈和一堆干草之间，双手扶着比她低一些的一根锄头柄，身子朝向我们来车的方向，她的头包着大红丝巾，微微扭看着我们大客车的方向，脸部没有明显的表情，但是她的眼神坚定而令人生畏，用低压的目光注视着整个车队的前行。可能在她看来，我们也是最平常不过的过客罢了。

像她这样的站立姿态我见过很多，在南方春天插秧时节，耕作者会以这样的方式矗立在水田里大声说笑作休息状；或是在工地上，建筑工人会以这样休息的姿态倚立；又或者是水乡渔民，山光水色中依着长篙在竹排上任意东西。他们有可能也面朝黄土，也有可能背向烈日，但是，所有的这些都没有比这幅农妇的画面更能撼动我的内心。在这黄土孤独、苍茫的袭击中，她静静地伫立着，是她真的劳作累了作休息状，还是面对这一闪而过的车队、这车里的人若有所思？不得而知。我只记得这是我坐车看了很久才发现的小村落，它与南方郁郁葱葱的植被、密集热闹的城镇相比，不免令人有些失落乃至失望。一路走来，我就曾想，为什么这里的人们不搬出这鬼地方，到一个更好的地方生活去。后来，我才意识到我的想法是多么可笑。

我想起了西北独有的骆驼刺。大西北的黄土地，荒凉、苍茫，在一望无际的沙碛、戈壁上，没有南方水乡的绿树繁华、玲珑剔透，没有密集城镇的熙熙攘攘、灯红酒绿，布满的只有星星点点、一丛一丛的骆驼刺，从古到今，延绵不绝。骆驼刺的根扎得很深，深深地扎进了这令人生畏的荒漠戈壁，无所谓大漠孤烟的寂寞，也无所谓飞沙走石的恐吓。大西北的子民喜欢红，大红，这是他们对于生活和未来的希冀和憧憬；他们有着骆驼刺的精神，已深深扎根于此，无论如何也撼动不了他们稳健的双脚，摧毁不了他们改造家园的决心，他们要一代又一代顽强、永不衰竭地生存下去，生活下去！

潇潇春雪

2011级汉语言文学3班　扎文霞

冬天已经过去，春天悄然而至，正在这春色稍显得四月春雪锦上添花。正如韩愈的那首“新年都未有芳华，二月出惊见草芽。白雪却嫌春色晚，故穿庭树做飞花”。

雪儿从一望无际的天空飘下来，纷纷扬扬飘飘洒洒一朵朵，一片片，晶莹如玉，洁白无瑕，像天上的仙女撒下的玉叶，银花，又像天宫派下来的白色小天使，是那样的美丽，时不时一阵冷风吹来，吹醒了我的梦，一座座建筑物在这朵朵飞扬的白色小花中就像是画进去的，朦朦胧胧，但却又那么真实。一棵棵树木在它们的映照下像是裹了一层银亮的纸，晶莹闪烁，银装缤纷！一切都像在一个未知的世界般神秘而又充满新意！

校园中每条路都铺上了一条银白色的地毯，晶莹且纯洁，看起来很柔软，踩上去还发出吱吱的响声，听起来很清脆，路旁的树木都穿着棉衣，戴着手套，帽子，似乎很高兴，却似乎又有点忧愁，不知是愁自己还是为别人……

许多人在这难得的四月飞雪中尽情地释放他们或欢喜，或压抑的心情，尽情地玩耍、嬉闹等。没有人知道此时的朵朵飞雪是怎样的心情，是为自己带给人们的惊喜而高兴雀跃？还是在为自己暂时的消失几个月而有点沮丧兼郁闷？但我希望它是快乐的，它一定在欢呼！

短暂的快乐才能永久保存在记忆中，哪怕这快乐永不再，但往往易逝的东西最能留给人们思念和期盼！

潇潇春雪，在这春雪稍显得四月突然来临，蕴含着无限希望，带来极大生机，给农作物一份宝贵的厚礼，对于整个春天是一个美好的开始，它毫不吝啬地把自己微薄的身躯奉献给大地，朵朵白雪可能都有共同的信念，带给春天以希望，带给人间以幸福！这样，自己短暂的人生也无憾，因为自己曾把美丽带给了人间，虽只是稍稍一现，极为短暂，但也是最绚丽，最精彩的！

四月的春雪，短暂的飘扬，瞬间的华丽，却是最美的记忆！人生何尝不是一场春雪呢？从开始飘落到落地化为乌有，也有精彩绚烂一刻！

潇潇春雪，给春天平添一丝美丽，因为有你，让这个春天与众不同；生命中的春雪，给人的一生影响极大，短暂的生命中要有春雪般的不骄不躁，不浮不夸，沉重而雅静，让生命丰富多彩，即使短暂，也要留下辉煌的一刻！

潇潇春雪，拥有着很多人性的品质，让人的一生拥有春雪是件庆幸的事！春雪虽有雪共同的性质，但它更具有个性！

春雪不招摇，它不像冬雪那样大摇大摆跳着芭蕾，婀娜多姿，尽力表现自己的美；而春天给人一种加速度的感觉，身姿矫健，蕴含着全力拼搏，一路向前的坚定信念。它不浮不躁，没有冬雪称霸一方的气息，它即下即逝，不放纵，让人有种温文尔雅的感觉；而冬雪从不顾及别人的感受，似乎冬天是它的天下。但春雪所到之处，大地得到滋润，万物复苏，我们感受着无限的清新，一片生机盎然。

人要是拥有春雪的品质，是不是也成功？它那种不张扬，不浮躁，不任性的个性和恪尽职守的作风总能让你留下深深的记忆。

走在这样美的四月春雪中，亲身体会春雪带来的喜悦。你会有一种奇妙的感受,恍然间觉得自己在另一种境地,美丽而神秘,飘飘悠悠的,极其美丽,自己像是走进画中的人物!

春雪如同人生,短暂而美丽,让人充满希望,总有惊喜和期待!

潇潇春雪,带给春天无限生机,牺牲自己创造美丽,不张扬不放纵,短暂的美丽让你永远留有记忆!

雪泪无痕

2009 级汉语言文学 2 班　张灿柏

天，突然变冷了。但仍然可以呼吸，只是少了些许自由。

昨日还是阳光普照，而今，却是呼呼的北风！这风可真厉害，它从遥远的北方来，而至此，却仍然能折断树枝，甚至砭之入骨，让人心窝疼疼的。

我没有理由去埋怨北风，因为“呼呼”是它的个性。北风来了，天，也渐凉了。然而，想不到的是，雪，居然下了！没有任何的前兆——北风，不足以为雪的前兆。只是有白云的努力。白云似乎酝酿了很久，很久，它迟迟不肯飘上这阳光普照的上空。然而，它还是去了，而且，让雪来了！

雪，似乎来得有些突然，这让自由的大地受不了。雪一直在下着，只是很小，很小，只是些零星的雪丝。尽管如此，可还是让这沉郁的大地欢喜不已。大地感谢白云，感谢白云给了它梦寐以求的东西。然而它不知，雪，是冰凉冰凉的！

雪，是自由的天使，是纯洁的化身。它在空中飞扬，飞扬，飞扬。它曾眷顾那株高大秀颀的树，那株让大地不得不抬头看的大树。然而，大树似乎无意，它只好落向了不知是不是归宿的大地，依旧飞扬，飞扬，飞扬……

雪，依旧是雪丝，而雪丝经受不住一点点的小风。小风一吹，它便会向着四处飞扬，飞扬，飞扬。这让大地有些失落：雪丝似乎飘向了不属于自己的远方！

大地是悲伤的，它又是烦恼的。它不知道是该怪这可恶的风儿，还是怪自己的矮小。它一向是欢迎雪的啊！而雪，似乎一直都不懂自己的方式！于是，它选择沉默。

它还是在冥想，它不知道自己是否有一天能够想通：不再为得不到而伤心，不再想得到，如果得到，又怕失去，自己将受不住失去的痛苦。

大地欢喜于雪无意间的光顾。它想不再忧伤。因为等待雪落，不是自己的工作。它要让花儿成长，它要让鸟儿歌唱，它还有很多很多很重要很重要的事去做。它怎会忘记自己的梦想？它仍旧是要追求的啊！

雪，落了。当雪哭泣的时候，应该留下被融的泪痕。然而它，没有。因为它变了，早已成为了不再是雪的水！水的眼泪，又怎会在水的脸上留下泪痕？也许，大地想错了，其实，雪，就是雪，一如以前的雪，而非变成了水。然而它哭，依然没有泪痕。它似乎只懂得飞扬，飞扬，飞扬，只懂得向别处飞扬，飞扬，飞扬……

于是，雪，泪已无痕。

春天的雪

2011 级汉语言文学 2 班　张东然

早觉得西北的腾格里和东部的天有所不同，待在宁夏的多半年却也深有体会。

寒冷的冬天里未有一场鹅毛大雪光顾于此，清明时节也未见细雨纷纷。然而，年过之后却迎来了一场短暂的纷纷扬扬的鹅毛大雪。清明已过，万物复苏，小草早已将冬天的黄土地掩埋，着了一层绿色，桃花、杏花也争相怒放，散发着沁人心脾的芳香。这一切昭示着春天真的已经来了！可冬天突然又回来了。

4 月 11 日早晨，老天给了我们一个不小的惊喜，下雪了。朦胧中我们以为舍友在开玩笑，但当带着好奇的心从被窝中半趴着向窗外眺望时，惺忪的睡眼前所未有的清晰，真的下雪了。

急忙洗漱完冲向室外，行人偶尔可见都举着伞，匆忙行走。片片雪花都急匆匆地落下，亲吻着大地，刚到地面便成了水，稍纵即逝。可草坪上的雪就没那么容易融化了，春天的草是有温度的，绿油油的草坪上，一夜之间成了白绿相间的人间油画，美！

望着眼前的奇异景象，渐渐地我也忘了惊奇，雨伞在不知不觉间倾斜了，几片雪钻进了我的脖子，我不禁打了个寒战。打着伞，加了衣服的我，此时正深切地感受着寒冷的意义。光秃秃来春天接受阳光的小草却不得不接受雨夹雪的洗礼。可我没看到一颗由挺拔变蜷缩的小草，它们依然挺拔，从皑皑白雪中伸出自己的头，与雪比，与天比，此时，它们更高大。这是世间坚强的生命啊，物竞天择适者生存。

在今天物欲横流，霓虹灯四处闪耀的光鲜世界，现代化在高速公路上疾驰，人们能更好地享受生活了。同样，当我们貌似生存在这个温暖时尚的安乐窝中，又有多少次风雨不期而至。

2008 年金融危机摧垮了数不清的国际大企业，断送了无数曾经不可一世的富商生命。往日，他们每天沐浴在春天的阳光下，在商场呼风唤雨，在他们的世界也许只有偶尔的晴转多云，却不曾预料会突降狂风暴雨。温室的花朵出去便立刻走向灭亡了。这个世界原本就纷繁芜杂，我们必须时刻警觉风云变幻。

如今的我们何尝不是如此。步入大学，宿舍是睡觉的安乐窝，课堂是尽情享受课外小说的逍遥地，各大商场便成了我们周末休闲所。无论走到哪，我们都在尽情享受春天阳光的普照。可是，伴随着过于长久的春天，多少人都丧失了迎接暴风雨的能力。无数春天里孕育出来的花朵从学校走出来，没有崭露头角便已夭折。

春天的雪时时都可能到来，春天里的我们需要时刻做好迎接风雨的准备。从现在起，奋起吧，让自己成为春天里的小草，当冬天突如其来，我们依然挺拔！

生命列车

2010级新闻学1班　张富想

人生正如一列向前行驶的单向列车，没有回程，所有的要发生的已经注定，此生已无法改变。

在人生这列客车上，有时会忽然发觉我们在意的人，并没有和我们坐在同一车厢。于是，我们会费力地穿过拥挤的人群，跌跌撞撞走到他那一车厢，却失望地发现他旁边的座位已经有了你所不知的人，根本没有我们的位置，也没有人会善意地给谁让座。

列车会一直向前走，路途中会有很多站要停，也许他在某一站已经下车，亦或许他已经转车，而苦苦守候的我们还以为他在，一直和自己在一列车上，充满期待地继续人生的旅程。在人生列车的旅途中总会有错过的人，正因为错过，才会遇到现在的朋友，也才会让错过的人相遇。

有的站停的时间会长一些，有的会短一些。当累的时候会适时下车，但重要的是要及时回来，否则就再也找不到你的路线。

如果在这列客车快要到站时，恍然发现自己乘错了车，是否有勇气下车？是否忍心舍得把前面已经走过的全部无论成功还是失败，无论光鲜辉煌还是坎坷辛酸的路归零，从头开始？是否能够顺利转乘属于自己的列车，找到真正的方向？

人生的列车走走停停，只是不会永远停下来，等待谁幡然醒悟，走真正属于自己的路，踏上那次为自己开的专列。也不会一直停下来，等待谁来搭载，等待期待的眼神、送别。人生这列载着所有希望与梦想的，同时也载着苦痛与逃避的和谐号，终会停下来。停在何处，以何种方式停下来，是我们可以决定的，是我们在或漫长或短暂的旅途中可以决定的。

生命列车，在驶过每一站时，总会有人下车，有人上车。或陌生，或熟悉，我们总是会由陌生变熟悉，也会由熟悉变陌生。那些不再熟悉的脸庞，不要为之感到伤感，也不要一直放不下。所有人都会希望在乎的人幸福、快乐。陌生的也会成为朋友，因为兴趣、爱好，因为成为邻座。

生命列车到站了，最后等待我们下车的人除了列车员，还会有与我们一直在一起的朋友、亲人。或许那些最亲的人中途与我们作别，朋友溘然离去，一定还会有什么陪伴我们。因为我们还坚持到达终点，一定是因了某种原因、某种信念。

生命列车就这样现实，也同样有无数不可预知的奇迹。我们会拥有属于自己的生命旅程，到达属于我们的站点……

心灵的旅行

2011级汉语言文学1班　郑雨顺

佛教、基督教的人生境界太高，人活着还是人，宇宙的精华，万物的灵长。

而人一生终究还是一个过程，一个目标。就像我们去登山，坐缆车是很快，但兴致就少了很多。但是你在一座山跑来跑去没登顶下来，那也觉得索然无味的。而完成之美即是成熟之美。只有热情，没有成熟，人生便没有底蕴。热情必须经过成熟过滤才能成为人生前进的动力。成熟不会抛弃梦想，不会抛弃热情。

人情确实是高于一切的，莎士比亚说：价值不能凭着私心的爱憎而决定，一方面这东西必须确有可贵的地方，一方面它必须为估计者所重视，这样它的价值才能确定。

"人生就像一场旅行，在乎的，不是目的地和沿途的风景，而是看风景的心情。"很喜欢这句话，是的，每个人的人生之旅都是在自己的喜怒哀乐中贯穿了生命的旅程。人生的发令枪一旦响起，我们就将踏上人生之旅，开始了这场心灵的旅行。

心灵的旅行，它让你开阔胸襟，放眼世界。你的心将化作大海，可以容纳许多物品，人世间的杂念、唾弃、赞扬，你可以容纳，你无须伤心，因为对别人宽恕就是给自己最大的快乐，胸襟的开阔利人利己，何乐而不为？

心灵的放飞，给我更多的喜悦，让我领悟了更多的人生，使我感受到更多的爱、恨、情、仇，人世间的酸、甜、苦、辣。放飞的心灵就像在空中飘舞的蒲公英，它是那么的渺小，却是那么的飘逸、美好、纯洁。

人生的旅途，并不总是一帆风顺，旅途中的感受，也并不总是无限美好，如果童年是一株萌芽，可以尽情享受阳光雨露的恩宠，可以无拘无束地按自己的方式生长，那么它在成长的过程中，必将经历雨雪风霜、寒冬酷暑，只有经过苦难的磨砺、岁月的打磨，树苗才能长成参天大树，同样，人生的旅途也将经历成长的烦恼。

如果少年时代是人生中的春天，那么接下来就该迈入多姿多彩的夏天了。夏是多情的季节，是浪漫的季节，是热烈的季节，是奔放的季节是青年时代的开始。

人到中年日过午，步入中年，便如午后之阳光，少了几分奔放，多了一些含蓄，少了几分热烈，多了一些温和，少了几分浮躁，多了一些稳重。中年，是人生中的秋天，经历了春之浪漫，夏之热烈，人生步入了成熟的季节，但无论是坎坷还是坦途，是得意还是失意，都是人生中必需的经历，都是生活对你的考验，得意者，须有生于忧患，死于安乐的意识，失意者，要有雄关漫道真如铁，而今迈步从头越的壮志豪情。

最美不过夕阳红，温馨又从容。人之老年，当如文章之结尾，歌曲之尾声，无论怎样多姿多彩，无论怎样慷慨激昂，无论怎样轰轰烈烈，无论怎样跌宕起伏，此时都将归于平淡，归于沉寂。

放飞心灵，在思想的天空自由翱翔，以文字为舟，在知识的海洋里扬帆远航，继续着心灵的旅行，我们在路上……

春雪见思

2011级汉语言文学3班　张　妙

众所周知昆明四季如春，而我初到银川就见证了春如四季的奇特景象。曾几何时，不经意的一场春雪不约而至。清凉的风轻轻地吹着，轻柔的雪悠然地飘着。雪花轻轻地落在衣服上，吻着脸庞，顿时蒙上一层迷蒙的凉爽。

我喜欢这春季晶莹的雪，朦朦胧胧，如丝如缕，如梦如幻，随风斜飘着。雪花微漾，总是一幅幅美丽的画卷，头脑里装满了"漫天雪飞的轻狂浪漫"这种诗情画意，我陶醉了，独自在雪中寻梦。

打着雨伞走在雪中，穿梭于校园的道路之间，轻盈的雪花飘落在伞上，发出轻轻的响声，手拿相机来拍摄这突如其来的雪景，好惬意！虽然已到四月，但是银川的春天才刚刚来到，再遇上这不约而至的雪，刚开的花、刚变绿的草和树上都覆盖了一层厚厚的雪。一路走来，校园中红白、黄白、绿白相间，太美了。这奇美的雪景在银川可是很难得一见的，就拿着相机一直在拍，拍到后湖才发现由于拍得太尽兴，鞋子都已经湿透了，但心里却是别有一番滋味。走在回教室的路上，细看"忽如一夜春风来，千树万树梨花开"的唯美，使天空显得格外宁静而高远。有风吹来的时候，感觉一股深深的凉意。春天就这样匆匆而至，日子竟这样不经意地从身边溜走，甚至还未来得及从冬的梦幻中醒来，时光却领着我迈进了春的门槛。

岁月就这样如水般从我们生命中流过，似乎不曾留下过什么痕迹。然而，当我们在某个宁静的夜晚，蓦然回首才觉得风霜已在我们生命中刻下的烙印竟是如此之深，它一点点地改变着我们，我们的容颜，我们的思想和我们的周围，使一切都变得面目全非了。许多疼我们、爱我们、我们思念过并将永远想念的人都离我们而去了，我们也渐渐地老去，这就是生命。席慕蓉说："其实岁月极美，就在于它必然的流逝。"

前几天看一篇文章，说人一辈子只能活两万多天，感觉很悲哀。生命就是这样地不负重荷，所谓似水流年，在女诗人的眼里，那年复一年的生日像一块巨石："沉沉的生日/一个叠着一个/压着人下降/到土里去/到土里去/越来越矮。"多么可怕，又是多么深刻，它给你压力，提醒着你生命短暂，不能虚度光阴，让我们快乐地过好生命中的每一天。

那春雪下落的时候，天空一定是依依不舍的，你看它飘落下去的样子，不就好像是人挥了无数次的手，最终还是道了一声别离吗？一刹那，我不由地无语凝噎，不是因为哀愁，而是因为热爱，对生命以及对生活的热爱。

春天的雪，很罕见，是一种缠绵的情意，醉人，人醉。

寻找凄美之旅

2011级汉语言文学2班　张治燕

有人对我说，我脚下的这片黄河石林是凄美的。她，与黄河母亲相依为命，经历了风的剔刻，水得刷铸，才成就了如今的她——那个令人叹为观止的峥嵘与磅礴的石林奇观。她的美，是历经四百万年才慢慢显现出来的。她的美，是经历剥皮去骨之痛后才被人们所领悟的。这种美，不同于峨眉天下秀、黄山天下奇、剑门天下险，她的美只能用凄美来形容。

可我，不懂。我不懂，她的美为什么要用凄美来形容。于是我踏上了那条寻找黄河石林凄美之旅。

4.5千米有多远？我不能够很明白地说出来，因此只能用我的脚步去丈量，一步一步地去探寻她的凄美。走在石子小路，抬头仰望着矗立在两旁的山峰，我不禁被这山峰如聚的壮美所震撼。她以非岩非石的特质，在这片土地上雕刻了一个一个立体的神话。峰回路转，步移景迁。看，那一座山峰上的那对深情拥吻的情侣，他们丝毫不畏惧世俗的目光与封建的伦理。他们就算是死，也要化成一尊石像永远在一起。这不就像是梁祝的爱情故事一样，生不同时死同穴，最终为爱殉情，化为两只比翼齐飞的蝴蝶双宿双飞一样凄美吗？转过一道弯，抬头看看那座山峰，一只孤鹰站立在山头，回头眺望着远方，不知是不是在等待与它相约好在这见面的丈夫？它就好像一位痴情的女子，在漫长的等待中渐渐老去，终于在这段相思中凝固了风景，得与天地共在。但不管是与否，我只知道的是，它遵守了那个诺言，就算是化成一座石刻，也不肯背弃誓言。这不就像是张氏所化成的那座“望夫石”一样凄美吗？再转过另一个弯，再看那个形似巨人仰天长叹的山峰。他背手而立，怀着一颗纯粹无比的透明之心，仰天长叹。那不就像是屈原问天时，上怨昏君、中斥奸党、下责国人，仰天长叹一声后，带着无尽的悲愤纵身一跳时一样凄美吗？

看着那一座座山峰，不知不觉，一个个动人凄美的故事展现在我的眼前。这一切的一切，好似一个伟大的编剧设计了无与伦比的开头，却未来得及写完或是刻意留下故事的情节，让行者自己去想象，自己去填充。而走着走着，我似乎也渐渐读懂了她的美。

沿着崎岖的山路，盘旋而上，终于爬上了观景台。当我登上了顶峰，俯视大地，眺望远方时，我才这彻底读懂了她的美。的确，她的美是凄美的。那千沟万壑的石林，是她历经沧桑后的容颜；那梵音缥缈的清凉寺，是她看破喧嚣红尘后的心灵；那疏放干亢的坝滩戈壁，是她操劳过度后的枯发……

美，分很多种。但，我相信，黄河石林她的美是凄美的，是值得慢慢去寻找，去发掘的。

雪之舞

2011级汉语言文学3班　张明兴

早上从朦胧的睡意中醒来，拉开窗帘，飘飞的白絮便涌入了眼帘。草丛、树枝、屋顶……全都披上了一层厚厚的棉衣。此刻心中有了些释然：昨晚那么冷的夜，也只有这飘飞的雪才配得上啊！

出门的那一刻我才意识到忘记了带伞，不觉又感到好笑：真是越长大越孤单，越长大越胆小啊！此刻我竟然失去了孩子时的那份野性与不羁，奔跑雪中任由雪花落在头上，溅进鞋子，钻进衣领……任那份冰凉渗入肌肤，沁人心房。而如今，或许是成熟了、稳重了，掩藏住内心久违的喜悦，漫无目地的在校园里行走，静静感受它飘过鼻尖的凉意，抚过嘴唇的温柔，钻进衣领的调皮、可爱……

楼房之间，雪是急匆匆的赶路人，它总是迫不及待地想拥抱大地，思念人间，因风的催促，风风火火地飘落，落在台阶上、草丛中、树枝间，将路人装扮成染了白头发的少年男女；那背风的一面，雪是慢悠悠的老年人，步履蹒跚，慢慢吞吞，贪恋着路旁的风景，更是会短暂的停留，希望时光在此停滞。雪是富有感染力的，仿佛，整个世界伴着雪的飘落，而变得更加静谧，小草慢慢地摇动着身躯，枝条也停止了劲爆的舞蹈，就连行人也放慢了脚步，贪恋着这久违的清凉——这久违的大雪飘舞的盛大场景！

或许是先前的寻花未果吧！不觉间，我又踏进了主楼前的花园中。昨日还是绿油油的草坪，如今只能在这翩飞的雪花中寻它的身影！本应是处处透露着绿意的春天，奈何因为这突如其来的大雪而变得面色苍白。噢……不！绿意没有因此而消逝，你看——那在风中摇曳着自己躯体的不正是昨日的小草吗？它依旧那么绿，依旧那么有生机，更是比昨日增添了一分顽强与不屈！“忽如一夜春风来，千树万树梨花开。”本以为雪的凉意会祛除梨花那盛开的热情，但是我错了！树枝上那浸在冰凌中，零零点点，欲开欲放的，不正是我昨日在寻找的她吗！佳人如期，美景当前。这雪，这花，这景，不禁沁入我的心脾，难以割舍，难以忘记，似乎已在我灵魂中烙下了深深的印迹！

这春日的雪，带来的不是一阵寒意，他给我们的是一份提醒：春光易逝，韶华易失，切莫在这春日浪费自己的生命，挥霍自己的青春！青春要有自己的舞蹈，就像这雪的舞蹈，急促而又稳重，热烈而又庄严，激情而又理智！

雪之舞，舞动的是青春，舞动的是活力，舞动的是万千学子努力进取不灭的决心！

春蝶雪舞

2009级新闻学1班　张蓉

雪，是冬天的精灵，也是春天的天使。当四月如约而至，四处包裹在春天的气息中时，雪花翩然下落，纯美而飘逸。似诗篇，来自天堂的倾诉；似舞者，踏着天梯飞扬而来；似画师，描绘绝美的意境。

街道、屋顶、树木、行人，在眼前铺开一张画卷。春雪在这幅画卷中似蝶飞舞，怀着柔情，伴着春风，带着笑意……若是驻足观舞，便看见它仿若童话中的公主，用她曼妙的身躯，舞在天地，纷扬飘洒。

春雪，亦是生命的序曲。在它柔软的身躯下，小草露出羞涩的脸，树木睁开惺忪的眼，小河打开紧闭的心，一切，如约而至。然而，她确如昙花般，落地为水。软了春泥，醉了春风。“白雪却嫌春色晚，故穿庭树作飞花。”雪是无根之水，它让一切显得浪漫温馨，它洋溢着莫名的春韵，将沉寂的心唤醒，飞扬即是它生命的过程，没有喧嚣与孤寂，只有轻轻地飘落，静静地融化。叩响了心底的渴望，在料峭春风里，在春花烂漫时……

春雪，唤起了人们的兴致，操场边，宿舍下，草丛里，处处皆是欢声笑语。拍照的，堆雪人的，打雪仗的，都用自己喜爱的方式，将这美丽的一刻铭记脑海。或许是因为期盼了太久，雪也分外善解人意，它们用翩跹的舞步，舞出曼妙的姿态，似乎识得人们的相思，让所有情愫在它的舞蹈中释怀。漫天的雪花收不住自己的脚步，便由得风携着它在空中划出一道道优美弧线，在眼前飞旋而过。像是一位身着白纱的少女，被风拥着娇媚的身躯，伴着喜悦的鼓点，在空中盛开白色的繁花。

近午时分的雪少了刚开始的活泼明快，多了几分端庄妩媚。它扭着轻盈的身躯在天地间款款散步，如同一位成熟典雅的少妇般，举止之间，都是雍容高贵。顾盼之时，眼波之中，尽是妩媚柔情。它在空中轻挪着纤纤莲步，欲静还舞，欲去还留，却始终从容娴静。

春雪纵使美丽，却也短暂。仅半日便已告别，离别往往忧伤，但它的倩影却早已落在人们的心中和脑海。那最美的一刻，也早已定格、斑驳、永存。

红尘陌上，你在何方

2011 级汉语言文学 2 班　张治燕

前世今生没有定数，当前世演绎成今生，但我却在人海茫茫寻不到你的身影。前世今生，我已轮回千百世，只为在浩瀚天地中与你相遇。佛说："前世的五百次回眸，才换得今生的一次擦肩而过。"那么，今生将与我擦肩而过的那个人，又在何方呢？

听说，几千年前，彼岸很美；听说，几千年前，彼岸很悲；听说，几千年前，你是沙华，我是曼珠，我们曾共同守护了几千年的彼岸花。可是，我们却从未相见。因为，彼岸花，开彼岸，花开不见叶，叶出不见花，花叶两不相见，生生世世永相错。也正是因为这生生世世的相错，让我们疯狂地思念着彼此。听说，几千年前的某一天，你违背了神的圣谕，偷偷与我相会。那一年的彼岸，红艳艳的妖娆的鲜花被惹眼的绿色衬托着，开得格外妖艳美丽。那数十载，是几千年来我们度过的最快乐的时光。听说，几千年前，因为比翼鸟的妒忌，她向神揭发了我们。神大怒，将我们打入轮回，诅咒我们永生不得相守，生生世世经历生老病死之苦，一千年的轮回才能相见一次。一千年的守候，一千年的轮回，相恋相念却不得见，独自彼岸路。

总以为趟过忘忧河，喝过孟婆汤，就不再回忆前尘往事。却不知多少次午夜梦回，梦里你我相会于彼岸花海中。他们说，千年的等候，不值得。只是这世上，有太多太多的爱，从来都说不明白。无

所谓值不值得，无所谓应不应该。既然选择了守候千年，不妨顺从自己的心，带着绵长的眷恋走进轮回的隧道。

深冬几度，沧海桑田，浮生流年，光阴荏苒。人海茫茫，我寻你千百度，日出到迟暮，可你却不在灯火阑珊处。千回百转，人潮中的邂逅，命运中的安排，注定了我们一个向左走，一个向右走，就像两条平行线，在远方的尽头，永远没有相交的时刻。但我坚信，我们不会渐行渐远。红尘碧暮，我依旧执着。

前世今生，缘为何物？如果我们之间有缘，为什么我们千年前共守彼岸花，却不能相见相恋？如果我们之间无缘，为什么我们转世轮回时，又会一次又一次地相遇。犹记得那一年，你与我相望泪眼，执手凝咽于彼岸花海中。从那一刻开始，从此我背负起了两个人的思念，却辗转着一个人的孤单。

红尘陌上，千年轮回，千年等候。然而，我在轮回路上已游走了千百世，但却还未找到今生将于我擦肩而过的那个他……

让梦想高飞

2011级汉语言文学2班　张治燕

有时，我在想，梦想真的很神奇，它总能给人一种无形的力量支撑着有梦想的人不断高飞。其实，真的很难想象，如果没有梦想，我的人生又会是怎样呢？

因为心中有梦想，即使在朝目标前进时，一次又一次跌倒，一次又一次受伤，也无所谓；因为心中有梦想，即使在受到非议时，被误解，被孤立，也会勇往直前；因为心中有梦想，即使在需要牺牲一些对于自己很珍贵的东西时，也在所不惜……

在我的内心深处藏着一个犹如宝藏般珍藏的梦想，但偶尔也会有人不明就里的在背后嘲笑，嘲笑我的异想天开。我并不生气，也不会因此而放弃追求我的梦想。毕竟，又有多少人明白，其实只有自己有了梦想之后，才会发现这世界并不存在什么可笑的梦想。但无论别人理解与否，我都能承受住这一切。因为我的梦想真的真的很美好，美好到让人到疯狂的地步。所以，我真的很想达成那个梦想，而且我相信到达梦想的那条路应该会很幸福。

没错，我有一个梦想，而且我相信那个梦会守护着我。或许，我曾经因为执着于自己的梦想而受过伤；或许，我曾经因为梦想的遥不可及而绝望过，放弃过；或许，我曾经反复质问自己，如此地付出是否值得。但是，我想如果不去尝试的话，那么永远也得不到答案。

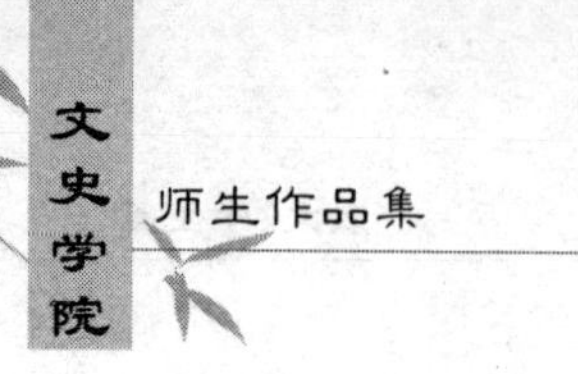

不管结果是悲是喜，我都想尝试，即使会遍体鳞伤。

有些人珍藏梦想，有些人分享梦想，其他人追求梦想的实现。有些人忘记梦想，有些人抢走别人的梦想，其他人抢走别人的梦想。处在如花岁月的我们，心高气傲，不愿服输的我们有着其他人想象不到的美好梦想。也因此即使不知道自己的翅膀有多大，能飞多远，也要勇敢试一试。

疲惫的时候，闭上眼，梦想成真的那个瞬间便会不断地浮现。但睁开眼，一切都消散了，剩下的只有那一眼望不到尽头的路。令此时的我也心生恐惧了，动摇了，就如同害怕跌落而不敢高飞的小鸟。我也反复问我自己，我能做到吗？我的梦想能实现吗？但是，那仅仅只是一瞬间的彷徨，我不会因害怕而却步。因为我始终相信我能高飞，相信自己总有一天会在那片天空中张开翅膀，自由自在的翱翔，比任何人都飞得高，飞得远。我拥有跌倒后爬起来的勇气，拥有拂开灰尘站起来的勇气，我没有放弃的理由。

我想要高飞，想越过比我更高的壁垒，展望未来，让此刻的年轻、梦想在这里全部高飞！

春天诗语

2013级中国古代文学研究生　赵静

草长莺飞，阳光细碎，轻盈的春从古韵悠悠的《诗经》里款款而来，缤纷而至，走进李商隐多愁善感的心里，被他润色成美丽的忧郁，又走进海子绝望的抒情里，被他谱写成生命的歌。春风吹散所有关于春天的诗语，荡起一腔唯美的温柔。

《诗经》的春天

“仲春冰释，水则涣涣然。”冰释，春来。远古的春天悄然走进《诗经》，跳跃在优美的平仄里。

《诗经》是我国最早的一部诗歌总集，其中出现了大量与春天有关的诗句，那古老的春天可以自在悲喜、千姿百态、细腻隽永。

《诗经》里的春天，诗中有画，画中有情，别有一分绮美。“燕燕于飞，颉之颃之。”两只燕子，上下飞动，翩翩然穿堂入户，南雁北飞当是对春天最有利的明证了吧。“桃之夭夭，灼灼其华。”阳春三月，桃花漫山开放、绚丽灿烂，在枝头迫不及待地盛放成一片妖娆，仿佛二八年华的婉约少女，娇艳无双。“春日迟迟，卉木萋萋。仓鹒喈喈，采蘩祁祁。”田间陌上，春光葳蕤，青衣白衫的窈窕女子挽着竹篮，擢纤纤素手采摘白蒿，谁又知道在举手之中、眉目之间，她不是暗掷心语，采撷了整个春天收入心间呢？便是这般的情怀让古老的爱情在这生机勃勃的春天悄然生长。“野有蔓草,零露溥兮。有美一人,清扬婉兮。邂逅相遇,适我愿兮。”于千年之前的一场邂逅,没有谁迟一步,没有谁早一分,便只确然在那一瞬,于时间无涯的原野中悄然遇见,怦然心动,就这样再也无法放开,唯有携子之手,与子偕老。这样美丽的爱情，让古老的春天呈现出一派浪漫温馨的粉色,清新动人。

《诗经》里的春沿着涣涣然的流水,在啾啾的雁鸣和满山桃花中顺流而下,给历史带来每一个充满希望的季节,氤氲在后人的诗行里。

李商隐的春天

“春心莫共花争发，一寸相思一寸灰。”春心,默然。这个原本生机盎然的季节在李商隐笔下竟成了一份缱绻的忧郁。

李商隐是晚唐诗坛上无人能出其右的大诗人，他的诗具有极其鲜明的独特风格,其诗里的厚味是说不尽的,令人沉醉其中,流连忘返。他的春天诗借景抒情,是艺术手法高妙的心灵之诗。

“夭桃花正发,秾李蕊方繁。应候非争艳,成蹊不在言。静中霞暗吐,香处雪潜翻。得意摇风态,含情泣露痕。芬芳光上苑,寂寞委中园。赤白徒自许,幽芳谁与论。”他的《赋得桃李无言》中浓墨重彩的描写了春天桃红李白争奇斗艳的热闹景象，然个人心迹似乎更赞成“桃李不言,下自成蹊”！但末尾又一反其意,以桃李名义的反问意蕴深长,虽然桃李的芬芳拔萃于上林苑中,但最终的命运却是在寂寞中默默枯萎,桃红李白的美丽也只是自我期许罢了,又有谁关注欣赏呢。一份怀才不遇的牢愁跃然纸上。“春在天涯,天涯日又斜。莺啼如有泪,为湿最高花。”春日夕照,莺鸣花间,于视觉、于听觉皆是极美的景象,然而对于沦落天涯的诗人来说,这春残日暮的景色,唤起的却是飘零他乡、寂寞老去的恐惧,因而婉转的莺啼在他听来不是歌唱,而是哭泣。这般凄凉春景,这般一无所得的人生,又何以止得住悲苦绝望的眼泪呢?

“相携花下非秦赘,对泣春天类楚囚!”在明媚的春光里,忧郁的心灵诗人李商隐感觉到的往往不是赏春的喜悦,而是伤春的惆怅。他在细腻描绘的春景里饱蘸人生不畅的底色,渲染层层叠叠的失意,让后人品出他的惆怅、他的寂寞、他的悲伤。

海子的春天

“春天,十个海子全都复活/在光明的景色中/嘲笑这一野蛮而悲伤的海子/你这么长久地沉睡到底是为了什么?”春天的绝唱,生命的绝望。海子的春天,是破碎而矛盾的,是野蛮且伤痛的。

在海子的诗歌中,春天是一个反复出现的意象,他的春天不仅是一个温暖幸福的场,也是其短暂的生命理想之所在。他热爱春天、向往春天,他的忧伤、喜悦、追求、痛苦、撕裂以及最终的绝望也都在春天唱响。

“你迎面走来/冰消雪融/你迎面走来/大地微微战栗。”曾经的海子还忠实地热爱着生命,对生活的热爱和憧憬之情不可抑制地洋溢在诗歌中,还那么热血澎湃地高唱着“春天啊,春天就是我的品质”。然而,春的喜悦温馨对海子来说却是短暂的,当现实的力量时时阻碍着他一路奔向春天的时候,这个自喻为春天的诗人对春天的向往与执着似乎成了一种痛苦的困守。纵然他下定决心要“面朝大海,春暖花开”了,却始终走不出自己精神世界的悲剧。他勉强自己开始憧憬着生活的美丽与芳香,“我有一所房子,面朝大海,春暖花开”在想象中构建着幸福家园,这使诗人的感觉似真似幻,仿佛他已经触摸到了世俗的衣襟和俗世的幸福。“从明天起,和每一个亲人通信/告诉他们我的幸福”。诗人激动万分,信誓旦旦,但这终究只是想象中的幸福,当想象的热度过去,便是更深的绝望和死亡

的气息。

《春天,十个海子》是海子的最后一首抒情短诗,诗人炽热极端的情感如火山般喷发,简单的诗句传达着他伤痛而撕裂的矛盾心境,更扬显着无尽的绝望和死亡的气息。便是在野蛮的悲伤之后,他卸下一切世俗的烦扰和矛盾痛苦奔向了天堂,去寻那个他苦苦追寻的春天。

从古到今,春天在多少人的诗篇里恣意地盛开,希望也好,绝望也罢,它在多少清丽的韵文里常开不败,穿越时间的樊篱,让我们也推开窗,放开心灵体会这春的诗意情怀吧!这个四月,我们还来不及想象,嫩芽却已经在枝头打着哈欠了。抬高眼睛,把时间凝固在指尖,让自己去看清这个春天的美丽。要知道,错过每一页关于春草、关于花蕾的消息,便掀过这一页春天了,所以春风拂面也好,春雨怡神也罢,即便是春阳调皮的躲藏起来,都无需微怨、无需浅怒,享受这西北的春天吧,纵然来得有些迟,却也是充满诗意的,让我们在一页纸上涂鸦自己的灵感,让所有与春天一脉相承的文字自由地飞翔起来,分享这其中那份轻盈与灵动吧。

时间不会风化记忆

2012级中国古代文学研究生　赵瑞阳

皱纹挡不住风沙，却收容所有的时间。时间帮我们收拾过很多梦想。梦想总是有的，在现实与虚幻的差距中，被消融在醒后的生活中。再怎样清醒，那种在心灵上不可名状的烙印，像杯子里的浓茶水一样苦涩，令人难以忘怀。

身前在心里的苦痛，好比幽黄的琥珀禁锢，封存了瞬间的失意与渴望。时间长河的冲刷，只会让它明亮，让我们铭记于心。凡·高的破碎，在于他用太阳般黄金的刀子刻画出改变未来世界艺术本质的画面，他多么希望当时有人可以理解他的画，欣赏他的画，但接踵而至的是嘲笑、讽刺，就连自己心爱的人对自己也是挖苦、打击。他心痛了，绝望了。他用死亡去诠释，他用他高贵的灵魂证明他的创意是有价值的。他用生命反抗鄙视，他那惊人的举动是内心躁动与失落的结果。在他死去的瞬间，就被历史记住了。他死后的很多年后，艺术界的精英们无不为在那样错乱的社会里能出现如此奇特的创意而惊叹。凡·高在失落与渴望中结束生命，在后代人们心中成就了他的伟大，也因他创作的图幅有限，更是成为稀世珍品。在实践的磨砺中，让我们更加清醒地认识到凡·高精神被历史铭记。

多少往事已被雨打风吹去，多少情愫依然留在心中。那些对我们有意义起作用的事情，好比一块块石子沉入心湖，丰富了人生阅历。朱自清对于父亲那蹒跚的脚步，单薄的背影，没有因时间的流逝而消退，反而在收到家书，知道父亲去世，而更加同情、怜悯父亲。父亲为儿子操劳的背影总会被有良知的儿子刻在心里。任凭时间的流逝，那股暖流会汩汩流进心里，就如一望无际的大海中的风帆，就如辽阔无边的天空中的飞雁，单纯底色中灵动的美，融进了生命。

“物是人非事事休”，感慨时光不再，今非昔比。留在记忆中的是无尽的忧伤。在逝去中铭记着，遗忘着。铭记，使我们的生命过得有意义，使我们更加清醒地面对现在和未来；遗忘，更加显露人格魅力，更加会有一时的提高生命的质量。时间会把琐碎迂腐的记忆风化，但把有价值有意义的记忆铭记。

点亮心灵的灯

2012级中国古代文学研究生　赵瑞阳

微笑，是心灵的花朵，总在绽放的那一刻温暖整个心房；微笑，是心灵的灯，总在点亮时，阳光便溢满胸怀；微笑着面对生活，一切都将可爱而美丽。

一个微笑，可以让人忘却许多烦恼，忘却心灵正在承受的煎熬，让我们知道生活芜杂，而我们可以简单，或许微笑并不代表你幸福，但是那是一种从容、一种淡定、一种自由与坚毅而生发的无可抗拒的魅力。

对自己微笑，为自己感动，为自己流泪，给予自己同情和理解。允许自己犯错误，对自己微笑，点亮心灵的灯，让自己更加自信地站在自己的位置上，展现内心世界的丰富内涵，用自己的足迹为自己为身边的世界营造一处风景。拥一份平淡的心境，在繁杂的生活中微笑，淡忘着过去，为把握好现在而努力。把心情点亮，让生命不再迷茫，为美好的明天而微笑。

行走在苦难的岁月里，无法预知前方的旅程，就算是风雨袭来，我们还是一样走过，走过阴暗，走过艰辛，猛然间抬头，发现竟是蔚蓝的天。把心灵点亮，微笑着面对往事，一一飘散，终究成为过眼云烟，而飞扬的是那份澄清的心情，云淡风轻。

不管生活给予我们的是幸福和快乐，还是痛苦和忧伤。我们都报之以微笑，因为生活可以拒绝抱怨，可以拒绝眼泪，却无法拒绝微笑；无论他人给予我们的是关爱和温暖，还是伤害和责备，也让我们报之以微笑，因为我们可以决绝斥责、拒绝欺骗，却无法拒绝微笑。

微笑的力量，给我们飞翔的勇气。在黑暗里微笑，生命会因微笑带给你天空的蔚蓝；在阳光里微笑，岁月会馈赠你花开的绚丽。在微笑中成长，当无尽的忧伤袭来，告诉自己，黎明就在黑暗的尽头等待。

年轻的翅膀在飞行中寻求平衡，微笑就是最好的加速剂。微笑着面对着飞行中的苦楚，将会点亮心灵的灯。即使被风霜剥蚀的遍体鳞伤，也不改年轻的勇锐，也不改飞翔的美好初衷，更不如年轻的使命。历经血泪交加的洗礼，才能明白痛苦的真正涵义，在举手投足间，一股从未有过的力量，陡然渗透全身。因为心灵的灯已经点亮。把心情点亮，让人生不再迷茫，让生命更加坚强，让曾经有过的梦，随花儿一起绽放。

在沉默的守望中，只让微笑轻轻点亮心灵的灯，给苍白的四周以绚丽，给平淡的日子一点诗情画意。点亮心灵的灯，在微笑的那一刻，阳光总会漫溢流淌，直至激发活力，激励我们向前，再向前！

乡韵悠然

2010级汉语言文学3班　郑美霞

乡村即是如此，恰一幅波澜不惊的画卷，绵延悠长。

晚风悠悠，炊烟袅袅，轻烟悬浮在青色瓦面上，弥补着雨季的漏洞，青色的瓦，蕴蓄生活的点点滴滴，掩映在榆柳间，和朝朝暮暮的炊烟一起勾兑土地的芳醇。暮色降临的时候，习惯一个人走走，让灵魂在乡野间自由呼吸。不远处，一个晚归的人，挑动着晃荡的木桶，走上洒满余晖的乡间小道，愉悦的时候，哼上一曲自撰的小歌，且行且乐；悠然的时候，抽上一袋旱烟，沉醉轻闲。小道尽头，突兀着一口古井，源源不断的流水涌出岁月的流觞。长满青苔的井壁阅尽古意苍凉。井，是苍茫大地凹陷的一汪泪眼，直直仰望蓝天，木桶晃悠而下，又在“吱呀”声中逐级而起，圈圈涟漪直漾井壁，木桶滑落的水弹出古井“叮咚”的歌谣。一口古井，一汪清泉，些许孤寂，于晚风拂动得黄昏，丈量着乡村的深度。夜伴着风的旋律，姗姗来迟。

记忆搁浅的夏夜，一束月光走过的路，消遣了晚风掠过的轻逸。夜色薄翼下，草丛里浮动浅唱。微微泛起凉意的石凳以及一棵歪脖子柳树，倾斜着躯干衡量天空的宽度。我走在静谧的夜里，时而徐行，时而低回，时而斜靠着柳树，用一种姿势，沐浴月色，玩味夏日时光。峰峦映衬着夜的背景，描绘着山村古老的图腾。静谧的夏夜，是柔和与舒软的完美演绎，触手可及的便是那一抹凝聚在夜色下的温柔。偶尔一阵凉风拂过发梢，留下一缕清凉，沁透心脾。村口的木屋仍在，披着夜的衣纱，习惯性地去木屋走走，且行且思。

几经风雨洗礼的木板壁微微泛白，木屋积淀着时间的年轮伫立在岁月的风口，渐渐老去。曾几何时，一位老人，时常坐在三尺高的门槛上，吸几口烟，干裂的手，筋暴起，清晰可见，他拿起一只上了年纪的瓷杯，喝几口清茶，算算时令，看看斜阳，体悟时光老去，沉思归于黄土的宿命。抖抖裤管上的泥土，古铜色的脸上泛起些许笑意。昔人故去，只留下那落满灰尘的门槛和那个在夕阳中窥探命运的木屋，去木屋走走，凭吊那逝去的时光，回忆些温馨的画面。通向木屋的石板路依旧，青苔蔓生处，滋生着无法释怀的情愫。

走过木屋，看见一位篾匠，在昏黄路灯下劳作。将记忆中的那抹翠绿用手中的刀精心雕琢，如同在完成一部伟大的著作。小小的篾刀舞动，竹屑在夜风中打转儿，晃晃悠悠，飘然而下，翠绿略失淡雅。一位年迈的篾匠，一副架在胸前的老花镜，一个半成品的篾器，一杯喝了几口的茶。不需要刻意修饰，那么随意一摆，便凝聚成一种无法企及的沧桑美。一缕微风滑过眼角，几丝花白头发在风中轻扬……我停下步子，眼睛却不由自主地看到了他脚上的那双布鞋，瞬间便拨动了记忆的琴弦。

布鞋是乡村的符号，走过田间地头，走过旷野村舍，走进黎明的晨曦，走进黄昏的暮霭，不经意间，走遍乡村的角角落落。一针一线将爱纳进鞋底，一脚一眼将时光凝聚。一层一层的布渐渐叠起，布屑应声而落。昏黄油灯下，阿妈那充满血丝的眼睛，睡眼惺忪。吃力地睁开，却有麻利地拧着线索，针线在鞋底滑动，形成一浪又一浪，织写着爱的纹痕。这约是十几年前的光景，每每忆起，不觉热泪盈眶。

乡村总有许多不经意在瞬间扣动心扉，恍然间已走过几季，轻描村落的轮廓，触摸村庄的边缘，几缕感动，几丝期待。

村庄，淡化成一种音符，乡韵悠然，携刻在记忆深处。

流逝，悠悠岁月如歌，唯有乡情丝缕如织。前行的路上，记得望一望家的方向，保留最初的感动和思念。

水洞沟，邂逅

2011级中国古代文学研究生　周彦敏

学校组织去水洞沟，心欣欣然向往之。水洞沟这个名字总给我一种神秘感，一个有水有洞的地方，是不是也像桃花源那样美丽而又充满着神秘呢？旅游之前，我向来是不查要去往地方的资料的，为的是想要体验一种毫无预感的赤裸的惊奇与感动。水洞沟果不负我所望，给了我所期望的以及我未来得及期望的。

细想来，水洞沟其实是一树大自然与历史开出的桃花，经过了时间的雨水，正鲜艳欲滴，我只身闯入，兜头洒落下的雨水和花瓣，让我蓦然惊喜，深深地感动。水洞沟无疑是我在这个暮春时节的，最美丽的，邂逅。

第一站，是水洞沟历史博物馆。在体验了三万年前在此繁衍生息的水洞沟远古先民的生存环境后，我们走进了时空穿越隧道……

不必说现代人扮演得惟妙惟肖的远古人，不必说模仿得非常像的远古先民的茅草屋，不必说为近代水洞沟考古作过重大贡献的张三小店，也不必说能引起人无数豪情壮志的明长城遗址，当历史的烟云历尽幻灭，还在翻卷未定时，一湾绿绿的芦花谷突然飘至我眼前，于是，心停驻了。我没想到在这到处是沙石，尽日刮风的沙漠边缘地区会孕育着这么一湾湖水，生长着这么一片芦花。那绿，那纯，在这暗黄色的天空下愈加显得别开生面。“芦花香茶巷，漫一湾芦花香”，“人淡淡，水蒙蒙，吹入芦花短笛中”。多么美的意境！不过，这没有茶巷，亦没有笛声，只有那昔日行军的大道和古人的慷慨悲歌。然而，本该只有苍凉与悲壮美的朔方却因了这长达三公里的芦花的摇曳而平添了一份南国的婉约与安详。像是疲倦了的孩子终于靠在了母亲的怀抱，等待他的只有宁静与舒畅。

芦花谷内修建了亭子和走廊，行走其间感慨颇多：芦花谷外，长城婉转，芦花谷内，小路蔓延。历史风云变幻，芦苇摇曳翩翩。有多少故国山河追随着边关岁月，万里长城的奇迹充溢了多少长卷？大漠，孤烟，长河，烽火台的火燃尽了多少风花雪月、儿女缠绵？走不完的昭君出塞路，诉不尽的胡笳十八拍。而此刻，一切都安静了，所有的慷慨悲凉都化作了浅斟低唱。远离尘世，世事沧桑与人情繁杂都不再，独有这一方净土，在荒芜中养育着一湾绿色。若我是幽居的古贤人，一定会选择这里落脚，而舍去秀丽的南国山水，只因这是沙漠里的玫瑰，是悬崖边的花朵，时时刻刻都在演绎着生活的孤寂与多姿、生命的危亡与希望，让人在奋发的时候不忘静守，落寞的时候不忘豪情。

芦花谷的小路旁还踊淌着一脉“生命泉”，清凉如许。也许为其有了这么美丽的芦花，方才有了永不断续的生命！旅游队继续前行，风徐阵阵，浮现在脑海的却是司空曙的那句“纵然一夜风吹去，只在芦花浅水边”。

中午补充了体力后红山湖的水便载我们去到另一个奇迹了。先是欢快的小骡子拉着我们走了一段路，接着我们便坐上了盼望已久的驼车，驼铃响，车儿动。骆驼的走路姿势都很优雅，像贵夫人一样，昂首挺胸，步伐缓慢而从容。这时一路走来，环境又与前大不相同了：路上飞沙烁粒，两边秃石土崖，时而狂风怒卷，黄沙漫天。驼铃缓缓，真有一种沙漠行舟的感觉。心里却记挂着，这是水洞沟的最后一站了，藏兵洞就在路的尽头。

藏兵洞是明代红山堡守军由地上转入地下的作战与防守设施。我很喜欢红山堡这个名字，它是因位于红山地区而得名的，据说，古时红山地区夕阳照射下的山峦会一片鲜红，因名之为红山。我想“红”亦应当是藏兵洞灵魂的色彩，是五百年前的守军战士用热血与生命染成的。

如果说芦花谷完美体现了大自然造化的奇迹，那么藏兵洞则淋漓尽抒了中华先民御敌的睿智。它的设计与使用，直让人叹为观止！入其中，赞叹与感慨纷至沓来。洞中很凉爽，灯光较暗，我打开手机上的电灯，勉可照明。手扶洞壁慢慢走，是太贪恋洞景，也是因洞中岔口太多，不久我和几个同学便和大部队的老师同学走散了。洞内蜿蜒曲折，走在几乎仅供一人行走的坑道里，我们陆续看到了藏兵洞里的会议大厅、将军居室、储藏室、伙房、兵器库、水井等精巧的机构设计；将军的铁头盔、士兵的盾牌、日常用的杯具……每一件文物都在诉说着它的旷远与传奇。走着，走着，我把所有的钦羡与怀念都一一奉上，让心弦慢慢回落。然而正当它要归于平静时，那突如其来的“陷阱”却又如急雨般将其奏起！原来藏兵洞里还有很多陷阱，内多设鹿角，是为防范进洞之敌的。来到陷阱前时，陷阱上已铺上了坚实的玻璃，灯光明亮地照着那还沾染着斑斑血迹的冰冷锐利的鹿角。虽然导游说我们可以放心安全地从上走过，但行走在玻璃上时，心里依然惴惴不安，总是很轻很轻地落下脚步。陷阱走完了，灯光又暗了下来，当我还沉浸在走陷阱的惊险中时，却不料脚下有一只“手”将我轻轻拌了一下，恐惧霎时袭来，忍不住惊叫失措，赶快用电灯照来看，原来洞壁下方设置了一些假手，应该是专门用来吓唬游客，让他们亲身体验一下藏兵洞中的惊险的。心惊稍微平静了，又走了一会儿，洞口处便透来阳光了。出了洞口，豁然开朗。从三万年前到五百年前的时空穿越也结

束了。

依旧是风沙漫天，我们踏上了归程。坐在校车上，闭上眼睛，有点累了，可心却无法休息。水洞沟之行的花絮不停地在脑海回放。我剪辑出她所蕴含的那份旷远与悲壮，宁静与睿智，选定，另存为永远……

放飞心情 充实人生

——群游水洞沟有感

2010级中国古代文学研究生 朱秋云

2012年5月20日清晨，我们准时到了学校主楼喷泉前集合，伴着阵阵的清风，怀着一种惬意的心情，我们师生集体乘坐校车从学校出发，驶向这次出游实践的目的地——水洞沟。水洞沟是全国重点文物保护单位、国家4A级旅游景区、国家地质公园，被国家列为“最具中华文明意义的百项考古发现”之一。其无论是在历史文化方面还是生态环境方面，都非常具有参观价值。

大家一路上相互交谈，欢声笑语不断。我坐在车里向车窗外望去，天气十分晴朗，因此心情也十分愉快。不到一个小时的时间我们便到达了水洞沟门口，下车后我们三个人赶忙去售票点买票，大家在门口高兴地拍照留念等着我们回来。买完票发给大家后我们在博物馆门口前的台阶上集体拍照留念，然后便开始了真正的参观旅程。

我们参观的第一站是水洞沟遗址博物馆。那是一座融合了高科技、艺术性、文学性等多种元素的室内观众介入式动感体验展馆。我们按照馆内工作人员的要求站在指定的体验地带，看着眼前神奇地再现出三万年前古代人类生产和生活的场景，看到水洞沟原始人其乐融融的生活，随着眼前场景进一步地推进，工作人员采用发达的科学技术让我们身临其境地体验到暴雨、洪水、地震等灾难来临时的山崩地裂的震撼场景。场景的唯美和逼真深深地震撼了我们，我们在高科技的影响下，感受穿越到三万年的远古时代的非凡感觉。接下来随着导游的精彩讲解，我们细致参观了博物馆内陈列展示的远古水洞沟人遗留下来的一件件古老器具和历史文物，让我们不得不赞叹水洞沟遗址博物馆蕴含了丰富的历史文化底蕴。

走出水洞沟遗址博物馆看到前面远处竖立的“从这出发，我们将开始三万年到五百年的时空穿越”的标牌，这让生怕错过每一处风景的我们又忍不住拍照留念。

我们继续往前走来到水洞沟村，村里有现代人装扮的水洞沟村民。他们披散着头发，手拿着木叉，穿着兽皮衣服，站在自己毛毡房的前面，在他身后的木头上坐着一个妇女和一个幼童，猜想这应该是他的妻儿吧。我们又三三两两地和这些原始化的现代人拍照留念，拍照的那一刻，仿佛我们都感觉他们不是现代人装扮的，而是原始的水洞沟村民。右手边上是村子旁边重新修复过的张三小店。张三小店与水洞沟文化遗址的发现，有着密切联系。水洞沟是荒漠地带，附近一带至少在方圆五千米以内荒无人烟。张三小店只是为东来西往的旅客设立的。小店至多能住四五个人，也不卖饭，只是客人自带粮米，代为烧饭罢了。遥想在那个远古的时代，这家并不宽敞的张三小店为旅客们提供了巨大的便利，这也是它被保留下来并被重新修复的重要原因吧。

出了村子我们坐上了现代化的电瓶车，平稳快速地行驶在通往下一站的路上，不一会儿的工夫，电瓶车停在了一片绿油油的芦苇附近，水洞沟不长庄稼的贫瘠的土地上长满了茂密的芦苇，生长环境虽然恶劣，它们却顽强地生长着。我们兴高采烈地从电瓶车上轻跳下来，面对着眼前的一片充满生机的绿色芦苇，仿佛这片诱人的深绿给我们前来的每一位参观者注入了新鲜生命的活力一般。我们走到芦苇丛中的木板桥上观赏眼前的这片翠绿，和自己的老师、同学拍照留念，回来以后我觉得在这绿色芦苇丛中的照片最有纪念意义，那是一种代表了充满了生机和活力的大自然与人融为一体的美妙感觉。

穿过浓密的芦苇丛，便到达了我们参观的第二站——明长城遗址。它的周围的环境比较荒凉，土地沙化得比较严重，不远处是好多只肥肥瘦瘦的骆驼。它们有的站在那里遥望远方，有的趴在沙土上休息，它们习惯性地被绳子拴在前方的两根柱子上，在有限的圈子里活动着。我们站在不远处和这些可爱又可怜的骆驼拍照合影，不敢靠得太近，因为心里还有些怕怕的感觉，仿佛靠得太近会被它们伤害到。

再往前矗立在眼前的是一块深灰色的巨大石块，上面赫然写着“不到长城非好汉”的红色大字，右下角是毛泽东的落款。碑座上用黑色的笔迹清晰地写着“一九三五年十月毛泽东长征途径宁夏题”这一行注释。

我们登上并不算陡的一段石头台阶便真正到达了明长城遗址，导游建议大家站在长城上唱一曲《精忠报国》，虽然大家并没有唱，我的耳边却回荡起“狼烟起，江山北望，龙起卷，马长嘶，剑气如霜……”的豪迈声音，眼前仿佛看到了那个时代的战乱之伤与壮志豪情。

从明长城下来以后又穿过了一片令人心动的茂密芦苇丛，我们在我们即将参观的第三站——鸳鸯湖旁边的亭子和长廊里停下来休息，并准备开始我们的野外午餐，由于负责人提前就通知我们水洞沟周围没有什么吃饭的地方，让我们自己带上点食物，所以我们自己都准备了一些。热闹的午餐开始了，老师们和同学们一起互相分享大家各自带来的美食，虽然环境有些艰苦，但是我们吃得不亦乐乎。吃完饭休息了一会儿以后，我们集体排队等待坐船游览鸳鸯湖。不一会儿的工夫，我们就登上了电动游船，工作人员给我们每人发了一件救生衣。我们认真穿好后，有序地坐在电动游船上，望着眼前波光粼粼的湖面，让我忍不住想唱那首《让我们荡起双桨》。

船靠岸以后，我们步行经过一座石桥，来到马场旁的亭子里休息，片刻休息后我们坐上一辆马车，马儿载着我们奔跑在土路上，我们既兴奋又有些紧张，兴奋的是马车比较平稳，人坐在上面比较舒坦，紧张的是以前没有坐过马车。下了马车后我们坐上一辆骆驼车，骆驼比马儿跑得慢了很多，坐在骆驼车的后座上比我们坐的马车更稳当、更舒服。不过辛苦了这些载我们前行的可爱的动物们。

从骆驼车上下来，便到达了我们要参观的第四站，也是我们参观的最后一站——藏兵洞。在导游的要求下，我们穿好外套，陆续排队进入洞内参观。进入洞内后我们发现藏兵洞内巷道错综复杂，犹如迷宫一般。藏兵洞原来不仅可以藏兵，而且洞道里还存有大量的物品，各种兵器分类放置，洞内机关重重，让人不禁有些害怕和紧张。出洞以后我们不得不承认藏兵洞的修建真是独具匠心，是一个处处体现古代人聪明才智的军事防御奇观。

我们怀着叹服的心情尽兴而归，不得不承认水洞沟是集蓝天、碧水、白云、黄土、芦苇等于一体的宁静逸然的世外桃源景观。文化是旅游的灵魂，水洞沟的众多景点都含有丰厚的历史文化底蕴。从三万年到五百年，从史前遗址到边塞文化，神奇的水洞沟可谓处处有惊险，步步有亮点。

这次出游不但给我们提供了一次外出实践的机会，给我们提供了一次师生外出沟通交流的机会，而且开拓了我们的视野，丰富了我们的知识，提高了我们的历史文化水平。我们一路游来，度完这如诗如歌如画般的一天，为我们充实的人生增加了一笔绚丽的人生财富。

小说篇

油　灯

2011级新闻学2班　丁良

这是一个冬日的夜。

阿生在夜里快速地行走，甚至不敢将头四处乱转，他的神情是庄严的，生怕黑夜会把他的喜悦给夺了去。他的手里提着一个菜篮子，夜是太黑了，黑得分不清楚篮子里是什么东西。阿生走得很急，但篮子却没有很大的摆动。仿佛那上面承载着希望，只要一个小小的晃动便会使希望溜走似的。旁边的房子偶尔偷瞄着这位匆匆赶路的过客，但那驱逐光明的视线总是无法停留在这位过客身上。"放弃吧！"每一位抱着偷窥愿望的房子在心里这样想着。只有他们腹中的人是毫无保留的，其他的是放在黑暗中的事物——一切都看不清楚。

阿生终于停了下来，此时他正站在一栋看上去年代久远且显出阴森的房子里。房子里没有开灯，旁边过道里逃逸出来的光驱逐了一些房子的黑暗，却又带来一些更为诡异的东西，被房子里的事物展现在表面上，最终落在阿生的眼膜上。他的对面模模糊糊的，但他知道那是什么，所以他没有为对面的模糊多停一秒钟。他摸索着上前，约莫着到要到的地方时，他拿出了打火机。打火机的火焰跳动着，在前面的供台上投下轻盈的舞姿。阿生没有理会火光的胡闹，神情仍然是庄严的。他终于在台上面的左边发现了油灯。油灯的脚很细，头很大，与黑暗一样，有着黑的颜色。他伸出手，稳稳地握住油灯，小心翼翼地拿到面前，放在了供桌上。

这是他们村的祠堂，今夜阿生老婆生了个大胖小子。按照祖传的规矩，需得在祠堂里为其添一根灯芯。这灯芯是要在出生那天添置并点燃的。阿生此时已经将灯芯放在油灯上，并从篮子里拿出了祭品。他将祭品放在供台上，又在台子下面将带来的纸烧了。待纸烧完后，他站起了身，再次凑到油灯前，看着油灯，就像看着一个新生的生命一样。

“还要灯油！”他喃喃自语，语气中带着点兴奋。

他手脚麻利地从篮子的一隅拿出一杯菜油，往油灯内倒了一点，在将菜油放进菜篮子之前，他又倒了点。他总觉得不够！接着他把打火机打着，火光又一次跳在桌子上！这次阿生笑了，内心甚至更加激动。他的手颤抖着，但他还是稳稳地点着了灯。心里长长地舒了一口气，仿佛这辈子最大的负担已卸下。

油灯的光爬上了阿生的脸，在他的脸上肆意舞动。这一点点的灯芯将会亮下去，不管环境怎样，这希望的光都会驱散夜的黑暗，今晚是阿生这辈子最幸福的时光，希望和幸福就在这一瞬间将阿生紧紧地包围着……

盗墓迷魂

2012级汉语言文学3班　倪文鹤

午夜，静得出奇。空旷的山谷里，月色黯淡，不出声响。不知何时，灌木丛中露出了一双诡异的双瞳，这双发出绿光的东西环顾着四方，等待着猎物。一声巨响，声音在山谷中如同铜锣响般回荡，颇似猛兽的吼叫，让人战栗。

“这火药果然够劲，爷干完这一票就金盆洗手了。”

“川二哥，你金盆洗脸才对吧。每次都说最后一票。”说话的正是被道上称为“顺风耳”的侯三。

“小子，别跟我耍嘴皮子。爷为了这收关一票可没少花银子。唐朝王爷的墓，这世道不是那么好找的。”

“看来咱俩今晚是跟对人了，是吧，小九？”侯三满脸得意。

“当然，跟着爷，你们亏不了。小九，你爹当初待我俩不薄，川叔我带你上道，就当谢恩。”川二爷态度诚恳地说道。

“对，对，对，就当谢九爷当初的救命之恩。”侯三连声应道。

“嗯，谢川叔和侯哥。”长相颇为清秀的小九应到，但声音小得几乎听不到。

“浓烟也散得差不多了，咱们走吧。”说着川二爷就手持洛阳铲，腰挂黑驴蹄子大步走向前去。

“咱俩也走吧，带上家伙。”侯三道。

穿过一片灌木丛，三人来到了目的地。只见一个大洞卧在地上，黑乎乎的一片，这就是通向唐墓的唯一通道。

“等会进去，大家用代号相称，我当然就叫‘金手指’”。这代号倒不是川二爷自夸，而是但凡他经手的大墓，无不出土“国宝级”的文物。

“那我还是用旧号，‘顺风耳’吧。”这名号可不是浪得虚名，侯三的耳朵的确灵敏过人，任何风吹草动都能听到。

“小九，你就拿你爹的旧号，‘金九’吧。”川二爷说道。

这拿代号盗宝可是传统，有点迷信色彩，怕的就是这种损德事做多了以后没好下场。

小九没有说话。

“进去吧，点燃火把，规矩大家都懂。”川二爷一步钻进盗洞。

幽暗弯曲的盗洞内，一团火光映着三个影子在缓慢地前进。

“金九，火把稍有异样你就赶紧说，别宝没盗着小命给丢了。”侯三戏谑道。小九没有说话。

盗墓寻宝的时间总是度秒如年的，迫切的心情让人很容易变得烦躁。

“娘的，走了好久了吧，连个鬼影子都没看到。金手指，你不是被坑了吧？”侯三有些生气。

“你懂什么，暗道都这么长，肯定是大墓，定有不少宝贝。”川二爷嘴上说得轻松，其实心中也有些摇摆不定。小九的嘴角微微上扬，继续探了一段距离，一阵冷风吹来，似乎好戏开始了。

川二爷将火把往墙上一照，顿时不知什么东西发出了刺耳的叫声，黑压压的一片飞了出来。三人吓了一大跳。

诡异的绿光在三人背后闪烁。

“奇了怪了，这封闭的墓穴，怎么会有‘黑飞龙’呢（蝙蝠的一种）？”侯三臭骂道，他明显变得不安，很害怕。

“没事，爷干这行这么久，啥事没见过。”川二爷也有些不安地安慰道。

“是食尸龙，爹说过，专吃新鲜尸体。”小九说道。

“小子，别瞎说，哥干这行那么久还没听过这种东西。”侯三声音有些颤抖。

“金九，你爹真的跟你说过食尸龙？”川二爷试探性地问道。小九没回答。

“进去吧。”川二爷没有追问，气氛有些紧张。

蜡烛被点着了，洞内的情况逐渐明朗。是一个颇为宽敞的墓穴，中间横放着一口石棺。

“金九你把灯，要是‘鬼吹灯’，你赶紧叫我俩。”

“哦。”轻描淡写的一句话。从始至终。

说着，川二爷和侯三两人持着火把走向石棺。走近一看，石棺上花纹清晰，棺顶上镶着几颗宝石，像血滴子一般，仿佛是墓穴的镇穴之宝。侯三伸手去摸，石棺表面如冷玉一般，冰凉凉的，甚至连灰尘也没多少。整个石棺给人一种华贵厚重感。

“金手指，看来咱俩得发大财了。盗了这么多年，还没见过棺顶镶宝石的，肯定有内容。”侯三十分兴奋，之前的不安和恐惧顿时烟消云散。

川二爷则有些不安，总觉得哪里不对头。

“赶紧地。”守灯的小九突然冒出了一句话。

“金九你也过来，咱们把棺盖给撬了。金手指，你怎么愣着了，想发财想傻了？”侯三哈哈大笑。

说话间，棺顶的几颗宝石已不知所向。三人手忙脚乱地撬着石棺，一阵阵响声在墓穴内回荡。那双诡异的绿光在三人背后眨动。始终不离。

“有东西。”侯三猛地一回头，大声喝道。

“别慌，是绿眼鬼猫，只要灯不灭，它就不敢靠近我们。”川二爷先是被突来的大喝吓了一跳，紧接着解释道。话毕，三人又继续卖力起来。

哐的一声，石棺终于被撬开了。一阵檀木香扑鼻而来，让人顿感身心舒畅。侯三面露歹意。

“娘的，怎么是具男尸？”

“怎么，你还想奸了不成？”川二爷笑道。

“呸，爷的小蛮腰还在醉花楼等着爷呢。”侯三有些气急败坏。

三人围在石棺前打量着，川二爷和侯三的手不安分地在石棺边上摸来摸去，不知想干吗。

石棺内躺着一具男尸，身穿绣龙马褂，看上去有四十岁出头，面色红润，八尺有余，好似活人一般。往下看，下身只盖着一块白布，连鞋子都没穿。上下区别明显，让人难以名状。

“这爷们连裤子都没得穿，肯定是生前女人玩多了，死后被那些骚娘们给扒的。”侯三调侃道。

“说不定还没死呢。”沉默的小九说话了。

“别胡扯，乱吓人呀你！”侯三大声骂道。

“你个大活人还怕死人不成？哈哈。”川二爷说道。

“快找宝贝吧，别废话了。”川二爷紧接着说道。

“不知是谁在废话。”侯三很不爽快。

这段对话让氛围轻松了不少。

话毕，川二爷伸手一摸，男尸的皮肤质感十足，甚至还有温度。

吓得川二爷猛地缩手。

“哈哈，你个老处男还真对男人有兴趣呀，你不怕他吃了你吗？”川二爷反被侯三将了一军。

“娘的,见鬼了,死了这么久怎么还有温度？”川二爷怒火中烧。

“我可不信。”说着侯三大手一伸,刚碰到男尸,刷的一声男尸竟全化成了粉。一个木炉子和两颗珠子掉落出来。

“是夜明珠,竟然有两颗。”侯三大叫。这些可发达了。

川二爷见了也大喜过望,之前的不安和怒火顿时烟消云散,露出了豺狼般的恶笑。“夜明珠可是可遇不可求的宝贝,有市无价。庄上的那趾高气扬,无恶不作的刘恶霸听说就是靠这宝贝发了财,看来咱以后也得过过地主的日子了。”这话听着侯三心里直痒痒。拳头紧握,一副干劲十足的模样。

“这宝贝贵重,金九你年纪小刚入行,就让给我俩吧。”侯三足够贪心。

“嗯。”小九答得很无所谓。

川二爷赶忙捡起两颗夜明珠，先把自己那颗小心翼翼地揣进腰袋里,然后才将另外一颗很不舍地递给侯三,接着伸手去拿那个木炉子。可那木炉子却像钉在石棺上一样,怎么也拔不出来。

“让我来。”沉默许久的小九说了话。

“好嘞,你跟着入行就拿这个木炉子开门红吧。”炉顶上红光一闪而过。川二爷不知打着什么算盘。

侯三让开了道,小九动作利索地伸手去拿,硬是没拿起来。川二爷和侯三笑出了声:“年轻人终究还是年轻人呀,不靠谱。”

霎时,一声凄厉的猫叫响起,紧接着阴风大作,放在墙上的蜡烛竟被吹灭了。墓室里一片漆黑,伸手不见五指,温度刹那降低了不少。

“不好,鬼吹灯,咱赶紧撤。”川二爷顿时慌了。

“别跑，有暗道。”小九大声喝道，声音低沉而厚重。声音却不像他发出来的，倒像是他爹的声音。

已经箭在弦上的两个人顿时停下了脚步，只见一束亮光从棺底射出，两人精神一恍惚，只觉得光特别的刺眼。乍一看，亮光是从磨盘大小的道口射出的，暗道内有着石阶，不知通往何处。

但往往就是未知的东西，更让人好奇。

“金九，你去把蜡烛点着，然后我们三人一起进去。”川二爷吩咐道。

小九起身走开。侯三还是有些手软，大气直喘。他的贪生怕死在行里也是出了名的。

蜡烛被重新点燃，墓室不知为何分外明亮。压抑的氛围消散了许多，温度似乎也上升了不少。

川二爷拉了一把摔坐在地上的侯三，说：“大老爷们的，你还真被吓得够呛呀！”

“谁说我被吓着了，不过是灰尘跑进鼻子有些呛而已。”侯三狡辩道，动作十分不雅地站了起来，拍了拍屁股，可不见灰尘。

“等会进道我领头，你俩把后，不要乱了阵脚。”说着川二爷已经钻了进去，两人也紧随其后。三人进去后，又是一声猫叫，墓室又变得伸手不见五指，只有一双绿眼闪动。暗道内，无光自明。

“我的娘呀，连墙壁都是黄金铸的，老子算是开眼界了。”侯三笑得合不拢嘴。

“就你这点见识，爷我更大的排场都见过，这些都只是开胃菜，宝贝肯定在道底。”川二爷嘴上这么说，其实心里也乐开了花。

金铸的墙壁闪闪发光，让人眼花缭乱，目眩神迷。一般人都抵不住这么强烈的诱惑。

“跟紧了，跟爷发大财去。”

“金九，你跟紧我了，刚上道就有这么大一票，你得感谢你那死去的爹呀。”侯三明显很嫉妒。

“我在你背后。”微弱的声音应道。川二爷和侯三走在前,边走边鬼迷心窍的摸着墙壁,心想带不走这些黄金也得摸个够,这金光闪烁的暗道就像通往财神爷家的石梯,让人不由得加快着脚步。跟在后面的小九身影渐渐模糊,最后完全消失在空气中了。可是那两人完全没有注意到。

隆隆……暗道内突然传出了震耳欲聋的马蹄声, 夹杂人的打杀声,可以听得出是在叫嚣着“杀呀,杀死他们,杀死他们……”

川二爷两人也被突如其来的声音吓破了胆。“不好,我们被跟踪了,快跑。”两人立即像脱缰的野马一般往暗道深处跑去。肠子似的暗道就像喇叭一样,聚音作用十分强烈。他们跑得越快,后面的打杀声就越大。

跑了十多分钟,年过半百的川二爷终于体力不支,速度不断慢下来。

“不行,我跑不动了。”川二爷气喘吁吁。

“跑不动也得跑呀,被追到我们就没命了,哥还是处呀。”侯三这也是被吓得说出了实话,热锅上的蚂蚁总是心急如焚的。

“不对,马蹄声怎么没了?”准备自己先逃的侯三突然意识到情况有变。

“咦,的确是没了,难道他们放弃了?”川二爷也意识到了,紧绷的心顿时轻松了不少。

“没了不更好,你还想继续没命地跑呀?”说着侯三摸了摸口袋,确定夜明珠还在,才彻底松了口气。

“小九怎么不见了,跟丢了?”川二爷看向侯三,两人这才意识到小九不见了。

“我哪知道,死了更好,带着他我心里怪不安的,咱俩也算送他

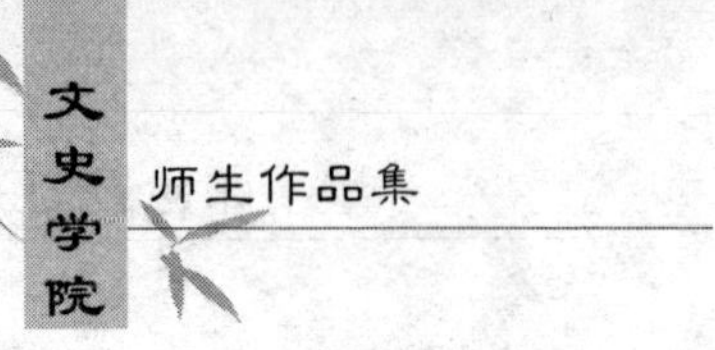

们爷俩碰面去了,功德呀!”侯三一副浮夸的模样。川二爷嘴角抽动,欲言又止。

两人略作休整,便继续往更深处走去。“感觉走了约有一炷香的时间。怎么还没到底。”侯三嘟囔着嘴。

川二爷鼻头一痒了,打了一个喷嚏。这喷嚏一打不要紧,竟然让他们听到了回声。“有回声,前面肯定有墓室。”

两人加快了脚步,心情就像财神爷招手一般让人迫不及待。视野突然开阔起来。这间墓室内躺着无数个石棺,横竖交错,但是都没有棺盖,一把把长着铜锈的刀剑睡在一个个石棺内,就像乱葬岗一般。墓室内还有两个小墓室,就像小房间一样,但是石门紧闭。

两人抄起家伙,一人朝一间小墓室走去。绕过了杂乱无章的石棺群,走到了小墓室门口。墓室石门竟然就自动打开了,川二爷被眼前的景象惊呆了,里面竟然堆满了金银珠宝,就像一座座小山似的,不计其数的宝贝耀眼极了。不仅如此,墓室墙上竟然镶满了夜明珠,就像夜里的繁星一般让人眼花缭乱。

“哈哈,我川二盗了这么多年,终于是在准备收山的时候贴上了财神爷的屁股。有了这些,以后就真的吃香喝辣了。再买个土官当当,多娶几个姨房太太,下半辈子不愁咯!”

在川二爷自我陶醉的同时,一把锈迹斑斑的东西缓缓接近他的后背。

前秒还笑容满面的川二爷,下一秒已经发出了惨叫,露出了痛苦的表情,剧烈的疼痛让他面部彻底扭曲了。他感觉一把冰冷的铁具在搅着他的肠子。

一刀,又是一刀,再来一刀……墓室内传来杀猪似的惨叫声,这声音回荡着,让人毛骨悚然。

川二爷艰难地转过身去。“果然是你，你竟然这样。”

又是一声惨叫，红色的液体大量喷涌而出。

“你……你……你……侯……”话还没说完，川二爷便倒跪下去。

满脸血迹的侯三冷哼一声，把刀往川二爷身上一扔。“你早就该死了，这么多空棺，你正好占个位置。金山银山还是留给我吧。”侯三的表情好似牛鬼蛇神一般。

突感背后一凉，侯三猛地转过身去。“谁？”他一怔，“原来是小九，侯哥替你抱了仇，当年正是川二这个王八蛋起了贼心，才让你爹死于非命。”

空气般的小九面无表情，眼神冰冷至极。

“你不信？也罢，等侯哥收了这些金山银山发了财，你自然会信。”说话间侯三的屁股不知怎地冒出了一条尾巴，连他自己也没察觉到。

“嗯。”缥缈的声音显得格外阴森。

“好，等着侯哥。”

侯三大步流星地踏进墓室。淌血的刀子还在手上。心想，等爷拿了财宝，再宰了你这兔崽子。靠得越近，侯三心跳越快，他长这么大从没见过这么多财宝，金山银山，这世道，有些人一辈子也不知道金子长啥样。

哈哈，侯三两眼精光，体温持续升高。顿时，他身上突然着起了火，火势迅速蔓延，这次轮到侯三发出杀猪般的惨叫，撕心裂肺。

“救我……救我……财宝分你一半。小九救我。”

侯三变成了一个火人，就像疯狗一般在墓室内撞来撞去。“不，不是真的。”侯三的惨叫声更大了，他眼前的金山银山竟全变成了一堆堆枯骨，墙上的夜明珠也变成了一颗颗骇人的眼珠子。

剧烈的灼烧感使他渐渐失去知觉，声音也越来越小。

“救我，小九。”

就在侯三弥留之际，隐约听到一句：“我在你背后。”

最开始的墓穴，火光逐渐消失。石棺旁躺着两个人，一个横肠直流满身是血，另一个全身焦黑木炭一般。

“这迷魂香果然够劲，能让这两个混蛋在这梦游这么久。不过能看到他们自相残杀，倒也算给爹一个交代了。”

拾起还散发着清香的木炉，猛地踢了一脚脚边焦黑的尸体，一个长相颇为清秀的少年转身离开。

墓室内零星火光闪烁，横肠直流的尸体不知为何动了动，一个珠子从尸体的腰袋里滑落出来，竟是人的眼珠子。

许久，墓室内恢复了阴森的静。一双绿眼闪动，似乎它今晚又可以饱餐一顿了。

女魃传

2012级汉语言文学3班　倪文鹤

“爹爹，且慢！”熟悉的声音传进耳中。

黄帝转过身去，满面愁容，只见西北方向一道倩影飘然而至，黄帝身旁的将士们纷纷抬头仰望，来人有着倾城之貌，精致的玉簪散发着柔光，如同皎洁的弯月系扎在她的落落银发之上，红润的小嘴微微上翘，雪白的牙齿，纤细的柳叶眉，一对俏丽的丹凤眼，这道迷人的身影散发着让人心平气和的气息，众将领都以为是传说中远在寒月宫的嫦娥仙子落世下凡，战场的气氛似乎因此也缓和了不少，一朵朵纯洁无比的月桂花在她的脚下迅速地绽放开来，衣着红纱材曼妙的她像个小女孩似的笑盈盈地落在了黄帝跟前。黄帝紧皱的眉头终是一松，竟是自己的女儿，脸上露出了一丝难忍的微笑，很显然在这局势一边倒的战场上没谁能笑得开怀，即便是最疼爱的女儿的到来。

“魃儿，你不在昆仑山上潜心修炼，怎么跑这儿来了？”黄帝十分疑惑。

“爹爹，女儿这不是帮您来了吗？”女魃搂住了黄帝的手臂撒了撒娇。

“乖女儿，战场凶险，岂能儿戏，不得胡闹。”黄帝显得十分焦急。这个心肝宝贝被自己安排在熊国昆仑神山沐浴日月精华，养神修道,盼着有一天能修成大罗天仙,求得长生不老。眼下,战况危急，敌方风师雨伯的出现导致战情大逆转，黄帝这边士气一落千丈,如果再不想出好的对策,很可能会被一网打尽。宝贝女儿还偏这时候跑来了,这能不让一个父亲揪心吗？

“爹爹,您看女儿的样子像是来胡闹的吗？”女魃的表情十分地坚决,“爹爹,看我的。”

话毕,女魃红袖拂动,整个人如落世仙子一般飘至半空中,眼神中充满了自信。她俯视整个战场,只见战场上硝烟弥漫,横尸遍野,怨气漫天,遥遥对立的两片乌云之上风伯雨师相对而立,这两个得道妖仙经幡摇动,两人修道千年,在仅次于十八层地狱的至阴环境的养尸之地中采集邪魂怨气，通过残忍至极的手段吸食童婴脑髓,跟随于与天庭相对立的地狱修罗神,手中的经幡被孤魂野鬼嘶吼着,这些被囚禁的魂魄一个个面目狰狞,不断地吸食外来的魂魄,唯有如此,才能不断壮大,不被他人吞没掉。两人手中的经幡不曾停歇,经幡之上黑光愈加闪烁,如同无底洞一样吞噬着战死士兵的魂魄,法术的威力越来越猛。战场上风雨交加,电闪雷鸣,惨叫声不绝于耳。己方在法术结界中穿梭自如,来去无阻,而敌方却是刚好相反,不仅时刻处于恶劣环境之中,腥臭之雨打在双眼能致人双目失明,铜锣般巨响的落雷冷不禁地砸落在黄帝大军密集的地方,大军节节败退。

一条青龙猛地从落雷暴雨中倒射而出，重重地撞在一座大山之上,青龙身上大部分的鳞片都被烧焦了,很显然这是被落雷法术击中烧伤的,青龙霎时变成了一个青甲少年,口吐鲜血。一袭白衣紧随其后,虽然不像青龙那样受了那么重的伤,但情况也不容乐观。

“是他。”女魃很惊讶地看着青龙幻回人形,竟然是自己思恋已久的应龙将军。这位应龙将军长相俊秀,即便此刻身受重伤,龙纹头盔上的神龙依旧昂首，浓黑剑眉下的双眼依旧散发着倔强的光芒,破损的战甲下面露出了坚实的臂膀,两条游龙般锁骨下肌肉十分的结实，古铜色的皮肤上血水和汗水混杂着顺着雕刻般的身体缓缓流下,让人感觉这就是巧夺天工的神物,全身散发着一种坚毅无比的气息。自古英雄出少年,这绝不放弃的眼神让多少倾城佳人为之爱慕,又是多少怀春少女的梦中情人。

“应龙将军,你没事吧。”白衣女仙扶起了卧倒在地的应龙仙将,表情很是焦急。

女魃见此,衣袖一挥,将两粒自己在昆仑山上炼制的仙丹飞递了过去。“百合妹妹,你先照顾着应龙将军,我去对付他们。”

百合仙子抬头一望，那身穿青衣雪中送炭的竟然是黄帝最宠爱的女魃仙子,微微地点了点头:“姐姐小心！”

女魃的手掌中浮现一根火红羽毛,只见羽毛上红光流溢,就好像炽热的岩浆在流淌一般,不断地往外散发着热量。她双眸中好似有着火焰闪烁,她轻轻一吹,火红的羽毛迎风幻化成一根浑身透红的长棍,长棍由短变长,由细变粗,热浪喷涌,就好像金乌降世一般猛地喷出两道刺眼的红光射向风伯和雨师。此刻的风伯和雨师施术做法正畅快,手中的经幡黑光越发地强盛,两人正笑得合不拢嘴之际,刹那间,被突如其来的红光闪瞎了双眼,两人手中的经幡被红光射中,烧成灰烬,紧接着,红光的撞击在两人的胸口,两声惨叫响彻战场,刚才还风雨交加、电闪雷鸣的战场红光普照,好似金乌降世,两具被烤焦的躯体从高空中急速下坠,在地上砸出了两个大坑。战场上的所有人抬头望天,只见一红衣绝色女子身前漂浮着一根火红的长棍,极度的炙热使空间变得扭曲,不难看出,这根棍子如果打到自己的话，可能自己就成了刚才的那两具焦尸其中的一具了。女魃力挽狂澜,战情大逆转,副将力牧、常先当机立断,军旗一挥,调转兵力杀向蚩尤大军。此时的蚩尤兵将顿感身体乏力,口干舌燥,豆大的汗水浸湿了全身,一个个就像落汤鸡一样,每走一步都得用尽全身气力。黄帝见此，一声军令下："杀他个片甲不留。"被杀得很憋屈的黄帝士兵士气大涨，冲向蚩尤大军。来不及逃跑敌兵只能尸首异处，惨死兵下。

此战蚩尤损失惨重，几乎全军覆没，无尽的浊气肉眼可见地环绕在血色战场之上。女魃见状，也不想再战了，毕竟杀掉了为非作歹的风伯雨师那就足够了，不再继续施法，有违天道。

"你们为非作歹的风伯和雨师已经被我施法除掉了，只要你们肯撤出此地，我便不再为难你们，不然！……"女魃居高临下地说道，声音清楚地传到每一个人的耳中。

蚩尤见状，气得咬牙切齿，好好的胜局竟然被一个黄毛丫头给搅乱。不过，心知士气低落，败局已定，留得青山在不愁没柴烧，一声令下："撤退！"

余下的敌兵听闻加快了撤退的脚步，不过还是有不少来不及跑掉的成为兵下冤魂。每个人都不敢存在侥幸心理，因为他们知道，这些修仙之人杀他们乃是易如反掌之事，就好像他们随手可以捏死一只蚂蚁一样。

蚩尤内心烈火燃烧，双眼中血丝密布，但这也是不得已之策，半路杀出个程咬金。"算你走运，黄帝，总有一天我会成为这片大地唯一的主宰。"带领着落汤鸡一样的大汗淋漓的残余撤离战场。

"主公，我们就这么走了，好不容易才有希望大破黄帝。"夸父咬牙切齿地问道。

"不然呢，你没看到风伯雨师都被女魃这个妖女给杀死了，你觉得现在还斗得过他们吗？"蚩尤虽有万分的不甘，却也只能憋在心中无法发泄。

另外一边，女魃飞回了黄帝所在的营地，众将领把她围在了人海中，欢呼雀跃："今天要不是有女魃仙子，我们还不能反败为胜呢。""女魃仙子，女魃仙子，千秋万代。""女魃仙子真不愧是主公的宝贝,不仅外貌倾国倾城,连仙术都如此了得。”女魃被围在刚刚绝地反击的人海中被夸赞着,脸上尴尬地起了红晕,显然是羞愧得不得了了。

“统统有赏。”黄帝开口道,全部人都笑逐颜开。人海中又传来一声震耳欲聋地欢呼,这种劫后逢生的心情始终是很难平静下来的。

“宝贝女儿,想爹爹怎么奖赏你呢?”黄帝亲切地问道。

“爹爹,女儿什么也不想,只是……”女魃最有一句堵在了嘴边。

“只是什么?”黄帝疑惑道。

“爹爹,我想去看看应龙将军。”女魃开口道。

“确该如此,应龙今天也立了不少的功。我的宝贝女儿真是深明大义。”黄帝赞许道。黄帝脸上嘴角微微上扬:“长大了呀!”

这时,应龙被力牧、常先搀扶着走了过来,百合仙子也在一旁跟随着,黄帝大军中又传出了一阵巨大的欢呼声,响彻天地。

“主公,应龙无能,请主公降罪。”说着应龙仙将便要躬身跪下。

“快快起来,应龙你不必自责,要不是你化成青龙将风伯雨师的狂风暴雨吸入口中,我们大军还坚持不了这么久,我赏你还来不及,怎么可能降罪于你。”黄帝说道。

“主公,我……”应龙欲言又止。

“不必再多说。来,我给你介绍一下我的四女儿,女魃。”黄帝很自豪地说道。

“见过女魃仙子,多谢女魃仙子今天出手相助,救命之恩不知何以为报。”应龙态度十分诚恳地表达着谢意。

“应龙将军,不必客气。”朴实平常的话竟使女魃羞红了脸,心里就像有头小鹿不由自主地乱撞了起来。

“我们真的要感谢女魃姐姐的救命之恩,要不是女魃仙子及时出现,并给予我救命仙丹,我和应龙将军还不知能否活着回来呢。”

百合仙子忙道。

女魃没有说话，只是仔细地看着眼前的这个男子，眼神却不敢交接，这个她久未谋面却暗恋已久的男子眉宇之间依旧是带着淡淡的忧愁，就好像她九岁那年前往昆仑山最后一次见到他时的感觉一模一样，那时的他只不过是一个腼腆的小男生，不过现在已经成为了一个顶天立地的男子汉，这一丝浅浅的忧伤让她对他迷恋得更深了。

应龙也仔细看着眼前这个有着倾城容貌的奇女子，心中只有无尽的感恩，丝毫不敢有其他任何的想法，这样美丽动人且法力高强的女仙子不是自己能高攀得起的。

“全军听令，回营休整，今晚好好庆祝一番。”黄帝高声下令。

“主公万岁，万岁——”大军再次欢呼了起来。

庆功宴上，黄帝麾下的将领和部下大口吃肉大口喝酒，欢歌热舞不亦乐乎。大将们围坐在黄帝四周，纷纷向黄帝及今天雪中送炭的女魃仙子敬酒致意。

“各位爱将不必多礼，这是我女魃应该做的，也是为了华夏族。”女魃羞中带笑，音容笑貌足以倾倒在场的每一个年轻将领。

“女魃仙子过谦，我应龙斗胆独敬女魃仙子一杯。”说着应龙双手捧着酒杯来到了女魃面前，脸带微笑，诚意十足地想再谢这个对自己有救命之恩的绝色仙子。

“哦……”女魃仙子盯着眼前这个俊秀男子，棱角分明，双眸清澈，情不自禁地晃了晃神。

“仙子，仙子。”应龙看女魃好像走了神，右手举着杯在女魃眼前摇了摇。

“哦，应龙将军客气了。”女魃晃得回了神，有点失措地回道。

“干！”

“干！”女魃急忙起身回敬。

“谢仙子！”应龙大笑，露出洁白的牙齿，笑声如同过水的绸缎一般平抚了女魃原本紧张不安的怀春小鹿。也就因为这一笑，让女魃陷入了对应龙更深的爱海沉沦之中。

庆功宴直到深夜才结束。回到房间的女魃脑海中满是应龙，他的一举一动，他眼角中带着的忧，他的嘴角上带着的笑，他的一切的一切都深深地吸引着自己，这种感觉不可言喻，就好像他天生就属于她，她天生也属于他！她躺在床上，睁开眼是他，闭上眼是他，辗转反侧不能入眠，她起身推开了房门。

明月湖畔，微风如丝缓缓抚过。河水，静静地流淌，弯月，静静地悬挂，一切仿佛都陷入了沉睡，又仿佛在等待着什么。

弯月倒映在湖面上，宛如一颗珍珠静静地躺在透明贝壳当中，静卧在一种莫名的幸福之中，惬意不已，这是一种近在眼前却无法拥有的感觉。水天一线牵，却永远无法真正地交集在一起。午夜时刻，水天似乎轻声细语地讲着悄悄话，没人知道他们讲着什么，是不可告人的秘密，还是无法改变的命运。

明月湖中央，沙洲岛如婴孩般沉睡。两道人影在月光下若隐若现，一袭白衣依偎在健壮的胸膛上。女魃瞪大了双眼，悬挂的明月也害羞地躲到了云里，她急忙捂住了嘴。她的心情此刻变得复杂，被遮挡的月光让树影变得斑驳，稀稀落落，女魃擦了擦双眼，努力地睁大眼睛看向那两个亲密的人儿，看到那就是百合仙子和让自己茶不思饭不想的应龙。两个人如此如胶似漆地依偎在一起，女魃的心突然像是被针扎了一下，特别的疼，也特别的难过，眼角的泪水不听话地就跑了出来，人变得哽咽不已，不愿再多看一秒，抽搐着转身飞离，她不明白自己会突然这样难过，或许是看到了小时形影不离的玩伴和自己喜欢的人拥在了一起吧，她并不痛恨百合仙子，只是单纯地嫉妒而无法接受。

“刚才好像有人？”

“没有，你听错了！”

“是吧。”

鸡鸣日升，柔和的晨光照耀在巨大的祭台之上，祭台周围人山人海，无数将士都来为应龙将军送行，应龙将军带领他们打败蚩尤大军，是返回天界的时候了。

“为什么，为什么会这样？”应龙万分不解，大吼道。

围观的将领们也十分不解，今天本是应龙将军返回天界的大好日子，可突如其来的窘况却将大家弄得不知所措。

“应龙将军，你的身上？”百合仙子问道。

众人惊讶，只见应龙身上隐隐散发着一股浊气，隐隐有着邪恶的气息，平时跨步可入的天界之门，现在为何却将自己拒之门外？

“这是什么？”人群中有人开口问道。在场的人四目交接，每个人都疑惑不已。

“我知道了，此乃浊气。”一个白头老翁说道。

“难道是这些浊气导致将军无法返回天界的？”有人追问道。

“将军此役大战蚩尤，导致世间的浊气缠身。天界乃清净之地，自然不允。”一位白头老翁说道。

“那怎么办，难道将军永远无法返回天界了吗？”百合仙子表情很焦急。

“对呀，有什么办法能去除这些浊气吗？”

“白头仙翁，你倒是快说呀！”

“对呀，有什么办法吗？”一群人七嘴八舌。

“办法不是没有，不过……”

“不过什么，仙翁，你倒是快说啊？”百合仙子冲到了白头老翁跟前。

“对呀，仙翁你快说啊。”大家都附和道。

“如果想去除这种已经显现于外的浊气，必须采集四海龙精，融合之后方能去浊。”仙翁一出口，周围的人都吓了一跳。

“四海龙精”，乃是四海龙王的龙角之中孕养千年才有一滴的大海精华，至纯至净，龙族之中也只有天赋异禀的龙太子在洗礼的时候才能获得一滴，而现在却需要四方海域四大龙王的四滴精华，简直就是天方夜谭，比凡人登天还难。

“除了这个办法，难道就没有别的办法了吗？”这时坐在黄帝身旁的女魃突然出口问道。

“仙子请谅，老夫愚拙。”白头老翁也是叹了一声。

“应龙，你立下汗马功劳，我明朝便派人去寻四海龙精。”黄帝开口道，脸色也是有些无奈。

“我知天意不可违，或许是我屠杀了太多凡世间的生灵，造成的罪孽无可讨赎，自作孽不可活，天界容不下我这样的罪恶之人，我认命。事已注定难以改变，我想好好静一静，我这样的罪人不值得主公调兵遣将，也不值得各位好兄弟随我赴汤蹈火、出入沙场，我对不起各位，主公见谅，我先行告退了。”应龙神色黯淡，说完穿过熙熙攘攘的人群，离开了。

“将军，将军——”应龙身后传来众人的挽留。

“各位也都回去吧，一定有办法寻得龙精，送应龙返回天界的。”黄帝下令。

黄帝愁眉不展，今天答应了应龙要去向四海龙王求取龙精，但他也知道，龙族一向高傲，取得一滴龙精便是天大的机缘，现在却要四滴，几乎是不可能的。

“爹爹，难道就真的没有办法帮助应龙将军吗？“女魃心中也很焦急，眼眶之中泪光闪烁。

“宝贝女儿，爹爹也在想办法。”

“难道就这样看着应龙将军……”豆珠般的晶莹的眼泪不受控制喷涌而出，女魃着急地哭出了声。

黄帝显然也是看出了这个傻孩子对应龙的一往情深，自己爱女儿，也同样中意亲手培养如同儿子一样的战将，不过天生万物，有些事情，即使是自己，也并不是那么简单地就能解决的。

“别哭了，爹爹一定会想出办法的，你要相信爹爹。”

夕阳西下，夜幕降临，夜空一片明朗，却万里枯星。

女魃躺在床上难以入眠，此时，她竟发现自己的掌心不知何时也有了浊气。不过她并未在意，因为心中只想着怎样才能帮助应龙。

突然，她小嘴一抿，似乎想到了什么，推开门离开了房间。

明月湖中央的沙洲岛今天似乎被惊醒了，愤怒的声音环绕在空中，似乎在痛诉着无限的苦闷和不甘。

只见沙洲岛的醉仙亭外酒缸散落一地，一个神情恍惚的男子捧着酒缸大口下咽，那酒水在月光下就好像湍急的瀑布一样，不断地往下冲刷，似乎是想冲醒这个男子，奈何事与愿违。

“为什么，为什么老天爷要这么对我？我应龙有错吗，我努力了这么久，我不甘，我不甘。”他摔掉酒缸子，指天痛骂。

“百合仙子呢，她也不要我了吗？”他又是一吼。

整个人左倒西歪，天地好像都在翻转。

“百合，我知道你不会不管我的。”应龙模糊之中隐约看到她飘然而至，随后便不省人事了。

“昆仑圣法，天地归一。”一声倔强而坚定的声音喝道。

两人被包裹在一个光圈之中，悬空对立，她身上的纱衣渐渐褪去，露出了洁白如雪的胴体，完美的曲线在光芒的照耀下显得格外动人,圣洁得让人产生一种想要跪拜的冲动。另外一边,应龙身上的甲胄也不知所踪,健壮如雕刻般的身躯也散发着威猛的力量,不过其中却掺杂了一些黑灰的浊气。两个人慢慢靠近,她的芊芊玉指慢慢划过他的脸颊,他慢慢地睁开了眼睛,眼神迷离地看着眼前这个女子,他似乎想张口,却被突如其来的柔软封住了嘴。她紧紧地抱着他,柔软的双手在他的后背上下游动,应龙身上的浊气似乎在慢慢地消失,不过这种程度明显于事无补。

“不行,这样还不行。”

“嗯! ”一丝疼痛之感传来。

两具肉体此刻水乳交融,光幕内传出一声声天籁之音,打破了黑夜的寂静。两个人此刻距离不再,他走进了她的世界,她也感受到了他的世界。他看到了她,一个心地善良,脸上总是带着一丝动人微笑的小女孩;她看到了他,一个有些忧愁,从小就正气凛然的小男孩。

梦境穿梭,小男孩和小女孩相遇在一棵大树下,两人带着微笑注视着对方,小女孩跑过来牵着小男孩的手,两个人奔跑在一望无际的绿野中,追逐着奔跑的群鹿,呼喊着成群的大雁。男孩跑累了,小女孩让他坐下, 自己跳起了舞, 成群的彩蝶围绕在小女孩的四周,随着她翩翩起舞,小女孩被蝴蝶捧在半空中,优雅的舞姿,一颦一笑都是那样的美丽动人。小女孩飞向小男孩,蝴蝶们化成五彩斑斓的翅膀,两个人飞过生机勃勃的绿野,穿过鸟语花香的树林,掠过一望无际的海洋,停在了一只巨鲸的背上,巨鲸的后背喷出了水花,欢迎着这两个孩子的到来,两个人嬉水嬉笑,手牵手蹦蹦跳跳,欢跃中忘记了一切的烦恼。

梦境再次变换,他踮了踮脚,右手轻轻地碰了一下悬在半空中的蓝月亮,刹那间,蓝月亮幻化成为一群萤火虫,这些萤火虫仿佛繁星一般萦绕着她,她很吃惊,但更多的是惊喜,这么多的漂亮“小星星”是那么喜欢她，他的左手不知何时牵住了她的右手，小小的手掌传来暖暖的温柔。她取下香颈上的玉佩，挂在了他的脖子上，两人双眸对视，小手紧握。小河静谧流淌，两人躺在微风荡漾的草原上，仰望那繁星无尽的夜空，点点星光在眼眸中闪烁。随之，一种从未拥有的愉悦感将梦境推至了高潮。

梦境后，故事将继续下去。

一夜的翻云覆雨，并没有过多的疲惫。她躺在他的身旁，紫黑色的柔唇小心翼翼地抚了一下他的额头，看着他熟睡的模样，就好像梦中的小男孩一样，她眼角不自禁流下了泪，嘴角却扑哧笑出了声，纵有万分不舍，终得飘然而去。

黄口之别，朝思暮挂。昆仑山巅，日月相念。
今朝重逢，郎才俊秀。国之重将，英勇无双。
南柯黄粱，吾心随汝。虽予有痛，何以断情？
红尘潇潇，私有所属。赠以琼瑶，匪报丝毫。

“应龙，应龙将军。”百合仙子轻轻拍着应龙的背，想叫醒这个金乌当空了都仍未睡醒的哥哥。她感到有些抱歉，在他状态最不好的时候却没有陪着他。不过，昨夜与百花圣母的交谈中，她知道了一些三界秘密，也终于明白为什么她对应龙一见如故，愿意为他奋不顾身。

“百合，你也睡醒了吗？”应龙睁眼便看到了百合，猛地将她紧紧地搂入怀中。

“你身上的浊气已好了。”百合惊喜地叫道。

应龙低头一看，随即脸上露出了惊喜的神色。

“太好了，我身上的浊气都没有了。”

“对呀，实在是太好了，苦愁一夜解。”

“我终于可以重返天界了，这一切都要感谢你。”

“感谢我？”

“对呀，现在我们先去把这个好消息告诉主公吧。”

黄帝的大殿内。“女儿不辞而别，望爹爹原谅。”黄帝手握着女魃留字的手帕，心中有些怅然，还没跟女儿好好聊聊，想必她肯定是有急事吧。

“主公。”

黄帝转过头去：“应龙，你怎么来了？”

“主公，我身上的浊气没了，我可以重返天界了。”应龙抑制不知内心的欢快。

“哦，想不到昨天还让众人束手无策的浊气竟消失了。”黄帝也很惊讶。

“是的，主公，这都得感谢百合仙子。”

“哦，百合仙子竟有如此才能？召百合仙子入殿。”黄帝也很想知道事情的缘由因果。

“报，主公，百合仙子已经随百花圣母离开了。”

“嗯，离开了？那便罢了。”

“她刚刚还和我在一起，怎么转眼间就走了呢？”应龙有些不解。

“应龙，百合仙子跟随百花圣母必有大造化，日后相见，定要好好报答。”黄帝就像父亲一样。

“是的，主公，应龙谨记。”

天界。应龙返回后，修炼更加刻苦，学习了诸多兵法谋略，自身修为也是突飞猛进，只为早日以更好的姿态去寻那心爱的百合仙子。不足三年，他就一跃成为天界数一数二的战将。他日夜思念百合仙子，百花圣母带着百合仙子云游四方。他每天只期盼在梦中与她相遇，即使是模糊得隔着层纱。

过去的三年，人间却并不太平，旱荒席卷，起先只是一个个小部落，并未引起大的注意，只认为是天灾。现在却席卷一片又一片大的区域，终于是惊动了黄帝等一些大的部落首领，经过仔细的调查，发现大旱并未是天灾，而是有人故意为之。一个个部落首领一次又一次出兵去剿杀始作俑者，但都被杀得片甲不留，更可怕的是士兵的尸体都变成了干尸，风一吹就散成了粉末。

“报，主公，有重要消息传回。”一名小兵神色紧张。

“说。”

“力牧将军飞鸽传信，说那个为首的恶贼是——”小兵说到一半全身发抖了起来。

“是谁？不论是谁，做出此等天理不容之事，都应当诛杀。”黄帝面色严肃，声调提高了许多。

“是、是、是、是女魃仙子！“小兵说话断断续续，说出来后终于缓了一口气。

“什么？女魃仙子？荒谬，女魃她三年前不告而别之后就回去昆仑神山潜修了，怎么可能是她？”

“主公，千真万确。”

“你确定？要是敢欺骗我的话，我必将严惩。”

“小人不敢。”说着小兵拿出一个卷轴呈了上去。

黄帝打开卷轴，神情变幻，面色变换，手上的青筋若隐若现。

“请白头仙翁到这来！”黄帝下令。

不一会儿，白头仙翁就来到了大殿，神色有些让人捉摸不透，似乎已经知道黄帝为何要找他了。

“主公。”白头仙翁十分恭敬。

“白头仙翁，你通天晓地，无所不知，我想你已知道我为何找你了吧？”

“是的,主公。三年前,我就对应龙将军身上的浊气一夜消散感到诧异,果然不出我所料。”

“应龙?何出此言?”黄帝追问道。

“相传昆仑神山有一禁传仙法,名为‘昆仑圣法,天地归一’,此仙术看似鸡肋,实则威用无穷,能吸纳世间一切的能量,当年昆仑有一女道心不稳,依靠此法吸尽无数男仙的精元,修为一日千里,危害三界,直至佛祖出手才将其镇压。我想,当年女魃仙子便是用了此法换得了应龙将军重返天界之机,自己却被浊气缠身,最终入魔。”

“这该如何是好,女魃虽然是我女儿,但是如此下去,何得安宁?”黄帝内心无比纠结。

“天书曰,旱魃为火,应龙为水,水火不相容,应龙之水可破旱魃之火。”

“这,哎!”

“儿女私情岂能坏社稷,请主公三思而后行。”白头仙翁也知道黄帝此刻心中很为难,如果这俩孩子自相残杀,那作为父亲,心中怎会好过。

“我知道了,你先退下吧。”黄帝深深地叹了一声,“难道就真的没其他的办法吗?”

黄帝寝食难安,心想,如果自己能替女儿承担这些罪过的话,那就好了。

“主公,长曲部落已经沦陷。”

“主公,渭河部落惨遭屠杀。”

“主公,东廷部落残兵正在被大批僵尸追杀。”这些日子,各个部落噩耗接连不断传来,黄帝本来就头疼至极,现在更是火上浇油。

“主公,旱魃所过之处,瘟疫蔓延,方圆百里内滴水无余,人民时刻都处于水深火热之中,再这样下去,我担心——”力牧神色焦急，刚从前线回来的他，对现在的局势深有所触，如果再不派兵对付旱魃，那后果将不堪设想。

“天意无形，造化弄人。”黄帝此刻仿佛心都在淌血。

“去，召应龙火速前往前线支援，降服旱魃。”

天水部落的上空，应龙眉头紧皱，身后的十万天兵悬空而立，威势惊人，密密麻麻的大军好似乌云蔽日，肃杀之气收敛地滴水不漏，等待着应龙发号施令，一朝制敌。

“将军，你看。”力牧指向脚下的大地。

整片大地寸草不生，干枯的地皮就好像干裂的皮肤一样伸延到天际边，一些来不及逃跑的人被一群面目狰狞的僵尸围攻。顷刻间，僵尸的队伍更加庞大了。

旱魃在僵尸的簇拥下出现了，她黑衣遮身，原本精致的脸庞现在却是黑气弥漫，一股浓郁到让人胆寒的邪气不断散发着，周围的僵尸对于他们的王恭敬十分，为首的八只魔僵在吸取这些邪气之后，更是愈发强大，不断地指挥着僵尸大军屠戮生灵。

“女魃仙子，为何你现在会变成这样？”应龙望着昔日的救命恩人，心中十分的矛盾。

“与你何干？我劝你还是速速退去，不然下场就如同这些凡人一样。”说着旱魃黑指一扬，不知又是多少凡人烧成灰烬。

“救命啊！救命啊！”凡人发出最后的嘶叫后便瞬间化为粉末了。

“主公狠下心来叫我降服你，看来已是无奈至极。”

“废话少说，我让你的十万大军有来无回！”旱魃冲天而起，大叫一声。

“昆仑圣法，斗转星移。”旱魃手印变换，刹那间天昏地暗，黑风大作，温度骤降，厉鬼的尖叫让人头皮发麻，刺透心脾的寒风犹如九幽的催命利器让人全身痉挛,动弹不得。

众人眼前一黑，紧接着睁眼后，皆是被眼前的景象吓了一大跳。数秒前脚下的还是大地,那现在就成了一望无际、破涛汹涌的大海,散发着恶臭的腐黄色海水翻滚而起,海中浮尸被冲击得支离破碎，那让人发抖的惨叫声不绝于耳，浓浓的怨气笼罩在大海之上，其中的亡灵海兽变得兴奋不已，血盆大口中腐蚀性的黏液滴落,夹在牙缝之中的尸体嘎吱一声便没了踪影。

众人惊恐,旱魃的法术如此强大,短短时间内就让大家陷入这种万劫不复之地。

“将军,这里难道是……？”力牧心中忐忑不安。

“是,黄泉海。三界之中罪大恶极之人最终下场皆在这里,黄泉海是十八层地狱后的终极炼狱,不管身前多么强大之人,只要被投进海中,都会法力尽失,身体瘫软,随波逐流,而后被寄居于此的海兽吞噬,魂魄似灭似散,永世承受万箭穿心、五马分尸之苦。”

“将军,那怎么办？要不我们现行撤退,改日再战吧。”

“对啊,这里怨气浓郁,僵尸的法力大涨,而我们却备受限制,如何是好？”

“没那么简单,既然她花大功夫把我们转移到这,就不会让我们轻易撤离。”应龙面色凝重。

“聪明,你猜得没错,黄泉之海有进无出,想离开这里,就看看你有没有本事了。”女魃大笑,手持九幽魔剑箭步而出。

双方大战,一触即发。

应龙见此:“大军听命,列阵杀敌。”

“是！”震耳欲聋的声音整齐划一,原本收敛的肃杀之气此刻展露无遗,一时竟冲破了笼罩在周围的阴冷怨气。

应龙手持通天枪便与女魃展开了激烈的交锋。战场之上顿时一片狼藉,天兵稍有不慎便会被僵尸围攻,落入黄泉之海后更是手无缚鸡之力，等着被海兽吞噬，忍受千秋万载之苦。被杀灭的僵尸，同样也会被海兽吞噬，不过很快，便会有新的僵尸诞生，如此下去，僵尸大军会没完没了，直到一方消耗殆尽，战争就会结束，这种情况对应龙大军十分不利。

应龙很明显意识到了这一点，不能再这样下去了，损失惨重不说，如果不能降服旱魃，人世间将再无安宁之日。

应龙的手臂被旱魃刺了一刀，血流不止。

“哈哈，竟敢分心？”旱魃手中的魔剑发出滋滋的声响，似乎很满意天仙的血液。

“为什么这味道这么熟悉？他是谁？”旱魃心中不知为何产生了一丝难过。

“我不知道你为何会变成这样，但我已经下定决心，一定要替天行道。”应龙眼神变得凌厉，咬了咬牙，心中十分地坚定。

“是吗，那就来吧！”她用力摇了摇头，回应道。

应龙收起通天枪，缓缓从身后举出一把长剑，长剑出鞘金光闪烁，锋利之气摄人心魄，气势威猛，似有开天辟地之能。

“轩辕神剑，就让你来结束这场罪恶的战争吧。”

“呵呵，我就来试试你到底有多大的本事。”女魃一声冷笑，双掌合十，复杂而诡异的手印不断变换着。脑海中一丝丝记忆碎片在缓缓浮现，一个熟悉的人影隐约出现在脑海中。

“九幽冥决，焚天煮海！”旱魃大喝。

黄泉海上大火汹涌，并未产生热量，而是极度的冰寒，海中凡是触及到冻火的生物皆同海水一起蒸发，怨气冲天，源源不断地被旱魃所吸收，她身上的威势也节节高升，原本还硝烟弥漫的战场顿时安静了下来，抬头望着半空中那魔神一般的身影，全都颤抖不已。

“九幽冥决，魔龙弑。”女魃手印再次变换，一条由怨气凝结成的千丈魔龙翻滚着巨大的身躯，口中发出低沉的吼叫冲向应龙所在的方向，老松立定般的应龙双目紧闭。眼看着魔龙就要将应龙吞噬，战场的天兵都捏了一把冷汗，如将军战败，他们也就再无天日了。

“自不量力，哼！”旱魃用蔑视的眼神盯着远处死到临头的应龙。

魔龙大口一张，就要将应龙吞噬下去，天兵们都闭上了眼睛，希望破灭。

“轩辕神剑，三剑天！”应龙轻喝一声，手中的宝剑挥舞而出。

近在咫尺的魔龙被一剑从中劈开，二剑横切开去，最后一剑将其斩碎得如同粉末一般飘落而去。

“哼，雕虫小技！”旱魃跺了跺脚。

“九幽冥决，修罗鬼将！”

战场上的僵尸一声惨叫便被半空中的突然出现的黑洞吸入，无数的僵尸皆是不受控制地被黑洞吞噬，转眼间，战场上的僵尸已经所剩无几，天兵们惊恐地看着那蠕动着的黑洞，深深的恐惧从心底深处蔓延而出。

应龙这边也是面色凝重，也是在积极准备着对应之策，战场千变万化，如有不慎，可能就将一败涂地。

黑洞深不见底，一个光影从深处掠出，在众人的瞳孔中由小变大。一些意志不坚定的天兵竟被吓得瘫软在地，内心也是堕入深渊。一个全身甲胄、黑光流溢的万丈丧尸如同从地狱深处爬出来的恶魔般重重地降落在黄泉海上，激起千层巨浪，右手举着一把覆遍恶鬼面孔的大刀，左手持着一面看似破旧实则坚硬无比的黑盾。丧尸挥舞着手中的大刀，不分敌我地横扫着横尸遍野的战场，成片成片的惨叫声刺破苍穹，丧尸面目狰狞，越杀越兴奋，朝天嘶吼。

丧尸举起手中的大刀，目光凶狠地盯着悬立于半空之中的渺小人影，身形如同鬼魅一般猛地冲向那道身影，脚下的黄泉海划出两条水路，转眼间，已经与那渺小的人影碰撞在一起。天兵将领们紧盯着战局中心，只见丧尸手中那把千丈魔刀竟然悬停在半空中，应龙一方的所有人尽皆睁大了眼，只见刀尖处一个小小的人影伫立。应龙手中的轩辕神剑竟挡住了那所向披靡的魔刀。

“轩辕神剑，裂地式！”

“轩辕神剑，开天式！”

“轩辕神剑，一线天！”应龙连喝三声，剑影如同落英一般绚丽，闪烁的剑芒刺得在场的众人都睁不开眼，剑体蕴含的圣洁光芒更是直接泯灭了余下的僵尸，而己方的天兵感觉全身舒畅，受到的创伤在此刻以肉眼能见的速度恢复着。

风暴中心，一道人影倒射而出，狠狠地退了十多步才停下身来，气息有些紊乱。反观，那万丈丧尸静静站立，似乎毫发无损。

“失败了吗？”天兵们你看看我，我看看你，显然很难接受这个事实。

“不，你们看。”一个天兵指向丧尸。

丧尸体表丝毫无损，但仔细一看，那万丈身躯竟微微颤动。砰的一声巨响，前刻还威猛无比的丧尸竟然炸成了血雾。

旱魃胸口一震，口吐乌黑的鲜血，丧尸被毁，她也受了不轻的伤。她的嘴角却莫名地微微上扬，双眼变得清明。

“赢了吗？”应龙擦了擦嘴角的血，嘀咕说道。

“将军，小心。”力牧大声呼叫到。

应龙大吃一惊。

一道黑色光影爆射而出，如同一道迅猛的闪电眨眼间就冲到了应龙身前，剑气凝聚，对准应龙的胸口毫不留情地直刺而去。只听见一声玉碎的声音，一道耀眼的光芒从应龙的胸口喷涌出来，直射而出，打在旱魃的双眼上。旱魃心头猛地一颤，心中此刻也清明了许多，她望向那破碎的玉佩，是那么的熟悉，这到底是什么？那是她的护身符。她的头剧烈地疼痛，想起了一些事情。那一夜，她将自己最珍贵的东西给了眼前这个男子，那时的她，那么的心甘情愿。

疼痛让她全身剧烈颤抖，脑海中不断重现那小时候清秀忧郁的小男孩，与蚩尤一战时宁死不屈的男子汉，还有那一夜的点点滴滴，脑海中有关他的记忆连成一串，心中的魔障一点一丝地消散，身上的黑衣也褪去了颜色。

应龙见旱魃突然停下了手中的剑，咬了咬唇，轩辕神剑毫不犹豫地插进了旱魃的胸口，鲜血如同梅花墨染一般染红了她的衣裳。

她抬头看向眼前的男子，脸上露出了欣慰的微笑。

旱魃莫名的微笑让应龙胸口一阵痛："为什么杀死她我会这么的难受，怎么感觉心在淌血，我是怎么了？"

眼前，一个小女孩在彩蝶的围绕下翩翩起舞，笑容是那么的熟悉，那么的迷人。小女孩水汪汪的大眼看着小男孩，伸出小手牵住了他，彩蝶化为翼，彩虹铺成路，两人手拉着手走向前方。

"真的是她吗？为什么会是她？怎么可能是她呢？我魂牵梦萦的人儿！"应龙的苦痛化成了浓浓的血泪不断滴落。

"哥哥，你不能杀死她。"一声急促的声音传来。一袭白衣从天际飞至，源源不断的花瓣从她手中撒落，花瓣围绕着旱魃，防止她魂飞魄散。

"百合！"应龙头脑一阵剧痛，他明白了一切，也在失去着一切。

他应声跪地，内心竟如绞痛一般疼得喘不过气来了。

"应龙将军，你中剑流血的时候，我突然莫名地难过。我现在知道是为什么了？"女魃淡然一笑，倒在了应龙怀中。

"为什么，你为我付出那么多，你为什么不说？为什么？"应龙将女魃紧紧搂在怀中，痛哭失声。

"即使你喜欢着别人，但我还是喜欢着你！"女魃浑身颤抖，咳了一口血。

“我喜欢你，我真的很喜欢你，你快点好起来，求你了。”应龙声音颤抖得让整片黄泉海的浪潮翻滚得更厉害了。

“我现在很幸福，就这样抱着我，好吗？”朵朵血色红梅在女魃胸前绽放，女魃微笑地看着应龙，应龙只感觉此刻万箭穿心。应龙怀中的人儿缓缓化为点点星光，消散而去，彻底消失于人世间。

“可惜，还是晚了一步。”百合仙子心中也惭愧万分。

自己最心爱的人竟然死在了自己的手中，真是天大的讽刺。应龙犹被万箭穿心，终是失去了意识，一声声悲痛响彻天际，刺破苍穹，他的身体不由自主地坠向那散发恶臭的黄泉海中。

千秋已过，黄泉海边总能看见一个头发散乱的男子，身旁酒缸散落，枯眼朦胧，手中捧着一个木雕，口中念念有词：

缘定此生，奈何负你。泣血鸳鸯，忠爱难全。

花开花落，心怀执念。借酒浇愁，血泪纵横。

忆往彩蝶，青梅竹马。天意弄人，愁苦无边。

黄泉木刻，心愿未了。若有来世，沧海桑田永相随。

万载已逝，大限已至的应龙倒在黄泉海边，双眼闭合之际，依稀看到一个小女孩在彩蝶环绕下翩翩起舞，终是露出了一丝久违的微笑！

你以世界为眸

2011级广告班　崔丽容

我愿做蒲公英，它平凡朴实，却追逐梦想，它的家是整个世界。

——张天沫

张天沫是个不简单的女孩，出生在四川一个小镇上，跟妈妈相依为命了二十年，转眼就大学了，从未离开过家乡的她这次要独自到北方上大学。相貌普通身材扁平肤色黝黑的她，辅以两腮的农村红，在开学几天过后才提着行李箱出现在校门口，是同班男同学去接的。一看到像从土堆里爬出来的小猴子一样的她，留下同为老乡的两个男生，其余几个失望地掉头走了。

三个人在校门前僵持着，进进出出的学生很多，难免有几个走过去又回头看笑话的。辰北尴尬着，一把抢过她手里的行李，头也不回地往女生宿舍走去，边走边问："同学，你住哪儿？""A楼十五层。"接着又响起，"同学，我的拉杆箱……那辆轮子坏了，所以你想办法扛着走吧。"没等辰北回答，天沫又补充道："还好啦，我东西少。""靠！"辰北心里暗骂。留下江彦在后面承受视觉煎熬。辰北累得力气全无，后来据江彦讲，那姑娘别看外表平凡，却一丁点儿没有自卑心理，好像见惯了大场面似的，讲起话来引经据典。

辰北本来就跟张天沫接触少，是能躲就躲，原以为这样就算完了。不想一年后，又有个人说起她的好。唐宥说，天沫是个不简单的女孩儿。她用当家教的钱资助了三个贫困学生，还在高考结束后特地一个人走过大半个中国，到那偏远乡村去看他们，没想到离开途中遇上了小地震，才会延迟了报到时间。灿若星辰的唐宥是辰北的仰慕对象，尽管这些对他来说百无聊赖，却还是陪上一副震惊的表情：哇，这么厉害！

大学四年辰北很少去图书馆，那次第一次去就碰见了张天沫，他刚取出课本，头上就想起了熟悉的声音："你这科不是过了吗？当时你是抄我的，还拿了个优秀奖。都忘了？"辰北心里暗暗摇头：她怎么记得这么清楚？随即抬头微笑地说："我是要考研究生的，所以来复习啊。你学习好，帮帮我吧？"张天沫愣了几秒，刚劲有力地回答："没问题。"就势在辰北身边的位置坐了下去。不知出于什么心理，辰北没深没浅地问了一句："你……咋不用点儿你们女生都用的遮瑕产品？"天沫神情恍惚了一下，跟着又笑起来："有这个必要吗？"面对这样自信的女孩儿，辰北不知该说什么了。他觉得自己忍辱负重是为了唐宥。

不知唐宥从哪里得知张天沫喜欢辰北一事，在从辰北口中得到想要的答案后，不顾仪态地大笑起来，忽然，又转变神情，一副楚楚可怜的模样，问道："不管怎样，你是站在我这边的，是不？""当然啦！"唐宥眼珠一转，凑到辰北耳边低语了几句，辰北想要是能穿越回去，一定装作听不见，但他还是答应了。

事情是这样的：马上要毕业了，学校分配给院里一个留校名额，候选人有唐宥和张天沫。美女虽是个占便宜的角色，但在这种大事儿上获胜的比例却不大，毕竟学校是要留个能干活的。"不过，如果你说的都是事实，那么你选择考研，以她性情中人的个性，肯定会义无反顾地跟随着你。"唐宥笑嘻嘻地说。辰北顿时愣了一下，心也凉了一大截。唐宥不理会他的苦楚，自顾自地说："我心里清楚,除了相貌,我都不是她的对手,所以……老天才派来了你。"说着,水汪汪的大眼睛一眨不眨地望向辰北,坚定的眼神逼得辰北点头答应。

日子就平静地过了几周,一天下午的一场篮球赛上,辰北打得过猛受了伤,球服也破了。江彦拜托张天沫帮帮忙照顾一下辰北,她爽快地答应了。宿舍里就两人,辰北坐在床上,张天沫缝球服,午后的阳光越过窗户,静静地打在她低垂向一边的头上,整齐的马尾辫上一缕头发轻轻地掉了下来,那一瞬间,辰北觉得她挺好看的。

辰北和天沫一起复习近半个月了,终于有一天,辰北说:"要不你跟我一起考研得了?"还不忘眨眨眼。"为啥啊?"天沫笑嘻嘻地问。"不行,我自己有打算的。"这让辰北多少有些失落。辰北窘迫自己没那么大的魅力完成唐宥交给的使命,找到她说了此事。唐宥四十五度仰望天空许久,恢复正常以后说:"你还真当真啊?你要不说我都忘了。根本就没指望你。"说玩,她的电话就想响了,冲着辰北摆摆手,意思是说可以退下了,接着按动手机,边打边走得远远的:"喂,张教授啊……"那声音甜得令人起鸡皮疙瘩。

转眼就到毕业的日子了。这天夜晚,学校办起了篝火晚会。辰北和班上的同学买了一箱啤酒提到操场上,喝着,聊着,热闹非凡。张天沫静静地坐在一边看向家乡的那片星空。辰北走过去,递过一瓶啤酒，笑着说:"广播里说你放弃了留校的名额，为啥呢?"天沫没有转头,抿嘴微笑:"我的家在那边,我割舍不下,那里有我最爱的人。只要用心,发展的机会在哪个地方都是可以抓住的……"

后来,张天沫回家乡去了,带着满满的自信,没有和任何人打招呼。辰北和江彦在宿舍收拾行李,辰北随意问了句:"你今后有什么打算？”“我早就对天沫动心了，估计她对我的印象也不错，我要去她的城市找她，我要把这些年憋的话全告诉她。”唐宥如愿地留校了，辰北露出贼贼的笑意。

再后来，学校每年都会长出漂亮的蒲公英。